La Citadelle des Cendres

DU MÊME AUTEUR

Romans :

Le Loup de Deb, Mnémos, 2000.

La Terre d'horizon, Mnémos, 2001.

La Prophétie de SaharAma, Mnémos, 2001.

Scénarios de bande dessinée :

Les Brumes d'Asceltis, tome 1, Soleil, 2003.

Les Chroniques de Magon, tome 1, Delcourt, 2003.

NICOLAS JARRY

La Citadelle des Cendres

Fantasy

ÉDITIONS DU
ROCHER
Jean-Paul Bertrand

Collection « Fantasy »
dirigée par Alexis Aubenque

ISBN 2-268-05001-7

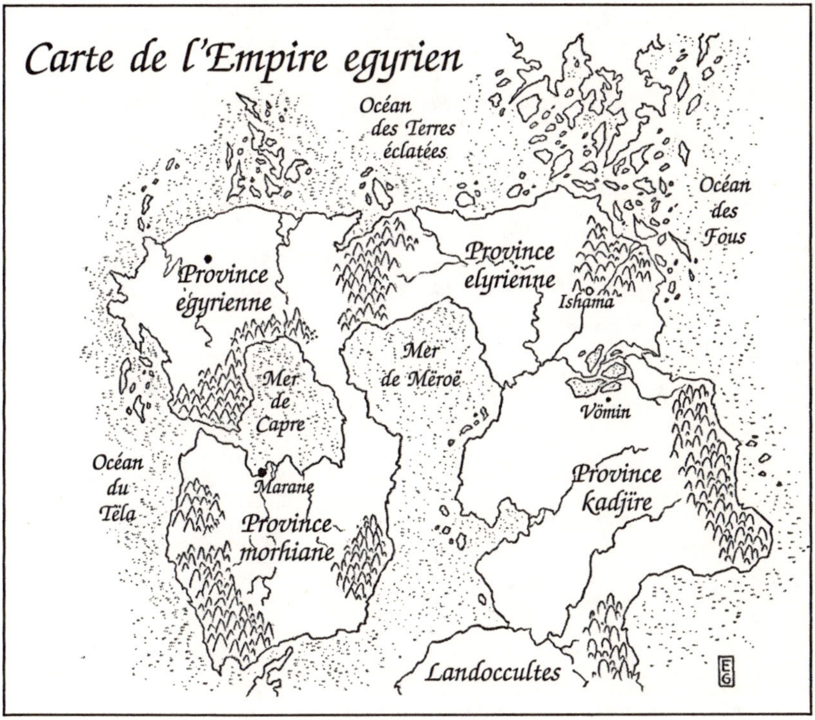
Carte de l'Empire egyrien
Océan des Terres éclatées
Océan des Fous
Province egyrienne
Province elyrienne
Ishama
Mer de Capre
Mer de Mëroë
Vömin
Océan du Tëla
Marane
Province morhiane
Province kadjïre
Landoccultes
EG

Prologue

Province morhiane.

Le crépuscule inonda la plaine de tons sanguinaires. O'Oshë, le Tisseur de la tribu des Alaïkans, y lut un mauvais présage.

Les femmes, silencieuses, lui apportèrent le corps de l'enfant. Sa peau de la couleur du bronze avait été déchirée par un animal sauvage. Les guerriers prétendaient qu'il s'agissait d'un Otenka. O'Oshë en doutait. Ses charmes avaient depuis toujours tenu les Esprits malsains à distance du village.

Pourtant, quand il plongea ses yeux dans ceux grands ouverts de l'enfant, il y lut une terreur infinie. O'Oshë se détourna pour attiser les braises. Quelques cendres s'échappèrent du brasero en tourbillonnant. Inquiet, il les suivit du regard jusqu'à ce qu'elles soient dispersées par le vent. Puis il se saisit de la tige d'acier dont l'extrémité était chauffée à blanc et dessina un glyphe sur le corps déjà raide et froid. L'odeur de la chair brûlée se répandit dans le village. Les femmes entonnèrent un chant funèbre. Le Tisseur entendait les cris de la mère au loin. Il tira la tête de l'enfant en arrière, puis il lui versa de l'eau dans la bouche en psalmodiant.

Il fit un signe et les femmes se mirent aussitôt à gémir et à pleurer. Désormais, elles pouvaient exprimer leur chagrin, aucun Otenka ne pourrait plus s'emparer de la dépouille. Elles repartirent en emportant l'enfant. Bientôt, la mère se joignit au cortège. Elle avait arraché sa tunique et son corps était parcouru d'entailles. Sa poitrine et son ventre étaient ensanglantés. Elle tenait un silex tranchant dans chaque main. Les autres femmes se placèrent autour d'elle pour la soutenir, mais également pour l'empêcher de se blesser trop grièvement. Jusqu'à l'aube, elles allaient veiller sur la mère et le fils.

O'Oshë se leva et se tourna vers la colline aux dragons. C'était là-bas que le corps avait été découvert.

Était-ce vraiment un Otenka qui avait tué l'enfant ?

Il interrogea son Katonga, mais celui-ci resta muet. Il interpella alors un jeune guerrier au sang vif et lui ordonna de seller deux épeuchs rouges. L'Alaïkan s'exécuta sur-le-champ.

Quelques minutes plus tard, ils chevauchaient en de longues foulées bondissantes vers la colline aux dragons.

– Emmène-moi là où le corps de l'enfant a été trouvé, dit O'Oshë de sa voix profonde et mélancolique.

– Il gisait sur une pierre, mais les traces montraient qu'il avait été traîné du village jusque-là. S'il s'agissait d'un dragon, il l'aurait mangé sur place. On n'aurait même pas retrouvé ses ossements.

Le Tisseur lui fit signe de se taire. Le jeune guerrier, vexé, se mura dans un mutisme morose. La nuit était tombée quand il désigna au Tisseur un rocher aux contours arrondis.

O'Oshë sauta de sa monture avec souplesse et s'approcha de la stèle. Celle-ci était recouverte de sang. Il laissa sa main courir sur la surface polie.

– Le mal transpire à travers la pierre, constata-t-il.

– O'Oshë, là-bas ! dit le guerrier à mi-voix en pointant sa lance-tonnerre en direction d'un tumulus de pierres.

– Qu'as-tu vu ?

– Quelque chose a bougé, répondit le jeune Alaïkan sans parvenir à masquer son inquiétude. Pourtant, à cette heure-ci, les dragons dorment.

– Retourne au village, lui ordonna O'Oshë.

– Je ne vais pas vous laisser seul !

– Je t'ai dit de retourner au village ! répéta sèchement le Tisseur.

– Alors prenez au moins ma lance-tonnerre.

O'Oshë empoigna un long fusil à poudre sans crosse dont le canon finement ouvragé était prolongé par une lame recourbée, et le guerrier partit à contrecœur.

L'Alaïkan attendit qu'il ait disparu pour se retourner vers la créature qui les observait depuis leur arrivée.

– Pourquoi as-tu tué cet enfant ? lança-t-il.

« Offrir », siffla une voix corrompue provenant de derrière le tumulus.

– Pour l'offrir à qui ?

« Akataopë. »

Akataopë, le Cerf Noir. Le Tisseur sentit son sang se glacer.

– Le Cerf Noir a été vaincu, répliqua-t-il.

« Revenir, bientôt. »

Et la créature s'extirpa des ombres pour charger O'Oshë. Il s'agissait de la dépouille putréfiée d'un dragon de Dahr. De sa gueule s'exhalait une brume violacée. L'énorme reptile, malgré son allure pataude, était d'une rapidité surnaturelle.

Le Tisseur s'était tenu prêt. Il invoqua le Katonga auquel il était lié et la force de l'Esprit se déversa dans ses veines. Ses yeux prirent une teinte bleutée. Il ramassa une poignée de terre ocre et la jeta en l'air tout en récitant une litanie. Il ordonna alors à l'Otenka de quitter sa dépouille mortelle. Le dragon de Dahr vacilla un instant, puis sa langue se détendit et s'enroula autour de la jambe de l'Alaïkan.

Le Tisseur déséquilibré pointa sa lance-tonnerre vers la gueule de l'animal possédé et actionna le mécanisme. Une détonation terrible ébranla la plaine aïkanne. Lorsque le nuage de poudre se dissipa, le reptile gisait inerte sur le sol, la mâchoire arrachée. L'Otenka s'était enfui.

O'Oshë se mit alors à marcher droit devant lui en chantant. C'était son père qui lui avait appris à cheminer dans l'ombre du passé. Bientôt, le sol aride se para de quelques herbes, puis de buissons et bientôt les branches des arbres lui cachèrent la lune. Alors une lumière émeraude baigna les lieux. Des fleurs luxuriantes aux senteurs entêtantes jalonnaient le sentier. Des cris d'animaux à jamais disparus retentirent au loin. Des oiseaux au long plumage s'envolèrent sur son passage. Le Tisseur suivit un ru et courut entre des galets plus gros que des œufs d'épeuch. Enfin, l'odeur de la mousse supplanta toutes les autres. Il s'arrêta devant une petite caverne.

– Je te salue, Kanaopao, le Sage moussu, déclara O'Oshë.

« Je te salue en retour, ombre des temps à venir, répondit une voix douce et ancienne comme la nature elle-même. *Approche. La lumière m'aveugle. »*

Deux yeux ronds et bienveillants s'ouvrirent dans les ténèbres.

« Je me souviens de toi. Tu étais venu avec ton père », murmura la voix.

– Et je reviens pour vous demander conseil, car nous allons vers des temps bien sombres, déclara le Tisseur.

« *Tout comme l'hiver succède aux autres saisons* », répliqua Kanaopao.

– Un Esprit malsain a prédit la venue d'Akataopë.

« *Les Otenkas sont menteurs.* »

– L'Esprit malsain a sacrifié un enfant de ma tribu au Cerf Noir, et j'ai senti le mal transpirer à travers la pierre sur laquelle il l'avait immolé.

« *Ainsi les temps sont déjà venus...* murmura la créature avec gravité. *Tu t'es présenté à moi le premier, il t'incombera donc le poids de connaître la vérité et la tâche d'aider les Manenkols.* »

– Aider des peaux-blanches ? s'insurgea O'Oshë. Alors qu'ils ont massacré notre peuple et brûlé la forêt !

« *N'oublie jamais que c'est la folie des tiens qui a fait de ces terres un désert.* »

– Si les Amalaïkans n'avaient pas invoqué les Esprits, nous serions tous morts !

« *En es-tu certain ? L'as-tu lu dans la trame du destin ?* »

– Non, admit le Tisseur. Mais je ne comprends pas pourquoi je devrais aider les peaux-blanches.

« *Il y a des millénaires, ce fut à notre peuple de choisir entre l'Ombre et la Lumière. Désormais, ce choix est laissé à d'autres. Ce sera dans la cité éternelle d'Ishama que le Silhamassaï sera dévoilé. Mais jusque-là, il devra être préservé. Acceptes-tu la tâche qui t'incombe ?* »

Le Tisseur courba la tête avec résignation.

« *Laisse-moi te raconter une histoire* », reprit gravement Kanaopao.

1

Marane, province morhiane.

Oran Neyto ne semblait pas plus conscient que le pichet de sahourë vide posé devant lui. Voûté, le front appuyé contre le bois laqué de la table, il recomptait du bout des doigts ses quelques pièces. Il n'avait plus de quoi se payer une demi-décade d'eau de këshi. Depuis quelques années, la boisson des anciens était devenue un privilège. Il lui restait juste assez pour dormir dans la pièce commune que le patron réservait aux gars comme lui.

Oran regardait du coin de l'œil deux jeunes officiers fonctionnaires qui parlaient fort. Ils étaient vêtus de coton blanc et de soie grenat, d'une simple étoffe blanche savamment nouée autour de la tête en guise de coiffe et de sandales dont les lacets leur montaient à mi-mollet. Ils étaient armés de sabres courts. Ils sortaient certainement de l'École océane de Marane.

L'Egyrien releva péniblement la tête. Tout son corps lui pesait terriblement. Il était de constitution robuste, mais le travail aujourd'hui avait été encore plus éreintant qu'à l'accoutumée. Lui et ses compagnons d'infortune avaient dû décharger plus de cinq cents barriques d'alcool de satis provenant du continent de Roël. Il y en avait assez pour payer une rançon impériale. Deux autres navires transportant la même cargaison devaient appareiller d'ici à un jour ou deux.

Sans qu'il y prenne garde, son regard s'était appesanti sur les deux officiers fonctionnaires.

– Vous désirez quelque chose ? l'interpella celui de gauche avec mépris, un homme à la peau sombre et aux yeux d'un vert perçant.

Oran fit non de la tête sans se départir de sa morgue habituelle.

En d'autres conditions, l'assurance hautaine du fonctionnaire l'aurait mis en rage, mais pas ce soir, il était trop épuisé. De plus, l'École océane ne formait pas seulement ses élèves à la navigation, mais également à l'Art du combat, le limö. Oran savait qu'il n'avait guère de chance de vaincre les deux officiers. Pas ce soir.

Il renifla bruyamment et porta son attention sur un homme qui se dirigeait d'un pas décidé vers lui. Grand et large d'épaules, c'était un Morhian d'une cinquantaine d'années. Ses cheveux en bataille adoucissaient son visage de joueur de salbo mangé par une barbe moussue. Il avait passé trente ans au bagne de Katë, un îlot au large de la mer de Mëroë. Depuis, il perdait doucement la tête.

Oran et le Morhian travaillaient ensemble sur les quais, du moins les jours où ce dernier parvenait à retrouver le chemin du port.

– Joyeux anniversaire, Socrace, lança l'Egyrien avec lassitude de sa voix rauque et profonde.

Comme le Morhian ne se souvenait plus de la date de son anniversaire, Oran avait pris l'habitude de le lui souhaiter quotidiennement.

– Salut à toi, l'Aëpan, répondit le Morhian.

L'Egyrien grimaça.

– Ne m'appelle pas ainsi, Socrace. Je te l'ai déjà dit un bon millier de fois.

L'autre s'excusa.

– J'avais oublié... bredouilla-t-il. Ce n'est pas une très bonne journée, tu sais. Je suis resté tout ce temps à errer sans but, la tête vide. Ça me terrifie.

Oran détourna le regard avec indifférence.

– Tu n'aurais pas de quoi me payer un repas ? lui demanda le Morhian. Comme je n'ai pas pu venir travailler au port aujourd'hui...

L'Egyrien recompta sa monnaie.

– Si je te paie de quoi remplir ta grande carcasse, il faudra passer la nuit dehors.

– Un ami pourra nous loger, lui assura le Morhian.

– Parce que tu as des amis, toi ? se moqua Oran.

Puis il appela l'hôte et lui glissa ses dernières pièces dans la main.

Les deux compagnons marchaient dans la rue, la tête basse. Ils étaient restés dans l'auberge jusqu'à ce que le patron les jette dehors, une tape compatissante sur l'épaule. C'était la fin de l'automne et le froid commençait à être mordant.

– J'espère que tu ne me referas pas ton numéro en plein milieu de l'hiver, grogna Oran en refermant les pans de son vêtement. Sinon, on y restera tous les deux.

– Tais-toi, j'essaie de me rappeler l'adresse de mon ami! marmonna Socrace.

– Tu ne te souviens même pas de ton dernier repas, alors abandonne. Amène-toi, je connais un coin tranquille où la milice ne risque pas de nous déranger.

– Si tu crois que quelques bourgeois jouant à se faire peur en patrouillant de nuit m'effraient, tu te trompes! s'exclama le Morhian en se frappant la poitrine.

– Ferme-la! Si jamais on nous trouve en train de vagabonder aux abords du port, on est bon pour l'amende et peut-être même la geôle.

– Tu sais ce que j'en faisais, moi, de leur couvre-feu et de tout le reste, quand j'avais vingt ans? Je les leur mettais au cul.

– Et c'est pour ça que tu as passé trente ans au bagne...

La réplique enferma Socrace dans un mutisme pesant.

– Un gars sur le port m'a dit que le vaisseau à vapeur va peut-être passer par Marane, déclara Oran pour rompre le silence.

– Le vaisseau à vapeur, ici, à Marane? s'écria le Morhian en ouvrant de grands yeux émerveillés.

– Ça se pourrait, mais la corporation des éclusiers et celle des canotiers sont contre le projet.

– Tous des danseurs de Malba! ragea Socrace. Tu savais que j'avais appris la mécanique quand j'étais plus jeune?

L'Egyrien hocha la tête.

– Ah? Et je t'ai déjà dit que j'avais déjà conduit une motrice?

– Il y a des chances.

– Ah?

Les deux hommes étaient arrivés au bord du canal. L'Egyrien désigna à son compagnon un cabanon aux vitres brisées en contrebas du talus longeant le cours d'eau.

– Il y a de la paille sur le sol et j'ai caché une couverture derrière une planche. T'as qu'à t'installer.

Le Morhian acquiesça avec enthousiasme et gagna l'abri en quelques foulées. Oran le regarda dévaler le raidillon, puis il s'avança sur l'écluse, une dizaine de mètres en amont. Il s'accroupit et plongea la main dans l'eau. Il porta un doigt à sa bouche. Celui-ci était salé. La mer de Capre n'était qu'à un ou deux kilomètres en aval. Il défit ses sandales aux lacets maintes fois rabibochés et s'assit. L'eau glacée engourdit rapidement ses pieds.

L'horizon était orange, comme si le crépuscule refusait de mourir. Le vent venait des terres, apportant du sable du désert morhian. Les navires auraient du mal à appareiller demain.

Puis il gagna la cabane sans se rechausser. Socrace dormait paisiblement. Il s'allongea tête-bêche et tira le peu de couverture que le Morhian lui avait laissé.

« Qu'est-ce que tu ferais si je n'étais pas là, mon vieil ami qui perd la boule ? »

La rosée qui se déposait aux alentours du canal les tira de leur sommeil bien avant les premiers rayons de soleil.

Socrace tâtonnait autour de lui en maugréant.

– Qu'y a-t-il ? s'agaça Oran.

– J'ai encore perdu mes binocles.

– Tu n'as jamais eu de binocles, Socrace.

– Ah ?

L'Egyrien se leva en se massant les épaules. Elles étaient encore douloureuses de la veille.

– Je vais au port voir si les deux autres navires qui transportent les fûts d'alcool de satis sont arrivés pendant la nuit. Tu es avec moi ?

Le Morhian avait l'air désorienté.

– On vient de passer la nuit au bord du canal. J'avais plus de quoi me payer une chambre après que tu t'es enfilé un repas à mes frais, lui rappela Oran.

– Ah, oui, je me souviens ! s'exclama-t-il. Oui... tu m'as payé à manger... et... on a marché... et...

– Cherche pas, ça te reviendra plus tard, le coupa l'Egyrien avec impatience.

Le ciel était couvert et la cité était grise. Les pavés luisaient d'humidité. Quelques perchistes étouffaient les flammes des becs à huile. Le soleil se levait derrière un voile de nuages menaçants.

Le port de Marane était le plus grand de tout le bassin du

Capre. Plus de cent navires y accostaient quotidiennement. Pour l'instant, les abords des quais étaient encore calmes à l'exception des files ininterrompues de chariots venant attendre le déchargement des marchandises. Mais, dans moins d'une heure, les lieux deviendraient une véritable fourmilière, chacun s'affairant à sa tâche, hurlant et bousculant tout sur son passage. Puis les fonctionnaires feraient leur apparition et leurs escortes écarteraient à grands coups de bâtons la foule grossissante. Suivraient de nombreux citoyens cherchant de la main-d'œuvre, car les quais étaient réputés fournir des hommes peu regardant sur la besogne. Viendraient ensuite les vendeurs de sahourë bouilli traînant tant bien que mal leurs bidons, les bêtes que l'on embarquait ou débarquait des navires, et quelques dizaines de milliers d'oiseaux de mer venus voler leur pitance.

C'était tout Marane qui se retrouvait chaque jour sur le port.

Cette fièvre quotidienne plaisait à Oran. Il lui semblait qu'elle préludait au chaos final, celui où toute chose disparaîtrait enfin dans les entrailles putrides d'Aras.

Plusieurs équipes se partageaient les quais. Oran travaillait au nord, à l'embouchure du canal d'Erol. Il s'agissait de l'un des secteurs les plus convoités du port, car c'était là que les plus grands trois-mâts jetaient l'ancre pour transborder leur fret directement dans les cales des péniches. Celles-ci descendaient ensuite paisiblement le cours d'eau jusqu'à Coradj, où le vaisseau à vapeur, qui traversait la province morhiane de part en part, prenait en charge les marchandises.

Oran Neyto était surnommé le « Maître du Canal », et cette position enviée lui valait de nombreuses inimitiés.

Socrace lui désigna un groupe d'individus qui avait pris position autour du canal.

– Ton équipe est déjà sur le pied de guerre ? s'étonna-t-il.

L'Egyrien fronça les sourcils. Aussitôt, sa main se referma sur son coutelas.

– Ce ne sont pas mes gars, ce sont ceux de Sibian le Crieur de Mouettes, répondit-il en crachant sur le sol. Suis-moi.

Une brume salée remontait de la mer jusque sur les pavés rendus glissants. Dans le silence qui s'égouttait, le Morhian eut un sourire carnassier. Malgré ses défaillances mentales, il était resté un homme dur, façonné à la flamme du bagne.

Aucun milicien n'était encore présent sur les quais, car tous savaient que c'était l'heure où se réglaient les conflits, où s'établissait une hiérarchie entre les équipes de transbordement.

Quelques rares badauds suivirent du regard les deux compagnons qui se dirigeaient sans hâte vers le canal.

– Fais-lui bouffer ses sandales, Oran ! hurla une silhouette assise sur un tonneau.

L'Egyrien ne lui répondit pas.

Sibian le Crieur de Mouettes était un ancien fonctionnaire de haut rang. Certains prétendaient qu'il avait été capitaine de navire sur la côte mëroënne. Les rumeurs sur la raison pour laquelle il avait été destitué de son titre et de ses droits étaient bien trop nombreuses pour qu'aucune puisse être vérifiée. Oran avait tout de même une préférence pour celle qui prétendait que Sibian était grand amateur de jeunes marins.

Douze hommes avaient pris position sur le canal. L'Egyrien et le Morhian s'arrêtèrent à une dizaine de mètres du plus proche.

– Sibian, amène-toi qu'on discute un peu ! lança Oran suffisamment fort pour que tous les journaliers des alentours l'entendent.

– Ouais, amène-toi, l'enculeur de mousses ! s'écria Socrace.

– Je vais te faire chier ta tripaille, le Fêlé, répondit Sibian en s'approchant.

L'ancien capitaine était un homme mince aux traits sévères. Une large balafre lui barrait la gorge. Quand il parlait, seul un chuintement sinistre sortait d'entre ses lèvres.

– Laisse Socrace en dehors de ça, le Crieur, dit Oran. On a d'abord une affaire à traiter tous les deux.

Sibian fit glisser son index sur sa gorge sans quitter le Morhian du regard, et se tourna vers Oran.

– Il paraît que deux navires venant du Continent doivent mouiller ici dans la journée...

– Il paraît.

– Mes gars et moi, on s'est dit qu'on allait te filer un coup de main.

– Très bien, on a assez parlé maintenant, décréta Oran, agacé. Tire-toi de là avec ton équipe de boiteux.

Sibian recula d'un pas, la main sur son long coutelas. Dans tout Marane, le Crieur de Mouettes était reconnu pour être un adversaire redoutable, mais l'Egyrien ne s'intéressait pas aux commérages de tripot.

– Si tu ne veux pas entendre raison, on va régler ça autrement, lui lança l'ancien capitaine.

L'Egyrien se contenta d'esquisser un sourire.

De nombreux journaliers s'étaient avancés pour jouir du spectacle. Les hommes de Sibian ne bougèrent pas. Socrace s'écarta, le visage fermé à toute expression.

– Fais attention, souffla-t-il à son compagnon.

Les deux adversaires commencèrent à tourner l'un autour de l'autre, leur lame à la main.

Oran se doutait que Sibian avait été instruit à l'Art du combat. Il tenta une attaque rapide pour juger des réactions de l'ancien capitaine. L'esquive de celui-ci fut fulgurante, excessive même, jugea l'Egyrien.

Oran sentit la pierre incrustée dans sa poitrine s'échauffer. Il tenta d'apaiser l'excitation que l'affrontement avait fait naître en lui, mais c'était trop tard, l'Esprit malsain emprisonné dans le minéral avait été réveillé par le combat. L'Egyrien parvint tout de même à le repousser grâce à un effort de volonté.

Sibian profita de la lutte intérieure de l'Egyrien pour se jeter en avant. Son coutelas dessina dans l'air des arabesques compliquées. L'ancien capitaine était un maître du limö, pourtant Oran esquiva sans peine et sauta de côté.

« La patience est la vertu des prédateurs », songea-t-il en portant une main sur la pierre de Shoëk qu'il sentait pulser à travers ses vêtements. Celle-ci était redevenue froide.

La foule qui se massait autour des deux combattants était fascinée par leurs mouvements félins. Certains pariaient, d'autres les encourageaient en levant les poings.

Sibian perdit alors son sang-froid. Incapable de contenir plus longtemps les émotions contradictoires qui le submergeaient, il se découvrit en portant un large coup. Oran plongea sous sa garde et remonta en lui ouvrant le ventre.

L'ancien capitaine se replia violemment sur lui-même, le visage implorant, un cri muet sur les lèvres. Oran l'attrapa par le col de son vêtement et le traîna jusqu'au bord du quai, laissant une traînée rouge derrière lui.

Certains lui criaient d'épargner Sibian, d'autres lui hurlaient de le jeter à la mer. L'Egyrien s'agenouilla tout près du visage du mourant.

– On a partagé quelques bons moments tous les deux, de l'eau de këshi, des femmes... souffla-t-il d'un air désolé. Tout ça, c'est fini maintenant.

Il se pencha pour contempler les vaguelettes qui venaient lécher les pierres du port. L'eau était assombrie par un banc de baracos, des poissons voraces qui infestaient le littoral du bassin du Capre.

– On dirait qu'ils ont les crocs, remarqua Oran.

Sibian fit non de la tête, mais l'Egyrien l'empoigna, le souleva à bout de bras et le lança à la mer. Dès que les flots se furent refermés sur l'ancien capitaine, des centaines de baracos se ruèrent sur lui.

Oran contempla l'agonie de l'homme. La pierre de Shoëk était brûlante sur son torse. Son Otenka semblait apprécier le spectacle macabre. Puis Sibian fut entraîné vers le fond par le banc de poissons.

– Je reste le maître du canal, et il n'y a que mes gars qui ont le droit d'y travailler ! déclara l'Egyrien, se retournant vers la foule désormais silencieuse.

Socrace courut vers lui.

– J'ai bien cru qu'il allait t'avoir !

– Il aurait pu, admit Oran.

– Foutre d'Ankanaëpha ! s'exclama le Morhian en soupirant.

– Ne jure pas, Socrace. La Mère éternelle n'a rien à voir dans nos histoires sordides.

– Et... Ah oui ! J'allais oublier... Il y a une femme qui voudrait te voir.

– Une femme ? Je pensais avoir réglé toutes mes dettes de ce côté-là.

– Je ne crois pas que ce soit ce genre de femme.

– Pas ce genre de femme ? Qu'est-ce que tu racontes ? s'agaça Oran en fouillant la foule du regard.

Soudain, il la vit. Elle l'observait avec un détachement feint. Son visage avait une moue cruelle, sa peau était blanche et ses yeux étaient sombres. Ses vêtements étaient ceux d'une femme de haut fonctionnaire, peut-être même de dirigeant, une sahrmä. Oran chercha les gens de son escorte, mais il ne les vit nulle part.

Elle lui lança un regard appuyé et s'éloigna lentement, l'invitant tacitement à le suivre.

– Je n'aime pas ça, grogna l'Egyrien.

Il rattrapa tout de même l'inconnue.

2

Vömin, province elyrienne.

L'air était glacé et les feuilles craquaient sous ses pas. La végétation dénudée tremblait sous la brise descendue des montagnes. Seuls les bouleaux attendaient l'hiver avec impatience. Ils semblaient sourire dans les tons éteints de cette fin de matinée. Malëva passa un doigt sur leur écorce lisse comme une peau de soie. Elle se retourna, scrutant le bois du regard, vaguement soucieuse comme chaque fois qu'elle s'éloignait du village. Faisant mine de remettre sa toilette en ordre, elle passa la main sous sa jupe pour vérifier l'attache de ses deux cotj'ans, les sabres courts des initiés du limö.

Elle n'avait plus eu à combattre depuis près de dix ans, pourtant les agents impériaux pouvaient encore la retrouver et il lui faudrait alors défendre sa vie. Cette crainte ne l'avait jamais quittée depuis qu'elle avait renié l'Ordre éternel.

Malëva allait reprendre sa route, quand une ronce la retint par un pan de sa jupe. Elle retira délicatement les épines pour ne pas filer le tissu à mailles épaisses et repartit. Elle progressait lentement, autant pour ne pas déranger la quiétude des lieux que pour assurer ses appuis sur le sol dur et inégal. Ses mains effleuraient les branches des arbres, mais à aucun moment elle ne trébucha. L'équilibre était l'un des premiers principes que lui avait enseignés la Mère gardienne du limö.

Elle repensa à ces années lointaines avec nostalgie. La solitude était parfois pesante, pourtant elle ne regrettait aucun des choix qu'elle avait faits. L'âme d'Ankanaëpha et la sienne n'avaient jamais été aussi proches que maintenant.

Elle cueillit un bouquet de chantefroids, pensant que Manie pourrait le mettre dans son civet, et s'arrêta à la croisée de deux sentiers. L'ancienne Sœur chercha des yeux le bosquet d'ouvrettes dont Noëm lui avait parlé. Elle trouva le buisson bleuté à une dizaine de mètres sur sa droite. Si le vieil homme avait dit vrai, elle n'aurait pas longtemps à attendre.

Elle fit quelques pas dans les fourrés, s'agenouilla et prit en main le lourd fusil à détente dont la crosse lui avait meurtri le dos durant tout le trajet. Malëva appuya le canon sur le sol pour tirer le tenseur vers elle, armant ainsi l'antique mécanisme, et enfila le dard dans la mire. Le fusil était une relique, Noëm lui avait dit qu'il était dans sa famille depuis plusieurs générations.

« Tu en trouveras peut-être des moins lourds, répétait souvent le vieil homme, mais pas de plus précis, ni de plus puissants ! »

Depuis, les fusils étaient devenus plus maniables, le tenseur était à double treuil et le chargement se faisait à partir d'un magasin pouvant contenir jusqu'à six dards. Elle posa l'arme devant elle, renonçant à l'épauler avant qu'une proie ne passe à portée.

– Mon Noëm, je vais te le tuer, ton giphe, murmura-t-elle en grimaçant comme le froid lui engourdissait le visage.

L'ancienne Sœur n'avait pu s'empêcher d'être émue lorsqu'elle avait trouvé le vieil homme sanglotant dans sa bergerie déserte.

Il s'était levé avant l'aube pour venir guetter le giphe, un grand lapin blanc et noir. Mais, au moment de tirer l'animal, il n'était pas parvenu à actionner le tenseur. Ses mains, rongées par une maladie osseuse, n'avaient plus assez de force pour armer le fusil.

Ils avaient parlé un moment, puis Malëva avait pris l'arme et était partie dans les bois.

Soudain, le bosquet d'ouvrettes fut secoué de violents spasmes. Une femelle giphe, reconnaissable à ses oreilles plus petites que celles d'un mâle et à son museau rose, en émergea pour venir se planter à la croisée des sentiers. Malëva la mit en joue, mais l'instant d'après une seconde giphe sortit tout aussi gaillardement des fourrés pour rejoindre la première. Les deux femelles se hissèrent sur leurs pattes arrière, humant l'air. Malëva se décida pour celle de droite. Au moment où elle allait presser la détente, un mâle de bonne taille, les oreilles battant au vent, arriva en bondissant de droite à gauche et en poussant de petits cris hystériques.

La chasseuse se crut découverte, cependant cette débauche d'énergie avait un tout autre but. Le giphe mâle sauta sur la femelle la plus proche, lui fit son affaire en quelques vibrations euphoriques, s'attaqua à la seconde sans plus de sentiment et repartit comme si le loup en avait après son derrière blanc.

Malëva en resta pantoise, puis elle ne put étouffer un fou rire. Elle effraya les deux femelles qui plongèrent à l'abri du bosquet.

– Je vais avoir du mal à expliquer à Noëm et Manie les raisons pour lesquelles je ne leur rapporte pas un giphe, s'admonesta-t-elle.

Elle s'apprêtait à désarmer son fusil quand une peur irraisonnée la saisit. Elle se retourna brusquement, le souffle court, son arme pointée vers les fourrés silencieux. Les bois semblaient morts.

– Il y a quelqu'un ? cria-t-elle.

Aussitôt, elle se mordit profondément la lèvre, s'en voulant d'être aussi stupide. Elle désarma l'antique fusil, avec tout de même une certaine appréhension, et le mit sur son épaule.

Elle ne voulait pas retourner sur ses pas. Elle décida de prendre le chemin contournant le lac Diriü pour rentrer.

Elle dépassa le bosquet d'ouvrettes et emprunta le sentier qui remontait vers le nord. Elle allait à longues foulées, légèrement voûtée, tant le poids du fusil l'incommodait. Bientôt, les bois laissèrent place à une bruyère dense qui lui arrivait aux genoux. Malëva coupa à travers la végétation, évitant les larges plaques d'ardoise aux alentours desquelles aimaient se nicher les serpents à roches.

Le visage rougi par le vent et l'effort, elle s'épongea le front du dos de la main et s'arrêta un instant. Elle promena son regard sur la lande.

Elle avait mal dormi cette nuit, ce qui pouvait expliquer cette soudaine frayeur qui s'était emparée d'elle. Elle s'était réveillée plusieurs heures avant l'aube, un cri de rage sur les lèvres. Elle ne s'était pas souvenue de son cauchemar, mais elle n'avait pas pu retrouver le sommeil. Soudain, elle se sentit souillée. Son cauchemar, l'odeur de sa sueur, rendue âcre par la peur, celle de l'acier du fusil attaqué par la rouille...

L'ancienne Sœur essuya les paumes de ses mains sur son vêtement et se dirigea vers l'étendue d'eau qui miroitait à une centaine de mètres de là. Le Diriü était le plus petit des lacs de la région. Il était parfaitement rond et sa surface d'argent en fusion était éblouissante dans la lumière diffuse.

Des nuages masquaient le soleil, une fine couche de givre nappait le paysage. À plusieurs dizaines de kilomètres vers l'est, au-delà du plan d'eau, se dressait le mont Arkan, couronné de neiges éternelles. Loin derrière, se devinaient les reliefs escarpés du massif des Arkans. C'était là-bas qu'elle était née.

Malëva plongea sa main dans l'eau, elle était tiède. Plusieurs sources chaudes alimentaient le lac. En plein milieu de l'hiver, celui-ci fumait comme une cheminée mal ramonée. Elle appuya le fusil à détente contre un rocher, déboutonna sa veste en peau et fit glisser sa jupe de laine jusqu'au sol de terre brune. Une longue tunique de velours bleu épousait ses formes félines. Elle défit son ceinturon et offrit son corps pâle au vent, dévoilant un tatouage courant de la base de ses reins jusque dans le creux de sa nuque. Celui-ci représentait l'une des mille trois postures d'Anophatotëp, le grand serpent ailé. La créature reptilienne prenait son envol. Sa queue interminable enlaçait Malëva, glissait autour de ses petits seins et de son ventre à peine marqué, pour venir mourir en une boucle sinueuse sur sa hanche droite.

Elle s'assura que le fourreau de peau qui protégeait ses deux cotj'ans était solidement noué autour de sa jambe nue. Elle releva son épaisse chevelure brune et bouclée, récolta un peu de mousse qui poussait en abondance sur les berges et pénétra doucement dans le lac.

Elle s'agenouilla et pétrit la mousse entre ses deux mains jointes pour recueillir une substance huileuse avec laquelle elle se frictionna longuement le corps.

Depuis maintenant sept ans qu'elle demeurait ici, elle avait fini par retrouver l'envie de vivre, même si bien souvent le passé revenait la hanter. Manie et Noëm avaient fait preuve d'une grande bonté en la recueillant chez eux alors qu'elle errait sans but sur la route, vidée de tout désir, de toute volonté d'exister. Elle avait vingt-neuf ans à l'époque, et le destin s'était efforcé de la détruire, de ne laisser d'elle qu'une dépouille sans âme. Elle avait mis trois ans avant de réapprendre à sourire.

Le temps avait miséricordieusement pansé ses blessures et adouci ses peines. Les braises de la jeunesse avaient refroidi, ne laissant derrière elles qu'une plaine brûlée au sol dur et pauvre.

Malëva s'éloigna de la berge. En cette saison, il était rare qu'un pieur rouge rôde près du bord. Elle sentait la glaise et la vase glisser entre ses doigts de pieds. Quand elle eut de l'eau jusqu'à la poitrine, elle se laissa couler au fond. Un mince filet d'air glissait entre ses lèvres, elle tenait ses genoux serrés contre sa poitrine.

Elle se posa en douceur sur le fond comme une épave brisée par un écueil. Tous ses sens se fondirent en un amas indistinct et primitif. Lors de ces moments privilégiés, un lien matriciel semblait l'unir à la Mère éternelle.

Ses poumons la firent souffrir et elle dut remonter à la surface. Elle écarta ses cheveux de devant ses yeux et se figea. Trois cols-rois nageaient avec insouciance à quelques mètres à peine d'elle. Elle prit une longue inspiration et replongea lentement pour ne pas faire de remous. Un de ses deux cotj'ans en main, elle nagea en raclant le fond jusqu'à se trouver à l'aplomb des trois oiseaux. Quand l'un des volatiles plongea pour attraper un petit poisson scintillant, elle lui trancha la tête d'un geste vif. Les pattes palmées s'agitèrent encore un peu, puis le corps décapité remonta à la surface comme un bouchon de liège. Les deux autres cols-rois s'enfuirent à tire-d'aile, cancanant à s'en fendre le jabot.

Malëva revint alors sur la berge avec sa prise. Transie de froid, elle dut renoncer à attacher les boutons de son gilet tant ses mains tremblaient. Elle lia le col-roi par les ailes et l'attacha à son ceinturon. Elle récupéra le fusil à détente avant de repartir à grandes enjambées vers le village.

Elle longea un ancien canal d'irrigation dans lequel croupissait une eau recouverte par de larges plaques de limon jaune. Elle venait parfois y pêcher l'anguille en compagnie de Noëm quand le temps était orageux. Juste avant que la pluie ne tombe, elles remontaient tout près de la surface pour respirer.

Une haie de roseaux la sépara du chenal qui bifurquait brusquement pour se perdre dans une ancienne rizière. Manie y avait travaillé pendant quelques années, mais celle-ci avait été abandonnée à cause des maladies apportées par les insectes qui pullulaient dans les champs inondés. Finalement, le Parlement des Sages avait interdit la culture du riz après que trois épidémies de fièvre des étangs successives eurent ravagé la province elyrienne.

Malëva coupa à travers champs. Le village de Vömin se découpa en contrebas de la colline qu'elle gravissait. C'était un amas de toitures effondrées, de murets écroulés et de broussailles envahissantes. La plupart des habitants étaient morts lors de la dernière épidémie de fièvre des étangs, les autres avaient fui. Seules six demeures sur les vingt-cinq que comptait le hameau étaient encore habitées. Les routes avaient été refermées par le temps et même les collecteurs impériaux ne venaient plus réclamer l'impôt.

L'ancienne Sœur aimait se promener dans les chemins envahis par l'herbe et regarder par les fenêtres aux carreaux brisés. Souvent, Noëm et Manie lui racontaient combien la vie avait été douce et paisible avant que la maladie ne décime la population.

L'agonie du village rassurait Malëva, elle s'y sentait en sécurité. Qui aurait eu l'idée de venir la débusquer ici ?

Elle s'apprêtait à dévaler le versant de la colline quand un sifflement perçant attira son attention. Celui-ci provenait d'un arbre fruitier esseulé et moribond. Quelques bouquets de feuilles racornies et brûlées par le gel résistaient avec entêtement au vent. Une mousse épaisse recouvrait le tronc et une partie des branches devenues sèches et cassantes. Ses racines amaigries rampaient péniblement sur l'herbe rase. La plupart étaient nécrosées, rongées par la moisissure.

Manie lui avait parlé de cet arbre. C'était le fondateur de Vömin qui l'avait planté il y avait trois siècles de cela et, depuis, il avait résisté aux tempêtes, aux sécheresses, aux hivers, aux gamins chapardeurs de fruits et graveurs d'écorce, aux maladies et à tous les autres dangers qui guettaient la flore de la région. C'était devant ce vénérable ancêtre que Manie et Noëm s'étaient mariés cinquante-huit ans plus tôt.

Pourtant Malëva ne voyait pas comment il pourrait passer l'hiver prochain.

Le sifflement n'avait pas cessé. Elle approcha prudemment afin de voir d'où il provenait.

Quelque chose était lové à la base du tronc, dans un trou creusé par les ans. Elle ramassa une pierre et l'envoya dans l'excavation. Le sifflement monta d'un ton, il devint rageur. Deux serpents emmêlés sortirent d'entre les racines.

Malëva bondit en arrière. Les deux reptiles étaient d'un vert très clair, presque transparent. Le bout de leur queue était d'un rouge sanglant. Se tenant à bonne distance, l'ancienne Sœur observa leurs mouvements lascifs.

Le temps s'était alourdi. Il n'y avait plus un souffle d'air, pourtant le feuillage anémié de l'arbre bruissait toujours. Les deux serpents se mirent à tourner l'un autour de l'autre. Leurs mouvements se firent frénétiques tandis que leurs sifflements devenaient un gémissement bouleversant, à la limite du supportable. Les deux reptiles s'élevèrent alors dans les airs. D'abord lentement, puis de plus en plus vite pour finalement se faire avaler par le ciel menaçant.

Le premier moment de stupeur passé, l'ancienne Sœur repartit vers le village, une angoisse pesante nichée dans le creux de son estomac.

– Ce n'est pas un bon présage, c'est certain, murmura-t-elle.

Elle décida de n'en parler ni à Manie, ni à Noëm. Elle ne voulait pas alarmer ses hôtes pour rien, et, de toute manière, que pouvaient-ils y faire ? Ils savaient déjà que le village était condamné.

Malëva enjamba la borne marquant les limites de Vömin sans y prendre garde et dépassa nombre d'habitations laissées à l'abandon avant de s'arrêter devant une grande demeure bien entretenue. Un homme d'une cinquantaine d'années au profil sévère sarclait les derniers légumes de la saison. Il était vêtu d'un manteau de bure noire sans manche, ceint par un cordage de fils de soie tressés.

Elle connaissait de lui son nom patriarcal, Dakia, et son ancien métier, soldat au service de l'impératrice Ankahana à la cité éternelle d'Ishama. Il était le fils d'un ancien du village, mort il y avait trois ans. Il était revenu depuis deux mois pour finir ses jours dans la demeure de sa famille, seul.

L'homme se redressa en se creusant les reins et se tourna vers elle sans se départir de son air mélancolique. Malgré l'apparente froideur du bonhomme, Malëva l'aimait bien. Il leur arrivait de discuter pendant des heures. Il s'agissait en fait de quelques mots lâchés dans le vent suivis d'interminables silences.

– Noëm dit qu'il va geler dur d'ici à demain, lança-t-elle.

Dakia haussa les épaules et rabattit sa tignasse hirsute qui flottait sur son crâne comme un nuage accroché à un éperon rocheux.

– Je n'ai rien d'autre à faire, se justifia-t-il en repartant à l'assaut des herbes indésirables.

Malëva sourit et le salua.

Elle poussa la porte d'une demeure dont le crépi n'était plus qu'une mosaïque de raccords bigarrés, s'avança jusqu'à un banc recouvert d'un tissu brodé et s'y laissa choir de tout son poids. L'antique mobilier accusa rudement le coup.

Nakadamu, le chien à longues oreilles et à courtes pattes de Manie, leva dans un suprême effort sa grosse tête plissée et posa ses yeux marron sur l'ancienne Sœur. L'animal esquissa un aboiement qui eut pour seul effet de gonfler ses bajoues à la manière d'un renvoi disgracieux, et reposa la tête sur le sol avec un bruit mat et creux.

Malëva allongea la main pour le caresser. C'était ce chien-là qui, le premier, avait réussi à lui redonner le sourire. Il y avait quatre ans de cela maintenant.

– Alors ! Où il est ce giphe ? s'exclama Noëm en entrant dans la pièce. Manie a préparé sa sauce pour le civet !

L'ancienne Sœur montra triomphalement le volatile décapité.

– Tiens, de mon temps, on appelait ça un col-roi, ricana-t-il.

– C'est parce qu'il manque la tête. Sans ses oreilles, il n'est pas évident de différencier un giphe d'un col-roi, répliqua Malëva avec un sérieux feint.

Noëm pouffa, prit l'oiseau et l'apporta à sa femme. Malëva entendait Manie s'affairer après ses fourneaux.

Elle ne put s'empêcher de repenser aux deux serpents. Ses sens pouvaient-ils l'avoir trompée ?

Elle avait un moyen d'en avoir le cœur net. Elle décida d'entreprendre un Cheminement.

Elle s'assit sur le sol à côté de Nakadamu et ralentit ses battements de cœur jusqu'à sombrer dans la torpeur. Puis, faisant appel aux sept prières d'amour à Ankanaëpha, elle s'enfonça dans un sommeil proche de la mort. Elle se laissa emporter par le fleuve de la non-vie avant de rassembler sa volonté. Son esprit émergea alors de cet état second, déchirant le fin voile du rêve sans pour autant entamer celui de la réalité. Son âme se trouva à voguer entre les mondes où le temps et l'espace n'ont plus les mêmes lois.

Délaissant l'avenir qui était un Cheminement bien trop dangereux, elle porta son regard vers le passé.

Elle pria la Mère éternelle de la protéger et revint au sommet de la colline, à côté de l'arbre moribond. Elle se vit bondir en arrière alors que les deux serpents enlacés sortaient de leur trou, comme vomis par le tronc pourri. Ils se mirent à tournoyer et à s'élever dans les airs. Le corps désincarné de Malëva s'avança à leur aplomb et une force brûlante la traversa. Elle poussa un cri d'horreur et perdit le contrôle de ses pensées. Son esprit fut alors entraîné dans un passé plus lointain. Jamais elle n'avait osé aller aussi profondément en elle.

Malëva a quatre ans. Elle dort paisiblement dans son lit. Elle rêve d'Arsien, un gamin du village. Elle lui tire violemment les cheveux pour qu'il lui rende sa poupée, un morceau de chiffon brodé par sa mère.

Il fait froid dans la pièce unique de la bâtisse de transhumance. C'est l'époque des Hautes Neiges sur le mont Arkan. La petite fille est réveillée par un bruit de pas provenant de dehors. Elle se redresse, les yeux gonflés de sommeil. Son père et sa mère dorment paisiblement dans le lit contre le mur opposé. Malgré l'air glacé, elle se lève et s'approche à pas de loup de la porte. Elle s'accroupit, une oreille appuyée contre le lourd panneau de bois.

Il n'y a plus de bruit de pas à l'extérieur, cependant la petite fille perçoit une respiration bruyante.

– C'est qui ? demande-t-elle en chuchotant pour ne pas réveiller ses parents.

– C'est qui ? répète une voix étrange, pareille à celle de son grand-père quand il voulait l'effrayer.

– Papi ? sourit-elle.

– Papi ? répond la voix.

La petite fille pouffe de rire, appuyant ses deux mains potelées sur sa bouche pour ne pas faire de bruit. Puis elle pousse le madrier qui barre la porte. Le vent rabat violemment le panneau de bois qui la gifle, l'envoyant rouler sur le sol de terre poudreuse. La chose qui jaillit dans la bâtisse n'est pas son grand-père. C'est un monstre au visage terrifiant, qui retrousse ses lèvres pour montrer ses crocs jaunes. Ses mains sont comme des serres d'oiseau de proie.

La petite fille se met à hurler, elle réveille ses parents. Elle sent les bras de sa mère la soulever de terre pour l'emporter dehors, dans la nuit glacée. Elle se retourne vers son père dont le visage est couvert de sang. Il s'accroche désespérément au monstre pour l'empêcher de les poursuivre.

– Amënaë, sauve Malëva ! hurle-t-il.

Puis il se tait.

Sa mère court en serrant Malëva contre elle jusqu'à ce qu'elle s'effondre, épuisée.

Malëva eut l'impression que son corps se disloquait. Ses émotions, trop violentes pour être contenues, déchirèrent les voiles diaphanes du rêve et de la réalité. Elle s'éveilla alors en sursaut. Son cœur était douloureux, comme s'il avait été martelé de coups de poing. Il cognait si fort contre sa poitrine qu'elle eut peur qu'il explose.

Nakadamu se mit à remuer la queue dans son sommeil et poussa de petits couinements. Ses pattes courtaudes s'agitaient mollement dans le vide.

La face fripée de Manie se détacha dans l'encadrement de la porte menant à la cuisine.

– Tu ne voudrais pas aller me couper un peu de bois, ma ravette ? lui demanda la vieille femme. Je demanderais bien à Noëm, mais avec ses mains...

Encore sonnée, Malëva réussit tout de même à acquiescer de la tête.

– Ça va ? s'inquiéta Manie.

– Oui, ça va. Juste un vertige, mentit-elle.

L'ancienne Sœur abattit rageusement la hache sur la bûchette posée en équilibre sur le sol. Son visage impassible ne trompait pas Nakadamu qui l'attendait près de l'entrée de la remise, un bout de bois dans la gueule. Le chien comprenait que la femme était soucieuse.

Malëva avait la conviction que quelque chose de grave se préparait. Elle ne parvenait pas à interpréter les signes du destin, les serpents et cette régression qui lui avait fait revivre la mort de ses parents, pourtant elle eut la soudaine et révoltante certitude qu'elle allait perdre Manie et Noëm. Parvenant à grand-peine à dominer son inquiétude, elle décida de passer la journée auprès d'eux.

Désormais, seule Ankanaëpha était en mesure de l'aider.

Elle coupa bien plus de bois que nécessaire, s'arrêtant seulement quand ses épaules n'eurent plus la force de soulever la hache. Elle empila un petit tas de bois dans le creux de son bras et sortit de la remise, talonnée de près par Nakadamu.

3

Marane, province morhiane.

Oran ne parvenait pas à fixer son attention sur le travail. Malgré sa lassitude, le souvenir de la femme à la peau blanche et aux yeux sombres qu'il avait rencontrée dans la matinée revenait sans cesse le tourmenter.

« Ce soir à la nuit, venez me retrouver à l'Auberge des Entrevues, avait-elle murmuré. Demandez Amaëlle. J'ai une affaire à vous proposer. »

Il lui avait fait comprendre qu'il n'était pas intéressé, pourtant elle n'avait pas paru vexée, ni même contrariée. Elle avait juste ajouté avant de se détourner :

« Si toutefois vous changez d'avis ou si vous désirez simplement me faire une visite *courtoise*, je vous attendrai jusqu'à minuit. Passé ce délai, vous n'existerez plus pour moi. »

Puis elle était partie. Il l'avait suivie du regard, seulement conscient du désir qu'elle venait d'éveiller en lui, et elle avait été happée par la foule.

– Alors Oran, tu te demandes par quel côté tu vas l'entreprendre, ta sahrmä ? se moqua un de ses hommes.

– On parle pas d'une dame comme ça ! répliqua l'Egyrien en l'aidant à réceptionner un fût de vin.

Le navire qu'ils attendaient avait accosté en fin de matinée et, depuis, ils n'avaient pas eu un instant de répit. Le capitaine avait exigé que la totalité de son précieux fret soit transbordé avant la nuit. Il avait promis double salaire à chacun si les délais étaient respectés.

Socrace était sur la péniche. Il s'activait comme un diable, faisant rouler les tonneaux d'alcool de satis du pont jusqu'à la basse cale.

– Ça ira ? l'interrogea Oran.

– Aram est à bout de force ! S'il continue comme ça, il va passer sous une barrique ! lui répondit le Morhian.

– Dis-lui que je le remplacerai dès que j'aurai vu le capitaine.

Oran monta sur le pont du trois-mâts en cherchant le dirigeant du regard. Un marin lui apprit que celui-ci était à fond de cale, qu'il supervisait lui-même les manœuvres. L'Egyrien s'engouffra dans une écoutille et dévala les marches trois par trois.

Il trouva le capitaine occupé à houspiller deux de ses hommes. Il ôta son feutre et interpella le dirigeant d'une voix puissante.

– Ne vous en prenez pas à eux, Sahrëm, ils sont épuisés. Ça fait plus de six heures qu'on transbahute vos tonneaux.

– Tout ce que je vois, c'est que la nuit ne va pas tarder à tomber ! répliqua le capitaine, hors de lui. Je vous préviens, je ne vous donnerai pas une seule monnaie de cuivre si le transbordement n'est pas terminé dans les temps !

– Prenez garde à vos paroles, Sahrëm, mes gars travaillent dur, ils donnent tout ce qu'ils peuvent, bien plus qu'on est en droit de le demander d'une mule. Ne pas les payer pour leur peine serait une grave erreur.

Le capitaine, un homme dans la force de l'âge à la face burinée, prit un air mauvais.

– Vous me menacez ?

Oran serrait tant les poings que son feutre n'était plus qu'un amas informe.

– Je ne vous menace pas, Sahrëm, je ne suis pas de ceux qui veulent finir au bagne de Katë, répondit-il sans baisser le regard.

– Ce n'est pas au bagne que tu finirais si tu t'avisais de me manquer d'égard, c'est au bout de mon cotj'an !

Oran sentait l'Otenka s'agiter. La pierre de Shoëk incrustée dans sa poitrine s'échauffait. Il réprima les pensées de meurtre que l'Esprit malsain lui insufflait.

– Mes gars ont besoin d'une heure de repos, lança-t-il en serrant les dents.

– Ils se reposeront assez quand ils seront morts, répliqua le capitaine en se détournant pour hurler après les deux hommes qui hâlaient péniblement un fût.

Oran resta un moment sans réagir, puis remonta lentement sur le pont, ravalant sa colère.

Son regard se posa sur A'Shä, un presque-humain qu'il avait

pris dans son équipe quelques jours plus tôt. Le corps de l'Aïkan était fin et nerveux. Son visage était long, ses yeux s'ouvraient en deux fentes étirées. Sa peau glabre était de la couleur du bronze. Comme tous ceux de sa race, il semblait sourire, mais ce n'était qu'un rictus vide de sens. Ses oreilles taillées en pointe à la manière de celles d'un chien de guerre lui donnaient un air mauvais. L'Egyrien l'encouragea d'une tape dans le dos et poursuivit sa route.

Il enjamba un gamin d'une saleté repoussante qui briquait le pont.

Au moment où il empruntait le ponton, un hurlement déchirant s'échappa de la péniche.

– Aram ! pesta-t-il en reconnaissant la voix du journalier déformée par la souffrance.

Il courut vers l'embarcation à fond plat qui tanguait doucement. Ses hommes avaient déjà abandonné leur besogne pour s'élancer à sa suite. Aram gisait en travers de l'escalier menant à la cale, l'un des deux madriers servant à guider les fûts en bas de la volée de marches était brisé. Une forte odeur d'alcool de satis imprégnait les lieux. En contrebas, un tonneau avait éclaté.

Socrace attrapa Aram par les épaules.

– Ne le touche pas, tu risques de l'achever ! lui cria Oran en dévalant les marches. Que s'est-il passé ?

– Le madrier s'est rompu et Aram n'a pas réussi à retenir le tonneau. Il aurait pu simplement s'écarter, mais tu sais comment il est... gémit Socrace en frottant ses grosses mains l'une contre l'autre. Le tonneau lui a roulé dessus, je crois que j'ai entendu des os craquer.

Oran passa avec précaution sa main dans le dos du blessé en suivant sa colonne vertébrale du pouce.

– Alors ? s'inquiéta Socrace.

Toute l'équipe se tenait en haut de la volée de marches, silencieuse. Le capitaine hurlait des imprécations à tout va, mais personne n'y prenait garde.

– Je sens quelque chose... Il est cuit, murmura l'Egyrien après un moment. S'il peut encore ouvrir les yeux et bander, ce sera un véritable miracle.

– Tu veux dire...

– Je veux dire qu'il vaudrait mieux qu'il crève tout de suite.

Le capitaine se fraya un passage jusqu'à l'escalier. Il était furieux.

– Le batelier de la péniche m'a dit que vous aviez éventré un tonneau! vociféra-t-il en menaçant Oran du poing. J'espère que vous avez un moyen de me dédommager, sinon, vous allez finir avec des fers aux pieds! Vous savez combien valent deux cents décanes de satis? Vous le...

Oran s'avança vers l'homme et l'attrapa par le col de son vêtement. D'un mouvement brusque, il envoya le dirigeant stupéfait butter contre la paroi et lui brisa le nez d'un coup de tête qui ébranla la péniche. L'odeur du sang réveilla l'Otenka. La poigne d'acier de l'Egyrien amena le visage du capitaine juste au-dessus du corps désarticulé d'Aram.

– Et vous, connaissez-vous la valeur d'une vie?

Il parvenait de plus en plus difficilement à repousser l'Esprit malsain. Sa colère et sa haine se mêlaient à celles de l'Otenka. Il avait envie de tuer le dirigeant.

– Lâchez-moi, ordonna l'homme en se débattant.

– *Non!* Regardez-le bien, et dites-moi à combien vous estimez sa vie.

– Sa vie, elle ne vaut pas le bois qui servira à sa crémation, déclara le capitaine en retroussant ses babines à la manière d'un chien.

Oran lança le dirigeant en bas de la volée de marches. L'homme atterrit lourdement dans l'obscurité et ne se releva pas. L'Egyrien s'en moquait. La pierre de Shoëk était redevenue aussi froide qu'une lame d'acier plantée dans sa poitrine. La main de Socrace sur son épaule le fit sursauter.

Aram avait ouvert les yeux. L'Egyrien y lut un désarroi profond. Il se tourna vers ses hommes qui attendaient en surplomb de l'escalier.

– Que l'un de vous aille me chercher un brancard! Socrace et moi, on va l'amener chez l'herboriste. Les autres, vous pouvez partir, il n'y aura pas de salaire à se partager.

La nuit était tombée depuis une heure. Oran traversait le quartier des Cache-Misères d'un pas mécanique. Il ne prenait garde ni aux putains aux épaules osseuses, ni aux gros trafiquants de chair humaine qui lui faisaient les yeux doux.

Aram était mort dans l'arrière-boutique de l'herboriste. Le malheureux n'avait même pas pu boire seul le mélange d'épices. Ils avaient été obligés de lui enfiler un tuyau dans la gorge et de le gaver comme une ongre.

Oran ne pourrait plus jamais effacer ce souvenir de sa mémoire. Un de plus...

Socrace et lui étaient restés auprès du mourant jusqu'à ce que le poison ait fait son office. L'herboriste leur avait assuré qu'Aram n'avait pas souffert.

Une femme escortée par deux hommes armés croisa son regard. Oran repensa alors à cette inconnue qui était venue lui parler dans la matinée.

« Si toutefois vous changez d'avis ou si vous désirez simplement me faire une visite *courtoise*, je vous attendrai jusqu'à minuit. Passé ce délai, vous n'existerez plus pour moi. »

Il secoua la tête pour la chasser de son esprit. Il ne mangerait pas de ce pain-là.

Alors il se rendit compte qu'il était affamé. Une pluie scintillante se mit à tomber. Oran fouilla dans ses poches, mais il n'avait plus un sou. Il se cala sous l'auvent d'une riche demeure, la tête rentrée dans les épaules pour se protéger du froid qui devenait mordant.

Il regardait les bourgeois, fonctionnaires et artisans, regagner leur demeure d'un pas pressé. Ceux qui devinaient sa silhouette noyée par les ombres faisaient un large détour. Il les comprenait, il n'avait jamais été particulièrement avenant le ventre vide. La faim le rendait nerveux. Il se hissa sur le rebord de la fenêtre à la force des bras.

Il essaya de se rappeler le nom de la sahrmä du port.

– Amaëlle, murmura-t-il.

Il savait combien certaines femmes pouvaient être impitoyables. Elle ne lui attirerait que des ennuis, il le sentait.

Quelqu'un tapa au carreau contre lequel il était appuyé. Oran sauta sur le sol. Un vieillard ridé comme du veau de mer séché, vêtu de la tunique blanche des serviteurs, ouvrit la fenêtre et se pencha pour attraper le volet. Ses mains maigres et sans vigueur ne parvenaient pas à tirer le panneau de bois ajouré.

– Je t'aide, l'ancêtre ? lui demanda l'Egyrien.

Le vieil homme fixa Oran avec inquiétude.

– Vous devriez partir d'ici, la sahrmä n'aime pas que des inconnus rôdent autour de sa maison.

Soudain, une voix de femme hurla à travers les murs de la demeure :

– Usum, je sens un courant d'air, hâtez-vous de fermer toutes les fenêtres ! (Puis, un ton au-dessous, elle ajouta :) Cette carne n'est plus bonne qu'à uriner dans ses braies. Quand est-ce que mon mari s'en débarrassera enfin ?

– Je dois vous laisser, murmura le vieillard, paniqué.

Au moment où le panneau de bois se refermait, la maîtresse de maison, une femme au visage épouvantable, pénétra dans la pièce. Elle en appela à Ankanaëpha et le tonnerre gronda au loin comme pour dénoncer l'offense.

L'Egyrien s'enfonça dans la nuit. Une pluie battante martelait désormais les rues et les toitures, pourtant il entendait encore la matrone hurler.

Il se dirigea vers le canal.

Malgré le vent et la pluie glacée, il marchait lentement. Les perchistes n'étaient pas passés pour allumer les becs à huile et les ténèbres étaient presque totales. Les rares passants n'étaient plus que des ombres furtives. Il sourit, se sentant inexplicablement privilégié. Son feutre informe pesait sur sa tête comme une outre pleine et ses vêtements étaient plaqués contre son corps. L'eau ruisselait entre ses doigts.

Il déboucha en amont de l'écluse, à une centaine de mètres de la cabane dans laquelle il s'était abrité la veille. Un éclair fendit le ciel. L'instant d'après, une explosion tonitruante déchira l'air. La foudre était tombée tout près du port.

Il gagna la cabane, mais celle-ci était inondée. L'eau s'infiltrait par le toit et par les planches disjointes des murs, le sol n'était plus qu'une flaque de boue rouge. Il se résigna à passer la nuit dehors. Il alla jusqu'à l'écluse et s'assit sur le ponton reliant les deux rives. La fatigue de la journée pesait lourdement sur ses épaules, étouffant le froid et la faim. Il sentit son esprit glisser doucement vers le néant. Il ferma les yeux.

– Êtes-vous Oran Neyto, journalier au port ? l'interrogea soudain une voix grave et protocolaire.

Un éclair illumina le ciel par saccades, dévoilant deux groupes d'une demi-douzaine d'hommes qui avaient pris position de part et d'autre du ponton sur lequel il était assis. Ils le menaçaient de leurs fusils à détente et semblaient bien décidés à ne pas le laisser s'enfuir. Il reconnut la tenue rouge des mahadjïrs, les gardes d'élite au service du Parlement des Sages. L'Egyrien leva les bras.

– Êtes-vous Oran Neyto, journalier au port ?

Il acquiesça de la tête.

– Êtes-vous Oran Neyto ? répéta la voix, plus menaçante.

– *Oui !* hurla-t-il à la fois effrayé et agacé.

Les mahadjïrs avaient enlevé les étoffes dissimulant leurs lampes tempêtes. La luminosité diffuse rendait la scène encore plus sinistre.

– Êtes-vous responsable de la mort du Sahrëm Narmeö Malë, capitaine du navire *Le Delban* ayant accosté en début d'après-midi ?

– Le capitaine est mort ? s'étonna Oran. Je ne l'ai...

Puis il se rappela avec quelle violence il l'avait jeté à fond de cale. L'homme pouvait s'être brisé la nuque.

– Êtes-vous responsable de la mort du Sahrëm Narmeö Malë ? répéta la voix.

S'il répondait par l'affirmative, il serait exécuté sur-le-champ. S'il niait, il serait remis entre les mains des brûle-supplices pour être interrogé et finirait certainement enchâssé dans un cocon écorcheur. Il avait déjà vu des hommes agoniser des dizaines de jours avant de succomber. Un frisson lui parcourut l'échine.

Il regarda par-dessus son épaule.

– Toute tentative de fuite sera prise pour un aveu de culpabilité sans rédemption, déclara le soldat.

La foudre s'abattit à une vingtaine de mètres en amont, faisant trembler la terre. Une boule incandescente dévala la berge, effleura la surface du cours d'eau, hésita un instant, et se dirigea vers l'écluse, poussée par le vent.

Oran plongea dans le canal, pour échapper aux soldats autant qu'à la sphère crépitante qui se ruait vers lui. Les mahadjïrs, aveuglés et paniqués, lui tirèrent dessus, mais les dards se perdirent dans les flots ou ricochèrent sur la structure métallique de la passerelle.

À deux cents mètres en aval, Bournoul Labinë, éclusier de Marane, sortit de chez lui sous les encouragements de sa femme, encouragements teintés d'une certaine menace, il est vrai. Il courut jusqu'au mécanisme commandant l'ouverture des portes de l'écluse, donna un tour de clé pour libérer les engrenages soigneusement graissés, et fit virevolter sa manivelle comme si sa vie en dépendait.

Sa femme l'avait réveillé en pleine nuit pour l'avertir du déluge qui s'abattait sur la cité :

– Si ça continue comme ça, c'est tout le Bas Quartier qui va baigner, parce que le niveau du canal, il est monté comme jamais ! s'était-elle écriée en le secouant. Tu m'entends ? Va ouvrir l'écluse, pauvre homme. Allez, avant que tout soit inondé et que le maître de l'urbanisme vienne te faire la leçon !

Ça lui était facile à elle de l'envoyer au front, c'était lui qui était trempé, glacé et terrifié par cet orage.

L'écluse s'ouvrait lentement. Il fallait deux cents tours de manivelle pour faire passer une péniche. Cinquante suffiraient à déverser le trop-plein.

L'eau s'engouffrait dans l'ouverture grandissante.

Un éclair déchira le ciel et Bournoul Labinë se mit à réciter à tue-tête une des sept prières d'amour à Ankanaëpha. Il hurlait dans le vent déchaîné comme s'il voulait défier les éléments.

Un étau glacé enserra la poitrine d'Oran lorsqu'il pénétra dans l'eau. Ses vêtements de laine et son long manteau de feutre l'entraînèrent vers le fond. Il se dévêtit en hâte, ne gardant que ses braies et ses sandales, et remonta à la surface. Il était à bout de souffle.

– *Il est là !* hurla un soldat.

Aussitôt, deux dards sifflèrent aux oreilles de l'Egyrien désorienté. Il replongea. Il sentit le courant l'entraîner vers l'aval. Les portes de l'écluse du Bas Quartier venaient d'être ouvertes. Comprenant que c'était là sa seule chance d'échapper aux mahadjïrs, il se mit à nager.

Quand il refit surface, un éclair illumina le ciel et il fut repéré. Il lui semblait que les hommes sur les berges étaient plus nombreux que précédemment, mais il n'eut pas le temps de s'en assurer. Il se laissa à nouveau glisser sous la surface battue par la pluie. Il n'entendait plus que le tonnerre qui semblait sourdre des entrailles de la terre. Le courant était de plus en plus fort, et bientôt il fut tiré en avant.

Un puissant remous l'entraîna vers le fond du canal. Il fut chahuté par les flots déchaînés jusqu'à ce qu'il heurte violemment une des portes de l'écluse. Luttant pour ne pas perdre connaissance, il repoussa l'imposant panneau de bois et d'acier et fut happé par l'ouverture béante.

Lorsqu'il remonta à la surface, les poumons meurtris par l'asphyxie, il se trouvait à plus de cent mètres de l'écluse du Bas Quartier. Les berges étaient désertes. Les mahadjïrs l'attendaient plus en amont. Ils ne se doutaient pas que le courant l'avait entraîné aussi bas.

Il regagna la rive et rampa sur l'herbe rase et détrempée. Quand il voulut se relever, son estomac fut pris de violents spasmes. Lorsqu'il aperçut la lumière diffuse des lanternes des soldats, il se remit sur ses jambes en vacillant et se glissa dans la rue la plus proche, plié en deux comme un homme à l'agonie.

Vêtu seulement de ses braies et chaussé de ses sandales, son coutelas lui battant la cuisse, il marcha droit devant lui dans le seul but de distancer les mahadjïrs. Par deux fois, il manqua de se retrouver nez à nez avec une patrouille de miliciens. Il ne pensait pas qu'ils le recherchaient, mais il préféra ne prendre aucun risque.

Oran était proche du quartier des Mercantiles. Il connaissait un homme là-bas à qui il avait rendu service. L'Egyrien pouvait lui demander de le cacher pendant quelques jours, pourtant il décida de ne pas le faire. Il avait tué un dirigeant et tous ceux qui l'aideraient risquaient de finir en prison ou pire. L'homme avait une famille et Oran ne put se résoudre à lui faire courir ce risque.

Il devait fuir Marane. Mais sans argent, ni vêtement, il savait qu'il n'irait pas bien loin. Il se rappela alors la sahrmä du port.

L'Auberge des Entrevues était juste de l'autre côté du quartier des Mercantiles. Il accéléra le pas. Il était bientôt minuit.

4

Vömin, province elyrienne.

Dakia, l'ancien soldat au service de l'impératrice Ankahana, était assis dans son fauteuil de toile, dos à la chaudière qui ronflait. Il pensait à Malëva Naöna, la protégée de Noëm et Manie.

Un jour, il l'avait surprise, bien malgré lui, se lavant dans le lac Diriü. Il avait vu alors son tatouage qui lui descendait jusque sur les hanches. Il était resté tapi dans les buissons, ne pouvant détacher son regard du corps nu de l'ancienne Sœur. Quand elle était sortie de l'eau, il avait également remarqué les deux cotj'ans dans leur fourreau de peau attaché à sa cuisse.

De quoi avait-elle si peur pour ne pas quitter ses armes, même pour se baigner ?

Parfois, il leur arrivait de discuter tous les deux, mais seulement de sujets anodins pour rompre un quotidien qui pouvait être pesant. Elle n'avait jamais rien dit de son passé... Lui non plus, d'ailleurs.

Il porta sa tasse d'eau de këshi à ses lèvres.

Depuis la mort de sa femme, il n'avait plus ressenti le besoin de la chair. Plus aucun désir ne le tourmentait, il était devenu froid à l'intérieur. En cela, il se sentait proche de Malëva.

Quand il l'avait épiée alors qu'elle se lavait, son corps de guerrière n'avait rien éveillé en lui, sinon la certitude d'avoir perdu quelque chose de précieux.

– « Un homme sans passion et un homme qui attend la mort », déclama-t-il.

Il avait lu cette phrase dans un livre de sa femme, un roman d'amour.

Il tourna son regard éteint vers la fenêtre. La nuit était tombée. Il ne savait pas depuis combien de temps.

Soudain, le bruit d'une cavalcade le sortit de sa torpeur. Il se leva, mais avant qu'il ait fait un pas, quatre hommes armés de fusils à détente firent irruption chez lui. Il les reconnut à leurs amples tuniques ocre, à leurs épaisses chevelures en broussaille et à leurs visages scarifiés. Il s'agissait des inquisiteurs de l'Ordre éternel d'Ankanaëpha, ceux que le peuple nommait avec crainte les brûle-supplices.

Avant que Dakia ait pu esquisser le moindre geste, l'un d'eux l'attrapa à la gorge et le fit chuter rudement sur le sol en écrasant le canon de son arme sur sa joue.

– On recherche une femme, une ancienne Sœur, elle se nomme Malëva Naöna. On sait qu'elle se cache dans ce village ! cracha celui qui le tenait en joue.

L'ancien soldat ferma les yeux, songeant que ce moment en valait un autre pour mourir. Mais l'instant libérateur ne vint pas. Un hurlement retentit à l'extérieur et les quatre hommes repartirent en courant.

Dakia se releva péniblement en massant sa joue meurtrie. Son regard se posa sur une imposante épée accrochée au-dessus de la chaudière. De part et d'autre de l'arme brûlaient deux veilleuses qui faisaient luire le métal poli.

Il alla jusqu'au meuble cossu acculé dans le fond de la pièce pour en sortir un vêtement de mailles d'acier doublé d'un épais tissu rêche. Il s'agissait d'une armure tressée, un « gratte-peau » dans le jargon militaire. Il le passa sous sa bure noire, puis il décrocha son épée du mur et la posa sur son épaule. La garde était brûlante dans sa main moite.

Il finit d'un trait sa tasse de këshi et sortit. Il emprunta un chemin en partie refermé par les ronces qui reliait la maison de Noëm et Manie à la sienne.

Malëva n'arrivait pas à trouver le sommeil. Les événements de la veille l'avaient passablement secouée et elle ne savait pas si elle devait confier ses craintes à Manie.

Son sang se glaça quand la porte de sa chambre s'entrebâilla. Sa main se porta aussitôt sur la garde de l'un de ses deux cotj'ans posés au clair sur son chevet. Nakadamu, le chien de berger, entra alors dans la pièce d'un pas traînant. Il s'avança jusque sur l'épais tapis morhian, au pied du lit et s'y vautra brutalement. Peu de temps après, il se mit à ronfler.

Malëva soupira.

Finalement, elle décida d'aller faire quelques pas dehors en espérant que l'air frais la calmerait. Elle passa sa tunique, laça le fourreau de ses cotj'ans sur sa cuisse, enfila son épaisse jupe de laine par-dessus et prit sa veste de peau à la main.

Nakadamu la regarda sortir, bâilla, dévoilant une rangée de dents à faire pâlir d'envie un chien-ours mâle, s'étira et la rattrapa.

Malëva alla à la cuisine pour boire. Quand elle revint, Nakadamu l'attendait devant la porte d'entrée.

– Toi aussi, Naki, tu sens qu'il y a quelque chose qui ne va pas? murmura l'ancienne Sœur.

Le chien remua la queue sans grande conviction. Il s'apprêtait à s'asseoir quand ses poils rêches comme du crin se hérissèrent sur son échine trapue.

– Qu'y a-t-il, Naki? s'inquiéta Malëva.

Nakadamu s'éloigna de la porte comme s'il voulait bondir sur un intrus. Alors seulement, l'ancienne Sœur perçut le bruit des sabots martelant les chemins du village. Des cavaliers brandissant des torches passèrent devant les fenêtres de la maison. Il devait y en avoir une douzaine, peut-être davantage. La porte d'entrée vola en éclats et la silhouette ramassée d'un brûle-supplice se figea dans l'ouverture béante. Nakadamu recula sans cesser de gronder.

Malëva essaya de fuir, mais son corps refusa de lui obéir. Il lui semblait entendre la voix de la Mère gardienne du limö murmurer dans la tourmente de ses pensées.

« Le limö n'est pas un apprentissage, c'est un Cheminement. »

Elle voyait l'homme s'avancer vers elle, mais elle restait pétrifiée. Son visage paniqué et ses yeux remplis de larmes amusèrent le brûle-supplice dont le sourire fendit son faciès balafré.

« L'apprentissage appesantit l'esprit, le limö le libère de ses chaînes. La réaction prévaut alors sur l'action. »

L'inquisiteur la mit en joue.

– Ne pleure pas, tes crimes te seront bientôt pardonnés et tu pourras à nouveau être aimée d'Ankanaëpha, murmura-t-il.

« Le limö n'est pas un moyen, c'est une finalité. »

Deux autres brûle-supplices pénétrèrent dans la pièce. C'en fut trop pour Nakadamu qui se jeta sur les intrus. Pris au dépourvu, les deux hommes lui tirèrent dessus. Les dards se fichèrent dans le sol.

Nakadamu referma alors sa gueule hérissée de crocs sur une cuisse charnue, à quelques centimètres de l'entrejambe. L'infortuné se mit à hurler et à taper du poing sur la grosse tête carrée de l'animal qui ne s'en laissa pas compter. Puisant dans une énergie qu'il avait relativement économisée depuis sa venue au monde, Nakadamu raffermit sa prise et se contorsionna. L'homme, fou de douleur, tourna les talons et se mit à courir dans la nuit. Il bouscula ses acolytes qui se précipitaient sur les lieux du combat. Ses cris ranimèrent la conscience vacillante de Malëva.

« Celui qui oublie qu'il est mortel prendra la mort à son service », souffla encore la voix de la Mère gardienne.

L'ancienne Sœur sentit la chaleur revenir dans son corps. Retrouvant sa liberté de mouvement, elle fit un pas de côté, se saisit de l'un de ses cotj'ans et trancha la gorge du brûle-supplice qui la tenait en joue. Un dard lui effleura le front avant de traverser la mince cloison séparant la salle à manger de la cuisine.

Elle hésita un instant. Elle ne voulait pas abandonner Manie et Noëm aux mains des inquisiteurs de l'Ordre éternel. Puis elle songea qu'ils pourraient s'enfuir si elle entraînait les brûle-supplices hors du village.

Elle para l'attaque d'un fanatique et lui brisa l'articulation du genou d'un coup de pied. Le limö contrôlait ses gestes, elle n'était plus qu'une marionnette silencieuse et consentante.

Elle prit appui sur un fauteuil et plongea par la fenêtre qui s'ouvrait sur le jardin. Les éclats de verre lui cisaillèrent les mains et le visage. Elle se meurtrit l'épaule en se réceptionnant sur la terre durcie par le gel. Un homme se rua sur elle en brandissant son fusil comme s'il s'agissait d'une massue. Malëva roula de côté, se releva et sauta la clôture qui la séparait d'un chemin refermé par les ronces.

La peur et la colère reprenaient lentement le contrôle de son esprit. L'état supérieur auquel l'avait conduite le limö s'étiolait.

Une silhouette lui barra soudain le passage. Elle ne put réprimer un cri de frustration.

– Malëva Naöna, fuyez cet endroit, déclara l'homme.

– Dakia ? s'étonna l'ancienne Sœur en reprenant son souffle. Je ne comprends pas...

– C'est une belle nuit, vous ne trouvez pas ? Partez maintenant, ajouta-t-il avec douceur. Laissez-moi à mon destin.

Elle contourna l'ancien soldat en évitant son regard et se remit à courir.

Dakia surgit des ombres et décapita le premier brûle-supplice d'un large coup circulaire, mais ses trois acolytes restés en retrait firent feu. Deux dards percutèrent l'ancien soldat de plein fouet. Le premier projectile partit en vrille, s'emmêlant dans son armure de mailles d'acier tressées. Le second perfora la protection et pénétra dans sa chair. Pourtant, Dakia trouva la force de mener un second assaut.

Il abattit les quatre hommes qui s'étaient lancés à la poursuite de Malëva.

Alors qu'il contemplait les cadavres des brûle-supplices, il fut prit de violents vertiges. Il avait reçu trois blessures sérieuses. Il posa son manteau de bure et son vêtement de protection imprégné de sang, puis il chancela sur quelques pas avant de tomber à genoux.

Il leva les yeux au ciel, mais aucune étoile n'était visible.

« C'est étrange, songea-t-il, j'ai toujours pensé que je mourrais en pleine journée... »

Il s'abattit dans les hautes herbes qui se refermèrent sur sa dépouille.

Malëva remonta le sentier jusqu'à la demeure de l'ancien soldat. La porte de derrière était entrebaîllée. Consciente du risque qu'elle prenait, elle se glissa dans le jardinet soigneusement entretenu et pénétra dans la maison. Elle ne s'attarda pas dans la cuisine et se rendit aussitôt dans le salon. Celui-ci était meublé avec austérité. Quelques coussins étaient disposés autour d'une table basse, deux fauteuils de toile tournaient le dos à la chaudière et un meuble large était adossé contre le mur du fond. Les quelques tapis morhians disposés sur le sol n'arrivaient pas à égayer les lieux. Elle prit un briquet posé près de la chaudière et s'empara d'une longue pèlerine de feutre doublé, semblable aux pardessus des mahadjïrs.

Elle s'apprêtait à passer dans la pièce voisine quand des voix la firent sursauter. Plusieurs hommes étaient à l'étage et l'un d'eux descendait l'escalier menant dans le salon. Paniquée, elle rebroussa chemin en courant.

– *Là, c'est elle !* hurla une voix dans son dos.

Elle passa la porte, traversa le jardinet et sauta la barrière. Puis elle suivit le sentier jusqu'aux anciennes bergeries avant de bifurquer en direction de la place aux Puits. Les buissons avaient depuis longtemps envahi toute cette partie du village et elle seule connaissait les passages serpentant entre les habitations abandonnées.

Elle s'arrêta juste avant l'atelier du forgeron dont il ne restait plus que le fourneau. Étouffant le bruit de sa respiration en appliquant ses deux mains contre sa bouche, elle tendit l'oreille. Rien ne lui laissa présumer que les brûle-supplices étaient encore à ses trousses. Ils s'étaient certainement égarés dans le dédale végétal. Le brouillard se leva et elle resta un long moment immobile.

Elle se doutait que les voies menant vers l'ouest et le nord devaient être surveillées. Quant à celles qui allaient vers le sud, elles n'existaient plus depuis plusieurs siècles. C'est pourquoi elle prit la direction du massif des Arkans, vers l'est. Elle espérait parvenir à contourner la région marécageuse des Grands Lacs pour ensuite remonter vers le nord et ainsi retrouver une des routes marchandes reliant les cités portuaires de l'océan des Fous à Ishama, la Cité éternelle.

Elle dépassa l'atelier du forgeron, dévala un talus escarpé et traversa le ruisseau à gué. Elle revint sur le sentier menant au lac Diriü en remontant le cours d'eau. Le brouillard recouvrait l'herbe d'une fine couche de givre craquante. Le froid lui engourdissait les mains et les pieds. Elle passa la pèlerine qu'elle avait dérobée dans la maison de Dakia et escalada la colline menant à l'arbre séculaire sous lequel Manie et Noëm s'étaient unis, ne s'arrêtant que pour contempler le vénérable ancêtre pourrissant.

En contrebas, plusieurs foyers d'incendie dévoraient Vömin. Les inquisiteurs de l'Ordre éternel allaient faire brûler tout le village pour essayer de la débusquer.

Malëva comprit que ni Manie, ni Noëm ne pourraient échapper à la fournaise. Elle se détourna et partit droit devant elle.

Elle contourna le lac Diriü et s'enfonça dans les sous-bois clairsemés. La pèlerine était trop longue et les ronces s'y agrippaient avec une telle force qu'elle avait l'impression que des mains malveillantes essayaient de la retenir. La maigre végétation la protégeait en partie du vent, mais elle préféra ne pas s'arrêter avant l'aube. La température ne cessait de baisser et Malëva ne pouvait se permettre d'allumer un feu avant d'avoir mis suffisamment de distance entre elle et les fanatiques lancés à sa poursuite.

Elle marcha jusqu'au lever du soleil, l'esprit vide, les lèvres craquelées par le froid, les doigts des pieds et des mains gourds. L'aube était blanche, sans chaleur. Elle chercha du regard un endroit où s'allonger, mais le givre avait tout recouvert. Alors elle rassembla un fagot de bois mort, le disposa derrière une souche pour l'abriter du vent et sortit de sa poche le briquet. Il lui fallut de nombreux essais avant d'en faire jaillir une flammèche orange. L'odeur d'huile rance lui fit froncer le nez. Dès qu'elle eut allumé un feu, elle posa ses bottes pour se réchauffer les pieds. De petites étincelles incandescentes jaillissaient parfois du foyer, elles lui laissaient de minuscules marques rouges sur la peau.

Ses mains et son visage avaient un peu gonflé à cause des dizaines de petites coupures qu'elle s'était faites en passant à travers la fenêtre, cependant le froid anesthésiait encore la douleur. Son épaule droite la faisait davantage souffrir. Elle parvenait à peine à bouger le bras.

Elle laissa son esprit vagabonder et ses paupières s'abaissèrent doucement.

Malëva se réveilla en sursaut, désorientée. Une bête rôdait aux alentours. Elle l'entendait renifler bruyamment. Elle n'eut pas le temps de se redresser qu'elle aperçut un animal tout noir, bas sur patte et aussi large qu'un cochon sauvage, trotter d'un buisson à l'autre, comme tiré par le bout de la truffe.

– Naki ! s'écria-t-elle en ouvrant les bras.

Le chien se figea un instant, repéra la femme et bondit à sa rencontre. Il lui emporta tout le visage à coups de langue humide et lui pétrit joyeusement le corps avec ses pattes. Malëva ne parvint qu'à grand-peine à le repousser. Quand elle se fut redressée, elle passa ses bras autour du cou de l'animal et pleura en silence. Nakadamu, qui ne comprenait que très modérément les hommes, même s'il appréciait leur compagnie, fut pris au dépourvu par une telle attitude et ne réussit qu'à remuer la queue, signe chez lui d'une certaine nervosité.

Finalement, quand la femme eut fini de le mouiller et de l'étrangler, elle se recoucha et se rendormit. Nakadamu s'assit alors et réfléchit en chien de berger. Au bout d'un moment, il conclut que seule la faim pouvait être la cause de ce comportement atypique. Il partit donc chasser un oreille-qui-saute ou un bec-plat-qui-vole.

Malëva regardait Nakadamu jouer avec la fourrure du giphe qu'il avait ramené quelques heures plus tôt. Il la secouait violemment et l'envoyait voler dans les airs. Le jeu dura jusqu'à ce que la dépouille reste suspendue à une branche. Le chien s'assit sans la quitter des yeux, dépité.

L'ancienne Sœur sortit alors du feu le giphe qu'elle avait préparé et Nakadamu abandonna sa pelisse pour venir se planter devant elle, répandant de longs filets de bave sur le sol. Il aboya et elle lui céda de bonne grâce la moitié de son repas.

– Manie ne serait pas très contente si elle te voyait mendier de la sorte, le réprimanda Malëva.

Elle prit conscience qu'elle ne reverrait plus jamais la vieille femme et dut refouler son chagrin. Après cela, elle mangea en silence. L'après-midi touchait à sa fin.

– Très bien, Naki, il va nous falloir lever le camp ! déclara Malëva pour se redonner du courage.

Comme le chien ne semblait pas réagir, elle soupira.

– Tu as raison, je vais prendre un peu de temps pour réfléchir à tout ce qu'il vient de nous arriver... Déjà, j'aimerais savoir comment ils ont fait pour me retrouver ? Tu as une idée, toi ?

Elle ramena ses genoux contre sa poitrine. Elle se rappela alors ce singulier personnage qui avait séjourné au village, il y avait deux ou trois saisons. Il s'était fait passer pour un voyageur égaré, mais en vérité, qui pouvait être assez stupide pour s'égarer jusqu'à Vömin ? Et même s'il avait dit la vérité, il avait pu parler d'elle et éveillé ainsi l'attention de quelques curieux malintentionnés.

Après tant d'années, elle avait naïvement cru ne plus être la cible de la vindicte impériale. Maintenant, Manie et Noëm étaient morts.

Pourtant, elle n'arrivait pas à comprendre pour quelle raison c'étaient les inquisiteurs de l'Ordre éternel qui étaient à sa poursuite et non les agents impériaux. Elle avait tué un dirigeant et non un prêtre. L'intervention des brûle-supplices dans ce genre d'affaire ne se faisait qu'en dernier ressort, lorsque le fuyard avait été attrapé et refusait d'avouer sa culpabilité. Les inquisiteurs étaient des hommes de main et des bourreaux, mais certainement pas des limiers.

Quelque chose sonnait faux. Elle avait le pressentiment que ce n'était pas pour son crime vieux de plus de neuf ans que les brûle-supplices étaient venus jusqu'à Vömin.

Peut-être était-ce en rapport avec ses agissements en tant que Sœur? À l'époque, accusée de prôner des idées subversives, elle avait été réprouvée de l'Ordre. Mais peut-être cette décision leur semblait-elle désormais trop douce, surtout si d'autres Sœurs avaient poursuivi son action? Peut-être les hauts prêtres voulaient-ils faire d'elle un exemple?

– Quelle que soit la personne qui a envoyé les brûle-supplices à ma recherche, je la tuerai, murmura-t-elle. Je ne laisserai pas la mort de Noëm et Manie impunie. Qu'Ankanaëpha me pardonne...

Un seul homme était en mesure de l'aider à retrouver celui qui avait ordonné aux fanatiques religieux de la pourchasser. Elle n'avait pas eu de nouvelles de lui pendant ces sept années passées à Vömin, mais elle était certaine qu'il n'avait pas quitté Ishama. Il avait été condamné à la peine capitale par le haut tribunal impérial pour avoir fondé et dirigé un parti politique prônant la réforme du pouvoir actuel, et s'il s'était avisé de mettre un pied hors de la Cité éternelle, il aurait été aussitôt mis à mort.

Il s'agissait du frère jumeau de l'homme qu'elle avait aimé. À l'idée de le revoir, sa poitrine se comprima. Affronter à nouveau son visage serait une épreuve, pourtant rien ne la ferait plus reculer. Par deux fois, ceux qu'elle aimait étaient morts à cause de sa lâcheté, cela ne devait plus arriver.

– Matëo Magbë, j'espère que tu es toujours en vie, dit-elle en se levant.

Nakadamu se gratta derrière l'oreille et la suivit en prenant soin de baliser leur route.

5

Marane, province morhiane.

L'orage s'était éloigné, emporté par le vent du large. Quelques passants que le déluge avait retenus de force dans les auberges rentraient chez eux au pas de course, l'échine courbée, prêts à fléchir sous le courroux conjugal. Oran Neyto leva les yeux sur l'imposant cadran de l'horloge scellée au sommet de la citerne d'approvisionnement en eau du quartier des Mercantiles. Il n'était pas tout à fait minuit, la sahrmä aux yeux sombres devait encore l'attendre.

Il marcha d'un pas tranquille, prenant le temps de réfléchir.

Maintenant qu'il était traqué par les mahadjïrs, il n'avait plus d'autre choix que de s'exiler sur l'un des atolls indépendants qui se trouvaient au large de l'Empire egyrien. L'idée lui était également venue de traverser l'océan pour se rendre sur le lointain continent de Roël, mais il lui fallait pour cela une somme conséquente afin de payer son voyage, sans compter qu'il lui serait difficile de prendre à défaut la vigilance des gardes maritimes.

Tout dépendrait de ce que la sahrmä avait à lui offrir.

Un vent glacé le surprit, lui faisant prendre conscience qu'il était torse nu.

À une dizaine de mètres sur sa droite, un volet s'ouvrit au premier étage d'une demeure de huit[1]. Une femme pendit une toge de fonctionnaire à sa fenêtre, tançant durement son mari pour son retard. Oran sourit. Il attendit que la mégère ait refermé son volet et attrapa en sautillant le vêtement qui pendait. Celui-ci

1. Une demeure de huit était une bâtisse de huit logements semblables. La plupart du temps ces immeubles étaient pourvus de l'eau courante et du tout-à-l'égout.

était détrempé, mais il s'en accommoda. Il ne pouvait guère espérer meilleur déguisement pour passer inaperçu. Sur les douze mille habitants de Marane, près d'un quart étaient des fonctionnaires portant la toge bleue, la tüshnag.

Ainsi accoutré, il arriva devant l'Auberge des Entrevues, un bâtiment haut de deux étages. Il délaissa le heurtoir en forme de poisson et frappa du poing contre le panneau de bois. Un judas coulissa et un regard féminin se dessina dans la pénombre.

– De la part de qui venez-vous ? l'interrogea une voix de femme.

– Comment ? (Puis il se souvint du nom que lui avait donné la sahrmä du port.) Amaëlle, répondit-il.

Oran fut troublé par la ressemblance entre la femme qui lui ouvrit et celle qui lui avait donné ce rendez-vous. Pendant un instant, il crut se trouver en face de la même personne. Mais la tenancière n'avait pas la beauté de la sahrmä du port. Ses traits étaient plus lourds et elle semblait de quelques années plus vieille.

– Avec cet orage, je vais passer ma nuit à éponger, maugréa-t-elle en désignant la tüshnag de l'Egyrien qui s'égouttait sur les dalles de marbre elyrien.

Oran la suivit à l'étage. La tenancière lui désigna une porte tapissée de velours bleu nuit.

– Je ne sais pas à quoi Amaëlle joue, déclara-t-elle, mais soyez correct !

Puis elle repartit sans se départir de son air renfrogné.

L'Egyrien frappa du poing, cependant le velours étouffa les sons. Il se résigna alors à appuyer sur un petit bouton doré scellé dans le montant droit du linteau. Il perçut un carillon assourdi et, peu de temps après, Amaëlle lui ouvrit la porte.

Elle était vêtue d'une simple toge de soie parme étroitement enroulée autour de son corps sensuel. Ses cheveux noirs lui descendaient sur le visage et les épaules en de longues mèches bouclées. Elle recula d'un pas.

– Qu'est-ce que c'est que cette tüshnag ? cracha-t-elle.

– C'était pour passer inaperçu, mentit Oran en s'avançant et en refermant la porte derrière lui. C'était bien ce que vous désiriez en me donnant rendez-vous ici, non ?

– Sans doute, fit-elle. Enlève-moi ça !

Il ôta le vêtement, dévoilant son torse large et musclé. Incrustée dans son sternum, la pierre de Shoëk, polie comme du verre, réfléchissait la lumière tamisée.

La sahrmä n'eut pas la réaction de dégoût à laquelle il s'attendait. Au contraire, son regard s'attarda sur son corps plus que la décence ne le permettait.

– Qui t'a fait ça? l'interrogea-t-elle en désignant la pierre du doigt.

– Les pirates aëpans.

– Tu n'as pas d'autre cicatrice, remarqua-t-elle. Tu n'as jamais été blessé?

L'Egyrien se retourna, exhibant les nombreuses plaies rosâtres qui lui balafraient le dos.

– Sur les quais, le danger ne vient pas toujours de devant.

Elle fit un pas en avant et lui effleura la peau du bout des doigts. Il ne put réprimer un frisson. Oran s'éloigna d'elle, mal à l'aise.

– Que désirez-vous de moi? l'interrogea-t-il sans détour.

– La question est... que désires-tu, toi?

– J'ai besoin d'argent.

– Je peux t'en donner. Seulement je ne t'ai pas demandé ce dont tu avais besoin, mais ce que tu désirais.

Il s'avança alors jusqu'à la toucher et passa ses mains autour de sa taille. Il s'attendait à ce qu'elle le repousse, mais au lieu de ça elle planta ses ongles dans sa nuque et se rejeta en arrière en entrebâillant ses lèvres ourlées de dédain. Il cala sa cuisse entre les siennes et la caresse de la toge de soie sur sa peau tannée par les intempéries lui embrasa les sens. Il eut conscience de ne plus vraiment s'appartenir et ça lui fut égal, presque agréable. Il la fit glisser sur le sol.

En quelques gestes pressés, ils se trouvèrent nus et haletants, asservis par le même désir violent. Il sentait par moments les ongles de la sahrmä lacérer son dos. La douleur et le plaisir se mêlaient étroitement. Elle lui mordit la lèvre et le goût du sang se répandit dans leurs bouches.

Quand leurs corps s'affaissèrent l'un contre l'autre, vidés de toute ardeur, l'Egyrien se redressa, ébranlé par la frénésie qui s'était emparée de lui. Il était trempé de sueur, essoufflé et hagard. Elle le repoussa sans douceur et disparut dans une pièce attenante.

Oran se rhabilla, puis alla s'asseoir sur une banquette en promenant son regard autour de lui. Il était dans une chambre spacieuse, richement meublée. Il remarqua la multitude d'objets personnels disposés un peu partout. Selon toute vraisemblance, la sahrmä devait résider ici depuis longtemps, peut-être depuis plusieurs années.

La porte de communication claqua et Oran se réveilla en sursaut. Il s'était assoupi. Il se frotta les yeux et porta son regard rougi sur la femme. Elle avait passé une longue tunique noire informe.

– Je veux que tu tues quelqu'un, lui lança-t-elle en relevant sa lèvre supérieure dans une grimace carnassière. Une femme.

– Une femme?

– Oui. Une envoyée d'Aras qui a déshonoré mon nom et mené mon mari à sa perte. (Elle s'assit sur le lit.) Il y a douze ans, une Sœur a séduit l'homme avec qui j'avais été unie devant Ankanaëpha. Pendant trois ans, je n'ai rien su de leur relation. J'étais... j'étais malade à l'époque, murmura-t-elle. Puis Atamë, mon mari, a hébergé cette vipère sous notre propre toit pour la soustraire à la justice. Elle s'était rendue coupable d'un crime contre l'empire, elle avait assassiné un dirigeant de sang-froid. Atamë m'a imposé sa présence pendant deux longues années, m'obligeant au silence, allant jusqu'à me menacer pour que je ne parle pas. Chaque nuit, j'avais peur qu'il me fasse assassiner. J'ai dû les dénoncer pour que ce cauchemar cesse enfin. Seulement, la femme qui était la cause de tout mon malheur est parvenue à s'échapper. Mon mari, lui, a été arrêté et remis aux mains des brûle-supplices. Il a agonisé vingt-deux jours dans un cocon écorcheur. Vingt-deux jours pendant lesquels j'ai supplié Ankanaëpha d'abréger ses souffrances. Après cela, les huissiers impériaux ont saisi tous mes biens, me laissant dans le déshonneur et le besoin. Depuis maintenant sept ans, je vis ici, chez ma sœur, attendant le moment où l'on retrouvera la trace de cette femme.

Son visage s'était transformé en un masque de haine. Elle posa ses yeux brûlants de colère sur l'Egyrien.

– Vous me croyez capable de tuer une femme de sang-froid? l'interrogea-t-il.

– Je me suis renseignée. On raconte beaucoup de choses sur ton compte.

– De simples rumeurs, répliqua-t-il.

– Je t'ai vu lancer cet homme à la mer alors qu'il te suppliait de l'épargner, et je peux lire dans tes yeux qu'il n'y a pas plus d'humanité en toi que chez un dragon de Dahr.

La réplique troubla l'Egyrien. Il porta sa main à sa pierre de Shoëk.

– Et même si j'acceptais de la tuer, comment pourrais-je la retrouver ?

– Un agent impérial avec qui j'ai gardé contact m'a écrit. La femme a été retrouvée, dans un petit village au fin fond de la province elyrienne. Des inquisiteurs de l'Ordre éternel sont sur ses traces.

– Alors je ne vois pas ce que je pourrais faire de plus que les brûle-supplices. Si ça se trouve, elle est déjà en train d'expier ses crimes.

– C'est une ancienne Sœur et elle a été formée au limö. Les inquisiteurs sont des tueurs sans finesse. Elle leur échappera, comme elle a échappé à la justice il y a sept ans ! Mais je sais où elle ira chercher de l'aide. Chez le frère de mon mari, dans la cité éternelle d'Ishama !

– Comment s'appelle-t-elle ?

– Malëva Naöna. Acceptes-tu de me venger ?

Comme l'Egyrien ne lui répondait pas, elle sortit d'un tiroir un foulard de soie et une escarcelle de bonne taille qu'elle lui lança avec mépris.

– Tu as assez pour te rendre à Ishama et revenir. Je te donnerai vingt fois cette somme quand tu me rapporteras sa peau.

– Sa peau ? Vous voulez que je la dépèce ?

– Pas entièrement, je veux juste la peau de son dos.

– Et comment je saurai que c'est bien elle ?

La sahrmä lui tendit le foulard de soie. Oran s'en saisit et le déplia. Le portrait d'une femme avait été peint dessus. Elle était belle. Ses traits étaient volontaires, un peu agressifs.

– Cette peinture a huit ans. Je ne pense pas qu'elle ait beaucoup changé. Tu la reconnaîtras de loin, c'est une guerrière. Je n'avais jamais vu une femme se déplacer ainsi avant elle. De toute façon, elle sera certainement en compagnie de Matëo Magbë, le frère de mon mari, et lui, tu n'auras aucun mal à le trouver. C'est l'homme le plus connu d'Ishama après l'impératrice Ankahana elle-même.

Oran remit sa tüshnag sur ses épaules et soupesa la bourse. Il avait tout juste assez d'argent pour gagner un atoll indépendant, mais si la sahrmä lui donnait vingt fois cette somme, il pourrait alors traverser l'océan et commencer une nouvelle vie sur le continent de Roël.

– J'accepte, déclara-t-il. Je tuerai Malëva Naöna.

– N'oublie pas de me rapporter sa peau, lui rappela-t-elle.

Oran acquiesça et sortit de l'auberge.

Il s'était remis à pleuvoir. L'Egyrien avait pris sa décision. Demain, il se rendrait à l'embarcadère fluvial pour se rendre à Coradj, la capitale de la province morhiane et, de là, prendrait le vaisseau à vapeur jusqu'à Ishama.

S'il n'avait pas le courage de tuer lui-même cette ancienne Sœur, alors il libérerait son Otenka pendant quelques instants. Il n'avait plus le choix, il devait gagner assez d'argent pour fuir l'empire.

Soudain, il eut la désagréable sensation d'être suivi. Il se retourna, mais son regard n'arriva pas à percer les ténèbres. Il se remit à marcher, les sens aux aguets. Il perçut alors l'écho assourdi de pas derrière lui. Il se faufila dans une ruelle, bifurqua à plusieurs reprises et s'arrêta dans le renfoncement d'un bâtiment.

La cité était à nouveau silencieuse. Il attendit quelques minutes, puis repartit en prenant soin d'éviter les halos tremblotants des becs à huile. Il décida de se rendre au plus vite dans une auberge. Il opta pour un bouge mal famé qui se trouvait au sud du quartier des Mercantiles.

Quand il arriva, l'établissement était déjà fermé. Oran frappa à la porte pendant un long moment. Finalement, l'aubergiste ouvrit une fenêtre du premier étage et pointa un fusil à détente sur lui.

– Qu'est-ce que c'est que ces manières ? s'énerva l'homme. Cogne encore une fois contre cette porte et je te cloue aux pavés. Tire-toi de là !

– J'ai assez d'argent pour payer ma nuit et un bol de löss, répliqua Oran.

– Alors repasse demain. Allez, tire-toi !

L'Egyrien n'insista pas. Il s'engagea sous une arcade et traversa le quartier des Commerces. Il s'arrêta devant un terrain vague qui s'étendait jusqu'à la mer, un ancien port devenu depuis une trentaine d'années un cimetière d'épaves. Quelques bâtiments gigantesques aux flancs rongés par la moisissure gisaient au milieu de plusieurs dizaines de navires de pêche aux mâts brisés. Les citadins craignaient de s'y aventurer, même les miliciens limitaient leurs rondes aux ruelles alentour. Des bandes de sans-abri sillonnaient souvent les lieux. Certaines avaient établi des campements dans les entrailles pourries des bâtiments les plus imposants. À plusieurs reprises, Oran était venu enrôler quelques-uns de ces malheureux pour prêter main-forte à son équipe.

À nouveau, l'Egyrien eut l'impression d'être suivi. L'endroit était pourtant désert. La pluie redoubla d'intensité. Il hésita, puis se dirigea vers un navire à fond plat dont les flancs étaient ronds, distendus comme les chairs putréfiées d'un cadavre. La proue, recouverte de coraux morts, représentait une tête d'animal rongée par les intempéries. Il s'approcha d'une brèche haute de plus de deux mètres et suivit du doigt une des entailles qui bordaient l'ouverture, se demandant quelle créature terrifiante avait pu causer de tels ravages.

Il jeta un dernier regard derrière lui et pénétra à l'intérieur. L'odeur de la vase était écœurante. Quelques coquillages vides gisaient sur le sol. Il s'enfonça dans le ventre du navire jusqu'à trouver un endroit sec. Le sol était recouvert d'une épaisse couche de sable. Il s'assit en s'adossant au bordage.

Il sortit le mouchoir de soie que lui avait laissé la sahrmä et le déplia avec précaution. Dans la pénombre, il ne distinguait que vaguement les contours du visage de l'ancienne Sœur.

Soudain, sa pierre de Shoëk le brûla. Il redressa vivement la tête. Deux yeux luisant d'un éclat violet se détachaient des ténèbres à quelques mètres sur sa droite. Il eut la soudaine certitude que ce regard n'était pas celui d'un être humain, ni même d'un animal. La créature s'avança sous le faible rayonnement lunaire provenant d'un trou dans le pont. Sa peau était presque transparente. Elle ne semblait pas faite de chair, plutôt de verre fumé. Ses vêtements étaient ceux d'un Sahrëm, avec cependant une différence notable : il ne portait pas de coiffe. Ses cheveux fins comme des fils de soie lui tombaient sur la poitrine.

L'Egyrien avait entendu trop d'histoires au sujet des démons qui hantaient les grandes cités de Morhianie pour ne pas reconnaître un Baküia.

– Que me veux-tu ? l'interrogea-t-il en prenant son coutelas.

« Aspirer jusqu'au tréfonds de ton âme », lui répondit la créature en se fendant d'un sourire malveillant.

Sa voix était claire et douce.

– Ça risque de te laisser un goût amer dans la bouche, répliqua l'Egyrien en se mettant en garde.

Le Baküia bondit en avant et le percuta de plein fouet avant qu'il ait eu le temps de s'écarter. Ils passèrent tous les deux à travers le bordage vermoulu et roulèrent sur le sol détrempé. Oran laissa échapper son coutelas dans sa chute, mais il réussit à repousser son adversaire d'un coup de pied. Il s'enfuit aussitôt, une main enserrant la gemme enchâssée dans sa poitrine. Son Otenka, excité par la présence du démon, luttait pour sortir de sa prison.

L'Egyrien contourna plusieurs carcasses de bateaux avant de s'arrêter, à bout de souffle. Il pensait avoir échappé au Baküia quand un coup terrible l'envoya à nouveau au sol. Il se redressa difficilement, seulement conscient de la silhouette qui s'avançait d'un pas assuré vers lui.

– Tu es tombé sur la mauvaise personne, déclara Oran en crachant du sang.

Le Baküia s'arrêta, un sourire intrigué animant sa face livide.

« Pourquoi ? Ai-je quelque chose à craindre de toi ? »

– De moi, non, répondit l'Egyrien. *Mais de lui, oui !* rugit-il en libérant l'Otenka.

Il s'arc-bouta quand la puissance de l'Esprit malsain se déversa en lui. Ses muscles se tendirent jusqu'à menacer de rompre. Une brume mauve s'échappa de sa bouche. Il se redressa lentement, le visage déformé par une grimace de haine.

– *Quelque chose me dit que tu ne vas pas l'apprécier du tout*, déclara-t-il d'une voix inhumaine.

Laissant libre cours à sa fureur, il frappa le Baküia. La créature fut balayée par la violence du coup. Elle se releva et tenta de mordre l'Egyrien qui lui saisit le visage entre ses deux mains.

– *Je n'ai pas passé une très bonne journée*, grogna Oran. *Mais je crois que la tienne va être pire, bien pire...*

Les os du crâne du Baküia cédèrent et l'Egyrien referma ses mains l'une contre l'autre dans une gerbe de sang.

Oran resta quelques secondes à contempler le corps mutilé de son adversaire, puis se mit à hurler comme l'Otenka refusait de regagner la pierre de Shoëk. Il savait que s'il ne parvenait pas à reprendre rapidement le dessus sur l'Esprit malsain, son âme serait mise en lambeaux et il deviendrait à son tour un Baküia.

Il tomba à genoux, luttant de toutes ses forces.

Lentement, l'Otenka regagna la pierre de Shoëk. Épuisé, l'Egyrien se traîna jusque sous la coque d'un navire de pêche et s'allongea sur le sable.

Il savait qu'il avait eu de la chance, la proximité de la mer avait affaibli l'Esprit malsain. En d'autres circonstances, il aurait pu y perdre son âme. Il se jura de ne plus jamais le libérer et s'endormit en songeant qu'il y avait pire que la mort.

6

Ishama, la Cité éternelle.

Korian'Lor'Kald tira sur les rênes de sa jument comme Sadre'Sïr'Issa revenait d'Ishama, la Cité éternelle. Le petit homme tressautait follement sur sa selle. Le noble soupira. Malgré toute son application à lui enseigner les rudiments de l'équitation, son compagnon ressemblait toujours à une casserole posée sur le cul d'une mule. Après quarante années passées ensemble, le noble roëlien désespérait de le voir un jour faire preuve d'un semblant de tenue.

Sadre'Sïr'Issa s'arrêta à une encolure de Korian'Lor'Kald.

– J'ai averti l'impératrice Ankahana de notre visite, maître. Elle ne semblait guère surprise.

– Quelqu'un l'aura certainement avertie. Le jeu n'en sera que plus fin. Allons, repars là-bas et fais-moi préparer un bain brûlant. Tu demanderas également s'ils ont des remèdes contre les rhumatismes.

– Votre genou ? s'inquiéta le serviteur râblé.

– Ce long voyage a réveillé des douleurs anciennes, mais ça devrait aller, le rassura le noble roëlien. Va, maintenant.

Sadre'Sïr'Issa s'apprêtait à talonner sa monture quand Korian'Lor'Kald ajouta :

– Essaie de te tenir droit quand tu galopes.

Le serviteur acquiesça et repartit en tressautant de plus belle. Le noble roëlien fit un petit bruit de bouche et sa jument prit un trot alerte. Il suivit son compagnon du regard jusqu'à ce qu'il disparaisse au détour d'un vallon.

Ils avaient quitté la capitale impériale depuis dix-sept jours, chevauchant à travers les contrées les plus reculées de l'Egyrie et de l'Elyrie. Korian'Lor'Kald était légèrement déçu. Il s'était attendu à un périple plein de dangers, de créatures exotiques et de surprises. Mais ils n'avaient croisé que de grands herbivores et quelques fermiers bien intentionnés.

Depuis maintenant quatre ans qu'il avait été contraint de s'exiler loin de Roël, il se morfondait dans son rôle d'ambassadeur auprès du Parlement des Sages. Il ne pouvait s'empêcher de ressentir une grande pitié envers cette parodie de gouvernement impérial, une centaine de vieillards à moitié séniles et à moitié exaltés qui en venaient aux mains au moindre différend qui les opposait.

Il soupira sans se départir de son inébranlable flegme roëlien.

Quand le Parlement des Sages en était venu à ouvrir une session extraordinaire sur les « possibles agissements anticonstitutionnels et subversifs de l'impératrice Ankahana envers le gouvernement révolutionnaire egyrien », il avait vu là une chance d'échapper pour un temps à sa pénible condition d'ambassadeur. Il s'était avancé courageusement au milieu des vieillards déjà prêts à s'écharper pour savoir à quel parti politique devait appartenir l'enquêteur qu'ils délégueraient à Ishama, et il avait parlé en ces termes :

– Nobles et vénérables Sages, j'ai une proposition à vous faire qui ne peut que vous concilier.

Tous s'étaient tournés vers lui. Il avait attendu quelques secondes afin de ménager son effet avant de reprendre :

– Je vous demande d'étudier ma candidature pour ce qui est de cette enquête. Ma... neutralité ne peut que vous servir et mon expérience en matière de diplomatie est, je vous assure, des plus grandes.

Quelques voix avaient aussitôt approuvé, d'autres s'étaient élevées contre. Finalement, les Sages avaient voté à main levée et sa requête avait été acceptée à son plus grand étonnement. Il était parti le lendemain en compagnie de son serviteur et compagnon de toujours.

Il grimaça ; son genou l'élançait. Tous ces jours passés à chevaucher avaient réveillé sa vieille blessure. Sadre'Sïr'Issa avait insisté pour qu'ils prennent le vaisseau à vapeur, mais Korian'Lor'Kald avait refusé. Il ne supportait pas l'idée d'être acheminé comme du vulgaire bétail à travers tout l'empire dans l'une de ces machines bruyantes qui empuantissaient l'air. Il flatta l'encolure de sa jument, un bon animal arrivé en fin de carrière.

Il n'aimait pas ces gigantesques volatiles dont les Egyriens et les Morhians se servaient comme monture. Les épeuchs rouges étaient imprévisibles et dangereux, tandis que les bleus étaient d'une stupidité affligeante.

Son pays lui manquait cruellement.

La Cité éternelle d'Ishama se dévoila au détour d'une colline. Il la contempla pendant quelques instants, le cœur ému par la force et la sérénité qui se dégageaient de l'agglomération, malgré le temps brumeux. Puis il se souvint des tours effilées de Sibel'Ak et retomba dans une apathie morose.

7

Région des Grands Lacs, province elyrienne.

Malëva sortit du bois deux heures avant la nuit. À plusieurs dizaines de kilomètres vers l'est, le mont Arkan se dressait fièrement parmi les massifs montagneux aux arêtes effilées. Les neiges éternelles couronnaient le vénérable immortel ainsi que certains des sommets alentour.

L'ancienne Sœur s'arrêta et referma son pardessus, songeant au vent qui devait souffler là-haut. L'hiver était précoce dans les montagnes, et les bergers devaient déjà redescendre dans les vallées avec leurs troupeaux. Les hommes craignaient la neige et le froid, mais également les Didjirüs, ces démons au service du Sombre des Arkans qui s'abattaient en hordes sur les villages pour dévorer hommes et bêtes pendant les grands froids.

Depuis les nombreux siècles que les Didjirüs hantaient le massif des Arkans, plusieurs empereurs avaient tenté de les en chasser. En vain.

Nakadamu aboya pour lui signifier son impatience, et l'ancienne Sœur repartit.

Bientôt, les sols se gorgèrent d'eau. Une odeur métallique se dégageait des innombrables bourbiers jalonnant le chemin et des insectes vrombissaient dans l'air malgré le froid. Malëva obliqua alors vers le sud pour contourner les marécages qui ceinturaient la région des Grands Lacs.

Nakadamu continua droit devant lui, indifférent aux ronces et à la boue qui maculait son pelage. Quand la femme l'appela, il retourna sur ses pas sans précipitation, la truffe rivée au sol. Les lieux étaient infestés de pious-qui-courent et il ne lui fallut pas longtemps pour en attraper un. Aussi fier et droit que le mont Arkan lui-même, il le déposa au pied de la femme qui le remercia d'une caresse.

– Et dire que Noëm a toujours cru que tu n'avais aucun flair ! sourit Malëva. Je crois que tu t'es bien moqué de lui, Naki.

Le chien remua la queue et repartit chasser.

À la nuit tombée, l'ancienne Sœur portait sur l'épaule un chapelet de douze volatiles de la taille du poing.

– Nous devrions trouver un endroit où nous abriter, Naki, déclara-t-elle en regardant le ciel bas et gris. Il va très certainement neiger. (Le chien de berger aboya tristement.) Toi aussi tu sens que le froid va descendre des montagnes. Continuons. Peut-être trouverons-nous une cabane de chasse. Je sais que ceux du village, du temps où la fièvre des marais n'avait pas encore sévi, venaient ici pour guetter la brigue.

Ses bottes avaient fini par prendre l'eau et ses pieds glacés la faisaient souffrir un peu plus à chaque pas. Le vent hurla à ses oreilles et elle se mit à trembler.

Elle se rappela alors ces marches interminables du temps où elle était Sœur novice. Les Sœurs aînées les réveillaient brutalement au milieu de la nuit et toute la chambrée partait avec armes et bagages pour des périples de plusieurs jours. Quelle que fût la saison, elles marchaient dix-huit heures par jour, sans jamais savoir s'il s'agissait d'un entraînement ou d'une véritable mission agréée par l'Ordre éternel.

Malëva serra les mâchoires pour s'empêcher de claquer des dents. Son corps n'était plus capable de subir de telles épreuves. Ces sept années passées auprès de Manie et Noëm l'avaient rendue plus sensible au froid, à la faim et à la fatigue. Son âme également n'était plus aussi forte depuis qu'elle avait quitté l'Ordre éternel. Ses convictions avaient été ébranlées et elle avait découvert le véritable visage du monde. Un tourbillon de haine, de violence, d'amour et de pleurs. Ses doutes en la Parole d'Amour avaient fissuré le carcan qui avait si longtemps emprisonné son esprit. Elle avait retrouvé sa liberté de penser, mais elle était devenue plus vulnérable. Et cette faiblesse l'effrayait bien plus que toute autre chose.

Elle trébucha dans une ornière et resta un long moment agenouillée. Il se mit à neiger. D'abord quelques flocons épars, puis rapidement un déluge silencieux et glacé. Malëva sentit la truffe humide de Nakadamu se poser sur sa joue.

Elle n'avait pas échappé aux brûle-supplices pour finir ici. Elle devait vivre pour Manie et Noëm, pour les venger.

Elle se redressa difficilement et repartit en traînant les pieds. La perspective de retrouver le frère de son amant à Ishama paraissait s'éloigner lentement.

– Je vais mourir ici, déclara-t-elle finalement.

Mais elle ne céda pas, car au fond d'elle brûlait l'essence d'une femme du massif des Arkans, fière et irascible. Elle suivit le chien de berger dont les pattes courtaudes traçaient un large sillon dans le manteau blanc.

– Ankanaëpha, Mère éternelle, aide-moi, pria-t-elle doucement. Donne-moi la force.

« La force, tu la trouveras dans la foi, persifla une voix venant de son passé. *La foi est la Source qui ne se tarit jamais, c'est le sentier que le temps ne referme pas, celui qui mène à l'Éternelle, à l'Amour de la Mère. »*

– Laissez-moi ! hurla Malëva en se prenant la tête à deux mains.

Mais la voix acerbe de la Sœur gardienne continua :

« Lorsque ton heure viendra, si ta foi n'est pas assez forte, si le doute a rongé tes certitudes, ton âme sera déchirée par les ronces de l'hérésie. Le passage jusqu'à la Source ne restera ouvert que pour celles qui auront su rester pures. »

– J'aime Ankanaëpha, mais je renie l'Ordre éternel ! s'écria-t-elle.

Alors la voix se tut. Malëva releva la tête. Ses pas l'avaient menée à proximité d'une cabane en bois dont les murs avaient été consolidés par de la vase mêlée à du sable. Le toit en chaume était recouvert de neige. La porte, un simple panneau de roseaux tressés, était toujours debout. Sans trop y croire, Malëva pénétra dans l'abri. Un hamac et une petite cheminée de brique occupaient la plus grande partie de l'espace. Quelques ustensiles comme un bol ébréché, deux ou trois couteaux rouillés, une outre vide, une vieille canne à pêche et quelques bocaux jonchaient le sol. Elle repéra un tas de bûchettes à côté de la cheminée et fit aussitôt un feu. Nakadamu avait déjà choisi sa place, en face de l'âtre. Malëva fit cuire les volatiles sur la braise et s'assit en regardant les flammes danser.

– Je sais maintenant qu'Ankanaëpha ne m'a pas abandonnée, chuchota-t-elle.

L'ancienne Sœur embrassa bruyamment Nakadamu sur le front. Le chien balaya le sol poussiéreux de la queue sans quitter des yeux les pious-qui-courent. Au bout de quelques minutes, il ne put plus contenir son désir et ses glandes salivaires déversèrent des flots de bave brûlante dans sa gueule. Une écume mousseuse ne tarda pas à s'écouler de ses babines. La femme le tança. Incapable de se contenir davantage, il braqua sur elle des yeux d'impuissance. Elle sourit alors en lui pinçant doucement la truffe.

– Tu es un incorrigible baveux ! lui souffla-t-elle tendrement.

Il remua une nouvelle fois la queue pour la contenter. Les Maîtres étaient morts dans le Grand Brasier et c'était à lui maintenant de veiller sur la femme. Les Maîtres le lui avaient demandé en versant de l'eau par les yeux.

Le Didjirü regardait la cabane sans parvenir à démêler ses sentiments confus. Il désirait la femelle humaine, mais il avait peur. Il ne craignait pas l'animal bas sur patte qui la guidait. Au contraire, il le trouvait appétissant à la manière d'un marcassin. C'était la femelle elle-même qui l'effrayait. Elle lui rappelait la Dame. Instinctivement, il sentait qu'il y avait quelque chose en elle de dangereux et d'interdit.

Le Didjirü émit un gargouillis étouffé, manifestation de son trouble profond. Il voulait posséder la femelle ! La chaleur dans son ventre le torturait depuis si longtemps qu'elle menaçait d'emporter le peu de raison qu'il lui restait.

Il y avait de nombreuses Neiges, il avait perdu une de ses cornes, une de ses si belles cornes torsadées, dans un combat. Et depuis, plus aucune femelle de son espèce ne voulait de lui. Il était pourtant un Rouge, un Didjirü frénétique. Mais sans ses deux cornes, il ne suscitait plus que du mépris, parfois même de la répulsion.

Même les vieilles ne voulaient plus de ses étreintes. Il avait été contraint de prendre des femelles de force, mais les autres mâles étaient devenus de plus en plus menaçants à son égard et il avait été obligé d'arrêter. Certains de sa meute lui avaient dit d'aller chercher une femelle Brune ou Grise, mais il avait refusé. Il était un Rouge !

Il passa une de ses griffes sur le moignon qui émergeait de son crane lisse.

En dernier recours, il était allé voir la Dame. Elle l'avait écouté et lui avait donné une esclave, une femelle à la peau blanche. Il avait alors été heureux quelques jours, puis la femelle s'était tuée en se jetant du haut d'une falaise. Il s'était enfui dès la Neige suivante.

Il huma l'air. Le jour n'allait par tarder à se lever. Il n'aimait pas le soleil dont la lumière lui brûlait l'intérieur de la tête.

Il s'avança jusqu'à la cabane et colla son œil à un interstice pour tenter d'apercevoir la femelle. Mais l'obscurité était trop épaisse. L'animal bas sur patte se mit alors à aboyer.

Le Didjirü paniqua et s'enfuit.

Malëva se réveilla en sursaut, sa main se refermant sur l'un de ses cotj'ans.

– Qu'y a-t-il, Naki ? Tu as entendu quelque chose ?

L'ancienne Sœur poussa la porte en roseaux tressés et Nakadamu alla renifler les empreintes que le Didjirü avait laissées dans l'épais manteau neigeux. L'échine du chien de berger était hérissée comme la crête d'un coq en colère. Malëva s'avança prudemment après s'être assurée que personne n'était caché aux alentours.

Les empreintes étaient deux fois plus larges que les siennes.

– Celui qui a laissé ces traces est gigantesque et il n'est pas chaussé... remarqua l'ancienne Sœur. J'ai du mal à imaginer un homme rôdant par ici, et pieds nus qui plus est !

La piste s'enfonçait dans un bois à une centaine de mètres de la cabane. Malëva se redressa en portant son regard sur le massif des Arkans. L'aube colorait les sommets en rouge.

Le Didjirü, assis sur la branche haute d'un chêne, observait la femelle et l'animal bas sur patte quand un rayon de soleil l'aveugla. Il hurla de douleur. Il noua hâtivement un morceau de tissu autour de ses yeux pour les protéger de la lumière naissante. Ainsi, il ne percevait plus que vaguement les contours des choses, mais le feu qui lui rongeait la tête s'apaisait.

Bientôt, il n'aurait peut-être plus besoin de son bandeau car ses yeux s'habituaient de jour en jour au soleil. Quand la brûlure serait devenue supportable, il ferait de la femelle sa nouvelle compagne. Ainsi, son bas-ventre ne le torturerait plus et il pourrait retrouver la Dame, sa meute et ses souterrains pleins de pénombre.

Un sentiment proche de la nostalgie germa dans son esprit.

Le hurlement du Didjirü fit sursauter Malëva. Le visage de son père s'imposa à son esprit avec une violence qui la fit chanceler. Elle le vit s'agripper à la créature qui vociférait pendant qu'elle s'enfuyait de la bâtisse de transhumance avec sa mère.

– Viens, démon, cria-t-elle en brandissant ses cotj'ans devant elle. Cette fois-ci, ce n'est plus à une petite fille que tu as affaire !

Mais le Didjirü ne vint pas. Tremblante, elle pénétra dans la cabane, rassembla ses affaires et partit. Nakadamu la précéda, les sens aux aguets.

Après une heure de marche, Malëva se retourna. Elle pouvait suivre à perte de vue le sillon qu'elle laissait dans la neige. Elle comprit qu'elle ne pourrait pas échapper au Didjirü si celui-ci en avait après elle.

Noëm lui avait déjà parlé de ces individus solitaires rôdant aux alentours des villages. La plupart du temps, il s'agissait de créatures infirmes, rejetées par les leurs, qui se cachaient le jour et pénétraient dans les maisons isolées la nuit pour enlever les femmes et les enfants.

C'était une de ces créatures qui avait tué ses parents.

Malëva ne pouvait qu'espérer qu'il neige à nouveau pendant la nuit afin que ses traces soient recouvertes. Ainsi, ni le Didjirü, ni les inquisiteurs de l'Ordre éternel ne pourraient aisément suivre sa piste.

Nakadamu, lui, avait déjà oublié la menace. Il gambadait joyeusement, fourrant sa truffe dans tous les trous qu'il trouvait dans l'espoir de débusquer un giphe ou un rat des plaines.

Ils arrivèrent aux abords d'un village quelques heures avant le crépuscule. La plupart des habitations étaient abandonnées, une dizaine de cheminées seulement fumaient sur la centaine de toits que comptait le hameau. L'ancienne Sœur se dirigea vers une maison isolée dont le jardin était en friche. Elle ne voulait pas se mêler aux villageois par crainte qu'ils ne la dénoncent aux brûle-supplices. Avant de pénétrer dans la demeure, elle jeta un dernier regard derrière elle, mais rien ne laissait présager que le Didjirü ou les inquisiteurs étaient sur ses traces.

Finalement, elle poussa la porte et Nakadamu prit très vite possession des lieux. Le chien de berger se mit à l'arrêt devant un fauteuil dont le large dossier en bois ouvragé faisait face au foyer éteint.

– Qu'as-tu trouvé, Naki ? s'inquiéta Malëva.

Nakadamu se mit à remuer la queue et une main à la peau fine et ridée émergea de derrière le dossier pour caresser sa grosse tête carrée.

– Entrez, murmura une voix faible et chevrotante. Il ne fait guère plus chaud dedans que dehors, mais au moins vous serez protégés du vent.

Malëva s'avança. Un vieillard maigre aux yeux fatigués était assis dans le fauteuil. Ses jambes disparaissaient sous un monceau de couvertures dépareillées.

– Soyez la bienvenue dans ma demeure, sourit-il en agrippant l'accoudoir afin de se relever.

Mais ses jambes ne purent le soutenir et il n'insista pas.

– Je suis hélas trop faible pour vous accueillir comme il se doit, s'excusa-t-il.

– Ça n'a pas d'importance, lui assura Malëva en lui prenant la main avec douceur. Vous vivez seul ici?

– Je ne vis pas, j'attends, la reprit le vieillard.

– Vous attendez quelqu'un? s'étonna-t-elle.

– Non, j'attends de mourir. Je suis si las.

L'ancienne Sœur le regarda un long moment sans rien dire, puis elle s'occupa de faire du feu. Elle sentait le regard du vieil homme peser sur ses épaules.

– Que fait une femme seule dans ce pays oublié de tous? l'interrogea-t-il.

– Je ne suis pas seule, répliqua-t-elle en souriant. J'ai Naki.

– Votre chien?

Elle acquiesça.

– J'ai tout de suite senti que c'était une bête exceptionnelle. J'ai eu de nombreux chiens, j'étais berger.

– N'y a-t-il personne au village qui puisse vous aider?

– Je n'ai pas fait que de bonnes choses dans ma vie, et maintenant que mes jambes ne peuvent plus me porter, ils me le font payer à leur manière. Je ne leur en veux pas, je crois que c'est normal.

La chaleur du foyer ramena un peu de vie sur son visage. Nakadamu avait attrapé un jeune giphe dans l'après-midi. Malëva le dépeça avant de le faire cuire. Le vieillard se mit alors à parler, d'une voix éteinte, le regard plongé dans ses souvenirs. Il raconta comment il avait retrouvé le corps de sa femme sur la berge d'un étang, étranglée, violée, puis il parla de la solitude qui l'avait enchaîné à l'amertume.

Il était tard quand il se tut. Il ferma les yeux et s'assoupit.

Malëva alla chercher un matelas de laine dans l'unique chambre de la demeure et le traîna jusque devant le feu.

– Vais-je finir comme ce vieil homme ? interrogea-t-elle Nakadamu en s'allongeant. Je ne voudrais pas mourir sans personne pour m'allumer un feu.

Un bruit venant de dehors la fit sursauter. La nuit était sombre et le vent chantait lugubrement dans la cheminée. Elle se leva, le cœur battant, et ferma les contrevents.

Le Didjirü comprit tout de suite que les cavaliers en avaient après sa belle femelle. L'excitation de la traque se lisait dans leurs yeux. Mais il ne les laisserait pas la lui voler. Jamais.

Les cavaliers avaient des armes qui tuaient de loin et ils étaient nombreux, mais il était un Rouge, un Didjirü frénétique. Il mangerait leurs cœurs et boirait leur sang.

8

O'Oshë.

O'Oshë, le Tisseur de la tribu des Alaïkans, voyageait depuis plusieurs jours à travers le désert morhian. Les paroles de Kanaopao, le Sage moussu, lui revenaient sans cesse en tête.

« Il y a des millénaires, ce fut à notre peuple de choisir entre l'Ombre et la Lumière. Désormais, ce choix est laissé à d'autres. Ce sera dans la Cité éternelle d'Ishama que le Silhamassaï sera dévoilé. Mais jusque-là, il devra être préservé. »

Le vénérable immortel lui avait ensuite dévoilé quelques bribes des temps à venir.

Sa tâche était d'autant plus lourde à porter qu'il allait se battre pour un peuple qu'il haïssait. Les Manenkols avaient détruit la forêt avant de massacrer ceux de sa couleur. Enfants, femmes, vieillards.

Si les Amalaïkans n'avaient pas invoqué les Esprits, alors aucun Aïkan n'aurait survécu au génocide.

Il songea aux Aëpans, ceux de son peuple qui avaient choisi de s'exiler sur les mers plutôt que de subir l'oppression des peaux-blanches. O'Oshë avait tout d'abord violemment réprouvé l'idée de fuir les terres qui avaient été celles de leurs ancêtres. Mais depuis, le temps avait consumé le feu coulant dans ses veines et il comprenait désormais que le peuple aïkan était voué à s'éteindre. Les Aëpans avaient eu la sagesse de fléchir sous la tempête.

Le Tisseur se tourna vers l'horizon. Bientôt, il allait traverser les Hautes Plaines et il lui faudrait prendre garde. Certaines des tribus qui peuplaient ces terres étaient hostiles à tout étranger, qu'il soit aïkan ou manenkol. Il les connaissait pour les avoir combattues autrefois.

O'Oshë relâcha à peine les sangles de son épeuch rouge qui repartit en de longues et puissantes enjambées.

9

Montriche, province kadjïre.

Bëorndal, chef du clan des Bas Plateaux et roi des Montriches, se tourna vers son fils, Arndal.

– Je dois continuer seul jusqu'à la Sourcevie, déclara le Kadjïr. Ne laisse personne me suivre.

Arndal acquiesça et Bëorndal s'enfonça dans les fourrés, sa puissante carrure se glissant en silence entre les branches et les ronces.

Dès qu'il eut franchi un premier talus, une odeur sauvage le prit à la gorge. Il ôta sa tunique de facture elyrienne, indifférent au vent glacé, puis sortit une boule de pigment ocre de l'une des poches et l'étala sur son front, le long de son nez et sur son ventre. Il s'agenouilla et murmura une prière d'apaisement aux Peuplebois qui l'observaient avec méfiance. Sa longue barbe touchait le sol recouvert de feuilles.

Il attendit ainsi plus d'une heure, jusqu'à ce qu'un bruit attire son attention. Il releva la tête. Un énorme sanglicorne le fixait. Bëorndal baissa le regard. Au bout d'un moment, l'animal frotta sa corne torsadée contre un chêne, fit sauter l'écorce et se détourna.

Quand le Kadjïr se releva, le soleil s'élevait au-dessus de la crête d'une colline et la mousse prenait des reflets dorés dans la lueur du levant. Bëorndal passa une rivière à gué et gravit un tertre. Les bois, qui étaient silencieux à son arrivée, s'éveillaient de milliers de murmures. Seul un druide aurait pu saisir le sens de ces bruissements incessants.

Mais il n'y avait plus de druide depuis que les troupes de l'Empire egyrien les avaient massacrés, il y avait de cela plusieurs siècles. Privés de leurs chefs spirituels, incapables de communiquer avec les Peuplebois ou d'invoquer les Mèresprits, les clans kadjïrs avaient été vaincus les uns après les autres.

Faisant taire son ressentir pour ne pas troubler la sérénité des lieux, Bëorndal reprit sa marche.

Il longea une paroi escarpée sur une centaine de mètres et s'arrêta devant une source qui jaillissait des rochers. Il se pencha et but l'eau claire de la Sourcevie.

– Moi, Bëorndal, chef du clan des Bas Plateaux, roi des Montriches, j'ai bu l'eau de vie, déclama-t-il.

Les reflets de trois Kadjïrs apparurent alors sur la surface ridée de la source.

– Nous t'attendions, déclara le plus vieux d'entre eux. Que commence le conseil des rois ! Et qu'il soit décidé si les clans kadjïrs doivent ou non se soulever contre l'envahisseur egyrien.

Lorsque Bëorndal repartit, le crépuscule colorait la mousse de reflets sanglants. Il enrageait. Le roi des Marchefroides et le roi des Plainelacs avaient refusé de mener leurs clans contre les Egyriens.

Pourtant le moment était venu. L'empire était affaibli par ses querelles intestines.

Les pensées du Kadjïr dérangèrent les Peuplebois qui se mirent à siffler avec colère. Il accéléra le pas. Lorsqu'il sortit des broussailles, son fils l'interrogea du regard.

– Le moment n'est pas encore venu, déclara-t-il. Mais ce jour viendra. Bientôt...

10

Région des Grands Lacs, province elyrienne.

La voix tremblante du vieillard réveilla Malëva. Il faisait nuit noire et le froid était mordant. Elle se leva et prit la main de l'homme. Elle n'osa pas la serrer tant elle paraissait fragile.

– Qu'y a-t-il ? l'interrogea-t-elle.

Il ouvrit les yeux, mais ne les posa pas sur elle. Il ne semblait pas la voir.

– Elle m'a demandé de vous parler...

– Qui ? s'étonna Malëva.

– Elle m'a dit que vous deviez poursuivre votre route car déjà le soleil de l'empire se voile.

– Qui vous a parlé ? insista l'ancienne Sœur.

Mais le vieillard ne l'entendait pas. Il poursuivit :

– Le soleil de l'empire se voile et bientôt le déséquilibre sera tel que la Roue basculera. Mais n'ayez crainte, elle veille sur ceux qui s'aiment... ajouta-t-il avec un sourire paisible.

Il referma les yeux. Malëva tâta son pouls, mais le cœur de l'homme avait cessé de battre.

– Ankanaëpha, reçois son âme en ta demeure, dit-elle en lui abaissant les paupières.

« Bientôt le déséquilibre sera tel que la Roue basculera », murmura-t-elle, pensive.

Était-il possible que la Mère éternelle lui ait parlé à travers les derniers instants de cet homme ? Plus encore que cette prophétie, la dernière phrase du vieillard l'avait profondément troublée.

Elle ranima le foyer. Nakadamu bâilla bruyamment.

– Je vais aller dans la remise voir s'il y a une pioche. Il faut que je creuse une tombe pour ce pauvre homme, dit-elle au chien qui venait de se recoucher.

Elle ferma son pardessus et sortit dans la nuit. Le froid était vif, mais il n'y avait pas de vent. Elle se dirigea vers un appentis sous lequel s'entassaient pêle-mêle des dizaines d'ustensiles divers. Elle prit une pioche et une bêche rongée par la rouille.

« Mais n'ayez crainte, elle veille sur ceux qui s'aiment... »

Pourquoi avait-il dit ça ? Était-ce à son intention ?

Elle écarta la neige pour trouver un endroit où creuser et abattit violemment sa pioche dans le sol gelé.

Quand elle releva la tête, une douzaine de cavaliers portant des torches dévalaient le chemin par lequel elle était arrivée. Elle lâcha la bêche et rentra en courant dans la maison. Elle rassembla précipitamment ses quelques affaires et ressortit, Nakadamu sur les talons.

Le souffle court, elle s'élança vers un groupe de bâtiments dont l'une des cheminées fumait. Elle pénétra dans la cour et ouvrit à la volée la porte cochère menant à l'étable. Elle était vide. L'ancienne Sœur jura contre le sort.

Déjà, les rues s'animaient des cris des brûle-supplices. Une demi-douzaine de cavaliers surgirent de l'obscurité afin de lui barrer le passage. Elle se figea, consciente qu'elle était prise au piège. Nakadamu recula en grognant.

– Je la veux vivante, ordonna l'un des cavaliers. *Pose tes armes, femme !*

Malëva n'esquissa pas le moindre mouvement, pétrifiée. Dans le dos des brûle-supplices s'avançait une créature à peau rouge. Son plastron de mailles reflétait les flammes des torches. Elle brandissait deux lames larges et courbes. Son visage bestial avait la beauté angoissante de certaines représentations interdites d'Aras, le Dieu Noir. L'une de ses cornes torsadées avait été cassée. Leurs regards se croisèrent, puis le Didjirü frappa de l'une de ses deux lames l'inquisiteur le plus proche. Le corps de l'homme, fendu en deux, fut projeté à plusieurs mètres de là.

Les chevaux s'affolèrent et deux autres brûle-supplices furent désarçonnés. L'ancienne Sœur se saisit des rênes de l'une des montures sans cavalier alors que le Didjirü se ruait sur les inquisiteurs paniqués. Ne prenant garde ni aux claquements des fusils à détente, ni aux hurlements insensés des religieux fanatiques, Malëva souleva Nakadamu par la peau du cou et le posa en travers de la selle. Elle talonna le cheval et s'enfuit dans la nuit.

Elle galopa jusqu'à ce que sa monture s'effondre d'épuisement. Le jour s'était levé depuis plusieurs heures sur un paysage verdoyant. Ici, la neige n'avait pas encore recouvert le sol. Des cours d'eau sinueux s'écoulaient entre de gigantesques monolithes envahis par la mousse qui dominaient les environs. La végétation était rase, hormis quelques sapins rassemblés en bosquets parfaitement ronds, comme taillés par la main de l'homme. Une brume épaisse masquait la cime des rochers les plus élevés.

Un animal bramait dans le lointain, recouvrant par moments l'écho assourdi d'une cascade. Malëva abandonna sa monture agonisante et alla jusqu'au ru le plus proche pour boire.

Soudain, un souffle rauque et inquiétant rompit la quiétude des lieux. Nakadamu se mit alors à aboyer avec frénésie. L'ancienne Sœur leva la tête au moment où une forme gigantesque traversait le brouillard pour se ruer vers elle. Malëva poussa un cri de surprise et manqua de tomber à l'eau. Paniquée, elle se jeta de côté et s'enfuit sur une trentaine de mètres avant d'oser se retourner. Ce qu'elle vit la stupéfia.

Il ne s'agissait pas d'une créature démoniaque échappée des entrailles d'Aras qui venait de surgir du ciel, mais d'un engin volant. Les deux pilotes se tenaient par le col en s'injuriant. La nacelle en osier qui les transportait était accrochée par des filins d'acier à un énorme ballon. En voyant le sol se ruer vers eux, les deux énergumènes cessèrent leurs facéties et s'agrippèrent aux filins. L'aéronef dévia sa course vers la droite, reprit un peu d'altitude sous l'effet d'un vent ascendant, puis la nacelle commença à racler le sol. Les deux hommes furent secoués dans tous les sens. Nakadamu leur courait après en aboyant furieusement. Après une dizaine de mètres, l'un des deux pilotes jeta une ancre par-dessus bord et son compagnon actionna une manette qui fit jaillir une flamme d'un récipient placé à l'aplomb du ballon. L'ancienne Sœur reconnut le souffle rauque qui l'avait alertée.

Finalement, l'ancre passa sous la racine d'un conifère et l'engin s'immobilisa brutalement, envoyant l'un des deux hommes d'équipage valdinguer par-dessus bord. Le malheureux roula sur le sol et se releva aussitôt en entreprenant une danse singulière, tout en poussant de grands cris de joie. L'autre le rejoignit et lui sauta dans les bras. Nakadamu avait cessé d'aboyer et les regardait faire. Un air songeur animait sa face canine. Il ne comprenait pas pourquoi ces deux mâles se frottaient l'un contre l'autre. Ils lui rappelaient vaguement un chien un peu trop entreprenant qu'il avait dû remettre à sa place.

Malëva ne put s'empêcher de sourire en voyant les deux hommes se donner en spectacle. Les pilotes ne s'étaient pas encore aperçus de leur présence. Ils échangèrent quelques mots que Malëva prit en premier lieu pour du morhian, mais très vite leur accent et l'utilisation de certaines expressions qu'elle ne connaissait pas la convainquirent qu'ils venaient de beaucoup plus loin.

– Vous venez du continent de Roël ? les interrogea-t-elle en morhian.

Les deux hommes se tournèrent vers elle, un air ahuri sur le visage. Ils se ressemblaient beaucoup. Ils étaient blonds, grands, barbus et vêtus de la même combinaison graisseuse.

– Goëmon, mon frère, nous sommes allés trop haut ! s'exclama celui au nez aquilin en retrouvant sa bonhomie. Nous sommes au royaume des fées !

– Arrête de dire des bêtises, Servahn, mon frère ! le rabroua l'aîné, plus large d'épaules et de visage. Va plutôt nous chercher de quoi fêter nos retrouvailles avec la terre ferme.

Alors que Goëmon repartait vers la nacelle en courant, Servahn s'approcha de Malëva.

– Dites-moi, madame, où sommes-nous ?

– Dans la région des Grands Lacs, au sud-est de la province elyrienne.

– Alors nous avons réussi, souffla le pilote avec émotion, nous avons traversé l'océan des Fous.

– Vous avez traversé un océan à bord de votre engin ? s'exclama l'ancienne Sœur.

Servahn acquiesça en levant les yeux vers le ciel toujours masqué par le brouillard. Goëmon revint à ce moment et distribua trois gobelets qu'il remplit aussitôt d'un alcool blanc qui sentait fort l'anis.

– Aux frères Bennebois ! s'écrièrent les deux hommes en vidant leur verre.

Malëva se tourna vers l'aéronef.

– Qu'allez-vous faire maintenant ? leur demanda-t-elle.

– Dès que nous aurons réparé deux ou trois accrocs, reconstitué nos réserves d'eau potable et chargé quelques pierres pour le lest, nous essayerons de gagner la ville la plus proche afin d'acheter de quoi repartir pour un tour, répondit Goëmon.

– Vous comptez faire le voyage en sens inverse?

– Non, nous comptons traverser l'empire, puis l'océan du Tëla pour boucler notre tour du monde!

Malëva agrippa le bras de Servahn.

– Est-ce que vous pouvez nous emmener, mon chien et moi?

Sa question surprit les deux frères, qui restèrent cois.

– Je ne veux pas faire le tour du monde, précisa-t-elle, mais seulement fuir cet endroit. Vous pourriez peut-être me déposer à la ville où vous devez faire étape.

– Nous ne connaissons même pas le nom de notre première passagère, sourit Servahn.

– On ne peut pas vous le refuser, surtout que votre chien vient de baptiser les quatre coins de la nacelle! s'esclaffa Goëmon en tapant dans ses mains.

Le brouillard s'était finalement levé et le soleil brillait. Malëva était assise sur un gros rocher, Nakadamu couché à ses pieds. Elle guettait l'arrivée des brûle-supplices avec appréhension. Elle ne pensait pas que le Didjirü ait pu tous les tuer.

Elle sursauta quand Servahn lui adressa la parole. Elle ne l'avait pas entendu approcher.

– Goëmon finit de vérifier la toile du ballon, dit le pilote. Dès que ce sera fait, nous pourrons y aller.

L'ancienne Sœur acquiesça de la tête.

– Votre cheval est mort, ajouta le pilote.

– Je sais.

– Par qui êtes-vous poursuivie?

Malëva regarda l'homme droit dans les yeux.

– Pourquoi me demandez-vous ça?

– Je me disais que vous deviez être vraiment désespérée pour oser monter avec nous dans notre engin. Mais vous avez raison, ça ne me regarde pas... Tiens! On dirait des cavaliers, déclara-t-il en pointant un doigt vers l'est.

L'ancienne Sœur se releva d'un bond.

– Nous devons partir tout de suite! s'exclama-t-elle, paniquée.

Au même instant, Goëmon leur fit signe que tout était paré.

Malëva regardait les brûle-supplices rapetisser à mesure que l'aéronef prenait de l'altitude. Les inquisiteurs de l'Ordre éternel décochèrent quelques dards, mais le ballon était déjà hors de portée de leurs armes. Elle distinguait encore leurs gestes de colère et leurs hurlements de frustration.

– Vous pouvez même leur cracher dessus ! déclara Goëmon.

– Vous croyez ? sourit l'ancienne Sœur.

– Nous avons déjà fait bien pire ! s'esclaffa le pilote. Hein, Servahn, tu te souviens de la réception du bourgmestre ?

L'aîné acquiesça en rougissant.

– Que s'est-il passé ? l'interrogea Malëva.

– Disons que le repas de la veille était épicé et que nos intestins à vif réclamaient doléance. Il faisait beau, les invités du bourgmestre étaient arrivés. La table avait été mise sur la terrasse et...

– C'est bon, Goëmon, le rabroua Servahn. Malëva a saisi l'essentiel de la manœuvre. Je préférerais que tu changes de sujet.

– Hum ? C'est qui ces bonshommes qui vous courent après ?

– Des fanatiques religieux, répondit l'ancienne Sœur.

– Alors vous êtes une sorte d'hérétique ?

Malëva lança un regard meurtrier à Goëmon qui se mit à bredouiller avant d'aller vérifier la veilleuse du brûleur.

– Comment ça fonctionne ? demanda-t-elle en se tournant vers Servahn.

– Vous voulez parler de l'aéronef ? C'est très simple. L'air contenu dans le ballon est chauffé, et comme l'air chaud est plus léger que l'air froid, nous montons. Nous nous servons d'alcool comme combustible.

– Mais... comment faites-vous pour vous diriger ?

– Nous sommes évidemment obligés d'aller dans le sens du vent, mais ce que les gens ne savent pas, c'est que la direction du vent a la surprenante propriété de varier en fonction de l'altitude ! On peut avoir un courant majeur soufflant vers le sud et, entre cinquante et cent mètres d'altitude par exemple, un courant mineur soufflant vers l'est. On appelle ça les courants de couche. Il suffit de faire varier l'altitude du ballon en chauffant plus ou moins ou en lâchant du lest pour « glisser » sur le courant de couche qui va dans la direction que l'on souhaite. Enfin... ça c'est la théorie.

– C'est sans danger ?

– Pas vraiment, mais nous sommes les meilleurs pilotes du Monvent !

– Tu oublies de dire que nous sommes également les seuls, répliqua Goëmon qui s'était remis de sa déconvenue avec Malëva. C'est nous qui avons inventé le ballon dirigeable ! Et bientôt, il y aura des milliers d'aéronefs Goëmon et Servahn Bennebois qui sillonneront le ciel. Certains seront plus grands que des palais et transporteront des centaines de passagers. Nous relierons les deux continents en quelques jours, en voyageant entre nuages et soleil !

– Notre père aime dire que le degré d'évolution d'une civilisation se mesure aux moyens qu'ont les hommes de communiquer entre eux. Avec nos ballons dirigeables, quand nous aurons amélioré et fiabilisé le système, nous surpasserons le vaisseau à vapeur, car ni les fleuves, ni les montagnes, ni même les océans ne nous arrêteront !

– Servahn... murmura Goëmon.

– Oui ?

– Tu crois que le bourgmestre aura oublié à notre retour ?

– Ce n'est pas sûr, soupira l'aîné.

Malëva sourit et Nakadamu, ne comprenant pas ce qu'il se passait, se mit à aboyer.

11

Montriche, province kadjïre.

Bëorndal, chef du clan des Bas Plateaux et roi des Montriches, marchait à grands pas. Iloënn, son fils cadet, âgé de huit ans, cavalait derrière lui en fauchant les herbes hautes de la pointe de son bâton. La nuit était tombée depuis peu quand l'homme s'arrêta.

– Ici nous serons bien pour parler, décida Bëorndal en désignant une douzaine de rochers formant un cercle.

Iloënn s'assit sur le plus haut d'entre eux.

– Pourquoi on a été si loin du village ? On ne pouvait pas parler chez nous ?

– Mon fils, apprends que sur ces terres nous sommes partout chez nous, répliqua le Kadjïr. Je vais te raconter notre histoire comme me l'a racontée mon père et avant lui son grand-père, et ainsi de suite depuis des centaines de générations...

– Le monde est si vieux que ça ? s'étonna l'enfant en pédalant dans le vide.

Bëorndal sourit.

– Oui, il est vieux. Bien plus vieux que le plus vieux des arbres, plus vieux même que les Peuplebois.

– Plus vieux que les Mèresprits ?

– Plus vieux encore.

Iloënn ouvrit de grands yeux impressionnés. Bëorndal se mit à raconter de sa voix grave et puissante.

– Il fut un temps où certains de nos ancêtres savaient parler à la nature, aux Peuplebois et aux Mèresprits, mais également aux arbres, aux rivières et aux animaux. On les nommait Druides. À cette époque, nous ne cultivions pas la terre, nous n'élevions pas de brebis, de chèvres, de tonres ou d'aurochs. La chasse, la pêche et la cueillette suffisaient à nous nourrir, car les Druides pouvaient en appeler à la clémence de la nature. Puis l'envahisseur egyrien s'abattit sur Montriches, Terrebroussailles, Marchefroides, Hautcépages, Plainelacs et Landebrumes. Les Kadjïrs ne parvinrent pas à s'unir à cause de vieilles querelles et les clans, isolés les uns des autres, ne purent faire face à la puissance de l'empire. En quelques lunes, le Kadjïran devint une province egyrienne. Pourtant, nombre des nôtres continuèrent à lutter en se cachant dans les forêts, aidés par les Peuplebois, les Mèresprits et les pouvoirs considérables des Druides. Alors les troupes egyriennes décidèrent de tuer tous les Druides.

– Pourquoi ?

– L'envahisseur espérait ainsi briser les insurrections. Mais en tuant les Druides, les troupes egyriennes ont fait bien plus que ça ! Ils ont déchaîné la colère des Mèresprits. Les animaux de la forêt s'enfuirent loin des territoires de chasse, les fruits pourrirent sur les arbres, des tornades ravagèrent nos habitations, les grands prédateurs attaquèrent nos femmes et nos enfants, et des maladies décimèrent notre peuple. La nature nous a rejetés.

– C'était pas notre faute ! C'était celle des Egyriens !

– Hélas, sans les Druides, nous ne pouvions expliquer aux Mèresprits ce qu'il se passait. Peut-être ont-elles cru que nous nous détournions d'elles... Lorsque leur colère s'apaisa, nous avions payé un lourd tribut. La famine et la maladie étaient toujours là et faisaient des ravages. Alors des sages egyriens nous ont apporté la médecine, ils nous ont appris l'agriculture, l'élevage. Les soldats nous ont aidés à bâtir des maisons en pierre qui pouvaient résister aux éléments déchaînés.

– Mais... je ne comprends plus, père. Les Egyriens sont-ils bons ou mauvais ?

– Ils sont comme tous les hommes, parfois bons, souvent mauvais. Mais il y a une chose que tu ne dois jamais oublier. Ils nous ont volé notre liberté et ils ont tué les Druides. Ils ont tenté de briser l'âme de notre peuple.

– Ils ont réussi ?

– Regarde au fond de ton cœur, et dis-moi qui tu es.

L'enfant réfléchit un court instant.

– Je suis Iloënn, ton fils. Je suis le fils d'un roi kadjïr.

– Cela répond à ta question. Un jour prochain, nous reprendrons nos droits sur ces terres !

– Moi, je sais comment on pourrait chasser les envahisseurs pour toujours.

– Et comment t'y prendrais-tu ? lui demanda Bëorndal avec un sourire indulgent.

– En demandant de l'aide aux Peuplebois et aux Mèresprits !

– M'as-tu écouté quand je t'ai raconté notre histoire ? Nous ne connaissons plus leur langage. Ce savoir est perdu depuis que nos Druides ont été massacrés.

L'enfant haussa les épaules et baissa la tête.

– Sais-tu des choses que j'ignore ? l'interrogea Bëorndal en fronçant ses sourcils broussailleux.

Iloënn fit non de la tête. L'homme lui posa une main sur l'épaule.

– Bien, je te crois, fils. Maintenant, rentre au village et ne t'attarde pas sur le chemin. Ta mère doit s'inquiéter.

L'enfant partit en courant.

De peur de se faire gronder, il avait menti à son père. Il n'avait pas osé lui avouer qu'il allait souvent se promener aux alentours de la Sourcevie pour parler avec les Peuplebois. Ce lieu était interdit et sacré. Si jamais quelqu'un apprenait qu'il l'avait profané, il serait sévèrement puni.

12

Marane, province morhiane.

Des éclats de voix tirèrent Oran de sa léthargie. Il faisait encore nuit. Il se redressa péniblement et décolla les grains de sable incrustés dans sa joue. Chacun de ses muscles était meurtri. En se retirant, l'Otenka avait laissé une empreinte douloureuse dans son corps. L'Egyrien avait la tête lourde, le sang cognait violemment à ses tempes. Il avait l'impression qu'une voile venait de déventer à l'intérieur de sa tête.

Un groupe de loqueteux passa à proximité de l'endroit où il était. Il reconnut l'un d'eux, un ancien journalier au port qui s'était blessé lors d'un transbordement. Il interpella la petite troupe.

Les trois hommes et les deux femmes se figèrent, certains tirèrent même leurs lames. Oran s'avança en massant sa nuque endolorie.

– Tu ne me remets pas, Otsü ? interrogea-t-il l'ancien journalier d'une voix cassée.

L'homme fronça les sourcils. Oran comprit qu'il devait être sous l'emprise de quelque drogue.

– Le Maître du Canal ! s'écria soudainement Otsü comme s'il venait de retrouver un vieil ami. C'est Oran Neyto, le Maître du Canal, expliqua-t-il à la troupe dont il semblait être le chef. Que fais-tu ici ?

L'Egyrien réfléchit rapidement. S'il leur apprenait qu'il était recherché, ils le vendraient certainement aux mahadjïrs. Il remarqua que l'une des femmes portait une houppelande de pèlerin. Elle avait certainement dû la voler à un Sahrëm que ses compagnons avaient détroussé.

– Je veux son vêtement, déclara Oran en éludant la question.

La femme hurla un son inarticulé en refermant les bras sur sa poitrine. Elle ne semblait pas avoir toute sa raison. L'Egyrien sortit trois monnaies d'argent de sa bourse et les tendit à l'ancien journalier. Celui-ci accepta le marché en acquiesçant du menton et, après quelques coups de poing, la femme, le visage ensanglanté, se résigna à se dévêtir. Elle jeta la pèlerine sur le sol et se mit à grelotter. Elle était nue. Sa peau était couverte de cicatrices et d'ecchymoses violacées. Oran ôta sa tüshnag et la lui lança. Elle s'en saisit avec avidité. Otsü le salua et la troupe de loqueteux repartit.

L'Egyrien enfila la houppelande verte brodée d'or et s'approcha du cadavre du Baküia qui gisait au milieu d'anciens pièges à crustacés. Il ne restait plus grand-chose de sa tête. Oran trouva sur la créature quelques monnaies d'or et deux bagues finement ouvragées. Il les mit dans sa poche.

Le soleil se levait sur la mer.

Il remonta ses propres traces jusqu'au bâtiment où il s'était abrité la veille. Il récupéra le coutelas qu'il avait laissé tomber en luttant contre le Baküia et se hâta de gagner les ruelles de Marane.

La cité portuaire se réveillait à peine. L'Egyrien marchait sans crainte. À cette heure-ci, la plupart des miliciens étaient encore dans les auberges, occupés à siroter un bol de sahourë chaud.

Il décida de se rendre directement aux quais fluviaux afin d'embarquer sur une péniche en partance pour Coradj, d'où il comptait prendre ensuite le vaisseau à vapeur jusqu'à Ishama. C'était là-bas qu'il était censé retrouver l'ancienne Sœur. Et la tuer. Il écarta cette dernière pensée de son esprit. Il aurait bien assez de temps pour y songer durant le voyage.

À mesure qu'il se rapprochait de l'embarcadère, les passants se firent de plus en plus nombreux.

Il apercevait quelques tuniques grises de miliciens ou celles, rouges, des mahadjïrs, mais la foule étant de plus en plus dense, il parvenait sans peine à se fondre dans la multitude.

Les quais fluviaux se trouvaient à cinq cents mètres en aval du port, entre le Bas Quartier et le Puits des Éclusiers. Les gens affluaient au rythme des marées qui alimentaient les écluses. Quand la mer était basse, on venait à l'embarcadère accueillir les voyageurs. Quand elle montait, on venait y embarquer.

Pour l'heure, la marée montait, si bien que de nombreux citadins désireux de se rendre à Coradj jouaient des coudes en espérant atteindre le ponton d'une péniche avant que les cornes des capitaines n'annoncent l'ouverture des écluses.

Les routes de la province morhiane dataient de l'époque saëlienne. Le plus souvent, il n'en restait plus que des sentiers mal entretenus traversant les territoires des presque-humains. De ce fait, la plupart des citoyens préféraient voyager soit par voie fluviale, soit par le rail quand cela était possible.

Oran tentait d'atteindre l'embarcation la plus proche, quand les cornes des capitaines retentirent. Les péniches larguèrent leurs amarres. La foule, déçue, commença à se retirer.

Soudain, une silhouette emmitouflée dans un vêtement rapiécé surgit devant l'Egyrien.

– Ne reste pas là, une troupe de miliciens vient dans notre direction, murmura l'inconnu.

Oran se retourna. Des hommes en tunique grise menés par un mahadjïr traversaient les quais au pas de course. Il s'esquiva, précédé de l'inconnu qui venait de le prévenir. Ils s'arrêtèrent l'un et l'autre dans une ruelle attenante. L'homme se dévoila de son propre chef. L'Egyrien reconnut les traits bovins et les longues moustaches d'un des gars de son équipe. Il ne connaissait que son surnom, Dümia. La partie droite de son visage avait été récemment brûlée. Sa peau se détachait par lambeaux et son œil était recouvert d'un voile laiteux.

– Comment as-tu fait pour me retrouver, vieux frère ? lui demanda Oran.

– Par hasard. Moi aussi je voulais quitter la cité pour échapper aux soldats.

– Pour quelle raison les mahadjïrs en auraient après toi ? C'est moi qui ai tué ce dirigeant.

– Alors tu n'es au courant de rien ?

L'Egyrien fronça les sourcils, inquiet.

– Que s'est-il passé ? murmura-t-il.

– Allons quelque part où nous ne serons pas dérangés.

L'aubergiste, un bonhomme boiteux, borgne et manchot, leur apporta sur un plateau un pichet de sahourë et deux bols de löss, un bouillon gras dans lequel on faisait bouillir tout ce qui n'était plus comestible autrement.

– Après que tu as laissé Socrace dans l'arrière-boutique de l'herboriste, des soldats sont venus l'interroger, ils te cherchaient pour le meurtre du dirigeant. Socrace a paniqué en voyant la tunique des mahadjïrs et il a foncé dans le tas. Tomoë et moi, on est arrivés au moment où les soldats allaient le tuer. On a voulu l'aider. Tomoë en a esquinté un avant de se faire trancher la gorge. Dans le combat, Socrace a renversé une étagère. Tout un tas de récipients se sont cassés en tombant sur le sol. Il y avait quelques bougies d'allumées et ça a pris feu d'un seul coup. On s'est tous mis à brûler comme des fantoches de papier. J'ai réussi à filer par la porte de derrière. Je crois bien que je suis le seul à m'en être sorti.

– Socrace est mort... murmura Oran en contemplant son bol de löss.

– Au moins lui, il ne risque pas de finir dans un cocon écorcheur. Que vas-tu faire maintenant ?

– Je dois me rendre à Ishama. J'ai une affaire à y régler.

L'autre acquiesça.

– Moi, je crois que je vais essayer de m'embarquer sur un navire de pêche pour un atoll indépendant.

Ils finirent leur repas en silence.

– Tout ça, c'est fini, souffla Dümia, la mine sombre, quand il eut asséché le pichet. Le port, les copains, les suées et les beuveries...

Oran jeta quelques pièces sur la table et partit sans se retourner. Le destin venait de trancher les dernières amarres qui le retenaient à Marane. Maintenant, il était libre. Plus libre qu'il n'avait jamais été. Il rabattit la capuche de son vêtement sur son visage. Il avait pris sa décision. Il se rendrait à Coradj à pied, en suivant les anciennes routes saëliennes.

Les quelques mahadjïrs ou miliciens qu'il croisait ne s'intéressaient pas à lui. Dans tout l'empire, il était très mal vu de demander à un pèlerin de dévoiler son visage en public. La Parole d'Amour prônait le droit à l'anonymat pour les fidèles se rendant à Ishama afin d'honorer la dépouille de la Mère éternelle.

Oran se rendit dans la boutique d'un prêteur sur gage à qui il vendit les bagues qu'il avait trouvées sur le Baküia. Il put ainsi acheter tout ce qu'il lui était nécessaire pour voyager à travers le désert morhian. Il lui restait juste assez d'argent pour acquérir une monture de bât.

L'éleveur se trouvait à une heure de Marane. Il dut traverser toute la cité en transportant son barda sur son dos. Alors qu'il s'apprêtait à sortir, l'un des miliciens assignés à la surveillance des arches extérieures lui fit signe d'approcher.

Oran s'avança vers les quatre jeunes gens qui tentaient de se donner une certaine contenance. L'un d'eux se racla la gorge. L'Egyrien se tourna vers lui.

– Vous comptez vous rendre jusqu'à Coradj ? lui demanda le milicien.

– Ça se peut, répondit-il de mauvaise grâce.

– C'est dangereux. La route traverse les territoires des presque-humains.

– Ankanaëpha protège les siens, répliqua l'Egyrien non sans une certaine ironie.

– Bien sûr... Bien sûr...

– Il y a quelque chose d'autre ? lui demanda Oran comme le jeune homme semblait ennuyé.

– Non, non. Ça vous regarde après tout si vous voulez risquer votre vie. Libre à vous.

L'Egyrien les salua d'un hochement de tête et sortit de Marane.

Peu de temps après, un homme à la mine sinistre accosta les quatre miliciens. Celui qui avait mis Oran en garde contre les presque-humains désigna la route de Coradj et l'homme hocha la tête d'un air entendu, contemplant le paysage désert.

Les terres autour de Marane étaient vallonnées. Une herbe tranchante et des buissons épineux avaient figé les anciennes dunes de sable en une succession de vagues qui s'étendaient sur plusieurs kilomètres à l'intérieur du continent. Le sol était resté meuble et, là où la végétation dépérissait, des clairières ensablées renaissaient. Certains de ces endroits avaient été creusés par le vent et des gouffres parfois aussi larges et profonds qu'une cale sèche trouaient dangereusement le paysage.

Jalonnant la route sur laquelle il cheminait, les vestiges de l'ancienne civilisation morhiane étaient lentement ensablés vers un oubli certain. Oran porta son regard sur l'une des colossales statues du Libérateur, Saël le Sage. L'effigie de bronze était ensevelie jusqu'aux épaules. Bientôt elle disparaîtrait, entraînant avec elle la mémoire du peuple morhian.

Il arriva chez l'éleveur en milieu d'après-midi. L'enclos où s'ébattaient des épeuchs bleus et quelques rares chevaux faisait près d'un kilomètre de côté. Une centaine de bêtes se partageaient ce territoire vallonné et aride. Un peu plus loin, de hautes palissades cloutées retenaient un troupeau d'épeuchs rouges. Un corps de ferme avait été bâti juste à côté. Trois hommes s'occupaient d'entretenir les enclos.

Oran se rendit jusqu'aux bâtiments et acheta un épeuch bleu, bien moins onéreux qu'un cheval et bien plus docile qu'un épeuch rouge.

Il s'apprêtait à partit vers le sud quand le gigantesque volatile au regard vide se mit à lui démailler sa houppelande. L'Egyrien lui donna une claque sur le bec et l'animal se désintéressa du vêtement pour gratter le sable à la recherche d'insectes.

Oran soupira, songeant que, au pire, il pourrait toujours le manger.

13

Ishama.

Korian'Lor'Kald trempait depuis plus d'une heure dans son bain et une certaine béatitude s'était emparée de lui. Il fixait le plafond, songeant à sa vie d'avant, quand son serviteur, Sadre'Sïr'Issa, pénétra dans la pièce.

– L'impératrice vous attend, maître.

– Je ne pensais pas qu'elle me recevrait aujourd'hui, s'étonna le noble. Voilà qui bouscule un peu mes projets.

Une jeune femme se tenant jusque-là derrière un paravent s'avança.

– Désirez-vous sortir de votre bain ? Faut-il que je vous prépare vos vêtements ? demanda-t-elle d'une voie ténue.

– Maître, permettez-moi de me retirer, déclara Sadre'Sïr'Issa en détaillant la jeune servante, un air indéchiffrable sur le visage. Je ne voulais pas me montrer indésirable.

– Arrête donc tes allusions scabreuses et va plutôt voir si tu ne trouves pas quelque chose qui me tienne l'estomac, répliqua le noble roëlien en le chassant d'un geste.

– J'y cours, maître. Vous connaissez ma promptitude à vous servir.

– Elle est presque aussi proverbiale que ta promptitude à être sarcastique, mon ami.

– Merci, maître.

Et Sadre'Sïr'Issa repartit.

– Qu'y a-t-il, ma fille ? s'inquiéta Korian'Lor'Kald en voyant la servante pâle comme un linceul.

– Il me fait peur, avoua-t-elle.

– Mon serviteur ? s'étonna-t-il.

Elle acquiesça en se mordant la lèvre, craignant que sa franchise ne la conduise à se faire punir. Mais le noble roëlien n'en fit rien. Il esquissa un sourire énigmatique.

– Bien des personnes en ce bas monde ont d'excellentes raisons de le craindre. Mais pas toi. J'ai cru sentir que ta beauté ne l'a pas laissé indifférent. Comment te nommes-tu ?

– Saya, murmura-t-elle en rougissant.

– Tu es egyrienne ?

– Non, je suis kadjïre.

– Apporte-moi un drap de bain, Saya, prépare-moi mes vêtements et retire-toi.

Korian'Lor'Kald attendit que la jeune femme ait refermé la porte derrière elle pour sortir de son bain. Il s'essuya consciencieusement et se vêtit avec tout autant de soin. Il tressa sa chevelure clairsemée, se coiffa d'un large feutre, boucla son ceinturon au bout duquel pendait une imposante épée et passa son pistolet à poudre dans son étui dorsal accroché au ceinturon. Il vérifia que les plis de sa veste de velours qui reposait sur un chevalet tombaient droit, balaya une poussière sur l'épaulette gauche et l'enfila avec précaution.

Puis il cacha sa croix de Saint-Juste de l'ordre des chevaliers sous sa chemise de flanelle et sortit de la pièce, les talons de ses bottes frappant le sol sur un rythme cadencé. Sadre'Sïr'Issa l'attendait patiemment. Le petit homme regardait par une fenêtre, un plateau de fruits était posé sur un meuble bas à sa droite.

– L'avez-vous séduite, maître ? demanda-t-il sans quitter l'objet de sa contemplation.

– Bien sûr, mon ami. Les femmes sont ainsi faites qu'elles aiment ce qu'elles voient. Mais je n'en ai pas abusé, n'aie crainte.

Le serviteur acquiesça gravement.

– Et votre genou ?

– Il se remet doucement, le rassura le noble en se saisissant d'un fruit rouge.

L'édifice impérial était gigantesque. Il s'étendait sur plusieurs dizaines d'hectares, occupant près de la moitié de la superficie d'Ishama. Il s'agissait d'un entrelacs de constructions basses, rivalisant les unes les autres en matière d'architecture et de décorations, de beffrois fortifiés, de places somptueuses et de parcs soigneusement entretenus, fleuris en toutes saisons. De nombreuses institutions comme le Séminaire de la Parole, où l'on formait les futurs prêtres de l'Ordre éternel, et la Faculté des Sciences occultes, seul lieu de l'Empire egyrien où l'on pouvait étudier la magie, faisaient partie intégrante du palais. Les lieux publics tels que la place du Marché ou le dôme des Pleurs se trouvaient en périphérie de ce complexe dédaléen. Au centre, se tenait la demeure de l'impératrice, le Temple Mère.

Le temps était maussade et brumeux. Par moments, il tombait même un crachin froid comme de la glace. Korian'Lor'Kald et Sadre'Sïr'Issa traversèrent des couloirs, des places, des jardins, contournèrent des beffrois et même un petit lac. Le noble roëlien suivait son serviteur qui s'orientait sans peine.

Plus ils s'enfonçaient dans le cœur du palais, moins ils croisaient de monde. Korian'Lor'Kald s'étonna de voir si peu de soldats. Même les beffrois semblaient déserts. Il en fit la remarque à Sadre'Sïr'Issa.

– Je l'ai également remarqué, maître. L'impératrice Ankahana ne semble pas craindre les indésirables.

La nuit tombait quand ils pénétrèrent dans un labyrinthe à ciel ouvert. À chaque intersection, les pans de murs, hauts de plus d'une dizaine de mètres, étaient d'une couleur différente. Les teintes étaient criardes : verte, rouge, jaune, bleu, orange...

– C'est d'assez mauvais goût, remarqua le noble roëlien.

Puis ils s'enfoncèrent dans le dédale chamarré dont les tons se rembrunissaient à mesure que le soleil déclinait.

– Sommes-nous perdus ? demanda Korian'Lor'Kald à son serviteur après un moment passé à tourner en rond.

– L'intendant ne m'avait pas parlé de ce labyrinthe, pesta le petit homme.

– Alors je suppose que c'est une sorte d'épreuve. Ne décevons pas l'impératrice, mon ami.

Le noble s'adossa à un mur et regarda les étoiles qui apparaissaient une à une dans le ciel.

Sadre'Sïr'Issa s'éloigna de quelques mètres, revint sur ses pas, compta sur ses doigts, balaya du regard les sections de murs alentours, se remit à compter sur ses doigts et indiqua une direction du menton à son maître. Korian'Lor'Kald le suivit sans lui poser de question. Le manège recommença une douzaine de fois avant que les deux hommes ne sortent enfin du labyrinthe.

En face d'eux, au bout d'une esplanade sans fin, se dessina la silhouette de la demeure impériale, le Temple Mère. Une bâtisse de plain-pied dont les murs et même les toitures étaient en bois précieux.

– On prête des propriétés magiques au bois qui a été utilisé pour la construction, dit Sadre'Sïr'Issa.

– Rappelle-moi plutôt ce que je suis censé savoir sur l'impératrice et la Cité éternelle. Je sais que j'aurais dû me rafraîchir la mémoire auparavant, mais que veux-tu, la politique egyrienne m'ennuie profondément.

– Elle manque de subtilité, approuva le serviteur. Je ne sais pas si mes maigres connaissances vous suffiront.

– Je ferai avec.

– Bien. Ishama, la Cité éternelle a été fondée en l'an 30 avant l'Ascension. C'est ici, en l'an 0 de l'Ascension, que la reine d'Egyrie, Anaëpha, se fait couronner impératrice egyrienne et prend le nom d'Ankanaëpha, la Mère éternelle. Lorsqu'elle meurt, vingt ans plus tard, ses restes sont déposés au sommet du tombeau qui se situe non loin du palais, cette pyramide monumentale devant laquelle défilent chaque jour des milliers de pèlerins en mal de rédemption.

– Évite les sarcasmes, veux-tu.

Sadre'Sïr'Issa acquiesça.

– C'est en l'an 230 que l'impératrice Ankanadjïa cède à la pression populaire et crée un gouvernement de cohabitation qui deviendra quelques années plus tard le Parlement des Sages egyriens. En 312, sous le règne de l'impératrice Ankarëfa, le mouvement armé du Parlement des Sages, les mahadjïrs, massacre l'armée impériale. La raison de ce conflit reste sujette à controverses et je ne m'avancerai pas à vous proposer une hypothèse.

– Et les Sœurs de l'Ordre éternel, pourquoi n'ont-elles pas pris position contre ce mouvement révolutionnaire ?

– En fait, les combats n'ont duré qu'une dizaine de jours et l'Ordre était divisé. Les hauts prêtres hésitaient à prendre part à un conflit armé. Finalement, ils ont décidé de porter secours à l'impératrice Ankarëfa qui était assiégée dans sa propre cité, ici même. Le Parlement n'a pas voulu entrer en guerre contre l'Ordre éternel, craignant de s'attirer la haine du peuple. Un accord a été alors conclu.

– L'impératrice et ses descendantes sont restées les maîtresses inconditionnelles d'Ishama à condition toutefois de payer un impôt révolutionnaire au Parlement des Sages, termina Korian'Lor'Kald. Et c'est depuis ces temps lointains que l'Empire egyrien est gouverné par des vieillards édentés et séniles.

– C'est cela, maître.

– Ton exposé était fort convaincant, mon ami, mais ne sais-tu rien sur Ankahana? Ta verve cacherait-elle ton ignorance sur le sujet qui m'intéresse?

– Vous m'avez démasqué. Je n'ai rien trouvé sur elle, rien du moins qui ne soit plus qu'une rumeur ou une affabulation de vieillard sénile et édenté.

– Penses-tu que les suspicions du Parlement envers les agissements obscurs de l'impératrice soient infondées? s'étonna le noble roëlien.

– Je ne sais pas, avoua Sadre'Sïr'Issa.

– Ton aveu d'impuissance m'émeut, mon ami. Allons de ce pas combler cette grave lacune.

Une servante agenouillée sur le parvis du Temple Mère se leva et s'inclina. Elle les mena jusqu'à l'impératrice de la Cité éternelle sans qu'ils eussent un mot à prononcer.

La demeure était une succession de pièces dépourvues de tout mobilier, séparées les unes des autres par de minces cloisons de toiles peintes. Des silhouettes immobiles se découpaient parfois sur certaines d'entre elles. Une musique lointaine aux accents exotiques semblait sourdre du sol.

Ils arrivèrent enfin dans une vaste salle dans laquelle bruissait un doux murmure. Une trentaine de femmes et quelques hommes discouraient, assis sur des coussins, lisaient, peignaient, chantaient ou jouaient de la musique en pinçant les cordes de divers instruments.

L'impératrice était vêtue d'une simple tunique de soie aux motifs traditionnels qui dévoilait son long cou et ses épaules graciles. Elle délaissa le jeune homme avec lequel elle s'entretenait pour se tourner vers le noble roëlien et son serviteur.

Son visage s'éclaira d'un sourire sans joie. Sa peau pâle était lisse comme de la glace polie et ses yeux luisaient d'un feu sombre, préservé par ses paupières mi-closes.

Sadre'Sïr'Issa resta en retrait comme l'exigeait son rang tandis que Korian'Lor'Kald s'avançait. Le noble roëlien salua l'impératrice avec panache malgré son genou douloureux.

– Je ne m'attendais pas à vous voir si tôt, déclara Ankahana d'une voix profonde et charnelle.

– Faites-vous allusion à cet entrelacs de murs colorés qui ceinture votre demeure ? l'interrogea Korian'Lor'Kald en se redressant.

– Il est rare que des étrangers percent le secret de ce dédale aussi aisément.

– J'ai des ressources que vous ne soupçonneriez pas, répliqua le noble en jetant un regard à la dérobée à son serviteur.

– Je pensais que ces vieux fous du Parlement avaient fini par perdre totalement l'esprit en m'envoyant un étranger comme enquêteur. Me serais-je trompée ?

– Je ne suis pas tout à fait un étranger, mais un ambassadeur. Quant aux Sages du Parlement, soyez rassurée, ils ont bien perdu l'esprit.

L'impératrice esquissa l'ombre d'un sourire et invita Korian'Lor'Kald à le suivre.

– Ainsi vous êtes ici pour m'espionner.

– Je suis ici pour leur rapporter la preuve que vous n'agissez pas contre les intérêts de l'Empire egyrien, rectifia le noble. Et croyez bien que je m'emploierai corps et âme à vous disculper de cette accusation sournoise.

– Menez donc vos investigations, même si ma dignité doit en souffrir, déclara Ankahana, le visage fermé à toute expression. Je n'ai rien à cacher.

– Je l'entendais bien ainsi.

L'impératrice lui fit un signe de la main et Korian'Lor'Kald se retira.

– Alors, maître, qu'en pensez-vous ? demanda Sadre'Sïr'Issa au noble roëlien en sortant du Temple Mère.

– Nous avons mis les doigts dans un dangereux engrenage, mon ami. Bien plus dangereux que ce à quoi je m'attendais...

14

Région des Grands Lacs, province elyrienne.

Le ballon dirigeable remontait vers le nord-ouest en direction d'Ishama. Malëva et les deux frères avaient laissé derrière eux le massif des Arkans. Ils traversaient désormais la région des Grands Lacs. Si les brûle-supplices voulaient les rattraper, ils devraient faire un détour de plusieurs centaines de kilomètres, les terres qu'ils survolaient étant trop marécageuses pour des chevaux.

L'ancienne Sœur, subjuguée, était accoudée sur le rebord de la nacelle. Elle contemplait le paysage lacéré par de profondes gorges dans lesquelles le soleil ne pénétrait jamais. Des rochers rongés par un lichen brun bordaient ces plaies au fond desquelles couraient des ruisseaux impétueux. Les veines de la terre semblaient mises à nu. Plus loin, vers le nord et l'ouest, des dizaines de lacs jalonnaient une contrée sauvage et inextricable. La plupart des plans d'eau étaient gelés, d'autres étaient masqués par une brume inquiétante vomie de leurs gueules béantes. Sur les berges, la végétation avait été brûlée par le froid précoce. Au-delà, à l'abri des embruns charriés par le vent, des fourrés aux formes échevelées étaient encore en fleurs. Quelques arbres solitaires s'élevaient à des hauteurs prodigieuses, dominant la contrée.

Perchées sur l'un des rares affleurements rocheux, les ruines d'une antique citadelle étaient dévorées par la mousse. Une seule de ses nombreuses tours tenait encore debout, le reste des murailles s'était effondré.

– Qui a eu l'idée de bâtir une forteresse ici ? s'étonna Servahn, l'aîné des deux frères.

Il hurlait presque, car le vent soufflait fort, emportant leurs paroles. Malëva haussa les épaules pour lui signifier qu'elle l'ignorait.

– Comment se fait-il que vous parliez aussi bien la langue du continent de Roël ? l'interrogea-t-il.

– La langue écrite officielle de l'Empire egyrien est le morhian, qui est similaire en tout point au roëlien.

– Je l'ignorais. Mais... vous voulez dire que vous parlez en egyrien et que vous écrivez en roëlien ?

– Pas en roëlien, en morhian, le corrigea-t-elle. Ce qui revient à peu près au même, admit-elle aussitôt. C'est l'impératrice Ankamanaë qui a restreint l'écriture egyrienne à la retranscription des textes sacrés.

Servahn hocha la tête.

Une bourrasque fit tanguer la nacelle. Nakadamu se mit à gémir pitoyablement. Malëva s'agenouilla pour le rassurer.

– Nous allons devoir descendre à moins de vingt mètres, déclara Goëmon dont la barbe commençait à givrer.

– Je ne sais pas... On pourrait simplement prendre un peu d'altitude et se laisser dériver vers le nord, ce serait moins risqué, proposa Servahn.

– Mais plus long, répliqua le cadet.

– Entendu, descendons. À moi aussi il me tarde de poser mes fesses dans une taverne et de prendre un vrai repas chaud.

Malëva s'éveilla à ce moment-là. Le soleil n'allait pas tarder à se coucher. Elle repoussa ses couvertures et se redressa.

– Vous avez bien dormi ? l'interrogea Goëmon.

– C'est plutôt confortable, acquiesça-t-elle. J'ai entendu que nous allions descendre.

– Oui, le vent est en train de tourner et si nous ne faisons rien, nous allons repartir en sens inverse. Nous voulons tenter d'attraper un courant froid qui rase le sol.

– Nous ne risquons pas de nous écraser ?

– S'il n'y a pas de perturbation brutale, ça ira. Sinon, nous nous râperons un peu les fesses.

Malëva se releva. Le ballon survolait un lac qui s'étendait sur plusieurs kilomètres. Sa surface gelée était irisée des tons du couchant. L'ancienne Sœur se fit la remarque que la glace se briserait certainement sous le poids du ballon si celui-ci venait à s'écraser.

Servahn jura et l'aéronef perdit brutalement de l'altitude.

– Qu'y a-t-il ? s'écria Malëva.

– Une dépression ! hurla le pilote en actionnant à fond la manette du brûleur. Il faut lâcher tout notre lest !

Aussitôt, ils entreprirent de jeter par-dessus bord les cailloux entassés aux quatre coins de la nacelle.

– Ça ne suffira pas ! pesta Goëmon. Pourquoi tu as eu l'idée stupide de vouloir descendre !

– Moi ? s'exclama Servahn. Mais c'est toi qui ne voulais pas rallonger !

– Et c'est toi qui étais pressé de t'asseoir dans une taverne !

– Attends que j'aie fini de balancer ce lest et tu vas voir de quel bois est fait un vrai Bennebois ! ragea l'aîné.

– Je t'attends ! déclara Goëmon en jetant le dernier caillou.

Les deux hommes s'empoignèrent au col en grognant. Nakadamu se mit à aboyer, agacé par ces deux mâles qui se battaient pour impressionner la femme.

Malëva vérifia qu'il ne restait plus de lest dans la nacelle avant d'oser jeter un regard par-dessus bord. Ses ongles s'enfoncèrent profondément dans l'osier et son corps se contracta violemment lorsqu'elle vit une ombre gigantesque se profiler sous la surface du lac. Un pieur rouge les avait pris en chasse. Les cailloux qu'ils avaient lancés sur la glace avaient dû le tirer de son sommeil.

Les deux frères se tenaient encore par le col, mais leurs yeux étaient rivés sur la silhouette monstrueuse qui grossissait rapidement.

– Qu'est-ce que c'est ? souffla Servahn, la gorge resserrée par la peur.

– Un pieur rouge, répondit Malëva. Nous devons remonter !

Soudain, l'épine dorsale de la créature traversa la surface gelée dans une explosion terrible. Une gueule bardée de crocs émergea des flots en poussa un hurlement assourdissant.

– Si on lui jetait le chien, ça pourrait le calmer ! proposa Goëmon, paniqué.

– Je lui dois la vie ! répliqua l'ancienne Sœur, outrée.

Le cou reptilien du pieur se dressa de toute sa hauteur, balayant rageusement l'air à quelques mètres à peine du ballon.

L'aéronef regagna un peu de terrain sur la créature qui était ralentie par l'épaisse couche de glace, mais il continuait néanmoins à perdre de l'altitude. Il n'était déjà plus qu'à quelques mètres du sol. Servahn actionnait frénétiquement la manette du brûleur alors que Goëmon armait un fusil à poudre qu'il avait sorti d'une malle.

Avant qu'il ait pu tirer, le fond de la nacelle heurta la surface gelée du lac et tous durent s'accrocher aux filins pour ne pas basculer par-dessus bord. Ils furent traînés sur une vingtaine de mètres et, au moment où le pieur se jetait sur eux, le ballon fut happé vers le ciel, comme tiré par un élastique invisible.

– On est sortis de la dépression ! s'écria Servahn en levant victorieusement un bras.

En bas, le pieur avait déjà replongé vers ses profondeurs abyssales.

– Quel pays ! Je n'avais jamais rien vu d'aussi gros ! s'exclama Goëmon.

– Certaines légendes prétendent que ce sont des rejetons d'Anophatotëb, le Serpent ailé.

– Je n'ai jamais vu non plus de serpent ailé, précisa le jeune homme en faisant une moue désolée.

– La vérité, c'est que nous avons chez nous quelque chose d'encore plus horrible que vos serpents ailés ou vos pieurs, déclara Servahn. Nous avons la mère Mouniette.

– Vous la verriez... Brrrrrr ! ajouta Goëmon en faisant une grimace de dégoût grotesque. Sûr que même un pieur ne fait pas le poids !

Les deux frères éclatèrent de rire, mais ils se calmèrent rapidement en constatant que Malëva ne partageait pas leur liesse.

– Évidemment, ce n'est pas aussi drôle quand on ne connaît pas la mère Mouniette, précisa piteusement Servahn.

Les jours suivants furent moins animés. Parfois des vols d'évrettes rousses ou de colombes des neiges passaient à proximité du ballon, remplissant le ciel de cris. Puis le chant du vent reprenait. Servahn fredonnait sans cesse des balades qui semblaient ne pas avoir de fin tout en griffonnant sur un carnet. L'ancienne Sœur et Goëmon jouaient souvent aux dames, ce qui n'était guère aisé quand le vent se mettait à faire osciller la nacelle ou que Nakadamu essayait de manger les pions.

Malëva passait également de longues heures sans dire un mot, les genoux repliés contre sa poitrine, laissant son esprit vagabonder. Ses pensées revenaient souvent vers son amant, Lonë Magbë. Ils avaient vécu deux ans ensemble, après qu'elle avait été bannie de l'Ordre éternel. Mais Lonë n'avait pas eu la force de répudier sa femme et celle-ci avait finalement dénoncé l'ancienne Sœur alors recherchée pour le meurtre d'un dirigeant. Malëva était parvenue à s'enfuir, mais pas Lonë qui avait été arrêté et condamné à la peine capitale pour avoir caché chez lui une meurtrière.

La mort de son amant avait plongé l'ancienne Sœur dans la folie. Elle avait erré des jours et des jours sur les routes, l'âme déchirée par le chagrin. Finalement, c'étaient Manie et Noëm qui l'avaient recueillie chez eux.

Maintenant que la douleur de les avoir perdus s'était un peu apaisée, il ne restait plus à Malëva que son désir de vengeance pour combler le vide que leur mort avait laissé en elle.

Elle devait d'abord se rendre à Ishama afin de retrouver Matëo Magbë, le frère jumeau de son défunt amant. Lui seul était en mesure de l'aider à découvrir qui avait envoyé les brûle-supplices à Vömin.

Le temps estompait la douleur, mais il attisait la haine, elle ne le savait que trop bien.

15

Montriches, province kadjïre.

Depuis combien de temps veillait-elle l'enfant ? Son regard se posa sur la chandelle. Celle-ci s'était presque totalement consumée. Sœur Anëlyna se massa les reins tant la position lui était incommodante. Les tabourets kadjïrs étaient encore plus inconfortables que ceux du sanctuaire. Elle s'étira et posa sa main sur le front de son petit malade. Il n'était plus aussi chaud que dans la soirée. La fièvre était tombée. Elle soupira de soulagement.

Elle songea alors à la période de troubles qui approchait à grands pas. Aucun clan des Montriches ne s'était encore soulevé, mais elle avait la certitude que cela ne durerait pas. Depuis trois ans qu'elle vivait au sanctuaire des Bas Plateaux, elle avait appris à connaître le peuple kadjïr. Elle savait que rien ne pourrait jamais éteindre la flamme de la révolte qui animait ces hommes et ces femmes. La paix apportée par l'Empire egyrien prendrait bientôt fin. C'était inévitable.

Elle se saisit d'une écuelle dans laquelle infusaient des herbes aux vertus curatives et secoua doucement l'enfant.

– Iloënn, réveille-toi, chuchota-t-elle. Il faut finir ta tisane.

– Huuum... non ! grommela-t-il en se frottant les yeux. Ç'a un goût de pisse d'aurochs.

– Finis ça, sinon tu ne guériras jamais, insista la femme.

L'enfant se pinça le nez et but les trois dernières gorgées en faisant la moue.

– Je vais pouvoir y aller, soupira la Sœur. Je vais dire à ta maman qu'elle vienne t'embrasser.

– Je suis bien trop vieux pour ça ! s'indigna Iloënn. Je suis le fils du roi des Mont...

Il s'interrompit, prenant conscience qu'il allait commettre une terrible bêtise. Les étrangers ne devaient pas savoir que son père était le roi des Montriches.

– Qu'allais-tu dire ? s'étonna Anëlyna.

– Je... rien, balbutia-t-il. Et d'abord si tu le répètes, je dis à tout le monde que tu fais des choses interdites dans les bois avec mon frère Arndal ! s'écria-t-il, ne sachant comment se sortir de ce mauvais pas.

Le visage de la Sœur s'empourpra d'un seul coup.

– Il ne faut pas croire ce que racontent les femmes jalouses ! s'emporta-t-elle à mi-voix.

– Ce n'est pas les femmes qui me l'ont dit, répliqua Iloënn.

– Alors qui ?

– C'est... c'est un Peuplebois.

La Sœur fronça les sourcils. Elle avait déjà entendu parler des anciennes croyances kadjïres.

– Les Peuplebois, répéta-t-elle. Ces êtres invisibles qui habitent les forêts ?

– Ils ne sont pas invisibles. Ils se cachent, c'est tout.

C'était la première fois qu'Iloënn confiait son secret à quelqu'un. Anëlyna s'apprêtait à parler quand la porte de la chambre s'entrouvrit. C'était Siell, la mère de l'enfant.

– J'ai entendu des voix, murmura-t-elle.

– La fièvre est tombée, déclara la Sœur en se reprenant. Je l'ai réveillé pour qu'il finisse sa tisane.

Siell pénétra dans la pièce à pas feutrés. La première fois qu'Anëlyna avait vu cette femme, elle avait été troublée par la douceur qui émanait de ses traits. Iloënn, contrairement à son frère, ressemblait à sa mère.

– Merci de vous être occupée de mon fils, chuchota-t-elle. Vous devez être épuisée.

– Je pense que je vais rentrer au sanctuaire, maintenant. Iloënn est aussi résistant qu'un chêne en plus d'être beau comme un iris-argent.

– Demandez à mon autre fils de vous accompagner. On ne sait jamais ce qui peut rôder dans la nuit.

La Sœur passa sa main dans la chevelure de l'enfant.

– Garde mon secret, je garderai le tien, lui murmura-t-elle.

Puis elle sortit de la chambre. Arndal l'attendait dans la pièce principale. Il aiguisait une hache.

– Veux-tu que je te raccompagne jusqu'au sanctuaire ?

Elle voulut lui dire que non, hésita et finalement acquiesça de la tête. La nuit était froide et sans étoiles. Ils sortirent du village et descendirent dans la plaine. Le sanctuaire était à une heure de marche.

Quand Arndal voulut l'embrasser, elle le repoussa.

– Qu'y a-t-il ? s'étonna-t-il.

– Iloënn... Iloënn sait pour nous.

– Quoi ? Comment pourrait-il le savoir alors que personne ne se doute de rien ?

– Il m'a dit que c'était un Peuplebois qui le lui avait appris.

Arndal resta un long moment silencieux.

– Il a menti, décréta-t-il finalement. Ce museau de fouine nous aura surpris, c'est tout. Allons, repartons sans perdre de temps.

Ils n'échangèrent plus un mot jusqu'à ce qu'ils arrivent en vue du sanctuaire. Arndal laissa Anëlyna continuer seule et s'en retourna, troublé.

16

Province elyrienne.

Ils avaient quitté la région des Grands Lacs depuis la veille. Quand l'aube se leva, ils survolaient une route sur laquelle cheminaient quelques voyageurs solitaires. La plupart d'entre eux s'arrêtaient pour suivre l'aéronef du regard jusqu'à ce qu'il disparaisse.

Une petite cité se dessina dans le lointain en fin d'après-midi. Le vent soufflait dans la bonne direction et Servahn estima qu'ils atteindraient l'agglomération un peu avant la tombée de la nuit.

– Il faudra trouver un endroit sûr où laisser notre ballon pendant que nous achèterons tout ce dont nous avons besoin, dit Goëmon.

– Vous pourriez abriter votre engin dans une ferme.

Les deux frères approuvèrent.

Le ciel se couvrit et il se mit à pleuvoir de la neige fondue. La pénombre et le temps peu clément leur permirent de passer inaperçus.

Après avoir choisi un point de chute et effectué quelques manœuvres d'approche, ils se posèrent au centre d'une basse-cour. Poulets, ongres et autres bestiaux bigarrés se mirent à courir en tous sens en poussant de grands cris terrifiés. Trois hommes et une femme ne tardèrent pas à s'avancer vers eux à grands pas.

– Que vont-ils pas nous inventer encore ! s'exclama un moustachu. Y a-t-il pas assez du vaisseau à vapeur qui enfume l'air, il faut encore qu'ils aillent déranger les nuages !

– Vous pouviez pas tomber ailleurs que sur le poulailler ? les interrogea la femme en faisant de grands gestes pour les inciter à repartir.

– Y en a assez de payer des impôts pour ces choses-là ! s'écria le plus grand.

– Et notre poulailler alors, qui c'est qui va le reconstruire ? s'agaça un tout maigre.

– Que disent-ils ? s'inquiéta Servahn.

Malëva se rappela que les deux pilotes ne parlaient pas egyrien. Elle leur fit signe de se taire et s'adressa aux fermiers :

– Ces deux hommes viennent du continent de Roël. Ils ont besoin que vous abritiez leur engin dans une de vos granges pendant quelques jours. Ils vous paieront, ils ont de l'or.

– ... Du continent de Roël, répéta le moustachu en plissant la bouche.

– Des étrangers ? s'indigna le tout maigre.

– Des étrangers qui ne sont même pas de l'empire ! souligna le plus grand.

– Ils ont de l'or... sourit la femme.

Les fermiers avaient finalement accepté de garder le ballon contre une somme plutôt modeste. La nuit était tombée. Malëva menait les deux frères à travers un dédale de ruelles, précédée par Nakadamu.

– Vous semblez connaître cette charmante petite cité, s'étonna Goëmon.

– J'y suis déjà passée, acquiesça l'ancienne Sœur.

– Nous avons déjà croisé bon nombre d'auberges qui me semblaient fort accueillantes... lui fit remarquer Servahn.

– J'en cherche une en particulier, répliqua Malëva.

– Parce qu'on y mange mieux ? l'interrogea Goëmon.

– Non, c'est même le plus infâme des bouges que j'aie jamais fréquentés. Mais le patron est un homme en qui je peux avoir confiance.

– Vous croyez que ces... brûle-supplices vous recherchent toujours ? s'inquiéta l'aîné.

– Tant qu'ils ne m'auront pas mise dans un cocon écorcheur, ils n'abandonneront pas la traque.

– Un cocon écorcheur ?

Malëva s'arrêta et désigna du doigt une tour hérissée d'une dizaine de potences d'où pendaient des cages. Le vent les fit osciller et les râles d'agonie des suppliciés, résignés et sans vigueur, se répandirent dans le quartier.

– Mais... il y a des hommes dans ces clapiers ! s'écria Goëmon.

– L'intérieur des cages est hérissé de lames, si bien qu'au moindre mouvement, le prisonnier est lacéré, précisa Malëva.

– Ils doivent agoniser pendant plusieurs jours, murmura Servahn sans quitter la tour des yeux.

– Les plus chanceux meurent en deux ou trois jours, acquiesça l'ancienne Sœur en repartant. Pour les autres, leurs plaies finissent par s'infecter. Ils se mettent alors à puer la charogne et se suicident la plupart du temps en se tailladant les poignets.

La neige fondue s'était transformée en une pluie cinglante. Les passants allaient d'un pas pressé, la tête baissée. Les dernières échoppes fermaient. L'orage gronda au loin.

Ils empruntèrent une série d'escaliers étroits et tortueux menant vers les bas-fonds de la cité. Ils ne croisaient plus aucun fonctionnaire impatient de regagner sa demeure, ni de commerçant rentrant ses étalages à la hâte. Les hommes déambulaient d'un pas lent, indifférents aux intempéries. Leurs vêtements détrempés leur collaient à la peau, leur donnant un air efflanqué et affamé. Les rues étaient jonchées de tas de détritus dans lesquels de gros rats au regard malfaisant fourrageaient vigoureusement. Nakadamu se fit une joie de les courser en leur aboyant après. La plupart des becs à huile avaient été brisés. L'eau qui ruisselait entre les pavés formait d'innombrables mares souillées au centre de la chaussée défoncée.

– J'aurais peut-être dû prendre mon fusil, glissa Goëmon à l'oreille de Malëva.

– Il ne nous arrivera rien, lui assura l'ancienne Sœur.

– Moi, j'en suis convaincu, mais il faudrait peut-être le dire aux hommes qui nous filent le train.

Malëva se retourna. Quatre silhouettes furtives se figèrent dans le halo maladif d'un des becs à huile encore en état. Leurs lames reflétaient la lumière fielleuse. Goëmon avait déjà tiré de sous sa combinaison un coutelas de bonne taille et semblait prêt à en découdre. L'ancienne Sœur l'apaisa de la main et s'avança d'un pas.

– Je suis Malëva Naöna, déclara-t-elle. Nous sommes sous la protection de Saria le Luth. Je suis là pour le rencontrer.

– Je suis l'un de ses neveux, répondit l'un des inconnus après un court conciliabule avec ses acolytes. Laissez-nous vous accompagner et que votre sang coule si vous trahissez.

Malëva se tourna vers les deux frères.

– Nous sommes sous leur protection, leur expliqua-t-elle.

– Certaines règles de votre société m'échappent, admit Servahn. Chez nous, les malfrats font un tout autre genre de travail qu'escorter les étrangers.

– Il y a une quinzaine d'années, l'homme que j'aimais, un haut fonctionnaire, a défendu lors d'un procès trois des fils de celui qui contrôle ces quartiers, lui expliqua-t-elle. Il leur a évité de finir leurs jours dans un cocon écorcheur.

– Il les a fait acquitter ? s'enquit Goëmon.

– Non, mais il a réussi à leur faire passer à chacun une dose de poison avant qu'ils ne soient mis au supplice.

– Les Egyriens ont une étrange conception de la justice, remarqua Servahn.

– La corruption et le fanatisme religieux rongent les institutions impériales depuis des années. L'Empire egyrien n'est qu'une chimère ! affirma-t-elle avec violence.

L'ancienne Sœur s'étonna de sa propre conviction.

« ... Déjà le soleil de l'empire se voile. Bientôt le déséquilibre sera tel que la Roue basculera. »

Elle reprit ses esprits quand ils arrivèrent devant une auberge aux vitres rendues opaques par la crasse. Nakadamu reniflait avec suspicion l'enseigne qui avait été arrachée du mur. Le panneau de bois était pourri, mais on pouvait encore y lire : « Saria le Luth ».

Malëva enjamba les trois marches menant au perron et ouvrit la porte. Une odeur âcre et entêtante les happa tous les trois. Une fumée épaisse s'exhalait des narguilés posés à même le sol. Les habitués des lieux étaient vautrés sur d'énormes coussins. Certains gisaient inconscients, d'autres s'agitaient frénétiquement en grognant, en proie à des convulsions provoquées par l'inhalation de la fleur de sharm. Ceux qui n'avaient pas encore succombé aux vapeurs délétères continuaient à fumer, un air absent sur leurs visages exsangues.

Nakadamu passa le premier.

– Vous croyez que c'est bien sage d'entrer ici ? s'inquiéta Servahn.

L'ancienne Sœur se tourna vers les quatre malfrats qui les avaient suivis jusqu'à l'auberge.

– Ils ne nous laisseraient pas nous défiler, de toute façon. Venez, je vais vous présenter à Saria le Luth.

Malëva entra sans les attendre. Elle était obligée de marcher avec prudence tant ses yeux la brûlaient. Elle distingua la présence imposante de Saria dans le fond de la pièce. Il se tenait adossé à un monticule de coussins multicolores. L'homme était corpulent. Sa barbe était taillée ras et ses vêtements s'étalaient autour de lui à la manière d'éclaboussures bariolées. Ses cheveux longs et blancs étaient soigneusement nattés. Un bâton sculpté reposait sur ses genoux. Une dizaine d'encensoirs entouraient sa couche, dispensant dans l'air saturé un effluve sucré. Il semblait assoupi, pourtant il fit signe à Malëva d'approcher. Les deux frères restèrent en arrière.

Elle s'inclina et se présenta.

– La dernière fois que je t'ai vue, c'était il y a douze ans, tu étais en compagnie d'un homme valeureux. Lonë Magbë, se remémora le propriétaire des lieux.

– Il est mort, dit l'ancienne Sœur.

Saria acquiesça.

– Tu es finalement venue chercher sa lettre ? l'interrogea-t-il.

– Comment ? balbutia-t-elle, prise au dépourvu.

– Juste avant que les mahadjïrs ne l'arrêtent, Lonë s'apprêtait à entreprendre un long voyage, l'ignorais-tu ?

– Non. Mais il avait refusé de m'en donner la raison. Je savais seulement qu'il menait une enquête au sujet d'un pèlerinage que le Très Saint Akaomë avait entrepris en 469, sur le continent de Roël.

– Il avait chargé un de mes petits-fils, qui était alors à son service, de te donner une lettre après son départ.

– Mais pour quelle raison aurait-il fait ça ? Pourquoi ne me l'a-t-il pas remise en main propre ?

– Je l'ignore. Nul n'a lu la lettre, je m'y suis opposé.

– Où est-elle ?

Saria le Luth sortit de sous un coussin brodé d'or une cassette en bois précieux. Il l'ouvrit et tria le contenu.

– Que se passe-t-il ? murmura Goëmon en s'approchant. Vous nous avez présentés au gros bonhomme ?

Malëva ne lui répondit pas. Elle regardait sans y croire le pli que leur hôte lui tendait.

– Prenez cette lettre, l'enjoignit-il. Elle vous appartient.

Le papier était jaune et abîmé, mais le cachet de Lonë n'avait pas été rompu. Quand l'ancienne Sœur s'en saisit, des souvenirs douloureux qu'elle avait jusqu'alors refoulés lui revinrent en mémoire.

– Ça va? s'inquiéta Servahn en lui saisissant le bras. Vous êtes toute pâle.

Malëva se tourna vers lui, le regard tourmenté.

– Ça ira, lui assura-t-elle. Je pense qu'il va nous aider.

Elle rangea la lettre dans son corsage, ne se sentant pas la force de la lire maintenant, et se retourna vers Saria.

– Ces deux hommes sont venus du continent de Roël à bord d'une machine volante. Ils ont besoin de nourriture et de combustible pour continuer leur route.

– Une machine volante?... Ils ont de l'or?

L'ancienne Sœur acquiesça.

– Alors qu'ils fassent une liste de ce dont ils ont besoin, un de mes petits-fils se chargera de tout leur trouver. En attendant, vous êtes mes invités.

Malëva le remercia et répéta ses paroles aux deux frères.

Nakadamu, qui venait de se soulager sur un narguilé, les rejoignit avec enthousiasme.

Les trois compagnons étaient installés sur des coussins. Une femme voilée leur apporta un plat dans lequel ils piochèrent avec les doigts.

– Prenez garde, les avertit Malëva. C'est assez relevé.

Goëmon avait déjà les larmes aux yeux tandis que Servahn essayait de reprendre sa respiration à la manière d'un poisson asthmatique.

– Les fumeurs de sharm perdent petit à petit le goût. C'est pour ça qu'ils épicent autant leurs plats, précisa l'ancienne Sœur.

Un alcool fort leur fut servi en accompagnement.

Quand Goëmon se fut remis de sa première bouchée, il épongea la sueur qui lui coulait sur le visage et se pencha vers Malëva.

– Cette lettre qu'il vous a donnée, c'était quoi?

– C'est sans importance, répondit-elle avec un geste désinvolte.

Sa voix, pourtant, trahissait la tension qui l'habitait. Goëmon n'insista pas.

– C'est un drôle de bonhomme, ce Saria.

– Lonë, qui le connaissait mieux que moi, prétendait qu'il était âgé de plus de cent cinquante ans.

– Je crois que plus rien ne pourrait me surprendre, souffla Servahn.

– Ce serait un sorcier formé à la Faculté des Sciences occultes d'Ishama, précisa Malëva. Ici, c'est un homme de peu d'importance, mais Lonë le soupçonnait d'être à la tête d'une organisation gigantesque, s'étendant dans tout l'empire et peut-être même au-delà.

– J'ai tout de même du mal à imaginer que ce gros bonhomme perdu dans les bas-fonds d'une cité de province détienne un tel pouvoir.

– Sans doute... murmura Malëva en portant sa main contre son cœur, là où se trouvait la lettre écrite par Lonë.

17

Province morhiane.

O'Oshë, le Tisseur de la tribu des Alaïkans, dessina sur le sol un cercle de trois pas de large autour de lui et de son épeuch rouge. Bientôt, le soleil serait englouti et les Otenkas se lanceraient à nouveau à sa poursuite, animés par la volonté maléfique d'Akataopë. Kanaopao, le Sage moussu, lui avait révélé que le Cerf Noir essaierait par tous les moyens de le détruire.

Il entonna un chant vieux de plusieurs millénaires et renversa un peu d'eau sacrée sur le sol pour consacrer l'intérieur du cercle.

Lorsque les ténèbres s'épaissirent, son épeuch rouge commença à s'agiter. O'Oshë s'assura que sa longe était solidement attachée, puis il s'assit en tailleur, posa sa lance-tonnerre en travers de ses genoux et se remit à chanter. Cette nuit encore, il ne pourrait pas dormir. Il savait qu'il devrait faire appel à son Katonga si les forces venaient à lui manquer.

Des formes évanescentes tournèrent autour du cercle sacré, tentèrent d'y pénétrer et s'enfuirent.

Ce n'était qu'un prélude. Le Tisseur le savait. Les Otenkas désincarnés étaient toujours les premiers. Mais ce n'étaient pas eux qu'O'Oshë craignait. Les Esprits malsains qui avaient pris possession d'un corps étaient bien plus dangereux, car ils étaient plus difficiles à atteindre. L'enveloppe de chair les rendait plus résistants à ses enchantements.

Une jeune Manenkole sortit soudain de l'obscurité. Elle semblait terrifiée. Ses vêtements lui avaient été arrachés et sa peau blanche portait de profondes plaies. Au moment de pénétrer dans le cercle sacré, elle s'arrêta et tendit la main au Tisseur.

– Aidez-moi, le supplia-t-elle.

O'Oshë cessa de chanter et se releva.

– Approche et je te protégerai, déclara-t-il.

La femme se mit à pleurer.

– Je... je ne peux pas, murmura-t-elle en regardant la marque sur le sol délimitant le cercle.

– Alors c'est que l'Otenka est déjà en toi. Je ne peux pas t'aider.

– Je vous en supplie, gémit-elle. Chassez-le !

Le Tisseur ne put s'empêcher de ressentir de la pitié pour cette peau-blanche, pourtant il se détourna d'elle.

La femme bondit alors sur lui dans un cri inarticulé. Une brume violacée s'échappait de sa bouche et ses muscles s'étaient contractés au point de déformer horriblement son corps et son visage. O'Oshë se retourna et pressa la détente de sa lance-tonnerre, lui arrachant un bras. La blessure n'arrêta pas la possédée qui percuta le Tisseur de plein fouet. Ils roulèrent à terre. La femme, animée d'une force surhumaine, referma sa main sur la cheville de l'Aïkan pour le traîner hors du cercle sacré.

Le Tisseur abattit la lame de son arme au niveau du genou de la furie, l'envoyant au sol. L'Otenka abandonna alors la dépouille mutilée qui s'affaissa dans un dernier râle.

O'Oshë se releva péniblement. Sa monture, paniquée, avait rompu sa longe et s'était enfuie. Il savait qu'il ne la retrouverait pas. Il souleva le cadavre de la jeune Manenkole et le jeta hors du cercle.

La nuit n'était pas encore finie.

18

Province morhiane.

La nuit était tombée depuis plus d'une heure. Oran suivait les méandres de la route des Anciens quand il manqua de chuter dans l'une des nombreuses failles qui morcelaient la plaine. Il se rattrapa de justesse à la longe passée autour du cou de l'épeuch bleu. Il s'éloigna du précipice le cœur battant et jugea plus prudent de s'arrêter.

Il ne dormit guère cette nuit-là. Il songea aux événements de ces deux derniers jours. Il était devenu un hors-la-loi, Socrace était mort et il avait accepté un contrat sur la vie d'une femme.

Il passa une main sous son vêtement pour effleurer sa pierre de Shoëk qui pulsait faiblement.

Quand il se réveilla, la lune brillait encore dans le ciel, mais les premiers rayons du soleil auréolaient l'horizon de couleurs agressives. Aussi loin que portait son regard, la plaine était jonchée de souches pétrifiées, vestiges de la forêt qui avait jadis recouvert cette contrée.

La terre, atteinte d'un mal incurable, s'était crevassée. Des failles profondes de plusieurs dizaines de mètres couraient à perte de vue.

Lui qui avait toujours connu l'activité trépidante des quais, la solitude et le silence l'oppressaient.

L'Egyrien hurla comme un ours blessé, effrayant l'épeuch qui se mit à battre frénétiquement l'air de ses ailes atrophiées. Puis il repartit vers le sud, vers Coradj.

L'après-midi touchait à sa fin. Oran ne vit pas l'homme monté sur un épeuch rouge galoper dans sa direction. Le cavalier venait de l'est. Il mit pied à terre quand il arriva au bord de la faille qui le séparait de l'Egyrien.

– *Vous!* tonna-t-il tout en épaulant son fusil à détente.

Oran, qui avait rabattu la capuche de son vêtement dans son dos, se retourna. Dès l'instant où son regard croisa celui de l'inconnu, il sut qu'il avait affaire à un limier impérial, un de ces chasseurs de tête qui traquaient les fugitifs à travers tout l'empire.

Il se jeta sur le côté au moment où l'homme pressait la détente. Le dard percuta de plein fouet l'une des sacoches harnachées sur le dos de l'épeuch qui poussa un cri strident et s'enfuit à toutes jambes. Oran s'éloigna du précipice pendant que le chasseur rechargeait son arme. Quelques secondes plus tard, un second projectile se planta dans le sol à moins d'un mètre de lui, projetant un nuage de poussière dans l'air. Quand l'Egyrien se trouva hors de portée du fusil à détente, il se retourna.

Le limier s'était redressé. Il tenait son arme par le fût, la crosse posée en travers de l'épaule.

– *Ici, c'est mon territoire. Tu n'atteindras jamais Coradj!* déclara-t-il, une main en porte-voix.

Oran lui fit un geste obscène et partit sur les traces de l'épeuch.

Le limier jaugea du regard la profondeur du précipice, puis il sauta sur sa monture au bec gainé de cuir et remonta à vive allure vers Marane pour contourner la faille.

L'Egyrien, après avoir retrouvé l'épeuch bleu occupé à gratter le sol, s'abrita pour la nuit sous une souche.

Il se réveilla à l'aurore. Il se leva, inquiet, et jeta un regard circulaire au paysage qui se dévoilait pas à pas. Il n'y avait aucune trace du limier impérial, pourtant l'Egyrien savait que l'homme retrouverait tôt ou tard sa piste.

L'épeuch bleu avait dévoré sa corde et s'était s'enfui. Oran repartit à sa recherche. Il le trouva en train de couver un rocher rond au bord de la route. Le volatile lui donna un violent coup de bec quand il s'approcha. Furieux, l'Egyrien cassa une racine se terminant par un nœud capable d'estourbir un bœuf et s'avança résolument vers l'épeuch.

– Tu n'arriveras qu'à tuer ton animal en t'y prenant comme ça! l'apostropha un homme sortant de derrière une souche.

Oran sursauta. L'inconnu était barbu et un peu voûté. Ses vêtements étaient défraîchis. Il était coiffé d'un étrange couvre-chef rigide sur le rebord duquel pendaient des bouchons de liège qui dansaient devant ses yeux gris. Il était armé d'un fusil à détente et d'une épée fine et longue, vraisemblablement une lame forgée sur le continent de Roël.

– Qu'est-ce qui te dit que ce n'est pas mon intention? grogna finalement l'Egyrien.

– Ce serait dommage, un si bel animal.

– Parce que tu t'y prendrais mieux que moi?

– J'ai plus d'expérience, expliqua le voyageur en souriant. Je me nomme Toskan. Je suis né sur l'autre continent.

Il arracha à l'épeuch bleu une longue plume se terminant par du duvet blanc, puis nargua l'animal avec. Agacé, le volatile se leva en ouvrant son grand bec dentelé. Alors Toskan cacha la plume dans son dos et l'épeuch, désœuvré, commença aussitôt à creuser le sol à la recherche d'insectes.

– Ce n'est pas plus compliqué, sourit le voyageur en tendant discrètement la plume à Oran. Tu te rends à Coradj?

L'Egyrien acquiesça après une courte hésitation.

– Je vais plus à l'est, mais nous pouvons tout de même faire un bout de chemin ensemble. Depuis que les presque-humains des Hautes Plaines sont sur le pied de guerre, il n'est pas prudent de voyager seul.

Oran ne connaissait pas la région et si ce que venait de lui apprendre Toskan sur les presque-humains était vrai, il était effectivement préférable de voyager en sa compagnie.

Il accepta l'offre d'un hochement de tête et ils repartirent ensemble.

– J'ai une petite cabane sur les berges du lac Kashkal. Je chasse le marouin pour sa fourrure, déclara Toskan après de longues minutes de silence.

– Tu es bien armé pour un chasseur de marouin, remarqua l'Egyrien.

– C'est une simple précaution.

– Contre les marouins? se moqua Oran.

– Contre les presque-humains, rectifia Toskan. Comme je te l'ai dit, les Aïkans sont plutôt agités ces derniers temps.

– Il y a une raison à ça?

Le trappeur haussa les épaules.

– Il y a trois jours, j'ai interrogé un Alaïkan. Je n'ai pas vraiment eu la réponse à laquelle je m'attendais...

– Que t'a-t-il dit ?

– « Le temps des démons approche. » Plutôt singulier, non ? Je n'ai pas cherché à en apprendre plus.

– Espérons que nous n'en rencontrerons pas.

– Des démons ? Il y a peu de chance. Mais nous croiserons certainement quelques presque-humains. Nous allons traverser leur territoire de part en part !

– Et le territoire des Amalaïkans, où se trouve-t-il ? l'interrogea Oran dont le regard parcourait l'horizon.

– Le territoire des Amalaïkans ? répéta le trappeur en haussant un sourcil. Pourquoi me demandes-tu ça ?

– Quand j'étais gamin, il y avait un vieil homme qui racontait toujours des histoires terrifiantes sur cette tribu, répondit l'Egyrien après une courte hésitation.

Toskan leva un doigt vers le ciel et se retourna vivement. Les bouchons attachés au rebord de son couvre-chef s'égaillèrent dans une farandole désorganisée, s'emmêlant les uns les autres.

– Qu'y a-t-il ? s'inquiéta Oran.

– Un ou plusieurs cavaliers viennent dans notre direction, déclara le trappeur, une lueur de terreur dans le regard. Cet oiseau là-bas, c'est une poussière d'Ig. Regarde son vol. Il indique aux femelles de son espèce la présence d'un épeuch rouge qui se dirige vers le sud, vers nous.

L'Egyrien songea au limier qui le poursuivait. Toskan escalada une souche avec une agilité surprenante et se figea pendant quelques secondes.

– Un nuage de poussière, murmura-t-il. Ils ne m'auront pas. Ils ne m'y ramèneront pas. Jamais. Jamais ils ne m'y ramèneront, marmonna-t-il, le visage déformé autant par la peur que la haine.

Il sauta sur le sol comme un animal aux abois et fit mine de s'enfuir vers la faille la plus proche. Oran le retint par la manche.

– Où vas-tu te cacher ? l'interrogea-t-il.

Toskan fronça ses sourcils qui se rejoignaient au milieu de son front parcouru de rides profondes. Ses yeux fouillèrent dans ceux de l'Egyrien.

– Tu n'es pas un pèlerin, lâcha-t-il. Tu es un hors-la-loi, un fugitif.

Oran acquiesça silencieusement. Toskan grommela un chapelet de mots inintelligibles comme un homme peinant à remettre ses idées en ordre. Finalement, il désigna l'épeuch.

– Prends seulement ce qui est nécessaire à ton voyage, laisse le reste, camarade, déclara-t-il. Là où nous allons, ta monture ne pourra pas nous suivre... C'est un limier qui te poursuit?

– Oui, répondit-il en délestant l'épeuch bleu de son barda.

Il rassembla la nourriture, deux couvertures, une outre de sahourë et quelques ustensiles divers qu'il fourra dans un grand sac en peau. Le trappeur frappa le volatile à l'aide d'un buisson épineux et regarda l'animal partir au galop vers le sud.

– Ça devrait occuper le limier pendant quelque temps.

Les deux hommes cachèrent le reste des affaires sous une souche et gagnèrent le bord de la crevasse la plus proche.

– Passe là où je passe, camarade, déclara Toskan.

Il se laissa glisser dans le précipice en tâtonnant à la recherche d'une corniche.

– Prends garde à la roche plus claire, elle est friable, ajouta-t-il.

Le cavalier n'était plus qu'à quelques centaines de mètres d'eux. Avant de suivre le trappeur, l'Egyrien jeta un dernier regard dans la plaine, discernant la silhouette du limier. Puis il suivit Toskan qui avait déjà pris quelques mètres d'avance.

Quand il arriva en bas, ses mains étaient en sang. Le trappeur l'attendait, assis sur une pierre, l'air songeur. Il leva sur l'Egyrien un regard où le désespoir se mêlait à la colère. Son visage était étonnamment las.

– J'ai tué un dirigeant, avoua Oran. C'est la raison pour laquelle je suis pourchassé.

– La vie là-bas était un combat de tous les jours, chuchota Toskan en détournant la tête. Quelques prisonniers parmi les plus inoffensifs étaient choisis pour servir les gardiens retranchés dans de véritables forteresses, les autres étaient livrés à eux-mêmes. Il n'y avait rien à manger, sinon du lichen, quelques poissons et les autres prisonniers. Il y avait également la maladie et les gardiens qui sortaient de temps en temps pour une « battue » quand l'ennui était trop fort.

– Tu as été incarcéré au bagne de Katë? l'interrogea l'Egyrien.

– Oui. Je m'en suis sorti, mais une partie de moi est restée là-bas. Comprends-tu?

Oran hocha la tête. Toskan se releva.

– Veux-tu toujours te rendre à Coradj ?
– Je dois prendre le vaisseau à vapeur pour gagner Ishama.
– Alors suis-moi, camarade.
Les deux hommes repartirent. Ils suivirent la faille sur plusieurs kilomètres, jusqu'à ce que Toskan désigne à l'Egyrien un escalier taillé dans la roche.
– Qui a fait ça ? s'étonna Oran.
– Je ne sais pas. Peut-être les presque-humains.
Ils gravirent les marches. La plaine n'était presque plus crevassée, l'herbe autour des souches était épaisse et sèche ; les arbres solitaires et noueux et les buissons épineux, rassemblés en bosquets, semblaient défier quiconque d'approcher.
Ils longèrent le cours d'eau reliant Marane à Coradj pendant plus de trois heures. Quelques fermes s'étaient établies sur ses berges. Les hommes cultivaient les terres alentour enrichies par les alluvions. La plupart des ressources agricoles de la province morhiane provenaient de ces domaines où l'irrigation permettait une culture intensive du riz et de la graine de milon.
En soirée, ils s'arrêtèrent en surplomb d'une ville fantôme comme il y en avait des centaines à l'intérieur des terres.
– Quelle désolation, souffla Oran en contemplant les habitations qui tombaient en ruine.
Les toitures effondrées découpaient sur le ciel rouge crépusculaire une ligne d'horizon tourmentée. Dans les rues, la terre poudreuse qui recouvrait les pavés s'accumulait contre les murs et aux pieds des becs à huile.
Des tourbillons de vent soulevaient des volutes de poussière qui erraient entre les demeures vides. Puis la nuit déposa un voile de deuil sur les restes de la cité.
– Je vais aller voir si l'obscurité n'aurait pas surpris quelques serpents hors de leurs repaires, déclara Toskan.
Oran le regarda s'éloigner et ajouta quelques branchages sur le feu qu'il venait d'allumer.

Quand le trappeur revint avec deux serpents sur l'épaule, Oran remuait une gamelle de löss d'où s'échappait une odeur de viande d'ongre.
– Tu m'avais posé une question sur la tribu des Amalaïkans avant que le limier n'arrive, se rappela Toskan. En fait, peu d'hommes

connaissent l'histoire du peuple des Plaines rouges, déclara-t-il. Moi-même, je ne suis pas certain de la justesse des paroles qui m'ont été rapportées par les Alaïkans des Hautes Plaines. La séparation des presque-humains en différentes tribus remonte à plusieurs siècles avant la Grande Déforestation et il n'est pas toujours facile de démêler le vrai du faux dans les légendes aïkannes.

Il jeta ses deux serpents sur le sol et reprit :

– À l'origine, après la Grande Déforestation, mais avant les Guerres aïkannes, les Amalaïkans, le « Peuple des Esprits », étaient craints par les autres tribus. Bien que peu nombreux, ils étaient soi-disant capables de parler aux morts, de tisser les âmes des vivants ou d'invoquer des Esprits.

– Tisser les âmes des vivants ? le reprit Oran.

– C'est une pratique que certains Tisseurs, les sorciers des presque-humains, connaissent encore. Ils peuvent unir deux âmes l'une à l'autre. Je pense que ça a un rôle initiatique, je n'en sais pas plus.

Le trappeur goûta le löss et se brûla le bout de la langue. Il écarta son bol d'un geste brusque.

– Donc, quand les Guerres aïkannes ont éclaté, reprit-il, la plupart des presque-humains se sont tournés vers les Amalaïkans en leur demandant de les aider à chasser les troupes egyriennes. Les Amalaïkans ont envoyé leurs meilleurs guerriers, mais ils ont refusé d'en appeler aux Esprits, prétendant que le tribut à payer serait trop lourd.

« Comme tout le monde le sait, la coalition aïkanne n'a rien pu faire face aux troupes impériales et les guerriers presque-humains ont été vaincus. Seulement, les soldats egyriens n'en sont pas restés là. Ils ont marché sur les principaux campements aïkans abritant les femmes, les vieillards et les enfants. La tuerie a duré dix-huit jours. Sans doute ne serait-il resté aucun presque-humain en Morhianie si les Amalaïkans ne s'étaient pas décidés à invoquer les Esprits malsains.

« Par une nuit de pleine lune, ils ont sacrifié dix de leurs propres enfants aux Otenkas en les conjurant de chasser les envahisseurs à la peau blanche, les Manenkols. Vingt mille soldats sont morts avant l'aube suivante et le reste de l'armée s'est débandé vers la province egyrienne.

« Les Esprits malsains auraient dû repartir après ça. Mais ils ne l'ont pas fait. Je ne sais pas pourquoi, je n'ai jamais osé interroger un presque-humain là-dessus.

– C'est pour ça que les Otenkas errèrent sans fin sur ces terres?

– Oui. C'est leur présence qui empêche la végétation de se développer, qui fait avorter les femelles et qui empoisonne l'eau des sources. Depuis cette nuit terrible, la terre de Morhianie est devenue aride et refuse de se laisser cultiver, sauf à proximité des plans d'eau et des rivières, car l'eau affaiblit les Esprits et les repousse.

– Et la tribu des Amalaïkans dans tout ça?

– Elle s'est éteinte il y a plus de deux siècles. Je n'en sais pas plus; les presque-humains répugnent à parler de leurs frères maudits, ils ont peur d'attirer l'attention des Otenkas.

Un cri lointain l'interrompit. Les deux hommes scrutèrent les terres enténébrées qui les cernaient de toute part.

– Des presque-humains! murmura Toskan.

Il s'était déjà saisi de son fusil à détente. Il l'arma rapidement.

– Abritons-nous dans la cité, décida Oran en étouffant le feu.

Ils pénétrèrent dans l'agglomération fantôme par une des arches extérieures et s'installèrent dans un bâtiment dont les fenêtres donnaient sur la rue par laquelle ils étaient arrivés.

Peu de temps après, deux silhouettes se faufilèrent dans la cité et disparurent aussitôt dans les ruelles. Un sifflement aigu retentit dans la nuit.

Puis un groupe d'une douzaine de presque-humains pénétra dans la ville. Ils marchaient silencieusement.

– Ce sont des Afassaïkans, dit le trappeur. Ils ne doivent pas nous avoir vus.

– Que viennent-ils faire ici, alors?

– Peut-être cherchent-ils à se cacher d'une autre tribu. Attendons l'aube prochaine avant de bouger. Ils ne devraient pas s'éterniser ici.

Oran balaya la pièce du regard. Quelques vitres avaient été cassées, les tissus avaient été dévorés par la vermine et le sable s'était accumulé sur le sol et les meubles, mais rien n'avait été déplacé depuis que la ville avait été abandonnée.

– Demain, tu n'auras qu'à continuer vers le sud, déclara Toskan. Mais prends garde quand tu arriveras au plateau du Kanhmar. Il vaut mieux le contourner. Les tribus aïkannes qui y vivent sont cannibales.

– Nos routes se séparent?

– Je continue vers l'est, camarade.

Oran acquiesça. Il s'adossa au mur et se laissa glisser jusque sur le plancher. Il entendit Toskan marmonner tout seul, puis il s'endormit.

Il ne rouvrit pas les yeux avant le lendemain matin. Les premiers rayons de soleil pointaient dans le ciel gris. Toskan était déjà parti. L'Egyrien se leva et regarda par la fenêtre. Le silence qui régnait dans la ville était irréel et pesant. Il rassembla ses affaires et quitta la cité fantôme.

En fin de matinée, il pénétra dans la région des Hautes Plaines. Les mues séchées de dragons de Dahr jonchaient le sol herbeux aux teintes violacées. L'Egyrien se figea un instant devant l'immensité qui lui faisait face. Il eut l'impression de se trouver devant un océan pétrifié. Oran chercha du regard une habitation ou n'importe quel autre signe de civilisation, en vain. Le vent souffla, soulevant de la poussière et des herbes sèches. Un troupeau d'animaux velus, bas sur pattes et véloces, traversait les terres plus à l'est.

Il monta sur un tertre rocailleux et se retourna vers le nord, se demandant si le limier avait renoncé à le poursuivre. Puis il repartit en direction du plateau de Kanhmar.

19

Ishama.

Korian'Lor'Kald releva les yeux de l'ouvrage en se pinçant l'arête du nez. Il avait mal à la tête à force de lire à la lueur tremblante de la lampe. Il s'humecta le doigt, tourna la page et but une gorgée d'alcool de satis. La boisson n'avait pas assez reposé après son long voyage depuis le continent de Roël. Il grimaça de dégoût et reposa le verre.

– Même des sauvages ne voudraient pas de cette mixture.

Sadre'Sïr'Issa s'avança et trempa ses lèvres dans le précieux nectar.

– Je vais le poser sur le rebord de la fenêtre, maître. En s'évaporant, il reprendra du corps et il devrait être buvable dans quelques heures.

– Ne prends pas cette peine, mon ami, déclara le noble roëlien en replongeant le nez dans son livre. Dis-moi plutôt ce qu'il s'est passé en 459 ? Cette date me dit quelque chose...

– Il y a vingt-deux ans ? (Le serviteur réfléchit quelques instants.) C'est à cette époque que le Très Saint Akaomë, le chef spirituel de l'Ordre éternel, a disparu pendant près d'un mois. C'était seulement quelque temps après son pèlerinage sur le continent de Roël.

– Pour quelle raison s'était-il rendu sur le continent de Roël ?

– Pour se recueillir sur les lieux où avait péri Ankanaëpha, la Mère éternelle. Elle avait été assassinée par un de vos lointains aïeux, si je ne m'abuse, ajouta le serviteur avec un air narquois.

– Tu t'éloignes du sujet, lui signifia Korian'Lor'Kald.

– Pardonnez-moi, maître. Donc, un ou deux mois après son retour de pèlerinage, le saint homme s'est tout simplement volatilisé. Un matin, ses serviteurs ont retrouvé son lit vide. Personne ne l'avait vu sortir de sa chambre. Le Parlement a bien essayé d'étouffer l'affaire, mais le bruit de sa disparition a enflammé l'empire en quelques jours. Puis le Très Saint Akaomë est revenu au bout d'un mois, accompagné par trois prêtres de l'Ordre éternel.

« Il n'a donné aucune explication sur son absence. Il a simplement dit qu'il avait fait un voyage exténuant et qu'il devait se retirer pour cheminer jusqu'au cœur d'Ankanaëpha. Il s'est allongé, il a fermé les yeux et ne les a pas rouverts depuis plus de vingt-deux ans. Ce sont les trois prêtres qui l'accompagnaient qui veillent sur son corps. Ce sont eux que l'on nomme les « Prieurs ». Chaque jour, ils sont censés communier avec son esprit par la prière et interpréter sa pensée.

– Ce sont donc eux qui dirigent l'Ordre éternel, lâcha le noble dans un soupir. Si tu savais, mon ami, combien la grossièreté politique des Egyriens me fait regretter les subtils jeux diplomatiques de la cour.

– Pour quelle raison vouliez-vous savoir ce qu'il s'était passé à cette époque ?

– En 459, à l'époque de la disparition du Très Saint, il y a eu une insurrection sanglante dans le séminaire d'Ishama, l'institution instruisant les futurs prêtres de l'Ordre éternel. Une sombre affaire d'hérésie, semblerait-il. Les inquisiteurs ont réglé l'affaire à leur manière.

– La coïncidence est troublante, admit Sadre'Sïr'Issa.

– Ce n'est pas une coïncidence. Je suis convaincu que l'impératrice Ankahana fomente quelque chose depuis de nombreuses années.

Un cri provenant du couloir les fit sursauter. Les deux hommes se précipitèrent à l'extérieur. Saya, la jeune servante kadjïre, gisait sur le sol. Korian'Lor'Kald s'approcha du corps inanimé tandis que Sadre'Sïr'Issa s'élançait à la poursuite de l'agresseur dont la silhouette avait tourné au bout du couloir.

Quand Saya reprit connaissance, elle se mit aussitôt à sangloter dans les bras du noble roëlien.

– Que s'est-il passé ? l'interrogea-t-il.

– Il y avait quelqu'un dans le couloir. Quand il m'a vue arriver, il m'a bousculée et il s'est enfui.

– Tu as vu son visage ?

– Il n'avait pas de visage, gémit la servante. C'était un Bahakaya... un démon des ombres.

Sadre'Sïr'Issa revint peu de temps après, essoufflé.

– Je ne comprends pas, déclara-t-il, il a dû se volatiliser. Même les gardes n'ont rien vu.

Korian'Lor'Kald porta alors ses yeux sur Saya, qui s'était calmée.

– Un démon des ombres, dis-tu ?

Elle acquiesça sans parvenir à réprimer un frisson. Le noble tourna son regard vers Sadre'Sïr'Issa.

– Cette affaire sent le soufre, mon ami. Il n'y en a pas pour bien longtemps avant qu'elle ne sente la poudre et le sang.

20

Province elyrienne.

Nakadamu, Servahn et Goëmon dormaient profondément, assommés par les vapeurs entêtantes des fleurs de sharm. Seule Malëva ne parvenait pas à trouver le sommeil. Elle tenait entre ses doigts la lettre que lui avait écrite Lonë avant de mourir. Elle n'osait pas l'ouvrir. Replonger dans son passé était au-dessus de ses forces.

À l'époque, Lonë lui parlait rarement de ses investigations. Elle savait seulement qu'il avait mené une enquête sur le Très Saint Akaomë et sur les trois Prieurs avec lesquels il était revenu après avoir mystérieusement disparu. À chaque fois qu'elle l'avait interrogé à ce sujet, il lui avait répondu qu'il ne voulait pas la mêler à ses affaires, que le danger était trop grand. Il lui avait néanmoins promis de tout lui dévoiler si ses doutes s'avéraient justifiés.

Quels doutes ?

Maintenant, après toutes ces années, elle voulait savoir. Le pli jauni lui brûla subitement les doigts.

Elle s'apprêtait à rompre le sceau, le cœur battant, quand la silhouette imposante de Saria le Luth, leur hôte, la fit sursauter. Il passa devant elle sans un bruit, faisant voler autour de lui ses atours chamarrés, et emprunta un escalier de bois en colimaçon. Elle hésita un instant, puis elle le suivit. Elle arriva sur une terrasse qui dominait la ville basse, un amas chaotique d'habitations boiteuses.

Saria semblait l'attendre. Il lui sourit en se tournant vers l'horizon.

– Pourquoi n'as-tu pas encore lu la lettre que je t'ai remise ? lui demanda-t-il.

Malëva ne lui répondit pas.

– Moi aussi j'ai fui, reprit-il. C'était il y a plus d'un siècle... Cent dix-sept ans pour être exact.

L'ancienne Sœur scruta le visage de Saria.

– Alors vous êtes véritablement un mage.

– Un des meilleurs, sourit-il. À l'époque, j'avais les faveurs des maîtres de la Faculté des Sciences occultes d'Ishama. Tous parlaient de moi pour remplacer le doyen... Les premiers temps, je n'ai pas compris pourquoi l'impératrice Ankëllëa s'était offerte à moi. (Il soupira en contemplant son poing serré.) En fait, elle voulait se servir de moi pour asseoir son pouvoir sur la faculté. Je n'avais pas appréhendé toute la noirceur de son âme. L'amour... La passion, rectifia-t-il, m'aveuglait.

Saria ouvrit la main, libérant un insecte de lumière. L'être immatériel s'envola dans la nuit, laissant une traînée blanche derrière lui.

– Dès lors que j'ai été promu doyen, elle m'a demandé d'ouvrir les portes de la faculté à certaines personnes. J'avais deviné leur nature maléfique. Pourtant, j'ai accepté. En moins d'une décennie, les maîtres et les élèves ont été corrompus par une force noire sans que je puisse rien y faire. Ceux qui se sont révoltés ont été massacrés. Moi, j'ai fui.

– Vous n'êtes jamais retourné à Ishama ?

– Si, il y a une trentaine d'années. Je pensais qu'après la mort de l'impératrice, la Faculté des Sciences occultes serait purgée du mal qui l'avait souillée. Mais la femme qui est sur le trône de la Cité éternelle à l'heure actuelle est la même que celle que j'ai aimée il y a près d'un siècle. Ankëllëa et Ankahana ne sont qu'une seule et même personne.

– L'impératrice Ankahana serait âgée de plus d'un siècle ! s'exclama Malëva. Est-ce un mage ?

– Je ne sais pas, mais le pouvoir sombre qui coule en elle est suffisamment puissant pour l'empêcher de vieillir.

– Et la Faculté des Sciences occultes ?

– Je n'ai pas voulu m'en approcher. Je ne sais pas ce que Ankahana prépare, mais l'empire va connaître des heures sombres. Les racines du mal sont profondes. Je le sens.

Il leva son bâton et prononça un mot ancien. Alors l'insecte de lumière qui s'était perdu au loin grandit jusqu'à ce que ses ailes immatérielles s'étendent sur toute la cité. Puis il disparut dans une pluie scintillante. Saria se tourna vers Malëva.

– Mais même au cœur des ténèbres, il reste toujours quelques poussières d'espoir, ajouta-t-il. Qu'attends-tu pour lire ta lettre?

L'ancienne Sœur était troublée par les paroles du mage. Elle rompit le sceau et déplia la lettre. Saria sortit un briquet de l'une de ses poches et alluma une lampe à huile.

Malëva tremblait imperceptiblement.

« Aimée,

Je dois partir pour la cité portuaire de Kamïr, à la recherche d'un homme qui pourra peut-être m'aider à comprendre. Je sais que je suis en danger. Je sens un pouvoir maléfique rôder autour de moi. Par deux fois j'ai surpris une créature qui m'espionnait. Je ne sais pas d'où elle vient et j'ai peur. Si la mort avait un visage, elle aurait certainement le sien. Je prie la Mère éternelle de me protéger jusqu'à ce que la vérité éclate au grand jour.

Tu m'as souvent reproché de ne pas te tenir au courant de mes investigations. Je suis convaincu que j'ai bien fait. Si je t'avais fait part de mes doutes, tu n'aurais pas accepté de rester dans l'ombre. Je t'ai préservée... Pourtant, si je meurs, il n'y aura plus que toi pour poursuivre mon enquête. C'est pourquoi je me décide enfin à tout t'exposer.

Il y a vingt-trois ans, le Très Saint Akaomë s'est rendu dans le marais Salé. Là-bas, il a rencontré un enfant. Sur celui-ci, je n'ai rien pu apprendre, pourtant je ne peux m'empêcher de penser qu'il pourrait s'agir du Silhamassaï. Oui, voilà après quoi je cours, après une légende oubliée à laquelle plus personne ne croit.

Pour l'instant, je m'efforce de retrouver un certain Larsan, un immigré roëlien. Il est actuellement matelot sur un caboteur kadjïr, le Solstice.

À l'époque, il naviguait sur le bâtiment qui a emmené le Très Saint Akaomë sur le continent de Roël, lors de son pèlerinage sur les lieux de la mort de la Mère éternelle. J'espère que Larsan pourra m'apprendre si le saint homme avait emmené l'enfant des marais avec lui. Si c'était effectivement le cas, cela signifierait que ce pèlerinage n'était qu'un prétexte pour masquer le véritable but de l'expédition : soustraire le Silhamassaï aux forces sombres qui rongent l'empire !

Seulement j'ignore à qui il aurait pu le confier. C'est ce que je cherche à découvrir et Larsan pourra peut-être lever une partie du voile qui entoure cette affaire.

Les trois Prieurs feront certainement tout pour trouver l'enfant avant moi et le tuer, car sa lumière pourrait révéler leur véritable nature malfaisante.

J'ai fait tout ce qui était en mon pouvoir pour convaincre le Parlement des Sages d'intervenir et de mettre un terme à leur sinistre et dangereuse mascarade religieuse, mais ils n'ont pas voulu m'écouter. L'élu est désormais notre dernière chance.

Je prie pour qu'il ne soit pas déjà trop tard. »

La lettre n'était ni signée, ni datée, pourtant Malëva n'avait besoin d'aucune preuve pour se convaincre que ces mots étaient bien ceux de son amant.

– Qu'y a-t-il d'écrit ? l'interrogea Saria.

L'ancienne Sœur tendit le pli au magicien qui s'en saisit après une courte hésitation. Il mit un certain temps avant de relever le nez de la feuille abîmée par les ans.

– Il prétend que les trois Prieurs sont des imposteurs... J'avoue y avoir déjà songé. Mais il parle également d'un enfant... le « Silhamassaï »... qui est-ce ?

– Il s'agit d'une légende aïkanne qui date de plusieurs millénaires avant l'Ascension d'Ankanaëpha. Il y est dit que le jour où l'Ombre s'étendra sur le continent naîtra un enfant, le Silhamassaï. Il sera le garant de l'Équilibre du monde qui perdure depuis le début des temps... C'est Lonë qui m'a raconté cette légende.

– C'est étrange qu'un homme aussi sensé que lui ait pu ajouter foi à cette fable ! s'étonna Saria. Que vas-tu faire ? demanda-t-il à Malëva.

– Je ne le sais pas encore. Peut-être devrais-je rechercher ce Larsan... Pourtant la flamme qui m'anime est tout autre.

– Quelle est-elle ?

– La vengeance, répondit-elle. Les brûle-supplices qui me poursuivaient ont tué les dernières personnes que j'aimais.

– Les brûle-supplices en ont après toi ! Pour quelle raison ?

– Je l'ignore encore. C'est pour cela que je veux me rendre à Ishama. Il y a là-bas un homme qui peut m'aider à le découvrir, Matëo Magbë, le frère jumeau de Lonë. Et quand j'aurai retrouvé celui qui a lancé ces fanatiques à mes trousses, je le tuerai.

Le mage éclata de rire en tapant dans ses mains. Sa voix porta loin dans la ville.

– Qu'y a-t-il de drôle ? s'énerva Malëva.

– En vérité... rien, répondit piteusement Saria. Mais quand mon cerveau émerge des vapeurs de fleurs de sharm, je perds un peu le contrôle de mes émotions et parfois même de mon corps, expliqua-t-il. C'est assez dérangeant... La dernière fois, je me suis mis à chanter et danser à l'enterrement de la femme d'un ami. (Il s'empêcha d'applaudir en serrant ses mains l'une contre l'autre.) Sinon, une pensée m'est passée par la tête et je n'arrive plus à m'en... Ah oui ! Tu n'as pas songé que les brûle-supplices voulaient te tuer à cause de cette lettre, justement ? Lonë s'attaquait tout de même aux Prieurs, les dirigeants actuels de l'Ordre éternel !

– C'est possible, admit Malëva. Mais je veux en être certaine et Matëo m'apportera cette certitude.

– Tu sembles croire très fort en lui, remarqua Saria.

– C'est le frère jumeau de Lonë, l'homme que j'ai le plus aimé !

– Laisse-moi te dire une chose, Malëva Naöna. Tu as peut-être était initiée au limö, mais tu n'en restes pas moins naïve. N'oublie jamais que, même s'il possède le même visage et le même corps, Matëo n'est pas Lonë.

– Pourquoi me dis-tu cela ?

– J'ai entendu certaines rumeurs à propos de Matëo.

– De quelle sorte ?

– Il serait l'amant d'Ankahana. La Cité éternelle est corrompue par le mal qui ronge l'empire. Ne va pas là-bas !

– C'est stupide ! cracha Malëva.

Elle arracha sa lettre des mains de Saria et redescendit dans la salle. L'aube se levait. Nakadamu l'attendait au pied de l'escalier. Quelques fumeurs étaient réveillés. Déjà, de petits nuages rosâtres flottaient dans la pièce.

Les deux frères roëliens dormaient toujours. Avant de partir, elle s'agenouilla et prit Servahn par l'épaule. Les yeux de l'homme étaient rougis par la fatigue et la fumée.

– Dès que Saria vous aura fourni tout ce dont vous avez besoin, partez le plus vite possible, murmura-t-elle. Mes ennemis s'avèrent bien plus puissants que je le craignais. Le simple fait de m'avoir aidée vous conduirait dans un cocon écorcheur si vous vous faisiez prendre.

– Mais, attendez, je... balbutia Servahn en tentant d'extirper son esprit des vapeurs délétères.

– Je pars. Merci à vous et à Goëmon, déclara-t-elle en se relevant.

Il la retint par le bras.

– Entre nous... chuchota-t-il, un sourire illuminant son visage endormi.

– Oui ? l'interrogea-t-elle.

– Vous me préférez à mon frère, non ?

L'ancienne Sœur lui envoya un baiser.

– Je l'ai toujours su ! s'exclama-t-il, la mine réjouie.

Malëva sortit dans la rue. Aussitôt Nakadamu se lança à la poursuite d'un gros chat à l'air mauvais pour se dégourdir les pattes.

L'ancienne Sœur se hâta de quitter la cité. Elle en voulait à Lonë de ne pas s'être confié à elle. Manie et Noëm seraient toujours en vie s'il lui avait parlé de son enquête !

Elle savait au fond d'elle-même que sa colère envers son amant n'était qu'un exutoire au désespoir qui menaçait de l'engloutir. Pourtant, elle s'y raccrocha de toutes ses forces, refusant de laisser son esprit sombrer à nouveau dans la folie.

– Jamais ! déclara-t-elle entre ses mâchoires crispées.

Ses pensées étaient confuses. Jusqu'ici, la vengeance lui était apparue comme la seule alternative possible. Pourtant, la lettre que lui avait écrite Lonë compliquait les choses. Que devait-elle faire ?

– Matëo saura, murmura-t-elle. Il m'aidera.

Elle s'enfonça dans un bois qui bordait la route. De nombreux sentiers le sillonnaient. L'esprit brûlant, elle marcha jusqu'à ce que la fatigue l'oblige à s'arrêter. La nuit était tombée et même Nakadamu traînait la patte. Il portait dans sa gueule un paon des fourrés. Il poussa un gémissement étouffé et déposa le gibier aux pieds de la femme. Mais celle-ci se détourna, s'allongea sur un tas de feuilles et s'endormit. Le chien de berger la contempla, étonné qu'elle ne veuille pas du volatile qu'il avait tué. Au bout d'un moment, il renifla le gibier avec suspicion, tourna autour, le poussa de la truffe et en conclut qu'il était pourtant fort appétissant. Tant et si bien que la bave lui en monta aux babines.

Accoudé sur le rebord de sa terrasse, Saria regardait le ballon dirigeable des deux frères roëliens disparaître à l'horizon. Le soleil était masqué par un voile nuageux.

Il songeait à Malëva. Il savait qu'elle se fourvoyait en se rendant à Ishama. Il n'avait pourtant rien fait pour l'en empêcher.

– C'est à cause de cette femme ? l'interrogea une jeune fille en posant sa joue contre son dos large.

– De quoi parles-tu ?

– De ton air sombre. Tu n'as pas fumé depuis ce matin. Es-tu amoureux ?

– Non, Celënëa. Seulement je sens que des forces immenses sont à l'œuvre, l'avenir même de l'empire pourrait dépendre des choix de cette femme, et je n'ai rien fait pour l'aider.

– Depuis quand te soucies-tu de l'avenir de l'empire ? s'étonna-t-elle.

Saria se retourna vers la jeune fille, un air grave sur le visage.

– Que suis-je pour toi ?

– Tu es... mon père. Un homme bon...

– Je ne suis pas bon, Celënëa, la coupa-t-il. Non je ne suis pas ce que tu crois, répéta-t-il, l'air hagard. J'aimerais tellement oublier ce que je suis, qui je suis...

Il ne put réprimer un violent tremblement et entonna une chanson paillarde à tue-tête.

– Viens, suis-moi. Je vais te préparer un narguilé, murmura sa fille en le prenant par la main. Tu en as besoin, ça te calmera.

Saria se laissa guider docilement en tentant d'assourdir sa voix de ses deux mains plaquées contre sa bouche.

21

Montriches, province elyrienne.

Iloënn jouait au bord du ruisseau qui coulait à une centaine de mètres du village. Il avait creusé une rigole à l'aide d'une vieille dague rouillée et regardait une fourmilière se faire inonder. Il était fasciné par les insectes qui tentaient de condamner les entrées. La manœuvre échoua. Alors que des centaines de fourmis halaient des œufs au sommet du monticule de terre, les soldats, plus grands et rouges, montaient la garde, prêts à en découdre avec quiconque s'en prendrait aux nourrices. Iloënn leur jeta un gravillon. Aussitôt celui-ci fut assailli et rejeté au pied de l'édifice.

L'enfant, agenouillé dans la boue derrière une haie de houxbleu, ne vit pas les guerrières se glisser dans le village.

Il y avait trois jours, le pont qui enjambait le fleuve Dolmus avait été détruit par un orage. Depuis la veille, les hommes du clan étaient réquisitionnés pour le reconstruire. Seuls restaient dans l'agglomération les jeunes enfants, les femmes et les vieillards.

Sœur Anëlyna tapa dans ses mains pour annoncer la fin du cours. Aussitôt ses élèves s'égaillèrent avec tant de vigueur qu'elle ne put s'empêcher de rire.

– À défaut d'être attentifs, nos enfants ont appris la patience, déclara Siell, la femme du chef du clan, un sourire ambigu sur son beau visage.

Elle revenait de la cueillette des champignons. Son panier était plein.

– Je n'ai pas vu Iloënn aujourd'hui, dit la Sœur. Est-il retombé malade ?

– Non. Il voulait aller avec les hommes réparer le pont. Comme je le lui ai interdit, il a décrété qu'il n'irait pas étudier.

– Il doit pourtant apprendre à lire et écrire convenablement.

– Pour quelle raison ? lui demanda Siell. Pour devenir un bon citoyen egyrien ?

Anëlyna s'apprêtait à lui répondre quand des cris s'élevèrent non loin. La Sœur sortit en courant de l'abri dans lequel elle faisait la classe, une main sur la garde de son cotj'an.

Elle se retrouva nez à nez avec une guerrière vêtue comme elle. Dans la rue, des Sœurs qu'elle n'avait jamais vues auparavant massacraient les villageois.

– *Que faites-vous ?* s'écria-t-elle. *Avez-vous perdu la raison ?*

La guerrière qui lui faisait face lui porta une attaque. Anëlyna fut la plus prompte. Elle dégaina son arme et laissa un sillon ensanglanté sur le visage de son adversaire. Mais une seconde guerrière s'était approchée dans son dos. Anëlyna sentit une lame glacée s'immiscer dans sa chair. Elle baissa les yeux sur la pointe du cotj'an qui dépassait de son ventre.

– Mère éternelle, balbutia-t-elle. Pourquoi ?

Elle tomba à genoux, ses mains comprimant sa blessure.

– Pour la gloire du Dieu Noir, lui répondit sa meurtrière en retirant son arme.

Elle vit Siell mourir alors que la Kadjïre tentait de se défendre, puis elle perdit conscience.

Dès les premiers cris, Iloënn avait accouru. Il s'était arrêté à l'entrée du village, tétanisé par l'horreur de la scène. Les corps jonchaient le sol alors que des femmes vêtues comme les Sœurs du sanctuaire tuaient ses amis, ses voisins, sa famille.

Sa mère... Sa mère était tombée. Elle ne pouvait pas être morte.

Bientôt les cris cessèrent. Iloënn sentait les larmes rouler sur ses joues. Une voix dans sa tête lui hurla de fuir.

Sa mère ne pouvait pas être morte. Elle allait se relever.

Soudain, l'une des Sœurs tourna son attention vers lui et le désigna du doigt.

Sa mère allait le réveiller d'un instant à l'autre. C'était un mauvais rêve. Elle disait toujours que des choses comme ça n'arrivaient pas dans la vraie vie. C'était forcément un mauvais rêve.

– Attrapez-le ! ordonna la Sœur. Mais ne le tuez pas. Brisez-lui les jambes et laissez-le. Il pourra raconter tout ce qu'il a vu.

Iloënn tenait toujours la dague rouillée avec laquelle il avait creusé une tranchée au bord de la rivière. Quand la main de l'une des guerrières se referma sur son épaule, il lui planta son arme dans l'avant-bras. La femme hurla de colère et de douleur. Du sang éclaboussa son visage.

Iloënn comprit alors que sa mère ne le réveillerait plus jamais, que ce n'était pas un rêve. Il se mit à courir.

– Ne le laissez pas s'échapper ! cria une voix dans son dos.

Instinctivement, l'enfant prit la direction de la Sourcevie. Son père et ses frères étaient à plus de deux jours de marche, mais il espérait que les Peuplebois pourraient le protéger. Il osa un regard en arrière. Deux Sœurs le poursuivaient. Les femmes semblaient capables de courir ainsi pendant des heures. Il se fatiguerait avant elles. Alors elles le rattraperaient et lui briseraient les jambes.

La peur lui redonna des forces. Il pénétra dans les bois avec une dizaine de mètres d'avance. Il gagna un peu de temps en traversant la rivière car il connaissait les pierres sur lesquelles il devait sauter pour passer à gué et escalada la butte à quatre pattes, haletant, fou de terreur. Mais il se prit les pieds dans des ronces et dégringola de l'autre côté.

Désemparé et désorienté par sa chute, il éclata en sanglots. Il attrapa un bâton et se mit à fouetter l'air devant lui, aveuglé autant par ses larmes que par la sueur qui lui coulait dans les yeux.

– *Partez ! Allez-vous-en !* gémit-il.

Les deux guerrières avaient atteint le sommet de la butte. Elles s'arrêtèrent un instant pour reprendre leur souffle. L'aînée dévala la pente en quelques enjambées assurées. L'autre, plus jeune, la suivit prudemment.

– Allez-vous-en ! les supplia Iloënn.

Soudain, les fourrés s'agitèrent avant d'accoucher d'un petit humanoïde noueux à la tête d'ourson. Celui-ci s'interposa entre les deux femmes et l'enfant en babillant quelques onomatopées d'une voix haut perchée. Les deux guerrières hésitèrent.

– N'as-tu jamais vu d'animal comme celui-ci ? s'étonna l'aînée.

L'autre fit non de la tête. Iloënn essuya ses larmes d'un revers de manche.

– Il dit de me laisser... renifla-t-il. Je suis sous leur protection.

– Leur protection ? s'inquiéta la guerrière. Quelqu'un te protégerait-il ?

– Oui, hoqueta l'enfant. Les Peuplebois.

Les deux femmes éclatèrent de rire. D'un geste désinvolte, l'aînée trancha la tête de la petite créature. Aussitôt, un silence de mort s'abattit sur la forêt. Même les branches des arbres s'étaient tues. Le vent soufflait, mais les feuilles restaient comme figées.

Le corps décapité de la créature fut pris de convulsions. Sa chair se distendit et ses os craquèrent. Elle enfla jusqu'à dix fois sa taille alors que des membres puissants et velus lui poussaient. Une gueule assez large pour dévorer un nouveau-né en une seule bouchée balafra sa face bestiale.

Iloënn se cacha le visage pour ne pas assister à la métamorphose du Peuplebois. Il se recroquevilla entre les racines protectrices d'un vieux chêne alors que les guerrières hurlaient. Il y eut des bruits de lutte, puis le silence revint. Cette fois-ci, cependant, c'était un silence léger, atténué par les feuilles qui s'étaient remises à bruisser.

Quand Iloënn osa à nouveau regarder autour de lui, il était seul. Il ne vit nulle part de traces des deux guerrières. Sa tête lui faisait mal, ses yeux le brûlaient. Une voix douce et réconfortante se mit à chanter. L'enfant essaya de résister à la torpeur qui s'emparait de lui, mais il finit par se tapir sur le sol moussu et s'endormit.

Bëorndal, chef du clan des Bas Plateaux et roi des Montriches, pénétra dans son village en chancelant de douleur. Il trébucha sur un corps et s'étala de tout son long. Il resta allongé, vivant parmi les morts.

Il était revenu seul au village pour y chercher son fils cadet, Iloënn. Il y avait deux jours de cela, son fils aîné, Arndal, lui avait avoué son amour pour une Sœur, une Egyrienne. Bëorndal avait eu du mal à contenir sa colère, mais il avait écouté jusqu'au bout. Arndal lui avait alors révélé qu'Iloënn était au courant de leur liaison. L'enfant avait prétendu l'avoir appris de la bouche d'un Peuplebois.

Cela signifiait que son propre fils, s'il n'avait pas menti, connaissait le langage des Druides. Lui-même en percevait parfois quelques bribes, mais son don était imparfait.

Iloënn pouvait être Lyrmihyl, le Druide réincarné.

Il *aurait* pu être, rectifia-t-il dans un déchirement. Il n'avait pas retrouvé le corps de son fils, pourtant il ne pensait pas que quiconque ait pu échapper à la tuerie.

« Qui ? »

La question le fit gronder de rage.

« Qui avait tué les siens ? »

Il se redressa, le visage déformé par la haine. Un sang vieux comme le monde coulait dans ses veines. Un sang acide, fielleux, qui le dévorait de l'intérieur.

Soudain, il se rendit compte que l'un des corps venait de bouger. Il se précipita. Il s'agissait de Sœur Anëlyna, l'amante de son fils. Il s'agenouilla devant elle.

– Qui ? lui demanda-t-il.

La femme ouvrit les yeux, mais ceux-ci étaient recouverts d'une peau laiteuse. Quand elle voulut parler, ses lèvres se fendillèrent en une multitude de crevasses ensanglantées.

– Qui a fait ça ? grogna-t-il.

– Des guerrières... murmura Anëlyna. Des guerrières déguisées en Sœur. Il ne faut pas... Il ne faut pas céder à la haine... la guerre... Le Dieu Noir... Il ne faut pas céder à la haine, répéta-t-elle désespérément.

– Iloënn, l'avez-vous vu ? Était-il au village ?

– Il... Il...

Mais elle ne put finir sa phrase, ses traits se tendirent, puis elle mourut.

Bëorndal chercha son fils jusqu'à la nuit. Il sortit du village et l'appela jusqu'à ce que sa voix se brise. Ivre de désespoir, il tomba dans l'obscurité. Il sentit de la glaise sous ses doigts. Il la savait rouge. C'était celle que les femmes utilisaient pour les poteries. Il en prit dans sa main pour lisser sa longue barbe qu'il natta ensuite en deux tresses. Il recueillit à nouveau un peu de terre et tira ses cheveux en arrière jusqu'à ce qu'il lui descende bas dans la nuque. Alors il les coiffa en une tresse unique.

Il se leva et regagna le village. Il passa le reste de la nuit à empiler les corps des défunts sur un bûcher qu'il alluma à l'aube. Puis il incendia une à une les demeures. Avant de détruire la sienne, il alla jusqu'à sa chambre et tira une lourde hache de sous son lit. Il déroula le tissu graisseux qui protégeait l'arme et la posa sur son épaule.

L'Empire egyrien était un arbre malade qu'il lui fallait désormais abattre.

Iloënn se réveilla en sursaut. Le vent lui apportait une odeur de feu. Il crut un instant que la forêt brûlait. Il grimpa à un arbre. Le soleil se levait à l'ouest. À l'est, dominant les environs, son village était en feu. Une large colonne de fumée noire montait jusqu'au ciel.

Peut-être les hommes étaient-ils revenus pour brûler les corps des morts... Mais alors pourquoi auraient-ils brûlé également les maisons ? Ça n'avait pas de sens.

– Ce sont sans doute les guerrières, murmura-t-il.

Elles avaient dû incendier le village avant de partir. Malgré sa peur, il avait envie d'aller voir. Peut-être son père était-il là-bas ? Peut-être le cherchait-il ?

Soudain, une pensée lui lacéra le cœur. Il s'était enfui alors que sa mère était mourante. Elle avait toujours été à ses côtés dans les moments difficiles, et la seule fois où il aurait dû être avec elle, il était parti se terrer dans la forêt.

Les paroles de son père, le jour de son départ, lui revinrent en mémoire.

« Tu es l'homme de la famille, maintenant. Prends soin de ta mère, mon garçon. »

Il le lui avait promis.

Il se mit à pleurer. Il descendit de l'arbre et partit en direction de la Sourcevie. Sur son chemin, il trouva une corbeille tressée pleine de fruits. Il tata une grosse pêche. Elle était juste mûre. Il était assoiffé et affamé. Il dévora tous les fruits, puis il mit dans la panière quatre pommes de pin, car il savait que les Peuplebois n'aimaient pas le vide. Ainsi, il ne les mettrait pas en colère. Il trembla en repensant à la créature qui avait tué les deux Sœurs.

– C'est bien fait pour elles ! s'écria-t-il.

Il lui sembla surprendre un rire cristallin. Il n'avait jamais rien entendu de tel auparavant. Ce n'était pas le rire d'un Peuplebois. Il prit peur et s'enfuit.

Il s'arrêta à l'orée de la clairière abritant la Sourcevie. Une femme se baignait dans l'eau glacée. Elle se tourna vers lui. L'instant d'après, son corps devint transparent et elle disparut. Iloënn marcha jusqu'au petit bassin. Il avait encore soif, alors il but quelques gorgées.

« Tu as mangé mes fruits et tu as bu mon eau, souffla une voix. *Le rituel n'avait pas été accompli depuis des siècles. »*

– Quel rituel ? s'inquiéta l'enfant. J'avais faim, alors j'ai mangé et j'avais soif, alors j'ai bu !

« Ainsi sont les hommes, conscients de leurs désirs, inconscients de leurs actes », répliqua la voix.

– Je ne suis pas un homme ! s'écria-t-il. Je suis un enfant !

« Pourtant, moi qui vois à travers la chair, je vois que tu es vieux, Lyrmihyl le Deux Fois Né. »

– Ce n'est pas mon nom !

« Ça l'a été ! »

– Mon père est Bëorndal, chef du clan des Bas Plateaux et roi des Montriches ! Et je suis Iloënn, son fils !

Il s'était attendu à ce que la voix le contredise. Elle n'en fit rien. Une brindille craqua derrière lui. Un Peuplebois haut comme deux hommes, gris et noueux comme un vieil arbre, se tenait derrière lui. Il s'appuyait sur une canne taillée dans une branche d'if. Il sourit. Sa peau d'écorce se plissa et s'effrita. Un peu de mousse lui pendait de la lèvre, à la manière d'un filet de bave s'échappant de la bouche d'un vieillard édenté.

« Fils de Bëorndal, tu vas me suivre. Et cesse de manquer de respect à Moreänne, sinon je vais t'échauffer les oreilles, moi. Humm ? »

– Moreänne ? répéta l'enfant. J'ai donc vu une Mèresprit ?

« Tu l'as vue ? s'étonna le Peuplebois. *Peu ont déjà eu ce privilège, jeune Kadjïr. Viens maintenant, j'ai des choses à te montrer... Mais encore faudra-t-il que tu aies assez d'esprit pour les voir »*, ajouta-t-il.

Puis il bruissa en tapant du pied. Iloënn comprit qu'il riait.

– Je ne connais pas votre nom, déclara-t-il.

Le vieux Peuplebois se retourna.

« Hum ? Mon nom, dis-tu ? Appelle-moi Chêneploie. »

Puis il repartit. L'enfant s'élança aussitôt à sa poursuite.

22

Province elyrienne.

Au cours des jours suivants, Malëva resta à bonne distance de la route. La plupart du temps, elle coupait à travers les champs et les sous-bois. Même s'il pleuvait souvent, les températures s'étaient adoucies depuis qu'elle s'était éloignée du massif des Arkans.

Elle relisait souvent la lettre de Lonë pour y puiser un réconfort éphémère qui lui laissait chaque fois une douleur languissante dans le cœur. Elle avait pris conscience qu'il lui fallait respecter la dernière volonté de son amant. Elle se rendrait à la cité portuaire de Kamïr pour essayer de retrouver Larsan. Pourtant, malgré toute l'estime qu'elle portait à Lonë, elle ne parvenait pas à croire à l'existence du Silhamassaï. Ce n'était rien d'autre qu'une légende. Même Ankanaëpha n'en avait jamais fait mention dans les textes sacrés de la Parole d'Amour.

Son amant avait-il passé sa vie à poursuivre une chimère ? L'idée lui fut insupportable. Elle la repoussa.

Elle avait besoin de l'aide de Matëo pour y voir plus clair. Saria le Luth devait s'être fourvoyé. La Cité éternelle ne pouvait pas être corrompue par le mal. Ankanaëpha ne l'aurait pas permis.

Néanmoins, un doute grandissait en elle. Elle ne connaissait pas bien Matëo et Lonë ne lui avait presque jamais parlé de son frère. Elle savait seulement qu'il avait défié le Parlement des Sages dans sa jeunesse et que, depuis, il était sous la protection de l'impératrice Ankahana.

Elle s'adossa contre l'écorce lisse d'un bouleau. Il tombait une bruine pénétrante et les sols étaient détrempés.

– Je n'ai plus la force de combattre seule, Naki, murmura-t-elle en cherchant du regard un endroit où passer la nuit.

Elle était fatiguée et se sentait fébrile depuis deux jours. Le chien de berger, tentant de déloger une grosse puce mal placée, ne lui prêta aucune attention.

– Que dois-je faire ? l'interrogea-t-elle.

Si Nakadamu avait pu parler, il lui aurait répondu « gratter ». Il se contenta de lui présenter son arrière-train en pointant de la truffe l'endroit névralgique. Malëva plongea ses ongles sous son pelage rêche. Aussitôt Nakadamu commença à pédaler frénétiquement dans le vide.

Ils s'endormirent l'un contre l'autre sous un rocher couvert de mousse.

Nakadamu se réveilla au milieu de la nuit. Un frisson de désir hérissait son pelage. Sa truffe s'affola, respirant l'air par à-coups saccadés. Il se redressa, un air émerveillé plaqué sur sa face canine, et s'avança vers une haie de genêts.

Là, au milieu des herbes-qui-grattent et des buissons-qui-griffent, se tenait la plus odorante femelle qu'il avait jamais sentie. Peu lui importaient ses poils collés par la boue, ses yeux globuleux, sa queue bouclée et amputée d'un morceau. Il se fichait même qu'elle le dépassât de deux bonnes rotules d'homme. L'important était ce qui se dégageait d'elle, un effluve sucré et agressif qui enflammait ses sens, réveillant une passion dévorante et irrépressible.

Elle s'enfuit d'un pas altier. Il lui fila le train, ensorcelé.

Le lendemain matin, Malëva grelottait et ses vêtements lui collaient au corps. Elle était en sueur. Elle chercha Nakadamu du regard, mais il n'était pas là. Elle l'appela. Ne le voyant pas revenir, elle rampa hors de l'abri et se releva en s'agrippant à une branche basse.

– Nakadamu, murmura-t-elle.

Elle attendit.

– *Naki !* hurla-t-elle.

Elle resta plus d'une heure sans bouger. Une angoisse croissante lui étreignait le cœur. La tête lui tournait et ses jambes avaient à peine la force de la soutenir.

Finalement, elle se résolut à partir, priant pour que le chien retrouve sa piste. Très vite, sa respiration se fit sifflante. Il se mit à pleuvoir en début d'après-midi.

Souvent, elle se retournait avec l'espoir de voir Nakadamu surgir d'un fourré. Mais le chien de berger ne revint pas.

Elle marcha ainsi jusqu'à la nuit, l'esprit embrumé par la fièvre. Elle sentait la maladie s'étendre insidieusement dans son corps affaibli. Le manque de nourriture et de repos avait eu raison de sa résistance.

– Je dois trouver un village, murmura-t-elle.

Mais ses jambes se dérobèrent sous elle. Elle dut s'agenouiller sur le sol détrempé.

Elle était à l'orée d'une forêt et voyait au loin les lumières vacillantes d'une ferme.

« Demain, je m'y rendrai, songea-t-elle. Demain, j'aurai retrouvé des forces si Ankanaëpha le veut. »

Nakadamu se réveilla alors que le soleil était déjà haut. Il était allongé dans une tanière spacieuse dont le sol était recouvert de fougères sèches et de larges feuilles rouges. Il s'étira longuement, bâilla, s'occupa d'une démangeaison en quelques coups de dents incisifs et, l'esprit encore accaparé par la nuit transcendante qu'il venait de passer, sortit.

La tanière avait été creusée dans une butte dominant un cours d'eau vigoureux. Il s'étira à nouveau, songeant qu'il serait fort honorable pour un chien de fonder une meute ici. Puis l'image de la femme s'imposa à son esprit avec une telle force qu'il en couina de surprise.

Il regarda le cours d'eau. C'était par là-bas que sa femelle était partie, certainement pour chasser ou boire. Il sentait encore sa fabuleuse alchimie hormonale imprégner les feuillages. Pourtant, il avait promis aux Maîtres... Il leur avait promis alors qu'ils versaient de l'eau par les yeux !

À contrecœur, il sc détourna de la rivière et se lança à la recherche de la femme.

À chaque fois qu'elle s'assoupissait, Malëva était assaillie par des cauchemars. Elle essaya à maintes reprises de gagner la ferme qui se trouvait à moins d'un kilomètre, mais elle n'était parvenue qu'à sortir du sous-bois en rampant sur une centaine de mètres. Au terme d'un terrible effort, elle s'était adossée à une souche et attendait en priant.

Il ne s'était pas arrêté de pleuvoir. Elle était recouverte de boue et avait de plus en plus de mal à respirer. Sa poitrine était douloureuse et de constantes quintes de toux l'empêchaient de se reposer afin de recouvrer quelques forces.

Nakadamu était de plus en plus inquiet, il n'était pas le seul à suivre la piste de la femme. Trois gros mâles, à en juger par la puissance des effluves, semblaient en avoir également après elle. Il allongea ses foulées, sa langue s'étirant démesurément à mesure que le soleil descendait.

Malëva entendit un animal marcher dans les feuilles mortes. Elle ouvrit les yeux.

– Nakadamu ! s'exclama-t-elle.

La nuit était sombre, elle ne distinguait de l'animal que ses yeux et ses crocs.

– Naki ? lança-t-elle, peu rassurée.

Deux autres silhouettes menaçantes sortirent à leur tour des ombres. Les trois chiens errants se mirent à grogner tout en l'encerclant. L'ancienne Sœur se saisit de l'un de ses cotj'ans.

– Fichez le camp, sales bêtes ! s'écria-t-elle. Vous...

Une violente quinte de toux l'empêcha de finir sa phrase. L'un des chiens en profita pour se jeter sur elle. L'ancienne Sœur parvint à le blesser à la gueule, mais l'animal referma sa puissante mâchoire sur son avant-bras.

Elle se débattit sans parvenir à le faire lâcher prise. Alors que les deux autres chiens s'avançaient pour la curée, un grondement sourd s'échappa du sous-bois et Nakadamu se jeta sur les deux bêtes prises au dépourvu. Il percuta la première, l'envoyant rouler à plusieurs mètres et, les babines retroussées jusqu'aux oreilles, s'attaqua à la seconde à qui il ne fallut guère de temps pour estimer que la situation était désespérée. La queue entre les jambes, l'arrière-train rasant le sol, les deux chiens s'enfuirent en poussant des glapissements terrifiés. Entre-temps, Malëva était parvenue à poignarder la bête qui l'avait attaquée. Elle étreignait son avant-bras lacéré par les crocs de l'animal. Du sang coulait de ses blessures. Nakadamu s'avança vers elle, les oreilles rabattues sur son crâne en signe d'inquiétude. Il poussa une petite plainte et lui lécha le visage.

– Ne t'inquiète pas, mon chien, ça va aller, murmura Malëva. Je crois qu'il faut juste que je dorme. Lonë...

Elle se coucha sur le côté et sombra dans une inconscience fébrile.

Nakadamu regardait la femme avec gravité. Sa respiration lui faisait penser à un longue-queue-qui-siffle. Se pouvait-il qu'elle en ait avalé un entier ? Elle sentait la mort et le sang. Il renifla sa blessure et la lécha pendant un long moment. Comme la femme ne réagissait pas, il se redressa et hurla à la grande-galette-blanche qui brillait entre les nuages.

23

Province morhiane.

La route n'était plus qu'un sentier de pavés épars qui parfois disparaissaient complètement sous la végétation broussailleuse. Oran s'était éloigné du plateau de Kanhmar dont il pouvait encore discerner les parois escarpées dominant le paysage relativement plat et fade. S'il fallait en croire les propos de Toskan, le trappeur avec lequel il avait fait un bout de chemin, la tribu qui vivait sur ces hauteurs était cannibale.

L'Egyrien grimaça de douleur comme l'Otenka prisonnier de la pierre incrustée dans son torse s'agitait. C'était la première fois qu'il s'enfonçait aussi profondément à l'intérieur des terres et il craignait que l'Esprit malsain ne prenne le dessus. Jusqu'à présent, la proximité de la mer avait contenu la puissance de l'Otenka.

L'Egyrien savait qu'en se rapprochant du fleuve menant à Coradj, il pourrait le tenir en respect, car la présence de l'eau l'affaiblirait. Cependant, il craignait que le limier qui le poursuivait depuis Marane ne retrouve trop facilement sa piste s'il se contentait de suivre les circonvolutions du cours d'eau.

Il continua droit devant lui avec l'espoir de trouver un point d'eau à côté duquel il pourrait passer la nuit.

Avant le crépuscule, il arriva en vue d'une petite maison de pierres grises plantée au milieu de la plaine. Il s'en approcha avec prudence.

Les restes d'un rideau de chanvre pendaient devant l'entrée. Oran écarta les lambeaux putréfiés du revers de la main et pénétra à l'intérieur. Il n'y avait pas de fenêtre, mais la lumière qui filtrait entre les haillons de chanvre suffisait à éclairer l'unique pièce. Il y avait une paillasse éventrée, un tabouret revêtu de cuir et un secrétaire en bois laqué. L'Egyrien posa sa main sur la gemme enchâssée dans sa poitrine. Elle était froide comme du marbre. L'Otenka semblait s'être enfin apaisé.

Oran ressortit et fit le tour de la bâtisse. Il découvrit un autel attenant à la maison et, un peu plus loin, un sépulcre. Il s'avança pour lire l'inscription gravée sur la lourde pierre tombale.

« En ce lieu repose Lëhar, prêtre d'Ankanaëpha, celui que l'exil a conduit à la béatitude. »

L'Egyrien se demanda quelle sorte de prêtre pouvait avoir vécu ici. Il promena son regard sur les étendues désolées qui se couvraient d'ombres. Il avait du mal à imaginer les presque-humains de la contrée s'ouvrir à l'amour de la Mère éternelle.

Le vent se leva et de violentes bourrasques firent ployer les touffes d'herbe violacée qui recouvraient le sol. Des nuages bouillonnant venaient de l'ouest et déjà la pluie brouillait l'horizon.

Oran décida de passer la nuit dans la maison.

Il se mit à pleuvoir peu après la tombée de la nuit. Les nuages bordaient tous les horizons. L'Egyrien devinait leurs formes tourmentées qui évoluaient dans le ciel. Il était assis en tailleur face à l'entrée. Quelques gouttes rabattues par le vent lui laissaient de longues traînées luisantes sur le visage.

Il s'assoupit. Quand il rouvrit les yeux, quelques heures plus tard, la pluie avait cessé et des nappes de brume recouvraient le sol détrempé. Cette vision lui rappela les immenses champs de coton de son enfance, les chants des femmes et les rires des hommes lors des récoltes et des grandes fêtes qui s'ensuivaient.

Puis les soldats avaient fait irruption dans son village. Il avait voulu fuir avec les autres villageois, mais les soldats s'étaient saisis de lui pour l'emmener avec eux. Tous les hommes du village qui avaient essayé de les en empêcher avaient été impitoyablement mis à mort sous ses yeux. Ici s'était arrêtée son enfance.

Une bourrasque avait balayé la brume.

Oran porta sa main à sa pierre de Shoëk. Elle était glacée.

Il referma les pans de son vêtement et se rendormit.

L'Egyrien se réveilla en sursaut aux prémices de l'aube. Il se leva et fit quelques pas à l'extérieur. Le sol était gorgé d'eau et les buissons étaient aplatis par le vent. Soudain, une voix autoritaire s'éleva dans son dos.

– Le peau-blanche est sur un territoire aïkan !

L'Egyrien se retourna. Trois presque-humains juchés sur d'impressionnants épeuchs rouges venaient de sortir de derrière une butte herbeuse. Leur peau avait la couleur du bronze. Leurs cheveux s'étalaient sur leurs épaules en une multitude de nattes teintes de couleurs vives. Des scarifications rituelles recouvraient entièrement leur visage, leurs bras et leurs jambes. Leurs dents ainsi que leurs oreilles étaient taillées en pointe. Ils brandissaient de longs fusils sans crosse dont le canon finement ouvragé était prolongé par une lame recourbée.

Oran avait déjà entendu parler de ces armes imprécises, lentes à recharger et qui faisaient un bruit terrible. Il s'agissait de lance-tonnerre. Il en avait même déjà vu une dans la boutique d'un prêteur sur gage. L'usage que les Aïkans en faisaient au corps-à-corps était, disait-on, bien plus dangereux que celui qu'ils en faisaient au tir.

Deux des cavaliers le mirent en joue et firent feu. Le bruit de la double détonation déchira l'air. Oran entendit les volées de plombs siffler autour de sa tête. Il tenta de regagner la sécurité relative de la bâtisse, mais les épeuchs rouges bondirent en avant pour lui barrer la route. Les guerriers aïkans durent retenir leurs impétueuses montures au bec gainé de cuir pour qu'elles n'écharpent pas l'Egyrien. Celui qui n'avait pas encore tiré pointa son arme vers lui. À cette distance, il ne pouvait pas le rater.

– Que fais-tu sur notre territoire, Manenkol ?

– Je me rends à la ville, répondit Oran.

– Alors tu n'aurais pas dû t'arrêter ici. Cet endroit est sacré aux yeux des Esprits.

L'Egyrien voulut désarçonner le cavalier, mais il fut assommé par un coup de bec de sa monture.

Quand Oran sortit de sa torpeur, de petites lueurs dansaient devant ses yeux. Il était pieds et mains liés à un arbre dont il sentait les épines pénétrer sa chair.

– Je suis un Alaïkan de la Basse Plaine et ce Manenkol est sous la protection de Kanaopao, déclara une voix calme et résolue.

L'Egyrien porta son regard sur le presque-humain qui venait de parler. L'Alaïkan était plus grand et moins large d'épaules que ceux qui l'avaient capturé. Il ne portait pas de scarification et sa chevelure nattée était aussi blanche qu'une barbe de sage kadjïr. Il était vêtu d'une tunique en écailles de dragon de Dahr, ceinte à la taille par un foulard de soie rouge.

Il tenait tête à une vingtaine de presque-humains aux visages scarifiés et aux cheveux teints.

– Tu n'es pas de notre tribu, tu n'as donc pas à t'interposer entre nous et ce peau-blanche, répliqua l'un de ses interlocuteurs avec colère. Il doit être sacrifié pour apaiser les Esprits ! Nous mangerons sa cervelle et ses yeux pour que sa force serve notre tribu.

L'Egyrien était fixé sur le sort qui lui était réservé si le presque-humain à la chevelure blanche ne réussissait pas à convaincre les cannibales. L'Alaïkan planta sa lance-tonnerre dans le sol et s'éloigna d'un pas.

– Je vous le redis, ce Manenkol est sous la protection de Kanaopao. Le jugement des anneaux m'apportera raison. Lequel d'entre vous me combattra ?

Un des cannibales s'avança et fit un signe rituel. Les autres guerriers se mirent en cercle autour des deux combattants qui s'étaient agenouillés face à face.

Un presque-humain plus âgé que les autres entonna un chant grave et monotone. Le vieillard s'approcha de l'Alaïkan aux cheveux blancs et lui enfonça une boucle de métal dans le cou. Il fit passer le bijou sous la veine jugulaire, le fit ressortir de l'autre côté et le déforma afin de le refermer. Une larme de sang coula, mais l'Alaïkan ne laissa rien apparaître de sa douleur. Le vieillard répéta l'opération sur son adversaire sans cesser de chanter et se retira lentement, sautant tantôt sur un pied, tantôt sur l'autre.

Dès que le vieux guerrier se tut, les deux presque-humains se jetèrent l'un contre l'autre avec férocité. Ils se battaient à mains nues, chacun cherchant à se saisir de l'anneau de l'autre. Les guerriers autour d'eux restaient sans bouger, le visage figé dans un semblant de sourire commun à tous ceux de leur race. Une litanie lugubre et envoûtante sourdait de leurs gorges. Malgré la complainte, Oran percevait la respiration saccadée et les grognements des deux combattants.

Très vite, l'Alaïkan ne fit plus que repousser les assauts du cannibale sans vraiment chercher à se saisir de son anneau. Bien que plus vif, il était moins fort et surtout moins aguerri que le guerrier aux cheveux colorés. L'autre s'en était très vite aperçu et attaquait sans répit.

Oran était conscient que l'Alaïkan avait peu de chance de vaincre. Soudain, l'Otenka emprisonné dans la pierre de Shoëk se réveilla et l'Egyrien ne put contenir un cri. Au même instant, le visage de l'Alaïkan se durcit et ses yeux prirent un reflet bleuté. Alors il détendit le bras avec une vigueur prodigieuse, se saisit de l'anneau de son adversaire et l'arracha. Un geyser de sang jaillit de la gorge du cannibale qui tenta d'arrêter l'hémorragie. Un flot carmin coula entre ses doigts, sur ses poignets, le long de ses avant-bras. Il s'agenouilla et tomba la face la première sur le sol. L'Alaïkan jeta l'anneau au loin et se tourna vers les autres presque-humains qui s'étaient tus.

– Je n'avais pas menti. Le Manenkol est sous la protection de Kanaopao, déclara-t-il en reprenant sa lance-tonnerre.

– Tu n'avais pas menti, mais prends garde, répondit le vieillard. Certains jeunes guerriers de la tribu voudront certainement venger leur frère.

– C'est ainsi.

Le vieux guerrier acquiesça, le salua et partit. Les autres presque-humains le suivirent en silence, emportant avec eux le corps du combattant mort.

L'Alaïkan se tourna alors vers Oran qui avait de plus en plus de mal à contenir son Otenka. L'Egyrien se contorsionnait, en proie à de violents spasmes. À chaque mouvement, les épines de l'arbre auquel il était lié pénétraient douloureusement dans sa chair. Il se mit à hurler, l'écume aux lèvres.

– C'est à cause de vous... Partez ! supplia-t-il le presque-humain qui s'avançait. Partez, je ne pourrai pas le retenir...

Il sentit son âme se rétracter quand l'Esprit malsain plongea ses tentacules éthérés jusqu'au plus profond de lui. Il essaya de le repousser, mais il n'en avait plus la force. L'Alaïkan posa sa main contre son cœur.

– Je vais t'aider à le vaincre, murmura le presque-humain en se mettant à chanter.

« Je vais devenir un Baküia », songea Oran en cessant de lutter, vaincu par la puissance de l'Esprit malsain.

...

Le froid l'envahit. Il voulut hurler, mais de l'eau pénétra dans sa bouche. Il se débattit pour ne pas mourir noyé. Les ténèbres l'engloutirent.

...

Son Otenka se tenait en face de lui. Il s'agissait d'un animal énorme à la gueule bardée de crocs et aux yeux rouges et malveillants. Une crête jaune dentelée courait de son crâne épais jusqu'à sa croupe. Il était dépourvu de poils, sa peau noire et épaisse avait des reflets bleus.

...

L'Egyrien se trouvait au plus profond d'une forêt luxuriante, couché entre les racines d'un arbre gigantesque. Le bruissement des feuilles se mua en un chant mélodieux et grave. Une grande quiétude l'enveloppa et il se rendormit.

...

– Réveille-toi, maintenant, lui ordonna l'Alaïkan. L'Otenka a été soumis.

Oran ouvrit les yeux et prit une large goulée d'air. Il toussa longuement avant de parvenir à se redresser. C'était le matin. Derrière lui s'élevait une crête rocheuse haute de quelques mètres. Une haie d'herbes à serpent ceinturait le petit campement. Son sac gisait à sa gauche. Un peu plus loin, un épeuch rouge, les yeux bandés et les pattes entravées, était attaché à un rocher.

Le presque-humain qui avait vaincu le cannibale était assis sur un rocher. Il mâchonnait une racine qui suintait un jus noir. Il avait enlevé la bouche de son cou. La plaie était à peine visible.

– Je suis O'Oshë, Tisseur de la tribu des Alaïkans de la Basse Plaine.

L'Egyrien, hagard, mit sa tête entre ses genoux.

– Tes pensées vont être confuses pendant quelque temps encore, l'avertit l'Alaïkan. Prends une racine de magove, ça t'éclaircira l'esprit.

Oran se saisit du bâtonnet noueux et mordit dedans. Le goût en était amer. Au bout d'un moment, l'Egyrien releva la tête.

– Pourquoi m'as-tu sauvé ? interrogea-t-il le presque-humain.

– Parce que c'était la volonté de Kanaopao.

– C'est ton chef ?

– Non. Kanaopao est le Sage moussu, l'esprit défunt de la Grande Forêt qui jadis recouvrait ces terres.

– Tu as abusé du sahourë. Je n'ai rien à voir avec ton Sage moussu, répliqua l'Egyrien, acerbe.

O'Oshë ne tenta pas de convaincre Oran. Il se leva et s'approcha de l'épeuch rouge qui s'agitait.

– Je l'ai capturé il y a quelques heures, déclara le Tisseur en posant doucement sa main sur ses plumes. Il faut qu'il s'habitue à mon odeur.

– C'était stupide d'être venu à mon aide, lâcha l'Egyrien en s'adossant à un rocher.

O'Oshë ne lui répondit pas.

– Avant que tu ne lui arraches cet anneau, poursuivit Oran, il s'est passé quelque chose qui a réveillé l'Otenka enfermé dans la pierre de Shoëk.

– Oui. J'ai été obligé d'invoquer la puissance de mon Katonga pour vaincre.

Devant la grimace d'incompréhension de l'Egyrien, l'Alaïkan sourit. Cette moue carnassière dévoilait ses dents blanches et régulières.

– Je suis un Tisseur, expliqua-t-il. Je suis lié avec un Esprit égaré, un Katonga. Un peu comme tu es lié avec l'Otenka prisonnier de ta pierre. Seulement le Katonga n'est pas mauvais, il ne cherche pas à me dominer. Je lui offre mon corps comme refuge et il me prête sa force et sa sagesse en échange. C'est un marché juste.

– Je n'avais jamais entendu parler des Katongas, avoua Oran. Je pensais que tous les esprits étaient malfaisants.

– Non, ils ne le sont pas tous. Veux-tu entendre l'histoire des Otenkas et des Katongas?

L'Egyrien acquiesça.

– Rares sont les Manenkols à connaître la vérité. À l'origine des temps, la forêt recouvrait toutes les terres. Le seul animal était Anophatotëp, le Serpent ailé. Il était aussi ancien que la forêt elle-même et plus long et plus large que n'importe quel fleuve qui ait jamais existé. Quand il mourut, son corps se scinda en dix morceaux qui donnèrent chacun naissance à un fils. Seulement, le dixième de ces rejetons, encore aveugle, tomba dans la faille de l'Oubli, au pied de la cordillère des Mohrs. Il se nommait Anotenka.

« Les neuf autres fils, nourris par la forêt, grandirent. Certains marchaient, d'autres nageaient, d'autres encore volaient ou rampaient. Quand ils moururent, ils donnèrent chacun naissance à dix autres fils et ainsi de suite jusqu'à ce que le monde soit tel que nous le connaissons aujourd'hui.

« Mais pendant ce temps, au fond de la faille de l'Oubli, Anotenka était mort de faim et avait donné naissance à dix fils qui eux-mêmes étaient morts de faim... Il en fut ainsi jusqu'à ce que ses rejetons, des démons affamés et possédés par la colère et la haine de leur père, soient assez nombreux pour sortir de la faille de l'Oubli. Alors éclata une guerre terrible au cours de laquelle les fils d'Anotenka affrontèrent les autres fils du Serpent ailé, leur propre sang.

« L'engeance d'Anotenka fut finalement vaincue et leurs Esprits malsains durent s'unir au Saaro, le Grand Tout.

« Finalement, la vie reprit ses droits... Jusqu'au jour où les Amalaïkans invoquèrent les esprits des fils d'Anotenka. Ils le firent pour chasser les Manenkols de nos terres et protéger nos femmes et nos enfants. Les Esprits malsains, les Otenkas, tuèrent les soldats à la peau blanche par milliers, mais ils refusèrent de repartir auprès du Grand Tout après cela.

« Depuis, ils errent sur ces terres en répandant la mort. Parfois, ils chassent un Esprit de son corps pour lui voler son enveloppe de chair. L'Esprit désincarné devient alors un Katonga, un Esprit égaré. Le Katonga, qui n'a pas achevé son cycle de vie, est incapable de s'unir au Grand Tout et il ne peut retrouver la paix. En tissant un lien de vie avec un Esprit égaré, je lui offre la possibilité d'accomplir ce cycle et de s'unir au Grand Tout après ma mort.

– C'est une histoire pour les gosses, renifla Oran en fouillant dans son sac pour en tirer une galette de milon.

Il en proposa un bout au Tisseur qui accepta.

– Pourquoi l'eau affaiblit-elle les Esprits ? interrogea-t-il le presque-humain.

– L'eau est pour les Esprits ce que le feu est pour nous. Trop s'en approcher les consumerait.

– Comment as-tu fait pour vaincre mon Otenka ?

– Je ne l'ai pas vaincu. Je l'ai juste repoussé pour un temps. Le pendentif que tu portes t'aidera à combattre l'Otenka quand il se manifestera à nouveau.

L'Egyrien porta une main sur sa poitrine. Il sentit une protubérance à travers son vêtement. Il se saisit du pendentif et le porta devant ses yeux. Il s'agissait d'un coquillage spiralé revêtu d'une couche nacrée dont l'opercule avait été scellé à l'aide de cire. Le colifichet était attaché à un lacet de cuir.

– C'est un aoki, précisa O'Oshë. À l'intérieur, il y a une goutte d'eau consacrée et un peu de cendre provenant du bûcher funéraire d'un enfant mort-né. Garde-le toujours contre ta peau, près de la pierre qui retient l'Esprit malsain prisonnier.

– Tu ne veux pas savoir qui m'a fait ça? s'étonna l'Egyrien.

– Je le sais. Je connais les pratiques rituelles des Aëpans. Avant la Grande Déforestation, il s'agissait d'une tribu aïkanne. Mais elle a préféré fuir l'arrivée des Manenkols. Ce que je ne comprends pas, c'est pourquoi ils ont initié un peau-blanche à ce rite.

– J'ai vécu quelque temps parmi eux, répondit Oran en détournant le regard.

Le Tisseur n'insista pas. Il alla nourrir l'épeuch rouge de lamelles de viande séchée tout en lui murmurant à l'oreille. Puis il cracha dans sa main et caressa le bec du volatile.

– Tu ne pourras pas le monter avant plusieurs jours, lança l'Egyrien.

O'Oshë se contenta d'afficher un sourire énigmatique. Oran haussa les épaules. Il fouilla dans ses poches et sortit le foulard de soie sur lequel avait été peint le portrait de la femme qu'il devait tuer. Il contempla pendant un long moment son visage.

Le Tisseur l'observait, mais il ne lui posa aucune question.

Finalement, l'Egyrien s'enroula dans sa couverture et s'endormit, bercé par le murmure du vent dans les herbes à serpents.

24

Ishama.

Korian'Lor'Kald et Sadre'Sïr'Issa marchaient côte à côte d'un pas tranquille.

Le noble roëlien leva les yeux sur la montagne qui dominait la Cité éternelle. Depuis qu'ils étaient arrivés à Ishama, c'était la première fois que la brume ne la masquait pas. Il découvrit une place forte construite au sommet de l'un des pics qui surplombaient Ishama. Il s'agissait d'un entrelacs de tours et de passerelles qui s'élevait sur plusieurs centaines de mètres.

– Que sais-tu de cette citadelle sombre et menaçante qui semble abandonnée ? demanda Korian'Lor'Kald à son serviteur.

Sadre'Sïr'Issa leva la tête.

– Il doit s'agir de la citadelle des Cendres, déclara-t-il.

– En connais-tu l'origine ?

– Elle a été bâtie par un puissant mage il y a trois siècles. Pendant près de trente ans, il a harcelé la Cité éternelle sans que les troupes de l'empire arrivent à l'en déloger.

– Il avait des guerriers à son service ?

– Non, des démons. Les cadavres momifiés de certaines de ces créatures sont encore exposés à la Faculté des Sciences occultes, paraît-il.

– Comment cela s'est-il terminé ?

– Un jour, l'impératrice a disparu et le mage est reparti dans son domaine que l'on prétend être dans le massif des Arkans.

– Pourquoi n'a-t-on pas abattu cette citadelle pour l'empêcher, lui ou un autre, de revenir harceler la Cité éternelle ?

– Elle est utilisée désormais comme prison par l'impératrice.

– Ce gigantesque édifice ? s'étonna Korian'Lor'Kald en fronçant un sourcil. La population d'Ishama doit avoisiner les huit cent mille, guère plus. Soit les malfrats sont plus nombreux qu'ailleurs, soit Ankahana a une raison plus officieuse d'entretenir cette place forte.

Ils s'arrêtèrent une dizaine de mètres plus loin, devant une fontaine d'huile. Il s'agissait d'une série de vasques de décantation parées de riches ornementations, abritées sous une demi-voûte en pierre. L'huile passait paresseusement d'un étage à un autre en une morne cascade.

Une servante s'approcha des deux compagnons et s'inclina devant eux.

– Ma maîtresse, l'impératrice Ankahana, voudrait voir Korian'Lor'Kald, l'envoyé du Parlement des Sages.

– Peut-on en connaître la raison? lui demanda le noble roëlien.

– L'impératrice n'a pas à justifier ses actes auprès d'une domestique, répliqua la femme sans se redresser.

– Je pensais qu'Ankahana nous avait oubliés, avoua Sadre'Sïr'Issa, d'un air méfiant.

– Sans doute est-ce ce qu'elle souhaitait nous laisser croire, répondit Korian'Lor'Kald. Pourtant, je ne peux m'empêcher de trouver la situation bassement convenue.

– Allez-vous répondre à son désir?

– Bien sûr, mon ami, bien sûr. On ne décline pas l'invitation d'une dame, surtout lorsque celle-ci est impératrice.

La domestique mena Korian'Lor'Kald à travers le labyrinthe jusqu'au Temple Mère. Le noble roëlien se fit la remarque que si les choses tournaient mal, il ne pourrait jamais repartir sans l'aide d'un guide. Subitement, il prit conscience que la présence de Sadre'Sïr'Issa à ses côtés lui manquait. Il se consola en songeant que s'il lui arrivait malheur, aucun de ses assassins n'échapperait à la vengeance de son serviteur.

Il pénétra dans le Temple Mère et fut conduit jusqu'à une chambre dépouillée. Un matelas reposait à même le sol, un paravent de lin était déployé dans un coin. Korian'Lor'Kald sourit intérieurement. L'endroit était plutôt singulier pour accueillir un enquêteur du Parlement des Sages.

La domestique se retira derrière le paravent.

L'impératrice entra peu après dans la pièce. Elle était vêtue d'une robe transparente. Une seule agrafe au niveau de la taille retenait la soierie profondément échancrée. Son visage hautain était animé par un désir brutal. Le noble roëlien en fut troublé. Il la salua sans la quitter du regard. Elle lui sourit, mais son sourire n'avait rien de chaleureux.

– Puis-je savoir pour quelle raison vous m'avez fait venir? s'enquit-il.

– Par curiosité, lui répondit-elle. Je voulais savoir où vous en étiez de vos investigations.

– Je n'avance guère, avoua Korian'Lor'Kald. Sans doute est-ce parce qu'il n'y a rien à découvrir. Mais je dois rester encore quelques jours afin de convaincre le Parlement des Sages de votre innocence. Conclure trop rapidement cette enquête provoquerait sans nul doute une suspicion encore plus grande à votre égard.

– Vous avez raison. Prenez votre temps.

Tout en parlant, elle rapprocha sa bouche entrouverte de celle du noble roëlien et lui effleura les lèvres de sa langue.

– Je me sens quelque peu étranger à vos mœurs, se raidit Korian'Lor'Kald en coulant un regard vers le paravent derrière lequel était cachée la domestique.

– Voulez-vous que je lui demande de se joindre à nous? souffla Ankahana. Avez-vous peur que je ne vous suffise pas?

– Non, répliqua le noble roëlien. Qu'elle reste où elle est.

Il fit glisser son doigt jusqu'à l'agrafe de la robe, fit sauter l'attache d'une main et prolongea son mouvement jusqu'au pubis de l'impératrice. Son corps était brûlant. Il embrassa un de ses seins laiteux et la fit basculer sur le lit, songeant qu'il y avait plusieurs années qu'il n'avait connu un tel désir. Il se dévêtit sans hâte, afin d'apaiser ses sens. Ankahana eut une moue indécente sur le visage. Elle bascula le bassin et grogna doucement quand il la prit. Elle se raidit un instant, lâcha un soupir presque douloureux et commença à se contorsionner. Elle semblait mue par un mouvement instinctif, irrépressible. Korian'Lor'Kald se laissa emporter par le rythme, fasciné par les mouvements reptiliens de l'impératrice. Puis il sentit une grande fébrilité l'envahir et la souleva en la tenant par la taille, la bloquant contre son propre bassin, tous ses muscles tendus.

Un grand froid irradia de son sexe jusque dans son ventre. Il abaissa les yeux sur Ankahana, mais celle-ci n'était plus qu'une forme éthérée, sombre comme le néant, menaçante et glacée comme la mort. Le froid le lacéra de l'intérieur. Il hurla. Jamais il n'avait éprouvé pareille souffrance. Elle s'insinuait jusqu'au plus profond de son âme. Puis il sentit à nouveau la chaleur du corps de l'impératrice contre lui. Il prit une large goulée d'air qui lui déchira la gorge. Il se plia en deux, crachant du sang sur le dessus de lit blanc.

Ankahana se laissa choir en arrière sans parvenir à retenir un long gémissement. Son corps se contracta encore plusieurs fois. Quand elle se redressa, Korian'Lor'Kald ne put refréner un mouvement de dégoût. Voyant son trouble, elle rit. Son beau visage devint alors un masque trop lâche. Ses yeux s'étaient assombris comme un ciel d'orage. Le noble battit en retraite, prenant conscience qu'elle aurait pu le tuer.

Elle remit de l'ordre dans sa coiffure laquée et appela sa servante qui sortit de derrière le paravent en tenant un bassin remplit d'eau et une étoffe de coton.

Korian'Lor'Kald rassembla ses vêtements à la hâte et s'enfuit. Il pria une domestique de le reconduire à ses appartements.

Sadre'Sïr'Issa l'attendait, penché sur une vieille reliure. La nuit était tombée.

– As-tu trouvé des choses intéressantes, mon ami ? l'interrogea le noble roëlien en essayant de ne rien laisser paraître de son trouble.

– Oui, maître, répondit le serviteur sans se retourner. Saviez-vous que les impératrices qui se sont succédé jusqu'à aujourd'hui n'ont jamais été officiellement unies à un homme. Elles n'ont même jamais eu d'amant reconnu. Cela pour qu'aucun mâle ne puisse proclamer sa paternité sur l'héritière du trône. Ainsi, seules les descendantes directes d'Ankanaëpha sont à même de faire perdurer la dynastie des Ank.

– Édifiant, murmura Korian'Lor'Kald d'un ton caustique.

Le serviteur se retourna en fronçant les sourcils.

– Que vous voulait-elle ? demanda-t-il en considérant l'air sombre de son maître.

– Me faire comprendre qu'elle avait droit de vie et de mort sur nous. Cette femme est aussi maléfique que puissante. Elle m'a laissé vivre cette fois-ci. Mais la prochaine fois...

– Que faisons-nous ?

– Nous continuons, bien entendu ! s'emporta le noble roëlien.

– J'ai dit à Saya de tenir votre bain chaud, déclara Sadre'Sïr'Issa en retournant à sa lecture.

– J'en ai bien besoin, murmura Korian'Lor'Kald l'air préoccupé. Oui, bien besoin...

25

Province elyrienne.

– *Manie!* hurla Malëva en se redressant brutalement.

Elle était allongée dans une petite pièce sans fenêtre meublée d'un lit et d'un secrétaire sur lequel se consumait une chandelle. Elle se crut revenue plus de vingt ans en arrière, quand elle était novice au sanctuaire.

Elle frissonna quand un courant d'air pénétra dans la cellule par l'entrebâillement de la porte. Sa couverture avait glissé par terre. Elle était nue. En voulant se recouvrir, elle constata que son avant-bras était bandé à l'endroit où le chien l'avait mordue. Elle referma sa main. La douleur était supportable. Une forte odeur d'eucalyptus émanait de sa peau. Sa poitrine la faisait encore souffrir et elle se sentait toujours un peu faible, mais elle allait indéniablement mieux.

Elle sourit en entendant les pas pressés de Nakadamu. Le chien de berger ouvrit la porte d'un coup de truffe et sauta sur la couche.

– Alors Naki, on dirait que tu m'as encore sauvé la vie, sourit l'ancienne Sœur en essayant de le retenir par la peau du cou. Mais, dis-moi, ce n'est quand même pas toi qui m'as enlevé mes vêtements et tirée jusque dans ce lit?

– Non, mais il l'aurait certainement fait s'il avait pu, déclara une voix féminine avec douceur. C'est un animal surprenant. Il y a plus d'humanité en lui qu'en bien des hommes.

Malëva releva la tête. La silhouette d'une femme lui faisait face. Quand elle s'avança, la flamme de la bougie dévoila son visage ridé et ses cheveux blancs comme de la neige. Pourtant, sa démarche était souple et ses gestes assurés. Elle s'assit sur le lit en posant une main sur le chien de berger qui se calma aussitôt.

– Où suis-je? l'interrogea Malëva.

– Tu es dans un ancien sanctuaire. Je me nomme Ismëll.

– C'est vous qui m'avez trouvée?

– Non, ce sont des fermiers. Quand ils ont entendu ton chien hurler, ils sont sortis pour le chasser. Ils pensaient avoir affaire à une bête errante comme il en rôde dans la région. Ils t'ont aussitôt amenée ici pour que je te soigne. Tu souffrais d'une inflammation des poumons. Tu aurais pu en mourir.

L'ancienne Sœur crut qu'Ismëll allait lui demander pourquoi elle voyageait seule, si loin de la route. Pourtant, la vieille femme n'en fit rien. Elle lui apporta à manger, après quoi elle repartit pour la laisser se reposer. Nakadamu l'accompagna.

Quand Malëva se réveilla pour la seconde fois, la lumière du jour filtrait sous la porte. Elle enfila une tunique que la vieille femme lui avait laissée, prit la lettre de Lonë qui reposait à côté de la chandelle éteinte et se leva. La tête lui tournait un peu, mais, au bout de quelques secondes, elle retrouva son équilibre et put sortir de la cellule.

Elle suivit le couloir pour déboucher dans la cour intérieure du sanctuaire. Une colonnade courait tout autour de la partie découverte. Au centre, se tenait une statue d'Ankanaëpha envahie par le lierre. La terre du jardinet avait été labourée et des fanes de légumes pointaient en rangs serrés. L'ancienne Sœur s'approcha de ses vêtements suspendus à un fil attaché entre deux colonnes.

– Je me suis permis d'aller les laver à la rivière, dit Ismëll en sortant de derrière le piédestal de la statue. Ils seront secs dans quelques heures.

La vieille femme se creusa le dos, posa sa bêche et s'avança. Elle se lava les mains dans un petit baquet et invita Malëva à la suivre.

Nakadamu émergea alors d'un trou, la gueule barbouillée de terre noire. Voyant les deux humaines s'éloigner d'un pas tranquille, il reprit ses travaux de terrassement, faisant voler de la terre jusque sous la promenade.

– Je peux vous poser une question? demanda Malëva à son hôtesse.

– Bien sûr.

– Vous avez suivi l'enseignement des Sœurs?

– Je pense que nous avons beaucoup en commun, répondit la vieille femme avec un sourire mystérieux.

Malgré ses trente-sept ans, Malëva se sentait comme aux premiers jours de son noviciat. La présence d'Ismëll lui imposait le respect ainsi qu'une certaine crainte révérencieuse. Elle la suivit en silence. Les deux femmes sortirent du sanctuaire pour marcher dans la campagne.

– J'ai fait mon noviciat de Sœur ici, il y a près de quarante ans maintenant, raconta la vieille femme avec émotion. À l'époque, la région était plus peuplée qu'aujourd'hui. Le sanctuaire a été abandonné et les Sœurs déportées dans les plaines kadjïres.

– Pour quelle raison ?

– Toujours la même. Le Parlement des Sages n'a plus les moyens financiers ni politiques de maintenir l'ordre dans tout l'empire. Surtout depuis que les Kadjïrs menacent de se soulever. Alors les Sœurs, dont le rôle était à l'origine de cimenter les différents peuples en leur apportant la Parole d'Amour, sont utilisées pour mater les insurrections de plus en plus fréquentes... comme si nous étions de vulgaires mercenaires roëliens. Bientôt, il ne restera rien de l'Ordre éternel, déclara sombrement Ismëll.

Elles s'assirent à l'orée d'une clairière, sur des pierres affleurant de l'herbe.

– Je ne crois pas que l'Ordre éternel cessera d'exister, répliqua Malëva.

– Il agonise, sourit tristement la vieille femme. Quand j'ai quitté l'Ordre, il n'y avait déjà plus d'espoir.

– Si les Sœurs restent fidèles aux préceptes de la Parole d'Amour, alors un jour il renaîtra !

– Hélas. Les préceptes d'Ankanaëpha ne sont plus suivis. Depuis que le Parlement a supprimé les droits décisionnaires des Sœurs exécutrices au profit des Hauts Prêtres, le mécontentement a fait naître des mouvements hérétiques qui n'ont cessé de croître dans l'ombre. Et l'un d'eux est désormais en position de force.

– Lequel ?

– Les Concubines d'Aras. Une majorité de Sœurs a renié la Parole d'Amour pour vendre son âme au Dieu Sombre. Les Concubines pensent que le moment venu Aras les délivrera et les mènera à la vie éternelle. J'ai refusé d'en faire partie et c'est pour ça que j'ai dû m'enfuir. Sinon, elles m'auraient tuée.

– J'ai été également forcée de quitter l'Ordre éternel, avoua Malëva après quelques secondes d'hésitation. La Sœur gardienne qui m'a éduquée voulait établir un conseil permanent de Sœurs qui aurait contrebalancé le pouvoir des Hauts Prêtres. Un jour, elle a mystérieusement disparu, sans doute a-t-elle été assassinée. Je n'ai jamais su. J'ai poursuivi son combat pendant plus de trois ans... jusqu'au jour où j'ai appris qu'un dirigeant abusait régulièrement des novices les plus jeunes. Ce porc avait violé plus d'une douzaine de gamines. Je me suis rendue chez lui, je l'ai éventré et je l'ai regardé se tordre de douleur sur le sol, souffla l'ancienne Sœur, les poings serrés.

Ismëll lui prit le bras pour l'encourager à poursuivre.

– Alors l'Ordre m'a répudiée au terme d'une odieuse parodie de procès, continua-t-elle. J'aurais pu provoquer une insurrection à ce moment-là, j'avais suffisamment de partisanes avec moi, mais à l'époque je ne voulais pas d'un bain de sang, je n'étais pas prête à assumer un tel fardeau. Les Hauts Prêtres ne m'ont pas condamnée à mort afin de ne pas faire de moi une martyre. Ce n'est qu'un mois plus tard que le Tribunal parlementaire a révoqué cette décision pour me condamner cette fois-ci à la peine capitale. Mais jusqu'ici, j'ai réussi à leur échapper.

– Suis-moi. Je veux te montrer quelque chose, murmura Ismëll en se relevant.

Elles regagnèrent le sanctuaire. La vieille femme conduisit Malëva dans une salle tout en longueur. Les murs de part et d'autre étaient flanqués d'étagères vides. Quelques couvertures de cuir dont les pages avaient été dévorées par la vermine gisaient sur le sol. Une douzaine de bureaux étroits étaient alignés dans le fond. Sur l'un d'entre eux reposait une imposante reliure.

– Il s'agit d'une des premières éditions de la Parole d'Amour, révéla Ismëll. Elle porte même une annotation de la Mère éternelle elle-même.

– Pourquoi... pourquoi me dévoiler un trésor d'une telle importance ? l'interrogea Malëva, submergée par l'émotion. Vous ne me connaissez même pas !

La vieille femme sourit et ouvrit le livre.

– Vous lisez l'egyrien ? s'étonna Malëva.

– Un peu... (Elle lut un passage à voix haute :) *« Quand la Roue reprendra sa lente révolution, l'Ombre s'étendra alors sur l'empire. Certains événements sont inéluctables. On ne peut arrêter le cours des saisons.*

« Pourtant, si l'Humanité porte en elle les racines du mal, son cœur, lui, renferme les graines de l'espoir. L'Homme a été ainsi créé pour que l'Équilibre soit préservé à jamais... »

Ismëll referma la reliure et poursuivit :

– La veille de ton arrivée, j'ai rêvé d'Ankanaëpha. Elle tenait un exemplaire de la Parole d'Amour semblable à celui-ci et m'a lu ce passage. Je lui ai demandé ce que ça signifiait et elle m'a répondu en ces termes : « La Roue ne cessera jamais de tourner, mais il y aura toujours des hommes et des femmes qui se dresseront dans la nuit pour faire renaître l'espoir. Aide-la à trouver le chemin. » Je n'ai pas eu le temps de lui demander qui je devais aider. Mais le lendemain des fermiers t'ont amenée ici, moribonde. J'ai compris que c'était de toi dont la Mère éternelle avait parlé.

– Moi ? s'écria Malëva. Mais... de quelle manière pourrais-je apporter l'espoir à tout un peuple ?

– Je l'ignore, avoua la vieille femme.

L'ancienne Sœur songea alors à la lettre de Lonë. Et si le Silhamassaï existait vraiment ? Elle ne pouvait se résoudre à y croire.

– Ce n'est qu'une coïncidence, déclara-t-elle, les yeux dans le vague. Ce ne peut être qu'une coïncidence.

– Je ne peux pas croire que la Mère éternelle...

– *Non!* la coupa brutalement Malëva. Je ne suis pas celle que vous attendiez. Je ne suis qu'une fugitive qui réclame vengeance. J'ai tout donné à ce monde et il m'a tout pris. Qu'il s'enfonce dans les entrailles d'Aras ! Ce n'est plus mon combat.

Ismëll leva les mains dans un signe d'apaisement, mais l'ancienne Sœur lui tournait déjà le dos. Malëva sortit de la bibliothèque et, quelques minutes plus tard, elle quittait le sanctuaire. Nakadamu trottinait derrière elle.

26

Province elyrienne.

Saria regardait à travers les voiles diaphanes des danseuses de mëdji.

Il n'avait cessé de penser à Malëva depuis son départ. La veille, il était allé voir la Loque, une vieille femme qui lisait l'avenir dans les tarots. Elle lui avait prédit qu'un grand malheur s'abattrait sur sa famille. Il s'était énervé et avait balayé le jeu d'un revers de manche. Une seule carte était restée sur la table. Celle de la Reine d'épée. La vieille femme s'était alors enfuie en glapissant. Il n'avait pas essayé de la retenir. Il savait ce que cette carte funeste signifiait.

Il avait toujours su que son destin le rattraperait, même la fleur de sharm n'avait pu effacer cette terrible certitude de son esprit. Il eut la chair de poule.

Les musiciens ralentirent le rythme et la mëdji se fit plus lascive. Les danseuses vêtues de voiles transparents se caressèrent, s'embrassèrent. D'abord timidement, puis passionnément, sans cesser de suivre les méandres envoûtants de la musique. L'une des femmes s'avança vers Saria, son regard était brûlant, ses gestes empreints d'une grâce divine. Le magicien savait que la drogue coulait dans ses veines comme de l'or dans le lit d'une rivière kadjïre, faisant de cette simple esclave une reine à la grâce inégalée.

Pourtant, Saria la repoussa presque négligemment. Depuis une vingtaine d'années, il ne succombait plus que rarement aux plaisirs de la chair.

Il porta à sa bouche l'embout doré du narguilé. Alors qu'il expirait la fumée rose, il fit une passe compliquée avec sa main droite.

Depuis que la fleur de sharm avait pénétré au plus profond de son organisme, il parvenait mieux à maîtriser le murmure de son âme. Il lui était même arrivé d'entrer en résonance avec sa Source, pourtant l'une des plus impétueuses et des plus dures à canaliser parmi les Puissances majeures.

La fumée qui était sortie d'entre ses lèvres donna naissance à un visage aux traits acariâtres et au crâne chauve. L'apparition se tourna vers les danseuses qui étaient entrées en transe.

– Je ne t'ai pas invoqué pour ça, vieux vicieux, le tança Saria.

– Ne parle pas à ton maître ainsi, Saria le Vaniteux ! le reprit la tête.

– Tu n'es pas mon maître, répliqua le magicien, juste une projection de mes souvenirs.

– Je sais encore qui je suis ! s'emporta le crâne chauve. Même si je suis incomplet, tu es assez doué pour m'insuffler chaque fois une conscience. J'existe en marge de toi. Je pense, donc je suis !

– Accepte mes excuses, Balahïn le Fougueux, céda Saria. Je ne t'ai pas invoqué pour débattre de philosophie, mais pour... Tu m'écoutes ? s'agaça le magicien.

Balahïn le Fougueux contemplait à nouveau les danseuses, une bave vaporeuse lui coulant aux coins des lèvres.

– C'est toujours ce qui a manqué à la Faculté des Sciences occultes, soupira-t-il.

– *Assez !* s'écria Saria hors de lui. Pourquoi fallait-il que je me souvienne de toi comme d'un vieil obsédé ?

– N'ai-je pas était un bon maître en la matière ? le taquina l'apparition.

Le magicien ne put s'empêcher d'esquisser un sourire.

– Allons, dis-moi ce qui te préoccupe, reprit Balahïn le Fougueux d'un ton paternel.

– Une femme.

– Ah ! se moqua la tête. Et tu te permets de donner des leçons !

– Elle se nomme Malëva Naöna, le coupa Saria. C'est une ancienne Sœur, elle a été répudiée de l'Ordre saint il y a une dizaine d'années et est venue me demander asile il y a quelques jours. Je sais que tu partages la plupart de mes pensées à son sujet. Je voulais avoir ton avis.

– C'est une véritable beauté, mais la partie n'est pas gagnée d'avance, répondit l'apparition, à nouveau le regard rivé sur deux des danseuses qui avaient arraché leurs voiles.

– Je ne te parle pas de ça ! ragea le magicien. Je voulais avoir ton avis au sujet de la lettre et de cet étrange pressentiment qui me hante depuis sa visite.

– Ah ? Ça... bougonna Balahïn le Fougueux, légèrement désappointé. C'est simple, tu es une bourrique.

– Je ne t'ai pas fait venir non plus pour m'insulter.

– Tu te doutes de ce qu'elle représente et tu n'as rien fait.

– L'empire peut bien sombrer dans le chaos, je n'en ai cure !

– Qui essaies-tu de tromper ? Toi ou moi ?

– C'est du pareil au même.

– Ne joue pas avec les mots, Saria le Vaniteux, répliqua la tête sur un ton péremptoire.

Soudain, un homme, le visage en sang, pénétra dans la pièce.

– Un démon ! hurla-t-il, la voix éraillée à force d'avoir trop crié. Un démon a pénétré chez toi. Il a massacré ta famille...

Le magicien se redressa en reconnaissant un de ses domestiques.

– Tu es une bourrique, déclara Balahïn le Fougueux. Mais même une bourrique ne peut aller contre son destin.

Saria dissipa le nuage de fumée rose d'un geste, mais la voix du vieil homme continua à résonner dans sa tête. Il se saisit de son bâton et partit en courant dans les rues de la cité basse.

L'aube était proche quand Saria, le souffle court, ouvrit la porte de sa demeure. La plupart des lampes à huile avaient été soufflées et le hall baignait dans un clair-obscur souffreteux. La pièce était déserte, pourtant de longues traînées de sang balafraient la mosaïque qui décorait le sol. Le magicien appela ses filles, en vain. Il passa de pièce en pièce. La colère et le désespoir animaient tour à tour son visage. Il découvrit en premier les corps des domestiques, dont l'effroi se devinait dans leurs yeux. Certains avaient tenté de se défendre, ils serraient encore leurs armes.

Le magicien hurla en pénétrant dans le patio. Ses filles étaient allongées sur l'herbe du jardinet, la cage thoracique ouverte. On leur avait arraché le cœur.

Saria tomba à genoux. Jamais il n'avait connu pareille douleur, ni pareille haine. À travers ses larmes, il discerna une ombre qui se déplaçait sur sa droite.

Il se souvint alors des paroles du serviteur qui était venu le chercher. Il se redressa et psalmodia quelques mots anciens. Une lumière flamboyante jaillit alors de son bâton, illuminant le ciel jusqu'aux nuages. Un cri de rage monta de derrière la fontaine. Saria se retourna vivement en pointant son bâton devant lui. La créature, aveuglée, griffait frénétiquement l'air de ses mains crochues. Une brume opaque flottait autour de son corps à la peau noire et glabre. Son visage, long et cornu, avait un vague aspect humain.

– Un Didjirü noir, souffla Saria. C'est Ankahana qui t'envoie? Pourquoi?

La créature se calma, malgré la souffrance qui lui dévorait les yeux.

– La Sœur, articula-t-elle dans un grognement. Elle la veut. Donne-la-lui ou tu mourras.

– Elle n'est plus là, répondit le magicien en s'avançant vers le Didjirü noir.

La créature désorientée hurla quand Saria posa la pointe de son bâton sur son torse. L'instant d'après, son corps maigre se racornit, comme desséché par un soleil brûlant. Bientôt, il n'en resta plus qu'une dépouille momifiée qui tomba sur le sol. Le magicien sortit de chez lui, l'air hagard. Le soleil pointait à l'horizon.

Trois hommes armés l'attendaient devant le perron de sa demeure.

– Je suis envoyé par Möran'Enk pour te faire part de sa déception, Saria le Luth, déclara le plus grand, un guerrier balafré. La marchandise que tu lui as vendue était de mauvaise qualité! Il m'a demandé de te trancher une oreille et de la lui rapporter comme dédommagement.

– Saria le Luth est mort, répliqua le magicien, le regard vide.

– Te moquerais-tu de nous? s'indigna l'homme. Je te reconnais!

Saria leva son bâton et une bourrasque de vent chargée de grains de sable projeta le mercenaire contre un mur de l'autre côté de la rue. Le corps désarticulé s'affala sans vie sur les pavés souillés. Ses deux acolytes s'enfuirent.

– Je me nomme Saria le Vaniteux, serviteur d'Ivirrn le Vent brûlant du Désert, murmura le magicien.

Il prit le chemin d'Ishama.

27

Province elyrienne.

Malëva ne tenait plus sur ses jambes. Sa maladie l'avait épuisée et elle ne récupérait plus aussi vite que par le passé. Elle avait marché toute la journée en direction d'Ishama et ses dernières forces étaient sur le point de l'abandonner. De là où elle était, elle dominait le paysage sur plusieurs kilomètres à la ronde. Un village aux ruelles animées bordait la route menant à la Cité éternelle. Plus loin vers le nord, une colonne ininterrompue de chariots acheminait du matériel vers un camp de toiles. D'imposantes tranchées avaient été creusées jusqu'au village. La plaine semblait avoir été éventrée.

Malëva fouilla dans la poche intérieure de son vêtement. Il lui restait juste de quoi payer un repas. Comme elle ne se sentait pas le courage de passer la nuit dehors, elle se dirigea vers le village.

Comprenant qu'il n'aurait pas à dormir sur le sol humide, Nakadamu la précéda avec entrain.

Malëva pénétra dans le premier établissement venu. Plus d'une trentaine d'ouvriers sales et bruyants buvaient à pleins bols une boisson amère importée du continent de Roël.

Comme elle cherchait une table libre, l'un des hommes leva son récipient pour attirer son attention, répandant du liquide jaune et mousseux sur ses voisins. Il lui désigna une chaise à sa droite. Malëva hésita un instant, mais la salle était bondée. Elle approcha.

– Madame, il ne sera pas dit que les employés du vaisseau à vapeur n'ont pas de savoir-vivre ! déclara l'ouvrier en se levant pour lui tirer la chaise. Je me nomme Joriann, considérez que vous êtes mon invitée.

Elle ne put s'empêcher de sourire devant ce déballage plutôt incongru de convenances. Loin de se vexer, l'homme en rajouta et appela l'aubergiste afin qu'elle soit servie dans les plus brefs délais.

Un des ouvriers rota si fort que le silence se fit dans la salle.

– Tu n'es vraiment qu'un laboureur, le réprimanda Joriann.

– Si ça sort pas tout de suite par le haut, ça risque de s'évacuer plus tard par le bas... se justifia le fautif avec un faux air désolé.

Tous les ouvriers le huèrent, puis les rires fusèrent. Malëva resta indifférente au chahut ambiant. Elle mangea un peu, donna ses restes à Nakadamu et somnola jusqu'à ce que la salle se vide. La nuit était tombée depuis plusieurs heures quand Joriann la salua.

Seuls deux ouvriers restèrent, la tête posée sur la table, ronflant aussi fort l'un que l'autre. L'aubergiste n'essaya pas de les réveiller, il se contenta de balayer autour. L'ancienne Sœur se cala alors du mieux qu'elle put sur sa chaise et ferma les yeux.

Elle fut tirée de son sommeil à l'aurore par un grognement sourd. Elle prit lentement conscience qu'il s'agissait de Nakadamu qui rêvait, couché sous la table.

Elle releva la tête. Deux hommes l'observaient. Elle reconnut Joriann. Mais ce fut l'autre qui s'avança jusqu'à sa table. Il tira une chaise et s'assit en face d'elle.

Malëva se redressa. Joriann était reparti et l'inconnu la regardait d'une manière qui l'inquiétait. Il était maigre, blême et au fond de son regard brillait une lueur métallique. Chacun de ses gestes trahissait une colère contenue.

L'ancienne Sœur balaya la salle du regard. Ils n'étaient plus que tous les deux. La lumière de l'aube jetait sur la scène un voile lugubre. Il faisait froid dans la pièce.

L'inconnu fouilla dans l'une de ses poches pour en ressortir une blague de tabac et une pipe. L'aubergiste entra à ce moment. L'homme lui commanda aussitôt de rapporter une chandelle et de l'alcool de riz. L'hôte obéit sans poser de question.

L'inconnu posa la chandelle devant Malëva, l'alluma, se servit une tasse d'alcool de riz, la vida d'un trait, la remplit à nouveau et la fit glisser sur la table jusque devant l'ancienne Sœur.

– Buvez.

– Je suppose que vous allez me dire à quoi rime cette comédie, murmura-t-elle, glaciale.

L'homme alluma sa pipe sans lui répondre et sortit un tas de feuilles d'une sacoche. Il les feuilleta jusqu'à s'arrêter sur l'une d'elles. Il porta son regard sur l'ancienne Sœur, puis revint à sa feuille.

– Vous n'avez guère changé en neuf ans, déclara-t-il d'une voix à peine audible. Les cocons écorcheurs non plus, je vous rassure.

Il lui tendit le papier. Elle reconnut sans peine son propre visage. En dessous était inscrit : « Condamnée à une mort lente. »

Malëva se saisit de la tasse d'alcool de riz à moitié pleine et lui lança le contenu au visage. Le liquide s'enflamma en passant au-dessus de la chandelle.

Le limier impérial hurla en se jetant en arrière. L'ancienne Sœur prit ses cotj'ans et s'avança. Elle se sentait étrangement sereine.

L'homme se redressa, une grimace de haine figée sur son visage cloqué. Il dégaina sa propre lame et se mit en garde.

Nakadamu se réveilla à ce moment-là avec une furieuse envie de jambon braisé.

La pièce était désormais baignée de rayons de soleil. Malëva porta une première attaque. Il lui semblait que le temps s'était arrêté. Ses gestes, comme ceux de son adversaire, lui paraissaient lents et prévisibles. À la mine terrifiée du limier qui para de justesse, l'ancienne Sœur comprit qu'il n'en était rien. C'était le limö qui altérait ses sens.

Le limier essaya de la prendre par surprise, mais Malëva s'était déjà déplacée hors de portée. Il se jeta en avant et elle lui transperça la gorge.

Il n'avait pas encore rendu son dernier râle qu'elle était déjà sortie de l'établissement. Elle vit un homme qui s'enfuyait au loin. Il s'agissait de Joriann. Elle se détourna de lui et avisa le cheval du limier attaché devant l'auberge. L'animal était éprouvé, mais il semblait encore capable de porter un cavalier.

Elle sortit de la ville au trot, Nakadamu soutenant sans peine le rythme.

Elle s'arrêta en milieu d'après-midi pour faire reposer sa monture. L'endroit était calme et Nakadamu avait trouvé une charogne sur laquelle se rouler. Malëva en profita pour faire l'inventaire des sacoches. Elle garda l'or, les couvertures et la nourriture et se débarrassa du reste.

28

Montriches, province kadjïre.

Bëorndal, chef du clan des Bas Plateaux et roi des Montriches, se tenait un peu à l'écart du campement ; il observait ses hommes. Il ne restait déjà plus rien des êtres civilisés qu'il avait côtoyés.

Il se souvint des paroles de son père.

« Donne à un Kadjïr une femme à aimer, des enfants à élever et une terre à cultiver et tu feras de cet homme un paisible paysan. Retire-lui tout ça et ce Kadjïr redeviendra ce qu'il a toujours été : un guerrier impitoyable, une bête sauvage. »

La veille, ils avaient affronté une compagnie de mahadjïrs et les avaient vaincus. Quinze des leurs étaient morts. Ils n'avaient même pas pris le temps de les honorer, ils avaient dû poursuivre leur route.

Dans la soirée, quatre autres clans s'étaient joints à eux.

Partout dans la province, on murmurait qu'un grand roi avait pris le chemin de la guerre. Des troubles sans précédent secouaient la province kadjïre.

Bëorndal sortit la pierre à affûter de sa sacoche et la passa sur le tranchant émoussé de sa hache. Arndal, son fils aîné, vint s'asseoir à ses côtés.

– Où tout cela va-t-il nous mener, père ? murmura-t-il.

Bëorndal laissa passer quelques secondes avant de parler.

– Je veux que tu rentres au village, déclara-t-il.

– *Quoi ?*

– Je veux que tu rentres au village, répéta le Kadjïr. Je n'ai pas retrouvé le corps d'Iloënn parmi ceux de notre clan. Peut-être a-t-il finalement réussi à s'enfuir. Au début, je n'ai pas voulu trop y croire. Mais... si c'est vrai qu'il peut parler aux Peuplebois, alors il a pu aller chercher de l'aide du côté de la Sourcevie.

– D'autres pourraient très bien s'en charger. Je me dois de rester à tes côtés !

– Non. J'ai décidé. Tu retourneras au village et ne te représente pas devant moi avant de l'avoir retrouvé.

– Et s'il est mort ?

– Alors ramène-moi son corps.

– Je sais ce que tu cherches à faire ! s'écria Arndal. Tu veux m'écarter des combats !

Bëorndal saisit le bras de son fils et le serra à l'en faire grimacer.

– N'as-tu pas encore compris ? Ton frère est peut-être celui que nous attendions depuis si longtemps ! Retrouve-le et protège-le jusqu'à ce qu'il domine son pouvoir.

– Et toi, que vas-tu faire ?

– Je vais me rendre au pic du Puits pour essayer de récupérer le heaume de Mëordone le Dernier.

– La Chosarpie te dévorera.

– C'est ma seule chance de rallier les autres rois à notre cause. C'est mon devoir. Le tien, désormais, est de retrouver et de protéger ton frère. Si j'échoue, il sera peut-être le dernier espoir de notre peuple.

Arndal se détourna de son père et repartit vers le village.

29

Montriches, province kadjïre.

« Prends garde à ne rien casser ! » le mit en garde Chêneploie.

Iloënn regarda autour de lui. Ils étaient dans une grotte dépouillée de tout mobilier. Il y avait quelques branches éparses qui servaient de porte d'entrée et, dans le fond, un gros tas de feuilles.

– Je ne vois rien que je puisse casser, répliqua l'enfant.

« Ha ! Ha ! Tu avoues y avoir déjà songé ! Je m'en doutais. Oui ! Oui ! C'est bien connu, les enfants ça casse tout. Surtout ne touche à rien ! » déclara le Peuplebois avec humeur.

Il rassembla du pied les quelques feuilles qui s'étaient désolidarisées du tas en maugréant.

« Moreänne n'y pense pas ! Former cet enfant... Rien à voir... pas un Druide... Je suis trop vieux, bien trop vieux. Du temps où je m'appelais Pousseverte ou Chênedru, je ne dis pas... mais il est loin le temps où j'enjambais les ruisseaux... »

Puis il tourna son regard brumeux vers l'enfant.

« Moreänne veut que je fasse de toi un Druide ! Veux-tu devenir un Druide, au moins ? »

Iloënn haussa les épaules.

« Un homme qui me faisait cette réponse, autrefois, je le donnais à dévorer aux loups. Il y a quelque chose que tu désires dans la vie ? » s'agaça-t-il.

– Je voudrais revoir ma mère, répliqua l'enfant.

Chêneploie parut soudain ennuyé.

« Ah ? Hum ? Ah ? Bon ! Bon ! Ça, ce n'est pas possible. »

Iloënn sentait les yeux lui brûler.

« Allons... Allons... foutre brume ! Arrête de renifler... Je vais te raconter une histoire. Les enfants ça aime les histoires, hein ? Écoute... »

Le Peuplebois s'assit sur le sol glacé en grimaçant et prit une longue inspiration.

« Ces terres n'ont pas toujours été peuplées d'êtres humains comme toi... Il y a plusieurs millénaires, une autre race régnait ici... »

– Les Peuplebois?

« Non, non, pas les Peuplebois, les Peuplebois ne règnent pas. Ils se contentent de vivre, simplement de vivre. Les êtres qui régnaient en ces temps reculés était plus grands que vous, plus fins, ils avaient de meilleures manières également, c'est sûr, et pas de poils sur le visage. Cette race faisait de la magie... de la belle magie. C'est elle qui créa les Peuplebois. Elle donna une conscience à la forêt grâce à sa belle magie. »

– Comment s'appelait cette race?

« Ah? Hum... Les Lyns ou les Elyns, ou les Eluyns, suivant la langue. Un jour des hommes vinrent et la guerre entre Lyns et hommes éclata. Et malgré leur belle magie, les Eluyns ne purent vaincre car leurs ennemis étaient trop nombreux. Alors la Grande Race demanda de l'aide à d'autres hommes qui peuplaient les montagnes, des hommes forts et guère plus évolués que des bêtes. Les Eluyns éduquèrent certains d'entre eux, qu'ils nommèrent Druides. Les Druides devaient apprendre à leur peuple l'amour de la vie et de la nature. Ils y parvinrent, du moins en partie. Ces hommes durs et fiers furent nommés "Kahadjas", Protecteurs. Ce sont tes ancêtres, petit. Au cours des siècles ils protégèrent les forêts. Ils se battaient souvent entre eux, mais jamais ils ne brisèrent les anciennes traditions.

« Pourtant... Pourtant... La grande et belle race eluyne avait terriblement souffert des guerres et son peuple ne comptait plus que quelques milliers d'individus. La plupart des mâles étaient morts. Alors les femelles eluynes s'accouplèrent avec des Kahadjas.

« Ainsi, le sang du Beau Peuple disparut petit à petit, noyé dans celui des hommes. Seuls les esprits de quelques grandes magiciennes ont traversé les millénaires. Vous les nommez les Mèresprits. Moreänne est l'une d'entre elles. »

Iloënn se figea.

– Avez-vous entendu? demanda-t-il au vieux Peuplebois.

La créature fit mine de tendre l'oreille.

« Non, quoi? »

L'enfant bondit sur ses pieds et partit en courant, ignorant les mises en garde de Chêneploie.

Arndal était allé se recueillir devant le bûcher funéraire, avant d'inspecter les alentours du village. Les reins douloureux à force de se tenir voûté, il trouva finalement des traces qui pouvaient être celles de son petit frère. Celles-ci se dirigeaient vers la Sourcevie.

Son père avait-il vu juste ? Iloënn était-il encore en vie ? Son cœur se mit à cogner fort. Puis il discerna deux empreintes différentes dans la terre meuble autour du ruisseau. Iloënn avait été poursuivi. L'envie de courir le saisit, mais il s'efforça de rester calme. Les événements remontaient déjà à plusieurs jours. Se hâter ne servirait à rien, sinon à effacer des indices importants.

Il remplit sa gourde et partit en direction de la forêt qui s'étendait en contrebas du village. Il passa un talus escarpé et repéra de nombreux signes de lutte. Il trouva du sang sur les feuilles alentour. Un corps avait été traîné sur plusieurs mètres. La gorge étreinte par l'inquiétude, il remonta la piste jusqu'à un amas de ronces dans lequel les sanglicornes devaient venir mettre bas. Une odeur pestilentielle s'échappait des broussailles. Il respira profondément et pénétra dans les fourrés. Il trouva deux corps à moitié dévorés. Leurs vêtements lacérés étaient ceux de l'Ordre éternel. Il fronça les sourcils et ressortit à la hâte.

– *Iloënn !* cria-t-il. *Iloënn ! c'est Arndal. Où te caches-tu, petit frère ?*

Il se tut pendant quelques secondes et appela à nouveau. Il continua ainsi jusqu'au crépuscule.

Iloënn espionnait son frère sans oser lui révéler sa présence. S'il lui faisait un signe, il avait peur qu'Arndal l'oblige à le suivre. Et il ne voulait pas affronter le regard de son père, lui qui avait laissé sa mère mourir. Il décida qu'il deviendrait un Druide. Alors son père, ses frères et tous les hommes du village seraient fiers de lui.

À regret, il rejoignit Chêneploie qui bougonnait tout seul.

Ils n'échangèrent pas un mot. Iloënn remarqua que le Peuplebois avait partagé son tas de feuilles en deux. Il se coucha sur le plus petit et attendit le sommeil. Parfois, il lui semblait entendre la voix de son frère qui l'appelait. Mais ça pouvait être tout aussi bien le vent qui lui jouait des tours.

Chêneploie se mit à fredonner. Il s'agissait en fait d'un borborygme saccadé, mais celui-ci parvint à calmer les incertitudes de l'enfant qui finit par s'assoupir.

30

Montriches, province kadjïre.

Ce qui, au départ, n'avait été qu'un geste de désespoir était devenu au fil des jours une révolte sanglante. Le conseil egyrien avait pris la chose très au sérieux et une armée de mahadjïrs se rassemblait au sud de l'Elyrie en vue de les anéantir.

Bëorndal, roi des Montriches, était juché sur un bloc de granite. Il observait ses guerriers, songeur. Tous les clans des Montriches ainsi qu'une partie de ceux des Hautcépages et des Landebrumes devaient se joindre à eux.

– Frère, ces guerriers sont si nombreux ! s'exclama Logard.

Bëorndal tourna son attention vers Logard, le mari de sa sœur. Le Kadjïr était originaire des Plainelacs. Malgré le sang impur qui coulait dans ses veines, il avait répondu à l'appel du roi des Montriches sans l'ombre d'une hésitation.

– C'est pourtant encore grandement insuffisant, murmura Bëorndal. Pour vaincre les phalanges mahadjïres, je dois parvenir à unifier toute la province kadjïre. Mais ne faisons pas attendre plus longtemps le conseil, viens !

Les chefs de clan présents s'étaient réunis à l'écart du campement. Tous n'attendaient plus que Bëorndal, seul roi présent, pour présider l'assemblée.

Le roi des Montriches arriva parmi eux la mine sombre.

– Des messagers venant des Marchefroides et des Plainelacs viennent d'arriver, lui lança Aëgwen, le vieux chef du clan des Cercles Abattus. Aucun des deux rois ne répondra à ton appel, Bëorndal.

– Je m'y attendais, déclara le roi des Montriches. A-t-on des nouvelles de ceux de Terrebroussailles ?

– Non, mais la reine Akilia hésitera certainement à se joindre à nous. Elle craint que ceux des Landoccultes ne profitent de son absence pour ravager ses terres.

– L'armée mahadjïre qui se rassemble au nord nous est trois fois supérieure en nombre, nous ne pourrons faire face ! s'exclama le chef du clan des Trois Tertres.

– La province kadjïre doit faire front, déclara Bëorndal.

– Jamais tu ne parviendras à unir les six rois, dit Aëgwen.

– Il y a pourtant un moyen de les convaincre de la justesse de notre cause, rétorqua le roi des Montriches.

Tous se turent. Bëorndal sentit Logard se raidir dans son dos. Ils avaient discuté tous les deux de cette éventualité et Logard avait tout fait pour l'en dissuader. Mais le temps n'était plus à la prudence.

– Je vais descendre dans le Puits et j'affronterai la Chosarpie pour tenter de récupérer le heaume du roi Mëordone le Dernier. Ainsi, nul ne pourra se soustraire à son devoir sans faire rejaillir la honte sur ses ancêtres.

Bëorndal savait qu'il n'avait d'autre choix que d'aller chercher le heaume du dernier grand roi ayant vécu, symbole de l'unité kadjïre. Il espérait réussir là où d'innombrables guerriers avaient péri avant lui.

– Et si tu échoues ? l'interrogea Aëgwen.

– Si j'échoue, alors vous prendrez la décision qui s'imposera.

– Laisse-moi descendre dans le Puits à ta place ! s'écria Logard.

Bëorndal se tourna vers son frère.

– Je lis en toi une résolution qui fait honneur à ceux de ton clan, mais cette épreuve m'incombe. Le fait de porter le heaume ne suffira pas à convaincre les autres rois. Je dois également être celui qui l'a récupéré. Comprends-tu ?

Logard acquiesça.

Bëorndal et Logard, escortés par les guerriers du clan des Bas Plateaux, partirent sur l'heure en direction du pic du Puits.

Ils parvinrent en vue de l'antique éminence rocheuse en fin d'après-midi. Bëorndal entreprit aussitôt de la gravir, seul.

Les légendes racontaient que la Chosarpie, la gardienne du tombeau, était une ancienne Mèresprit que le roi Mëordone avait séduite, puis asservie afin que son sépulcre reste à jamais inviolé. Tous ceux qui étaient descendus dans le Puits pour l'affronter avaient péri.

La falaise offrait de nombreuses prises et Bëorndal se hissa sans peine au sommet alors que le soleil descendait à l'ouest. Le Puits était en fait une large cheminée creusée dans la roche qui s'enfonçait jusqu'au cœur du tertre.

Le roi des Montriches déroula la corde qu'il avait emportée, en noua une première extrémité à une souche et jeta la seconde dans le Puits. Il contempla une dernière fois le paysage. Les vallons verdoyants s'étendaient à perte de vue. Des vergers couraient dans les vallées. Un important troupeau d'aurochs paissait à deux ou trois kilomètres plus au nord.

Enfin, Bëorndal regarda la gueule béante du Puits. Il rajusta la bandoulière de sa hache sur son épaule, enroula la corde autour de sa jambe droite et se laissa lentement glisser dans les profondeurs du gouffre.

Le pic était tout ce qu'il restait d'un tumulus colossal que les soldats avaient érigé à la mort de leur roi. Bëorndal pria pour que sa corde soit assez longue. Il soupira quand son pied se posa sur une dalle de granite. Il leva les yeux vers le ciel. L'ouverture du Puits n'était pas plus large qu'une monnaie egyrienne.

Il sortit une torche de son sac et l'alluma. Il se trouvait dans une grotte naturelle, une unique galerie s'ouvrait dans la paroi qui lui faisait face.

Le couloir était si étroit que deux hommes n'auraient pas pu marcher de front. D'imposants miroirs recouvraient la roche. Le Kadjïr observa son reflet pendant quelques instants. Il ne se reconnut pas. Les cheveux et la barbe nattés, teintés de rouge, les traits émaciés, il semblait aussi mauvais qu'un krabash, un vieux démon solitaire.

Une voix le fit sursauter.

« Allons, allons, fier guerrier.., Viens... Viens tenir compagnie à la vieille... très vieille Chosarpie qui se morfond... ici, tout en bas... »

Un courant d'air fétide comme l'haleine d'un mort le caressa. Il raffermit sa prise sur son arme et s'avança. Il s'arrêta sur le seuil d'une salle immense. Il apercevait quelque chose qui miroitait à deux ou trois cents mètres de lui.

« Le tombeau du roi Mëordone », songea-t-il.

Il fit un pas. Le sol craqua sous ses pieds comme s'il venait de marcher sur un tas de fagots. Il baissa les yeux. Les dalles disparaissaient sous un monceau d'os.

– Sangsoufre ! jura-t-il. Combien d'hommes sont morts ici ?

« La question est... qu'as-tu de plus qu'eux pour espérer survivre à la vieille Chosarpie ? » l'interrogea la voix.

Il regarda partout autour de lui, mais ne vit rien.

– Où êtes-vous ?

Un rire grinçant s'éleva dans la salle. Bëorndal ravala sa colère et sa peur et s'avança jusqu'au tombeau. L'imposant sarcophage était ouvert. À l'intérieur, le squelette de Mëordone reposait parmi d'innombrables trésors. Bëorndal avança la main jusqu'à toucher le heaume de l'ancien roi.

« Un seul objet ! tonna la Chosarpie. *Ainsi l'a voulu l'implacable Mëordone. Et pour le mériter... tu devras faire preuve d'esprit... Répondre à une de mes énigmes... Alors ? »*

– Posez votre énigme. J'y répondrai si je le peux.

« Tu le pourras, mais est-ce que ce sera la réponse tant attendue ? Dis-moi... dis-moi... oui oui... Dis-moi où réside le pouvoir d'un roi. »

– Est-ce là votre question ? s'étonna-t-il.

Elle garda le silence.

– Le pouvoir d'un roi réside dans sa volonté, sa force, son intelligence et dans le cœur de ses sujets ! cria Bëorndal. Mais je ne peux croire que ce soit là l'énigme qui fut fatale à tous mes prédécesseurs !

Il attendit quelques secondes dans le mutisme le plus absolu. Comme rien ne se passait, il voulut se saisir du heaume, pourtant il suspendit son geste au dernier moment.

Il perçut un sifflement de frustration. Finalement, sa main se referma sur la hampe d'un javelot de bronze. Selon les paroles d'un chant ancestral, l'arme avait été bénie par les trois Mèresprits de Hautcépages alors que Mëordone s'apprêtait à affronter un dragonydre.

« Le javelot... étrange choix... Oui, étrange choix, murmura la Chosarpie. *Pourquoi ? »*

– J'ai choisi, répliqua-t-il. Est-ce que je peux partir, maintenant ?

« Oh, non ! exulta la voix. *Oh ! Non ! La vieille Chosarpie a encore une question... Une bien belle question à laquelle tu dois répondre... »*

– N'ai-je pas répondu ce qu'il fallait ?

« Si... mon beau roi... mais il te faut maintenant gagner le droit de fuir mon antre... Écoute ! Quel est mon âge ? Je vais t'aider... Je suis vieille... Très vieille ! »

Bëorndal fronça les sourcils. C'était là une chose qu'il ne pouvait savoir. Si les légendes disaient vrai, la Chosarpie était aussi ancienne que les Mèresprits, peut-être même davantage.

– Je pense que tu l'ignores toi-même, déclara-t-il. Comment pourrais-tu connaître ton âge alors que tu n'as plus vu le soleil se coucher depuis des dizaines de siècles ! Sais-tu depuis combien de temps tu es enfermée ici ?

La Chosarpie resta silencieuse et il poursuivit :

– Tu ne peux poser de question à laquelle tu n'as pas de réponse. Mais j'accepte d'essayer d'y répondre quand même. À une condition, toutefois...

« Une condition ? » siffla la créature.

– Je veux que tu me montres ton visage.

« Mon visage... Tu veux le voir ?... Si longtemps que j'attends un bon repas... Après, répondras-tu ? »

L'homme acquiesça. Un silence s'ensuivit.

« Oui, oui... Après, je vais te dévorer bien vite... Lève ta torche, mon beau roi, et donne-moi un âge... »

Bëorndal comprit que la voix provenait du sommet de la voûte. Il leva la tête en brandissant sa torche à bout de bras. Il perçut un mouvement. Toute la voûte se mit alors à palpiter. Il y eut un bruit de succion et un liquide jaunâtre à l'odeur pestilentielle se répandit sur le sol. Le corps maigre et blafard d'une vieille femme s'extirpa de l'amas vivant. Le Kadjïr était à plus d'une dizaine de mètres en contrebas et ne distinguait pas bien le visage grimaçant qui le surplombait.

« Alors ? Dis mon âge ! DIS ! »

– Tu dois être vraiment très vieille, mais tu n'en es pas pour autant immortelle !

Bëorndal arma son geste et lança de toutes ses forces le javelot de bronze béni par les Mèresprits. L'arme traça une ligne scintillante dans l'air et transperça le tronc de la Chosarpie, lui arrachant le cœur. L'amas de chair qui tapissait la voûte fut pris de violentes convulsions et des dizaines de tentacules se mirent à fendre l'air aveuglément, faisant voler en tous sens les ossements. D'énormes rochers se détachèrent des parois.

Bëorndal se saisit du heaume du roi Mëordone et se rua vers le passage menant au Puits. Plusieurs fois, il dut abattre sa hache pour trancher les appendices qui le menaçaient. Lorsqu'il pénétra dans le corridor, la voûte du tombeau céda dans un grondement terrible. La violence du choc souffla les innombrables miroirs, criblant le Kadjïr de dizaines d'éclats. Bëorndal se retourna un bref instant. Les tentacules s'insinuaient entre les blocs de pierre qui obstruaient désormais l'ouverture. L'homme regagna la salle par laquelle il était arrivé. Il jeta sa torche sur le sol, accrocha sa hache dans son dos, empoigna la corde et se hissa à la force des bras. Il dépassa rapidement la voûte et s'engagea dans le boyau étroit menant à la surface. Prenant appui sur les aspérités de la paroi, il put s'aider de ses jambes. La sortie n'était plus bien loin. Il continua de grimper. Au moment où sa main se posait sur le muret du puits, un tentacule s'enroula autour de sa cheville. L'étreinte se resserra.

Alors qu'il était à bout de force, deux mains puissantes l'agrippèrent et le hissèrent. Il reconnut Logard.

– Attention, frère !

Bëorndal se retourna vers le Puits. Des tentacules noirs en jaillirent. Les deux Kadjïrs dévalèrent la paroi sans se retourner.

Quand ils furent au pied du pic, hors d'atteinte de la Chosarpie, Bëorndal ôta le heaume de sur ses épaules. Il se tourna vers ses guerriers.

– Que des cavaliers partent sur l'heure et clament de Marchefroides à Plainelacs que le heaume de Mëordone a été retrouvé et que le temps de la guerre est revenu !

31

Montriches, province kadjïre.

Chêneploie semblait ne plus vouloir arrêter de parler. Iloënn avait des fourmis dans les jambes et des crampes d'estomac. Il avait l'impression que le soleil avait disparu depuis des jours.

« Jeune Kadjïr, tu m'écoutes ? » l'interpella le Peuplebois.

L'enfant sursauta.

– Je... J'ai faim, avoua-t-il.

« Faim ? s'étonna Chêneploie. *Encore ? »*

Il se mit à grommeler en tapant ses mains comme des battoirs sur ses hanches saillantes.

« Je ne suis pas un arbre fruitier ! »

Finalement, il fit signe à son jeune protégé de le suivre et s'enfonça dans les bois. Il enjambait les rochers moussus qui saillaient du sol et semblait ne pas sentir les branches lui fouetter le visage ni les ronces lui lacérer les tibias. L'enfant s'élança à ses trousses.

– Où on va ? s'inquiéta-t-il.

« Voir un ancien habitant de la forêt qui en sait plus sur les petits humains que moi. »

L'enfant jeta un regard effrayé vers les fourrés alentour.

« Qu'y a-t-il ? » s'impatienta le Peuplebois.

– Vous n'avez pas peur des Ombreloups ? Mon père dit qu'il ne faut jamais marcher dans la forêt quand la lune est ronde.

« Peur ? » bruissa Chêneploie en tapant du pied.

C'était là sa façon de rire.

« Non, je n'ai pas peur. Les Ombreloups savent que le vieillard que je suis est bien trop coriace, même pour leurs dents aiguisées comme des herbefaux. »

Chêneploie esquissa un sourire énigmatique, hissa l'enfant sur ses épaules d'ébène et s'élança dans l'obscurité.

Rapidement, la tête d'Iloënn se mit à ballotter au rythme des enjambées du Peuplebois. Quand il rouvrit les yeux, ils étaient arrivés devant une cahute bancale et sans fenêtre. De la fumée s'échappait de la cheminée tordue comme le tronc d'un buis centenaire. Une odeur de cuisine flottait aux abords de la cabane.

Chêneploie posa son protégé sur le sol et s'en alla.

« Frappe et demande-lui l'hospitalité pour la nuit. Je repasse te prendre à l'aube prochaine. »

– Mais... vous ne restez pas ?

« Hum... Non ! Non ! Il n'aime pas trop les Peuplebois. Dis-lui simplement que tu es perdu. »

– Mais...

Chêneploie avait déjà disparu. La porte du taudis s'ouvrit à la volée. Un homme guère plus grand qu'Iloënn se tenait dans l'embrasure. Sa barbe sale et broussailleuse touchait presque le sol de terre battue. Son regard disparaissait derrière des sourcils pareils à de grosses chenilles. Il tenait à la main une petite hache au tranchant émoussé.

– Fendrebois ! Qu'est-ce que tu fais là, gamin ? T'as envie de nourrir les Ombreloups ? Tu sais donc pas qu'il ne faut pas marcher dans la forêt quand la lune est pleine ?

– Si.

– Alors comment ça se fait que tu sois planté là ? C'est une Mèresprit qui t'a déposé ici ?

– Non... je me suis perdu.

– Tu n'as pas de chance, petit. Tu serais passé hier soir, j'aurais été d'humeur à t'aider, mais pas aujourd'hui. Je ne peux rien pour toi. Repasse demain.

Et il referma la porte aussi sec.

Iloënn resta un long moment à guetter les bruits de pas à l'intérieur de la cahute.

Il y eut un léger raclement derrière lui. Il se retourna lentement. Deux yeux jaunes le fixaient intensément. Un grognement sourd le terrorisa.

L'ermite rouvrit la porte et s'avança. Il lança un morceau de viande dans les fourrés.

– Attrape ça, vieille carne ! s'écria-t-il. Tu ne peux pas t'empêcher de venir rôder dans le coin quand je fais un civet, hein ?

Les yeux jaunes disparurent aussitôt et l'ermite essuya ses mains graisseuses sur sa barbe. Il rit et s'apprêta à rentrer chez lui.

– T'es encore là, toi ? s'étonna-t-il en avisant Iloënn. Hum... Tu dis que t'es perdu ?

L'enfant acquiesça.

– Ça serait pas encore un tour de ces maudits Peuplebois, par hasard ?

– Non, monsieur. Des femmes ont attaqué mon village et...

– Lladul, appelle-moi Lladul, le coupa l'ermite. T'aimes le civet de giphe ?

Iloënn hocha la tête.

– Alors viens goûter ma sauce, gamin, s'exclama Lladul avec une allégresse enfantine.

Iloënn le suivit. L'intérieur de la cabane était encore pire que ce que laissait présager l'extérieur. Les quelques meubles étaient vermoulus et recouverts d'une couche de graisse luisante, le sol était jonché de détritus et d'immondices en décomposition, le lit, une simple banquette, disparaissait sous un monticule d'objets divers. Pas moins de sept fait-tout cabossés mijotaient sur la cuisinière. Il y avait assez de nourriture pour toute une famille des Plainelacs, pourtant il n'y avait ni table, ni chaise nulle part. Iloënn se mit dans un coin sans toucher à rien.

– Tu es un Kadjïr ? l'interrogea Lladul.

– Mon père est le chef du clan des Bas Plateaux.

– Tu es le fils de Bëorndal, le roi des Montriches ? s'étonna l'ermite.

– Comment vous savez ça ? s'écria Iloënn.

– Le Gardien des Pierres n'est-il pas censé tout connaître ? répondit l'homme en goûtant une sauce noire.

L'enfant ouvrit grand la bouche de stupeur. Cet homme prétendait être le Gardien des Pierres, celui qui veillait les âmes des Druides défunts.

– Je ne vous crois pas ! s'écria Iloënn. Vous êtes sale, laid et vous puez. Le Gardien des Pierres est vêtu de blanc et sa barbe est fleurie ! Il se nourrit du chant de la nature...

– ... Et ses pets sentent le col-roi à l'orange, termina Lladul. Je sais tout ça. Mais il ne faut pas croire toutes ces balivernes, gamin.

– Vous mentez ! Vous n'êtes pas le Gardien !

– Demain, je t'emmènerai avec moi jusqu'aux pierres dressées sous lesquelles reposent les âmes des Druides. De toute façon, je devais y aller pour désherber. Tu m'aideras.

Iloënn ne lui répondit pas. Lladul se retourna pour balayer la pièce du regard, ce qui fut assez rapide, compte tenu de l'exiguïté des lieux.

– Tu n'auras qu'à débarrasser la banquette pour t'y allonger.

– Et vous ? s'étonna l'enfant.

– Je ne dors pas là, petit. Je... j'ai quelques vieilles amies à visiter.

Il se pencha et sortit tout un assortiment de cantines de sous la cuisinière. Il les remplit des différents mets qui mijotaient et en tendit une à Iloënn.

– Mange ça ! C'est du Peuplebois en petits fagots !

L'enfant se saisit de la gamelle, d'une grosse cuillère qu'il essuya sur ses braies, et goûta le civet de giphe.

– C'est très bon.

– Je savais que t'aimerais ! s'exclama l'ermite avec un large sourire de satisfaction.

Il passa ses cantines en bandoulière dans un bruit de carillon et se tourna vers Iloënn.

– Ferme derrière moi, gamin, et n'ouvre à personne tant que l'aube ne sera pas levée.

– Même pas à vous ?

– Même pas à moi. Du moins pas tant que la lumière du jour ne filtrera pas sous la porte. Et ne crains rien. Ici, tu es en sécurité.

Il s'apprêtait à sortir, quand l'enfant l'interpella.

– Tout à l'heure... Dans les fourrés... C'était un Ombreloup ?

– L'animal à qui j'ai jeté un morceau de viande ?

Iloënn acquiesça.

– Non, non, c'était juste un vieux blaireau acariâtre qui n'est plus assez vif pour chasser. Bon, il faut que j'y aille.

Il décrocha la lampe à huile du plafond et s'en servit pour allumer une bougie qu'il posa sur un coin du buffet.

– Et surtout, n'oublie pas : n'ouvre à personne, répéta-t-il en sortant.

Iloënn se retrouva dans une pénombre vacillante. Il se leva et tira la targette pour verrouiller l'entrée. Puis il débarrassa avec précaution la banquette et se coucha, les genoux repliés contre sa poitrine, les yeux rivés sur la flamme de la bougie.

Il se réveilla en sursaut quelques heures plus tard ; la bougie s'était éteinte et le froid était piquant. Il tira la couverture graisseuse sur ses épaules. Dehors, la forêt s'agitait de rumeurs inquiétantes. Des animaux semblaient rôder autour de la cabane. La porte branla. Iloënn songea que ça devait être le vent. Il attendit, osant à peine respirer. Il perçut un suintement de voix, puis le silence revint. Une odeur de terre retournée flottait dans la pièce. L'enfant mit un long moment avant de se rendormir.

Quand il rouvrit les yeux, quelqu'un tambourinait après la porte de la cabane. De la lumière filtrait sous le panneau de bois.

– Ouvre, gamin ! déclara la voix de Lladul. Dépêche-toi, le soleil est déjà haut !

Iloënn se frotta les yeux et se leva pour ouvrir. L'ermite s'engouffra dans la pièce. Il posa ses cantines, vides, et prit quelques outils pour désherber, un gros morceau de pain et une longue saucisse sèche. Il fourra le tout pêle-mêle dans sa sacoche.

– J'espère que tu n'as pas oublié que tu devais m'aider à débroussailler les cercles de pierres ! lança-t-il à son jeune hôte. On déjeunera en cours de route.

Iloënn enfila ses chausses et sortit à la suite de Lladul. Il se figea quelques mètres plus loin en se souvenant que Chêneploie devait venir le rechercher à l'aube.

L'ermite avait déjà disparu.

– Alors, gamin ! cria-t-il. Tu veux les voir, ces fichus cercles de pierres ?

Iloënn se mordit la lèvre et finalement rattrapa Lladul. Le Peuplebois patienterait.

Ils s'enfoncèrent pendant plusieurs heures dans la forêt. Ils croisaient de plus en plus souvent des tumulus recouverts d'un lichen sec qui tombait en haillons jusque sur le sol. Chaque fois, l'ermite continuait son chemin sans un regard pour les édifices plusieurs fois millénaires. Bientôt, ils cheminèrent sur un sentier pavé qui disparaissait en partie sous la mousse et les feuilles. Les arbres s'élevaient de plus en plus haut et leurs troncs étaient désormais trop larges pour que deux hommes se tenant par la main puissent en faire le tour. Même les guerriers les plus courageux ne s'aventuraient jamais aussi loin.

Ils avaient pénétré dans la Sylvemère. Le cœur et l'âme de la forêt ancienne.

– Sais-tu que tu es le second petit garçon à venir ici depuis des décennies ? lança Lladul.

Iloënn attendit que l'ermite continue.

– Il était un peu plus âgé que toi et c'était un morveux de la pire espèce. Je l'ai retrouvé errant sur ce chemin. Quand je l'ai interpellé, il s'est retourné et m'a fait signe de décamper. Je crois bien qu'à l'époque j'ai hésité entre rire et le foudroyer sur place.

– Et vous l'avez foudroyé ? l'interrogea l'enfant.

– Je ne crois pas... Non. Sinon, tu ne serais pas là aujourd'hui.

Iloënn s'arrêta en fronçant les sourcils, cherchant à comprendre le sens des paroles du vieil homme.

– C'était ton père, petit, révéla Lladul avec un large sourire. Bëorndal, fils de Loardal, chef du clan des Bas Plateaux et roi des Montriches. Il m'a dit qu'il voulait apprendre la langue du Peuplebois pour demander de l'aide aux Mèresprits et chasser l'envahisseur. J'ignore comment il était arrivé jusqu'ici sans se faire dévorer par les Ombreloups ou les Âmefols.

– Mon père n'a peur de rien, c'est un grand guerrier ! déclara Iloënn avec force.

« Mais ce n'était pas un grand Druide. »

L'ermite avait utilisé une langue ancienne depuis longtemps oubliée. Pourtant l'enfant en saisit le sens et répliqua :

– Moi, je serai un grand Druide !

Lladul fronça ses gros sourcils, surpris, mais ne fit pas de remarque. Il se remit à marcher.

– La route est encore longue, déclara-t-il. Nous ferions bien de nous hâter, si nous voulons être revenus avant la nuit.

Iloënn perçut tout d'abord un brouhaha sans plus de sens que le clapotis d'un ruisseau. Puis les mots se détachèrent les uns des autres jusqu'à former une litanie douce et envoûtante.

– Écoute-les ronchonner ! s'agaça Lladul. Entends-les me reprocher que je ne m'occupe pas assez d'eux. Ah ! Moi, je dis qu'ils n'ont aucune reconnaissance.

Ils gravirent un raidillon et l'ermite s'arrêta quelques instants au sommet pour reprendre son souffle. Iloënn put alors contempler les centaines de pierres disséminées en cercles concentriques qui se dressaient dans le vallon à la manière d'une forêt pétrifiée. Quelques rares nappes de brume s'attardaient autour de certaines d'entre elles. Le lierre avait envahi une trentaine de pierres en périphérie du champ mégalithique.

– Saleté de lierre ! cracha Lladul. Vous n'en avez pas fini avec lui d'un côté, qu'il repousse d'un autre. Ça ne m'étonnerait qu'à moitié que ce soit encore un tour des Peuplebois ! On va déjeuner et après on s'y met. Entendu ?

L'enfant acquiesça. Ils mangèrent la saucisse avec du pain, étanchèrent leur soif à un petit ruisseau. Puis ils s'armèrent chacun d'une faucille et s'avancèrent vers les pierres prisonnières du lierre.

Les deux compagnons étaient en sueur quand Lladul jugea nécessaire de faire une pause. Le soleil était déjà haut dans le ciel. Ils s'avancèrent au bord du ruisseau et finirent la saucisse en discutant.

– Et les âmes des Druides reposent vraiment sous ces pierres ? demanda Iloënn.

– En fait, elles circulent dessous.

– Et... si les pierres étaient détruites ? Si les cercles étaient brisés ? Que se passerait-il ?

Lladul prit une profonde inspiration avant de répondre.

– Je suppose que les âmes des Druides seraient alors obligées de quitter ces bois.

– Pour aller où ?

L'ermite haussa les épaules avec indifférence.

– Je crois que je vais faire un petit somme. Mais si tu veux continuer à enlever le lierre, surtout ne te gêne pas.

Il s'allongea sur le sol, cala sa tête sur sa besace et s'assoupit rapidement. Iloënn attendit un moment, puis, ne sachant que faire, il reprit sa serpe et se remit au travail. Au bout d'un moment, alors qu'il ne prenait plus garde au chuchotement des voix, il crut percevoir un nom qu'il avait déjà entendu. Il tendit l'oreille.

« Lyrmihyl, entendit-il à nouveau. *Viens, approche. »*

« Lyrmihyl », c'était ainsi que Moreänne, la Mèresprit, l'avait appelé.

« Passe le tertre effondré que nous puissions te contempler à nouveau. »

L'enfant remarqua alors un antique monument funéraire qu'il avait pris pour une butte de terre. Il s'avança avec circonspection. La voix l'encouragea. Elle était différente des autres. Elle semblait émaner d'une gorge asséchée. Iloënn s'aida de ses mains pour escalader le tertre et se redressa. Il vit alors, parmi les broussailles et la végétation dense, des pierres sacrées laissées à l'abandon. La voix s'était tue. Poussé par la curiosité, il sauta en contrebas de l'édifice et se fraya un chemin à travers les ronces aux épines acérées. Il effleura de la main l'une des pierres.

« Libère-nous, Lyrmihyl ! », cria la voix.

L'ordre retentit dans sa tête au point de faire chanceler. Il se boucha les oreilles, mais le geste était vain. Des centaines d'autres voix s'élevèrent à leur tour. Il se mit à hurler pour les supplier de se taire, mais la cacophonie redoubla d'intensité. Il tomba à genoux en gémissant et perdit connaissance. Il ne sentit même pas les bras puissants de Lladul le saisir et l'emporter.

Quand Iloënn reprit ses esprits, l'ermite finissait de nettoyer les dernières pierres recouvertes de lierre. Le soleil encore haut redescendait lentement.

Lladul contempla son travail d'un œil expert et se retourna vers l'enfant.

– Alors, gamin, ça va ?

Iloënn se redressa sur ses coudes. Ses oreilles bourdonnaient et il avait mal au crâne.

– Que s'est-il passé ?

Lladul commença à rassembler ses affaires.

– Tu t'es trop approché du Cercle maudit. Les âmes qui rôdent là-bas sont pleines de haine. J'aurais dû te mettre en garde.

– Elles... elles m'ont dit qu'elles voulaient qu'on les libère.

L'ermite fixa l'enfant du regard.

– Vraiment ? Es-tu certain que c'était ce qu'elles voulaient ?

Iloënn acquiesça.

– Qui es-tu réellement, mon garçon ? murmura le vieil homme. Ne me dis pas que c'est le hasard qui t'a amené devant ma porte. Tu comprends la langue des Druides... Les âmes du Cercle maudit te demandent de les libérer. Dis-moi la vérité, maintenant.

Iloënn baissa les yeux.

– C'est Chêneploie qui m'a dit de vous mentir.

– Ah ! Ce vieux buisson intrigant, ça ne m'étonne pas de lui.

– Il a dit que vous n'aimiez pas les Peuplebois, mais que vous pourriez m'aider si je disais que je m'étais perdu.

– Et que faisais-tu en compagnie de ce fagot prétentieux ?

Iloënn raconta alors à l'ermite l'attaque de son village et sa fuite dans les bois.

– Après, je me suis endormi, poursuivit-il. Le lendemain, j'ai marché jusqu'à la Sourcevie.

– C'est là que tu as vu Chêneploie ?

– Oui, mais d'abord j'ai parlé avec la Mèresprit.

– Morëanne ? Tu lui as parlé ?

L'enfant acquiesça.

– Elle m'a appelé Lyrmihyl et elle a disparu. Chêneploie est arrivé à ce moment.

– Lyrmihyl, répéta Lladul, troublé. Est-ce possible... Son âme peut-elle vraiment s'être réincarnée en toi ?

– Les âmes du Cercle maudit, pourquoi sont-elles mauvaises ? l'interrogea l'enfant.

– Elles ne sont pas mauvaises, rectifia Lladul. Elles sont simplement pleines de colère.

– Pourquoi ?

– Parce que ce sont les âmes des Druides assassinés par les troupes egyriennes.

Iloënn se souvint alors de l'histoire du peuple kadjïr que son père lui avait racontée.

– Et elles veulent se venger ?

– Je le suppose.

– Alors il faut les libérer pour qu'elles chassent les envahisseurs !

– Non. Seul un Druide est en mesure de les guider. Sans guide, leurs esprits s'égareraient comme une volée de grivelunes effrayées.

– Mais... si elles m'ont demandé de les libérer, c'est que j'ai peut-être le pouvoir de les guider.

L'ermite fit mine de réfléchir.

– Non, je ne crois pas que tu en sois capable, pas encore du moins. Il faut rentrer maintenant.

Mais Iloënn ne bougea pas.

– Je t'ai dit de venir ! s'agaça le vieil homme. Qu'y a-t-il encore ?

– Vous n'avez jamais essayé de les libérer ?

– Non.

– Je croyais que vous étiez un Druide !

– Qui t'a mis cette bêtise en tête, mon garçon ?

– Vous êtes si vieux...

– J'ai bien quelques pouvoirs, mais je ne suis pas un Druide. Allons, viens.

Iloënn le rattrapa. Lladul attendit de s'être éloigné du champ de pierres pour parler.

– C'était il y a longtemps. J'avais été choisi par ceux de mon clan pour devenir un Druide et c'est un vieux sage qui a fait mon éducation.

– C'était Lyrmihyl ?

– Tu as deviné juste. C'était bien lui. Il m'a enseigné tout ce que j'avais à savoir, mais au moment de mon initiation rien ne s'est déroulé comme prévu. Vois-tu, petit, un Druide doit pouvoir transformer le souffle de la terre en une mélodie capable d'éveiller les puissances de la nature.

– Un peu comme la flûte qui ensorcelle le serpent ?

– Oui, un peu comme la flûte qui ensorcelle un serpent.

– Et vous n'y êtes pas arrivé ?

– Non. J'ai été incapable de restituer la force que la nature avait placée en moi. Elle est restée coincée dans mon corps. J'ai tout essayé pour l'en extraire, mais rien n'y a fait. Certains m'ont accusé d'Abomination. Alors je me suis enfui. Je suis resté caché si longtemps que, quand je suis ressorti, tous ceux que je connaissais étaient morts de vieillesse. J'ai su alors que j'étais maudit.

– C'est à cause du pouvoir qui est en vous que vous ne vieillissez pas ?

– Je suppose. Puis, un jour, Moreanne est venue me trouver et m'a confié la charge d'entretenir les Cercles de Pierres. Je suis devenu le gardien de ce lieu sacré. Mais les Peuplebois n'ont jamais accepté ma présence. Pour eux, je suis une sorte d'ogre qui ne devrait pas vivre parmi eux.

– C'est pour ça que vous ne les aimez pas ?

– Au fil des ans, la haine devient réciproque, petit.

– Vous pourriez m'apprendre à devenir un Druide ?

– Allons, tais-toi maintenant. Je ne suis plus d'humeur à discuter.

Ils continuèrent en silence et allongèrent le pas comme le soleil déclinait rapidement.

32

Province morhiane.

O'Oshë, le Tisseur de la tribu des Alaïkans, regardait Oran Neyto s'éloigner.

– Comment peut-on comprendre les Manenkols ? murmura-t-il. Eux-mêmes ne se connaissent pas.

Kanaopao lui avait demandé de venir en aide au peau-blanche, pourtant O'Oshë ne pensait pas que c'était une bonne chose de lui avoir sauvé la vie. Il avait lu les fils dc sa destinée, et ce qu'il avait vu l'inquiétait. Le Manenkol était déchiré entre l'ombre et la lumière, comme un fils entre ses deux parents. Nul ne pouvait dire de quel côté allait pencher son cœur quand l'heure du choix viendrait. Le premier chemin conduisait aux larmes et à la damnation, mais également à un pouvoir incommensurable. Un pouvoir pouvant faire basculer l'Équilibre du monde et arrêter à jamais la marche du Grand Tout. L'autre chemin était plus périlleux. La mort était à tous les embranchements, la souffrance et la haine derrière chaque virage, le désespoir sous chaque pierre. Et au bout, quelques joies éphémères et beaucoup de solitude.

– Pourquoi choisirait-il le second chemin ? demanda le Tisseur à son Katonga.

« Parce que c'est un Manenkol », répondit l'Esprit égaré, énigmatique.

O'Oshë retira de sous son armure d'écailles un aoki en tout point semblable au colifichet qu'il avait offert à Oran afin de le protéger contre son Otenka. La coquille nacrée s'irisa sous les rayons du soleil.

Le Tisseur avait mélangé une goutte de son propre sang à l'eau sacrée et aux cendres de l'aoki du Manenkol. Avec l'aide de son

Katonga, il pourrait ainsi pénétrer l'esprit du peau-blanche et l'aider à faire son choix.

Il leva les yeux au ciel et monta sur son épeuch qui tenta de lui trancher les jarrets à grands coups de bec. Le Tisseur le repoussa à l'aide de la hampe de sa lance-tonnerre. Finalement, le volatile se mit à courir vers l'est. Vers la Cité éternelle des Manenkols.

33

Ishama.

– Pourquoi m'avez-vous fait venir ici, maître? demanda Sadre'Sïr'Issa au noble roëlien.

Ils étaient dans l'une des pièces d'un vaste bâtiment. Au mur étaient accrochés les tableaux des impératrices qui s'étaient succédé depuis près de cinq siècles.

Korian'Lor'Kald désigna le portrait d'Ankahana, dernière héritière de la dynastie, et celui d'une de ses aïeules morte depuis près d'un siècle et demi. Trois tableaux séparaient les deux femmes.

– Regarde-les attentivement et dis-moi ce que tu en penses.

– Que suis-je censé voir? l'interrogea Sadre'Sïr'Issa, n'y pouvant plus tenir, les yeux larmoyant à force de concentration. Ces vieilles croûtes me rebutent!

– Tu es vraiment un rustre, mon ami. Ne vois-tu pas que le portrait d'Ankahana et celui de cette ascendante-ci ont été faits par le même peintre, un peintre mort depuis plus d'un siècle!

– Mais... c'est impossible, s'exclama le serviteur. (Son regard allait d'une toile à l'autre.) C'est pourtant vrai. Comment cela se peut-il?

– J'ai bien une idée, mais elle me déroute quelque peu. Conduis-moi à la bibliothèque impériale. Je pense que je trouverai là-bas de quoi étayer mes doutes.

La bibliothèque impériale était un bâtiment en pierre, haut d'une dizaine de mètres, large d'une trentaine et profond du double. Les fenêtres étaient étroites et grillagées. Ils poussèrent la lourde porte d'entrée et se trouvèrent face à un vieillard assis derrière un énorme secrétaire.

– Nous voudrions obtenir certaines informations, déclara Korian'Lor'Kald. Nous sommes mandatés par le Parlement des Sages pour mener une enquête.

– Je suis au courant, répondit le vieil homme. Votre serviteur ici présent est déjà passé. Que recherchez-vous ?

– Je voudrais consulter les bibles historiques relatant les jours précédant le couronnement des trois dernières impératrices.

Le vieillard descendit de sa chaise, prit sa canne et fit signe aux deux compagnons de le suivre.

Ils pénétrèrent dans un dédale de rayonnages qui s'élevaient à six ou sept mètres du sol. Des centaines de milliers de livres étaient rangés côte à côte.

– Alors, marmonna le vieillard, il s'agit maintenant de mettre la main sur ce que vous cherchez.

– J'en étais certain ! triompha le noble roëlien alors que la nuit était tombée depuis plusieurs heures.

Sadre'Sïr'Issa et le vieux bibliothécaire approchèrent.

– Avant chacun des trois derniers couronnements, des dizaines de proches de l'impératrice sont morts. Lors du premier, ils ont été accusés d'hérésie par les brûle-supplices. Pour le second, ils ont été victimes d'une terrible maladie, et pour celui d'Ankahana ils ont été simplement empoisonnés. À chacune de ces passations de pouvoir, tout s'est déroulé comme si l'impératrice avait voulu faire disparaître les seuls témoins capables de l'identifier.

Korian'Lor'Kald se tourna vers le bibliothécaire.

– Dis-moi, as-tu déjà vu l'impératrice à visage découvert ? l'interrogea-t-il.

– Non, jamais. Seuls les gens invités au Temple Mère ont déjà contemplé son visage.

– A-t-elle un enfant ?

– On le dit. Une fille. Celle-ci doit avoir dans les treize ans maintenant.

– A-t-elle déjà été présentée au peuple d'Ishama ?

– Non... Non, je ne crois pas.

Soudain, un bruit provint du hall d'entrée.

– Qui peut bien venir à cette heure-ci ? s'étonna le bibliothécaire.

Puis, plus haut, il ajouta :

– J'arrive !

Sadre'Sïr'Issa attendit que le vieillard ait disparu au coin du rayonnage voisin avant de se tourner vers son maître.

– Je crois que j'ai compris ! murmura-t-il. Vous pensez qu'Ankahana est née il y a cent trente-sept ans et que depuis elle cache son incroyable longévité en massacrant ses proches et en prenant la place de sa fille. C'est pour cela que les deux tableaux étaient du même peintre. Ankahana a été immortalisée sur la toile il y a plus d'un siècle !

– Oui, et je crois que nous ne sommes pas au bout de nos surprises...

Au même instant, un hurlement retentit dans le hall d'entrée. Puis le silence retomba.

– C'était le bibliothécaire, chuchota Korian'Lor'Kald. Je pense que nous allons devoir défendre nos vies, ajouta-t-il en prenant son pistolet dans une main et la lanterne dans l'autre.

Sadre'Sïr'Issa sortit deux lames courtes et recourbées de sous son vêtement, un rictus figé sur le visage. Korian'Lor'Kald perçut un bruit de pas dans son dos. Il brandit sa lanterne derrière lui. Il crut discerner une ombre furtive.

Le peu de lumière nocturne qui pénétrait par les fenêtres grillagées ne suffisait pas à éclairer les allées délimitées par les rayonnages. Le noble se rappela alors les paroles de Saya, la domestique à son service, après qu'on l'avait agressée.

« Il n'avait pas de visage. C'était un Bahakaya, un démon des ombres. »

– Sadre, prends garde. Je crains que nous n'ayons pas affaire à un adversaire ordinaire. Nous allons essayer d'atteindre la sortie. Tu saurais nous faire sortir de ce labyrinthe ?

– Cela semble être ma spécialité même, acquiesça le serviteur.

Korian'Lor'Kald leva la tête. Une créature ramassée et malveillante était perchée au sommet du rayonnage qu'ils longeaient. Son regard jaune était posé sur eux. Au moment où le noble la mit en joue, elle s'esquiva, se fondant dans la pénombre.

– Il y en a plusieurs, murmura Sadre'Sïr'Issa. Trois, peut-être quatre.

Il s'arrêta quand un livre tomba à ses pieds. Le bruit se répercuta dans la salle.

– Elles ne devraient pas jouer à ça avec moi, grogna le vieux serviteur.

– Ne t'emporte pas, mon ami, le pria le noble d'une voix égale en couvrant leurs arrières.

Soudain, la créature se dressa devant lui sans qu'il l'ait vue ni entendue approcher. Les griffes du démon lacérèrent son manteau de cuir sans trouver sa chair. Il tira au jugé. La balle de plomb s'enfonça dans la gorge de son adversaire qui hoqueta avant de s'abattre sur le sol.

Le noble jeta un regard à la créature étendue par terre. Elle était de grande taille. Son visage était tout en cornes et en crocs. Néanmoins, il possédait une certaine ressemblance avec celui d'un être humain. Son corps glabre et famélique était noir comme du cirage, les contours en étaient flous. Par moments, il semblait se fondre dans les ombres jusqu'à disparaître. Korian'Lor'Kald comprit pourquoi il ne l'avait vu qu'au dernier instant.

– Une chance que vous l'ayez tué du premier coup, maître, chuchota Sadre'Sïr'Issa.

– Ça ne l'a pas empêché de ruiner mon pardessus, répliqua le noble. Allons, ne perdons pas de temps.

Il remit son arme déchargée dans son étui et dégaina sa longue épée. L'allée était trop étroite pour pouvoir s'escrimer avec aisance. Il devrait frapper principalement d'estoc.

– La prochaine fois, ils vont attaquer sur plusieurs fronts en même temps, déclara le serviteur.

– En es-tu certain ?

– Leur comportement est celui d'une meute de prédateurs.

– Alors nous allons changer la donne, déclara Korian'Lor'Kald.

– Que proposez-vous ?

– Sais-tu ce qui brûle mieux que du papier ?

– Non.

– Alors cours, mon ami ! s'écria le noble en versant l'huile de sa lanterne sur les reliures les plus proches.

Rapidement, un malstrom de flammes rugissantes léchèrent la voûte du bâtiment, illuminant la pièce jusque dans les recoins les plus reculés.

– Ainsi, nous avons maintenant le choix de notre mort, hurla Sadre'Sïr'Issa pour se faire entendre.

– Crois-tu que ce soit le moment pour les sarcasmes ? l'interrogea Korian'Lor'Kald en grimaçant à cause de son arthrite au genou.

Deux créatures dont la présence avait été dévoilée par la lumière aveuglante se ruèrent sur eux. Les deux compagnons s'adossèrent l'un à l'autre.

Korian se mit en garde, la lame levée devant son visage, un bras dans le dos. Le noble roëlien feinta, esquiva, feinta à nouveau avant de porter une estocade au pied. Il cloua la créature au parquet avant de se désengager d'un pas chassé réglementaire. Il se remit en garde, un bras dans le dos, prêt pour une seconde passe.

Sadre bondit en avant. Il esquiva l'attaque de la seconde créature avec une agilité inhumaine et la contourna. Le démon se retourna en frappant à la volée, mais ses griffes se refermèrent dans le vide. Le serviteur avait disparu.

– Je t'avais dit de ne pas jouer avec moi, murmura Sadre en se laissant tomber de l'étagère sur laquelle il était perché.

Il abattit son poignard. Il assura sa prise et retira d'un mouvement brusque sa lame. Les crans acérés arrachèrent les chairs corrompues. La créature lâcha un hurlement effroyable avant de se contorsionner sur le sol.

Pendant ce temps, Korian avait blessé son adversaire à trois reprises en ne subissant aucun revers. Soudain, les rayonnages consumés par le brasier s'effondrèrent.

Les deux compagnons durent courir pour échapper à la fournaise galopante.

Les poumons en feu et les yeux larmoyants, ils débouchèrent dans le hall. Ils sortirent du bâtiment et ne s'arrêtèrent qu'à bonne distance de la bibliothèque. Les flammes s'échappaient des fenêtres et venaient lécher la toiture. Puis la charpente céda. Des braises volèrent sur plusieurs dizaines de mètres à la ronde, incendiant à leur tour quelques constructions de moindre importance.

L'alerte retentissait dans tout le palais.

– Éloignons-nous, mon ami, murmura Korian'Lor'Kald en reprenant son souffle. Je ne veux pas être mêlé à tout ça.

– Mais ces créatures ont tout de même tenté de nous tuer, s'insurgea Sadre'Sïr'Issa. Allons-nous faire comme si rien ne s'était passé ?

– Exactement. Tenter de confondre l'impératrice ne nous mènerait pour l'instant à rien ou pire encore. De plus, ce brasier ne va pas laisser grand-chose de nos agresseurs. Sans preuve, je ne vois pas ce que nous pourrions faire. Prenons quelques heures de repos et demain à l'aube nous nous rendrons à la Faculté des Sciences occultes.

– Pour quelle raison ?

– Ne m'as-tu pas dit qu'ils avaient gardé quelques cadavres momifiés des démons qui avaient pendant un temps infester la citadelle dominant Ishama ?

– Vous pensez qu'il pourrait s'agir des mêmes créatures que celles qui nous ont attaqués ?

– Nous verrons, mais c'est une possibilité.

34

Province morhiane.

Cela faisait quatre jours qu'Oran avait quitté O'Oshë, le Tisseur de la tribu des Alaïkans, pour continuer sa route vers Coradj. Il n'avait pas rencontré d'autre presque-humain et le limier qui l'avait poursuivi depuis Marane semblait avoir perdu sa piste.

Depuis deux jours, il suivait le lit du fleuve qui reliait Marane à Coradj. Une herbe grasse et des arbustes fleuris recouvraient les berges. De nombreux troupeaux de bovins broutaient paisiblement sur cette bande de terre fertile sans jamais dépasser la limite marquée par un muret en pierres sèches. Au-delà de cette frontière érigée par l'homme s'étendait jusqu'à l'horizon un désert aride.

Oran marchait depuis l'aube quand les premières demeures de Coradj rompirent la monotonie du paysage. Il avait les pieds en sang et les traits creusés. Malgré cela, il repéra une colline dominant la ville et entreprit de la gravir.

Quand il parvint au sommet de l'escarpement rocailleux, il fut émerveillé devant la magnificence de la capitale morhiane.

Au centre de l'agglomération trônait la gare, un gigantesque édifice dont le dôme recouvert de feuilles d'or dominait la cité. Les pavés des avenues et les murs des habitations avoisinantes prenaient par instants un reflet doré. Des statues de héros oubliés, aussi hautes que des titans, siégeaient sur des places aux proportions démesurées. Les habitations cossues mêlaient la pierre et le bois dans un enchevêtrement baroque et désuet. Les places et les parvis des édifices publics se paraient d'immenses mosaïques chamarrées dont les motifs tourmentés semblaient danser une gigue effrénée.

Le lit du cours d'eau traversant Coradj avait été scindé en une multitude de canaux qui sillonnaient la cité, découpant les quartiers en formes géométriques. L'agglomération avait l'aspect fragmenté d'un glyphe aïkan.

Les toitures d'ardoise s'irisèrent sous l'effet d'une bourrasque de vent chargée d'humidité.

Un panache de fumée blanche s'éleva à l'est et l'écho d'un sifflement se perdit sur les reliefs alentour.

– Il est à l'heure pour une fois ! s'exclama une voix chevrotante.

L'Egyrien tourna la tête. Un vieil homme, aussi desséché et noueux que l'arbre contre lequel il était adossé, contemplait la cité. Il suivit les volutes de fumée des yeux jusqu'à ce que le vaisseau à vapeur s'engage sous le dôme de la gare, puis il tourna son attention vers Oran. Il tira une bouffée de sa pipe en corne, cracha sur le sol et se remit à observer Coradj.

– Tu es d'ici, l'ancêtre ? l'interrogea l'Egyrien.

– Autant que ce peut.

– Pourquoi ne rentres-tu pas chez toi ? La nuit va tomber.

– Ma fille a ramené cet Elyrien sous mon propre toit, répondit le vieil homme avec une grimace de dégoût. Un ancien mahadjïr, qui plus est.

Il cracha à nouveau et tira une profonde bouffée sur sa pipe.

– Tu comptes passer la nuit ici ? lui demanda l'Egyrien.

Le vieillard haussa les épaules avec indifférence.

Oran décida d'attendre l'aube pour se rendre à Coradj. Il sortit quelques provisions et mangea avec appétit alors que le soleil se couchait.

Au bout d'un moment, il sentit le regard du vieil homme s'appesantir sur lui. Il entendit même son ventre émettre un gargouillis pitoyable.

Finalement, le vieillard se leva en grommelant, dévala la colline et disparut dans les rues de l'agglomération.

Oran dormait profondément quand il sentit une présence à ses côtés. O'Oshë était assis en face de lui, il chantait. Dans le dos du Tisseur se dressait la silhouette de son Katonga. Il s'agissait d'un animal à la fourrure grise, puissamment bâti.

– Ici, la trame de ta destinée s'effiloche. Un danger te guette. Prends garde, l'avertit l'Alaïkan.

Puis le rêve se brouilla et l'Egyrien se réveilla. Il perçut un bruit de pas. Un homme venait vers lui, courbé en deux. Il portait des vêtements de voyage et il était armé d'un cotj'an dont la lame reflétait par moments la pâleur de la lune. Oran devinait ses yeux dans la pénombre.

« Le limier, songea-t-il en se raidissant. Il a retrouvé ma piste. »

L'homme n'était plus qu'à quelques mètres de lui.

L'Egyrien sortit lentement son coutelas et attendit qu'il se rapproche davantage. Il savait que les limiers étaient d'implacables combattants. Il ne pensait pas avoir l'avantage dans un combat dans les règles.

Il fit mine de dormir, les paupières mi-closes, s'efforçant de respirer lentement. Puis, au dernier moment, il détendit le bras. L'arme décrivit un large arc de cercle à ras de terre.

L'homme sauta de côté un instant trop tard. La lame d'Oran lui trancha le tendon du mollet. Il s'effondra sur le sol dans un grondement de douleur et de surprise.

Il tenta de se redresser sur une seule jambe, une expression de haine sur son visage aquilin.

– Approche ! grogna-t-il en levant son arme devant lui.

Oran perçut le sifflement d'impatience d'un épeuch rouge au pied de la colline. Il rejoignit le volatile sans se presser. Il sortit le fusil à détente du limier de son étui, vérifia qu'il était chargé et remonta la pente d'un pas alerte. L'homme essayait de s'enfuir, clopinant maladroitement. Dans sa précipitation, il perdit l'équilibre, chuta et roula sur quelques mètres. L'Egyrien le rattrapa, pointa le fusil vers son visage et appuya sur la détente.

Oran pénétra dans Coradj avant que le soleil ne soit levé. Les alentours de la gare fourmillaient déjà de monde. Par moments, l'Egyrien apercevait la tunique grise d'un milicien ou celle rouge d'un mahadjïr, mais il ne fut à aucun moment inquiété.

Il rabattit tout de même la capuche de sa pèlerine devant son visage et se rendit à un guichet. Après une bonne heure de queue, il se retrouva face à un petit bonhomme vêtu de la tüshnag des fonctionnaires.

Oran demanda un billet pour Ishama en posant sa bourse sur le comptoir.

– Il y a un vaisseau qui part dans moins d'une heure, mais il s'arrête à Kassar, déclara sèchement le fonctionnaire.

– Je vais jusqu'à Ishama ! s'agaça l'Egyrien.

– Désolé, mais nous n'avons pas encore trouvé le moyen de faire traverser la mer de Mëroë au vaisseau à vapeur, répliqua le petit homme. Le billet va jusqu'à Kassar. Là-bas, vous trouverez sans peine un bateau pour la cité d'Alaharën à partir de laquelle vous pourrez reprendre le vaisseau, jusqu'à Ishama cette fois-ci.

– Combien de jours faut-il pour gagner la Cité éternelle ?

– Neuf au mieux.

– Et au pire ?

– Toujours moins de temps qu'à pied, répondit le fonctionnaire avec un sourire mauvais.

Oran régla son billet et se fraya un passage jusqu'au vaisseau à vapeur.

La motrice était aussi haute et aussi large que les lamantins polaires qui venaient parfois s'échouer dans le port. Un filet de fumée blanche s'échappait de la plus petite de ses deux cheminées.

Il monta à bord d'une voiture. Le chaos le plus total régnait dans l'allée séparant les banquettes.

« On se croirait sur les quais de Marane », songea-t-il.

Il repéra une place et s'y installa, au grand dam d'une vieille femme qui s'apprêtait à en faire de même. Celle-ci le foudroya du regard et passa son chemin tout en grommelant. L'Egyrien fit mine de l'ignorer.

– Les vieux ne respectent plus rien, déclara son plus proche voisin avec un sourire en coin. Prendre la place d'un honnête pèlerin...

L'homme était puissamment bâti et portait une moustache qui cachait sa bouche. En d'autres circonstances, Oran n'aurait pas répondu. Pourtant, tous ces jours passés dans le désert morhian l'avaient fortement éprouvé et il fut presque heureux d'avoir quelqu'un avec qui parler.

– Et après on s'étonne que l'empire tombe en décrépitude, renchérit-il.

– Je me nomme Kësha, se présenta le passager en tendant la main à l'Egyrien. Mon père était kadjïr, précisa-t-il.

– Alors tout s'explique, répliqua Oran.

Kësha éclata d'un gros rire.

Peu de temps après, des fonctionnaires du rail fermèrent les portes des voitures tandis que d'autres passaient dans les allées pour vérifier les billets. Puis il s'écoula ce qui sembla être à l'Egyrien une éternité avant que la motrice ne lâche un sifflement strident, annonciateur de leur départ imminent.

Enfin, il ressentit la première secousse. Les gens sur le quai se mirent à agiter les mains avec frénésie. Certains pleuraient, une jeune fille se jeta même sur la vitre comme un papillon suicidaire.

Une étrange ambiance régnait dans la voiture, un sentiment de chagrin mêlé à une fragrance d'espoir.

Puis le vaisseau démarra. D'abord par à-coups, puis de plus en plus vite.

Lorsque le vaisseau à vapeur s'enfonça dans le désert, les langues des passagers commencèrent à se délier. Après quelques sourires gênés, chacun osa à nouveau bouger et parler normalement. Ce fut le signal pour deux nourrissons qui se mirent à brailler.

– Vous verrez, d'ici à la fin du voyage, les gens seront devenus aussi inséparables qu'une phalange de mahadjïrs, assura Kësha à l'Egyrien. Vous vous rendez à Ishama ?

Oran acquiesça.

– C'est une bien belle cité, poursuivit le Kadjïr, mais je trouve Coradj plus vivante. Saviez-vous que depuis trois ou quatre ans il y a un bruit qui court comme quoi Coradj essaierait d'acheter son indépendance au Parlement des Sages ?

– De tels bruits couraient déjà quand j'avais vingt ans, répliqua Oran.

– Pourtant la situation économique a changé ces dernières années. Les incessantes révoltes kadjïres, les facéties du Parlement et la corruption auraient ruiné le pouvoir. On raconte aussi que, sans le soutien financier de l'Ordre éternel, le gouvernement serait dans l'incapacité de payer ses innombrables fonctionnaires.

– Si je peux vivre assez longtemps pour voir l'Empire egyrien tomber, je serais heureux, déclara Oran.

Après cela, le Kadjïr s'adossa à son siège, une moue dubitative sur le visage.

35

Ishama.

Malëva resta de longues minutes à contempler les hautes murailles de la Cité éternelle.

Seul le temple dans lequel reposait la dépouille d'Ankanaëpha dépassait des fortifications. Une file ininterrompue de pèlerins en robe verte, encadrée par les gardes prétoriens de l'impératrice, se pressait aux portes de la cité.

Un vaisseau à vapeur venait de l'est. laissant derrière lui un nuage de fumée blanche rapidement dissipé par le vent.

L'ancienne Sœur porta son attention sur la tour ténébreuse qui dominait l'agglomération. Depuis trois cents ans, la citadelle des Cendres se dressait sur le mont Amësh comme le double maléfique d'Ishama. Elle se demanda pourquoi, malgré les siècles qui s'étaient écoulés depuis le siège des Sortilèges, ni les impératrices qui s'étaient succédé, ni le Parlement des Sages n'avaient jamais tenté d'abattre cet enchevêtrement de tours, de murailles et de ponts suspendus.

Le vaisseau à vapeur pénétra dans la ville.

Malëva hésitait à gagner la Cité éternelle. Les paroles de Saria lui revenaient sans cesse en mémoire.

Se pouvait-il qu'Ishama ait été corrompue ? Dans sa lettre, Lonë l'aurait certainement mise en garde s'il y avait eu un danger à se rendre à la Cité éternelle.

Songeant que l'amertume avait dû fausser le jugement du vieux magicien, elle décida d'aller retrouver Matëo Magbë. Elle talonna sa monture.

Dès qu'elle aurait franchi les premières fortifications, elle n'aurait plus rien à craindre ni des limiers, ni des brûle-supplices. Sur ces terres, l'impératrice Ankahana régnait sans partage. Du moins tant qu'elle s'acquittait de l'impôt révolutionnaire.

Nakadamu marchait à bonne distance de la cavalière, la truffe pointée vers le ciel avec dédain. Depuis qu'il s'était roulé sur une charogne, Malëva refusait de le laisser monter sur la croupe du cheval.

– Allons, dépêche-toi Naki, ne fais pas ta mauvaise tête ! lui lança-t-elle.

Mais le chien de berger fit mine de ne rien entendre et s'entêta à la suivre de loin. L'ancienne Sœur n'insista pas et mit pied à terre afin de se mêler au fleuve de pèlerines vertes.

Aucun des gardes ne l'interpella et bientôt elle se retrouva à marcher librement sur les pavés de la Cité éternelle. Elle délaissa les larges avenues pour emprunter les ruelles étroites qui desservaient les quartiers populaires.

Les murailles empêchaient l'extension de la cité dans la plaine, si bien qu'au fil des siècles les habitations avaient pris de la hauteur. Certains édifices comptaient désormais plus de cinq étages. De nombreux logements étaient construits à cheval au-dessus de la rue. D'innombrables passerelles reliaient les demeures entre elles dans un enchevêtrement chaotique et bien souvent mortel pour les imprudents. Inexorablement, les ruelles devenaient d'interminables tunnels obscurs où les coupe-bourses s'occupaient d'alléger les pèlerins de leurs offrandes.

Malëva s'était déjà rendue à Ishama en compagnie de Lonë. C'était la seule et unique fois où elle avait rencontré le frère jumeau de son amant, Matëo. Elle en gardait un souvenir un peu vague. Pourtant, elle retrouva sans difficulté l'endroit où ils avaient séjourné. Une auberge sur trois niveaux, à la façade délabrée. À l'époque, le patron de l'établissement était un homme de confiance de Matëo. Elle poussa la porte en espérant que l'établissement n'avait pas changé de propriétaire entre-temps. Nakadamu ne daigna pas la suivre.

L'ancienne Sœur reconnut aussitôt l'homme qui se planta devant elle avec un air sévère.

– Ce n'est pas pour les petites dames, ici ! déclara-t-il en mâchant une grosse chique.

– Je cherche Matëo Magbë, répliqua-t-elle. (L'aubergiste fronça les sourcils.) Je suis venue il y a six ans, en compagnie de son frère.

– J'pense pas qu'il se dérangera pour vous. Sortez !

Comme il l'agrippait par le bras pour la reconduire dehors, elle lui porta un coup de coude à la gorge et lui enfonça deux doigts dans le plexus.

– Je dois le voir, insista-t-elle, menaçante. C'est très important. Où se trouve-t-il ?

– Je sais pas... répondit l'aubergiste d'une voix cassée, peinant à respirer. Mais je peux lui faire parvenir un message.

Malëva relâcha lentement sa pression.

– Donnez-moi un papier et une plume.

L'homme finit par acquiescer en se massant la gorge. L'ancienne Sœur le suivit. Ils arrivèrent dans une pièce exiguë. Huit filles dénudées étaient allongées sur des divans. Deux d'entre elles n'étaient encore que des enfants. Leurs yeux éteints et tristes fixaient le vide. À leur attitude, Malëva comprit qu'elles étaient droguées.

– Elles sont mieux ici que dans la rue, se justifia l'aubergiste. Il ne faut pas croire que les fidèles n'aient pas quelques besoins à assouvir quand ils arrivent de leur long pèlerinage !

L'ancienne Sœur ne lui répondit pas.

Elle se saisit du papier et de la plume qu'il lui tendait et griffonna rapidement quelques mots.

– Je repasserai demain, déclara-t-elle froidement.

Nakadamu l'attendait, assis sur le perron de la porte.

– Trouvons une véritable auberge où passer la nuit, décida-t-elle.

La salle était presque vide. Seuls deux pèlerins buvaient en silence dans le fond. Malëva ne parvenait plus à se sortir de la tête la mise en garde de Saria. Elle sursauta quand l'hôte lui apporta son repas.

– Je ne voulais pas vous effrayer, s'excusa-t-il.

Il s'agissait d'un homme d'une trentaine d'années au physique avenant et au regard doux.

– J'étais perdue dans mes pensées... soupira-t-elle.

Un cri provenant de dehors attira l'attention de l'aubergiste qui s'approcha de la fenêtre. La nuit était déjà tombée et il ne put rien discerner. Finalement, il tira les volets et verrouilla la porte d'entrée.

– Vous semblez craindre quelque chose, remarqua l'ancienne Sœur.

– Vous savez, je ne suis pas là depuis très longtemps, mais toutes ces histoires qui courent, ce n'est pas fait pour me rassurer, soupira-t-il.

– Quelles histoires ? s'étonna-t-elle.

– Il ne s'agit que de rumeurs...

Il essuya la table et s'y accouda.

– ... On raconte que les nuits les plus sombres, des femmes sanguinaires parcourent les rues à la recherche des enfants qui se seraient égarés. Parfois, quand une porte est restée entrouverte par mégarde, elles...

Ils sursautèrent tous les deux alors qu'on tambourinait à la porte.

– C'est fermé ! s'écria l'aubergiste.

– Ouvre, j'ai le gosier plus sec qu'une cale sèche !

– Jéophas ! s'exclama l'aubergiste. C'est un habitué... excusez-moi.

Dès que l'aubergiste eut libéré le verrou, un vieux bonhomme mal rasé à l'air revêche s'engouffra dans la pièce à la manière d'un meurt-de-soif. Nakadamu avança sa truffe pour lui renifler le bas de pantalon. Il sentait la soupe, l'édredon de plume et le feu de bois. Le chien de berger se dit qu'il aurait fait un bien bon maître. Puis il se recoucha non sans une certaine nostalgie.

Le propriétaire posa un pichet de sahourë devant le nez du vieil homme et revint auprès de Malëva.

– Où j'en étais ?... Ah ! Oui ! Parfois, quand une porte est restée entrouverte par mégarde, elles...

Mais quelqu'un essaya de nouveau d'entrer dans l'auberge en secouant violemment la porte.

– C'est fermé ! hurla l'aubergiste, agacé d'être une nouvelle fois interrompu.

Alors le panneau de bois s'ouvrit à la volée. Quatre femmes masquées et vêtues de noir surgirent dans l'établissement. L'ancienne Sœur s'était déjà redressée, mais les guerrières braquèrent aussitôt leurs fusils à détente sur elle.

Nakadamu surgit de sous la table pour se jeter sur les intruses.

– *Naki ! Non !* hurla Malëva.

L'arme de l'une des femmes claqua et le chien de berger couina comme le dard s'enfonçait dans son corps. Il voulut se relever, mais ses forces l'abandonnèrent et il tomba lourdement sur le parquet, le sang empoissant ses poils.

Un homme accompagné par trois autres guerrières masquées venait de pénétrer dans la salle. Une créature maigre au visage démoniaque et à la peau grise resta sur les marches du perron à renifler l'air.

L'aubergiste et Jéophas s'étaient réfugiés dans le fond de la salle avec les autres clients. Malëva n'avait pas bougé. Elle tenait ses lames devant elle.

L'homme s'avança d'un pas nonchalant, affichant un sourire suffisant.

– Le mal se promène dans les rues d'Ishama et, parfois, il va jusqu'à frapper aux portes des honnêtes gens, déclama-t-il. Bonsoir, Malëva Naöna. Tu voulais me voir, m'a-t-on appris.

L'ancienne Sœur ne pouvait détacher son regard du visage de Matëo Magbë. L'homme était beau, plus beau que l'avait été Lonë. Mais cette beauté s'accompagnait d'une aura sombre et inquiétante.

– Je vois à ton air chagrin que je te rappelle quelqu'un, se moqua-t-il.

– Ainsi c'est vrai. Ishama est la proie de l'Ombre, murmura-t-elle.

– Nous te cherchions depuis un certain temps, mais je dois t'avouer que j'ai toujours eu l'espoir que tu viendrais vers moi. Ne suis-je point le reflet de l'homme que tu as tant aimé ?

– Tu n'en es qu'une esquisse maladroite ! cracha l'ancienne Sœur.

Le coup sembla porter car Matëo se rembrunit.

– Ne nous égarons pas, siffla-t-il. Que sais-tu du Silhamassaï ?

Le premier instant de stupeur passé, Malëva se ressaisit.

– Je connais la légende. Rien de plus.

Matëo éclata de rire.

– À force de prêcher la vérité à travers la Parole d'Amour, tu ne sais plus mentir ! Dis-moi tout ce que tu sais et tu mourras vite.

L'ancienne Sœur sentait la lettre de Lonë frotter contre sa poitrine. Elle s'en voulut d'avoir été aussi stupide. Elle aurait dû s'en débarrasser. Désormais, même sa mort ne protégerait pas le secret de son amant.

– Le Silhamassaï n'existe pas, déclara-t-elle, cherchant à gagner du temps.

– Il existe ! répliqua Matëo. Il est né à l'est de la province elyrienne, en bordure des marais Salés. C'est là-bas que le Très Saint Akaomë est allé le chercher avant de partir pour le continent de Roël.

– Que feras-tu de lui quand tu l'auras retrouvé ?

– Je le tuerai et je rapporterai sa tête à mon impératrice. Ainsi, le Dieu Noir pourra braver les lois de l'Équilibre.

– Qu'avez-vous à y gagner ?

– L'immortalité et le pouvoir.

– L'Ordre éternel vous combattra. Il ne permettra pas que les lois de l'Équilibre soient transgressées, ce serait renier la Parole d'Amour.

– Ton Ordre agonise ! s'esclaffa Matëo. Près de la moitié des Sœurs ont déjà offert leurs âmes à Aras et la plupart de celles qui sont restées fidèles à Ankanaëpha sont occupées à combattre les insurrections kadjïres. L'Ordre sombre sera bientôt révélé !

Malëva fit non de la tête.

– Le Très Saint Akaomë... commença-t-elle.

– Le Très Saint Akaomë n'est plus qu'une dépouille sans âme. Ma reine la lui a elle-même arrachée. Quant aux trois Prieurs qui sont censés veiller son corps et interpréter ses songes, ce sont des anciens maîtres de la Faculté des Sciences occultes. Ils sont corps et *âme* dévoués à notre cause. Et ce n'est pas le Parlement des Sages, cette parodie de gouvernement, qui pourra nous faire obstacle !

– Tu es fou, Matëo.

Ma seule folie a été de penser qu'une poignée de brûle-supplices suffirait à te ramener ici.

– Manie, Noëm, murmura Malëva. Ils sont donc morts par ta faute...

– Je ne sais pas de qui tu parles.

– Deux vieilles personnes qui m'avaient recueillie après l'exécution de Lonë. Ils étaient bons et les brûle-supplices les ont tués. Si je suis venue à Ishama, c'était dans le but de retrouver leur assassin.

– Deux vieilles personnes... répéta-t-il avec dédain. Qu'est-ce comparé aux millions qui bientôt connaîtront la fournaise des entrailles d'Aras ?

– Meurs ! rugit Malëva en lui portant une attaque.

Matëo se jeta en arrière, esquivant de justesse la pointe du cotj'an. L'une des guerrières restées en retrait pressa la détente de son fusil et un dard frappa l'ancienne Sœur sous la clavicule, la projetant contre le mur derrière elle.

– *Vivante !* hurla Matëo. Je la voulais vivante !

Il s'avança vers elle et s'accroupit. Malëva était encore consciente.

– Elle perd beaucoup de sang, pesta-t-il.

En voulant atteindre la blessure, il déchira son vêtement et trouva la lettre de Lonë. Il la déplia et la parcourut rapidement. Il éclata d'un grand rire.

– Est-ce ça, le secret qui nous a fait trembler toutes ces années !

Il écarta une mèche de cheveux de l'ancienne Sœur avec douceur et lui remit sa lettre dans son vêtement.

– Garde-la, elle doit t'être chère.

– Je... ne comprends pas... articula Malëva avec difficulté.

– Ce marin, Larsan. Je l'ai moi-même étripé il y a plus de trois ans. Il ne savait rien... *Rien ! Entends-tu ?* hurla-t-il, soudain hors de lui.

Il se mordit la lèvre et se releva en tournant le dos à l'ancienne Sœur.

– Essayez de la sauver, ordonna-t-il aux guerrières. Si elle survit, je l'offrirai comme présent à Ankahana. Sinon, tant pis. Tuez les autres, lança-t-il en sortant.

Malëva entendit le claquement des fusils à détente, les cris d'agonie de Jéophas et de l'aubergiste, puis un grand froid l'envahit et elle perdit connaissance.

Le soleil était déjà haut quand Malëva ouvrit les yeux. Les bruits de la ville lui parvenaient assourdis, lointains. La douleur irradiait dans sa poitrine et dans son bras droit.

– Bois, lui commanda une voix douce. Tu as perdu beaucoup de sang quand on t'a extrait le dard du corps.

La boisson était sucrée, légèrement alcoolisée. La douleur s'apaisa aussitôt.

– J'ai mélangé un sédatif à ton eau, tu ne vas pas tarder à te rendormir.

Malëva tourna son attention vers la femme. Elle était jeune. Sa chevelure noire et raide encadrait sévèrement son visage plein et sensuel.

– Je me nomme Tissa, sourit-elle.

L'ancienne Sœur voulut parler, mais le sommeil alourdit ses paupières et elle se rendormit.

Malëva entendait un chien hurler depuis plusieurs minutes, mais le sédatif la laissait sans force, incapable de réagir. Finalement, elle ouvrit les yeux quand Tissa lui passa un linge humide sur le visage.

– Comment te sens-tu ? s'inquiéta la jeune femme.

– Ça pourrait être pire, murmura l'ancienne Sœur. Où suis-je ?

– Au sanctuaire d'Ishama.

Tissa retira le drap et lui fit sa toilette avec douceur. Malëva se laissa faire. La drogue embrumait son esprit. Elle ne réagit pas quand la jeune femme posa ses lèvres sur les siennes pour l'embrasser.

Dès leur puberté, les Sœurs de l'Ordre étaient initiées au partage du plaisir par leurs aînées, de tels actes étant encouragés par les Sœurs exécutrices. Malëva s'était longtemps insurgée contre ces pratiques qui conduisaient à l'aliénation des novices. Pourtant, la rudesse des épreuves qu'elle venait de traverser l'avait laissée sans volonté. Elle avait un besoin irrépressible de sentir la chaleur d'un corps contre le sien, de mêler sa conscience à celle de la jeune femme afin de se départir du fardeau qui lui pesait sur le cœur.

Tissa s'était dévêtue sans la quitter du regard. Son corps maigre était couvert de cicatrices. Un tatouage représentant l'une des mille trois postures d'Anophatotëp lui recouvrait le dos. Elle prit la main de Malëva et la posa sur son ventre, près de son pubis.

– Tu ne me désires pas ? chuchota-t-elle, un air sombre sur son visage laiteux.

L'ancienne Sœur fit glisser sa main jusqu'au sexe de Tissa.

Quelques rayons de soleil pénétraient par la meurtrière, baignant leurs corps nimbés de sueur dans une lumière mielleuse. Tissa voulut embrasser Malëva qui la repoussa brutalement. La jeune femme se raidit, blessée, puis elle s'éloigna pour se rhabiller.

– Tu portes la marque d'Anophatotëp, mais tu n'es pas une fidèle d'Ankanaëpha, déclara abruptement l'ancienne Sœur.

Les effets de la drogue s'atténuaient. Son esprit se faisait moins confus à mesure que la douleur revenait. Tissa mit quelques secondes avant répondre.

– Non, avoua-t-elle. Je suis une Concubine d'Aras.

– Tu as vendu ton âme au Dieu Noir ! souffla Malëva, horrifiée. Pourquoi as-tu fait cela ?

Tissa hésitait à parler. L'ancienne Sœur devina que la jeune femme avait peur.

– J'ai été élevée dans un sanctuaire de province jusqu'à ma quinzième année, murmura la Concubine. Un jour, la Sœur gardienne responsable de mon éducation est venue me chercher pour me faire participer à un rituel obscène, mais j'ai refusé. Pour me convaincre, elle m'a fait lire le *Chapitre des Équilibres*, un texte proscrit par l'Ordre éternel depuis plus de trois siècles. Avant que les prêtres ne le censurent, il s'agissait d'une annexe faisant partie intégrante de la Parole d'Amour. On peut encore le trouver à la fin de certains recueils anciens. Il y était écrit qu'Ankanaëpha avait elle-même demandé à certaines de ses Sœurs de louer Aras.

– Pour quelle raison ? s'étonna Malëva.

– Pour préserver l'Équilibre entre l'Ombre et la Lumière. Si l'on reniait l'existence d'Aras comme l'ont prôné les prêtres de l'Ordre pendant plusieurs siècles, l'Équilibre serait rompu, le monde plongerait dans le chaos.

– Te rends-tu compte que l'Équilibre est déjà rompu ? s'exclama Malëva. Si Matëo Magbë m'a dit vrai, alors l'avènement de l'Ombre est proche !

– J'ai fait le vœu de servir le Dieu Noir, je lui ai dévoilé mon âme. Je ne peux plus le renier, répliqua Tissa, les yeux remplis de souffrance. Il est trop tard. Il a déjà pris pied dans la citadelle des Cendres et il me châtierait si je bravais son pouvoir.

– Aras ! Dans la citadelle des Cendres ?

– Seulement une infime partie de son essence, la reprit Tissa. Pour l'instant du moins...

L'ancienne Sœur songea au Silhamassaï.

– Dans quelques jours, tu seras amenée à l'impératrice Ankahana, lui révéla la jeune femme.

– Que me veut-elle ?

– Peut-être vaut-il mieux que tu l'ignores.

– Dis-moi... Ne reste-t-il pas une place dans ton cœur pour la Mère éternelle ?

Pendant un instant, Malëva crut que la Concubine allait pleurer, puis la porte de la geôle s'ouvrit et une femme au regard dur fit signe à Tissa de sortir.

L'ancienne Sœur se retrouva alors seule, plus désespérée qu'elle ne l'avait jamais été. Dehors, le chien s'était tu. Elle pensa à Nakadamu.

36

Plainelacs, province kadjïre

Chaque jour, des milliers de guerriers venaient grossir les rangs de la horde kadjïre menée par Bëorndal, porteur du heaume de Mëordone. La province entière s'était soulevée et les armées des rois kadjïrs convergeaient à présent vers le tumulus des Pourparlers pour tenir conseil.

Les Sœurs, les mahadjïrs et les colons avaient été chassés. Ceux qui avaient tenté de résister avaient été impitoyablement massacrés.

Bëorndal arriva le premier en vue tumulus. Il demanda à ses hommes de rester sur place et continua en compagnie de Logard. La porte ancestrale de l'édifice était en pierre et mesurait plus de trois mètres de haut. Pourtant, quand le chef kadjïr l'effleura des doigts, elle s'ouvrit sans un bruit, mue par un souffle surnaturel. Les deux hommes s'avancèrent le long d'un couloir. Des fresques représentant des scènes des temps passés ornaient les parois. Des glyphes curvilignes couraient sur les plaintes et les frises de marbre, attestant que les anciens Kadjïrs avaient maîtrisé l'écriture. Bëorndal et Logard débouchèrent dans une chambre ovale aux dimensions d'une salle de banquet. Six trônes de granite étaient disposés dos à dos au centre de la pièce.

Bëorndal s'assit sur l'un d'eux et posa le heaume de Mëordone à ses pieds.

– Attendons, maintenant, soupira-t-il.

Ahngard, le vieux roi de Plainelacs, arriva le second en compagnie de deux de ses fils. Sa barbe était moins fournie que quelques années auparavant et son dos s'était voûté. Mais ses mains étaient encore puissantes et son regard acéré.

Bëorndal s'était levé à l'approche du vieux roi. Il lui prit le bras.

– Même si mon sang n'est pas pur, je désire tout de même combattre à tes côtés, déclara Ahngard.

Le roi des Montriches jaugea son vis-à-vis avec gravité.

Plainelacs marquait la frontière entre la province kadjïre et la province elyrienne. Plus qu'ailleurs, des colons venus de tout l'empire s'y étaient installés et, au fil des siècles, le sang kadjïr avait été affaibli par celui des Morhians, des Elyriens ou des Egyriens. Les yeux sombres d'Ahngard trahissaient ses origines mêlées.

– Ton sang n'est peut-être pas pur, mais ton cœur est toujours kadjïr, répliqua Bëorndal. Cela, je le vois. Prends place à mes côtés.

Les deux hommes s'assirent, contemplant la paroi qui leur faisait face.

– J'ai laissé mes guerriers à un jour de marche pour répondre à ton appel. Ils sont plus de vingt mille. Certains n'ont pas voulu me suivre, ils ont préféré fuir la province. Je les ai laissés partir en paix.

– C'est là un acte louable, on ne combat pas son propre peuple.

– Je n'ai pas oublié quels étaient mes ancêtres, murmura le vieux roi.

S'ensuivit un long silence.

– Les récoltes de ces deux dernières années ont été abondantes, reprit Ahngard. Nous sommes venus avec plusieurs centaines de chariots de vivres.

– Cela nous sera précieux.

Anawënn, roi des Landebrumes, arriva moins d'une heure après, seul. Il était jeune et son visage était glabre. Alors qu'il marchait d'un pas alerte, sa longue chevelure noire flottait derrière lui. Il tenait un arc long que seuls les Kadjïrs des Landebrumes savaient manier. Une flèche pouvait transpercer trois hommes à vingt pas.

La terre sur laquelle Anawënn régnait était une interminable plaine brumeuse où les enfants apprenaient très vite à ne jamais élever la voix, ni traîner des pieds afin de ne pas attirer l'attention des Âmefols.

– Ceux qui vivent dans les brumes et le silence des ajoncs sont prêts à se battre à tes côtés, chuchota Anawënn au roi des Montriches.

– Puissent vos flèches trouver le cœur de nos ennemis comme tes paroles ont trouvé le mien, déclara Bëorndal de sa voix puissante.

Ahngard, le roi de Plainelacs, salua à son tour le nouvel arrivant.

Bëorndal lut dans le regard d'Anawënn une réserve tacite au sujet de son aîné. Ahngard fit mine de l'ignorer.

Ils parlèrent peu jusqu'à l'arrivée de Korkoran, roi de Hautcépages. Il était escorté par quatre de ses fils. L'homme était presque aussi large que Bëorndal lui-même. Il marchait la tête haute et son regard fier dévisagea un à un les autres rois. Il était armé d'une hache à la hampe longue sur laquelle il s'appuyait afin d'atténuer sa claudication. Son pied droit était maintenu par deux attelles de bois. Korkoran était également nommé le Roi boiteux, mais nul n'aurait jamais songé à l'appeler ainsi en sa présence, car c'était un guerrier farouche et susceptible. Les Kadjïrs de Hautcépages étaient des nomades belliqueux qui n'hésitaient pas à combattre leurs propres frères pour une tête de bétail ou quelques mots malheureux.

Une odeur de crottin flottait autour du roi et de ses fils. Dès leur plus jeune âge, les natifs de Hautcépages apprenaient à monter l'irdre cornu, un animal plus puissant qu'un cheval et plus agressif qu'un épeuch rouge.

– Je savais que tu répondrais à l'appel du sang, dit Bëorndal.

– Mes cavaliers attendaient avec impatience de se battre contre l'envahisseur. Bientôt nos montures éventreront leurs guerriers et les Kadjïrs seront à nouveau maîtres de leur terre, répondit Korkoran d'une voix haineuse.

Le roi de Hautcépages s'assit à la droite de Bëorndal sans un regard pour le jeune Anawënn, ni pour le vieux Ahngard.

Vint ensuite le tour du taciturne roi de Marchefroides, Orwënn, escorté de son fils unique. La peau parcheminée de rides profondes, la mâchoire saillante, le front dégarni, le regard soucieux et fatigué, tel était le roi de Marchefroides. Il se saisit de son lourd marteau de guerre et s'agenouilla devant Bëorndal.

– Tu as réussi là où mes frères ont trouvé la mort, déclara-t-il en désignant le heaume de Mëordone. Ce sera un honneur de combattre à tes côtés.

– L'honneur sera pour moi, Orwënn. Tous connaissent le légendaire courage des hommes de Marchefroides. Relève-toi, je t'en prie.

Le roi demanda à son fils de l'aider à se redresser.

– Nous avons marché six jours et cinq nuits sans aucun répit, expliqua-t-il. Et je suis loin d'être aussi vaillant qu'avant.

Il s'assit sur un trône en poussant un soupir de soulagement.

La belle et pâle Akilia, reine de Terrebroussailles, ne se présenta pas à ses pairs avant la tombée de la nuit. Elle s'avança, silencieuse, jusque devant Bëorndal et inclina imperceptiblement la tête en signe de salut. Le roi des Montriches l'observa, interdit. Le visage de la reine était marqué par une maladie de peau et une large balafre courait de la pointe de son menton jusque sous son œil droit. Bëorndal la trouvait pourtant toujours aussi belle et ne put s'empêcher de laisser son regard se perdre sur ses formes désirables. Elle était vêtue d'une longue tunique sombre et portait ses deux lames entrecroisées sur sa poitrine.

Terrebroussailles était un immense marécage inhospitalier frontalier avec les Landoccultes. Sans cesse, des hordes de créatures s'abattaient sur la région et hommes et femmes devaient combattre pour défendre leur vie. Les Kadjïrs de Terrebroussailles étaient d'impitoyables combattants pétris dans le creuset de l'horreur.

– Sois la bienvenue parmi nous et prends un siège, déclara Bëorndal sans parvenir à détacher son regard de celui d'Akilia.

La froideur de sa voix n'échappa ni à la reine, ni aux autres rois. Le visage d'Akilia se durcit imperceptiblement, néanmoins elle prit place et occupa le dernier trône vacant.

– Mes hommes m'ont rapporté que l'armée mahadjïre est sur le point de pénétrer sur nos terres, dévoila la voix douce d'Anawënn, le jeune roi de Landebrumes.

– Sans doute espéraient-ils briser l'insurrection avant que nous puissions nous réunir, supposa Orwënn le taciturne.

– Pouvons-nous espérer qu'ils se replient en apprenant que nous les avons pris de vitesse ? demanda Ahngard, le vieux roi de Plainelacs.

– Ils nous combattront, affirma la voix grave et sensuelle d'Akilia.

– Alors, allons à leur rencontre et écrasons-les ! s'écria Korkoran, le Roi boiteux. Nous n'avons que trop attendu !

– Nous devons d'abord élire un chef, tempéra Ahngard le Vieux.

Bëorndal, qui était resté jusque-là silencieux, dit :

– Le heaume de Mëordone a été retrouvé. Les Mèresprits m'ont confié le devoir sacré de mener notre peuple à la guerre. Que la voix de celui qui réfute leur jugement se fasse entendre sur l'instant ou qu'elle se taise jusqu'à ce que nos terres soient libérées.

– Bëorndal veut-il devenir le roi de tous les Kadjïrs ? l'interrogea Anawënn.

– Non. Je ne veux rien d'autre que venger la mort des miens, répondit le roi des Montriches.

– La haine n'est pas une bonne conseillère, répliqua la reine de Terrebroussailles.

– Ma haine est légitime, murmura Bëorndal. C'est celle d'un peuple qui a trop souffert pour avoir encore quelque chose à perdre. Elle ne m'aveuglera pas, elle me guidera.

Chacun garda le silence et le roi des Montriches réalisa pleinement que la destinée de son peuple reposait désormais entre ses mains. L'ampleur de sa tâche l'effraya.

– Ainsi soit-il, conclut Orwënn le taciturne.

– Sortons, déclara Bëorndal. Nous devons nous préparer à combattre.

Quand il leva les yeux sur les milliers de feux qui illuminaient la plaine, il prophétisa la haine et le malheur. Il frissonna. Les quatre autres rois attendaient derrière lui. La reine Akilia était à sa droite. Évitant de croiser son regard brûlant, il donna des ordres afin qu'à l'aube ils soient prêts à livrer bataille.

37

Ishama.

Korian'Lor'Kald regarda le cadran de l'horloge. L'aube n'allait plus tarder. Il perçut un bruit devant sa porte, son serviteur l'attendait déjà.

Le soleil se levait quand ils sortirent.

– Je n'ai pas vu votre jeune domestique, maître, s'étonna Sadre'Sïr'Issa.

– Saya ? Je l'ai congédiée. Je ne voulais pas qu'il arrive quelque chose à cette charmante enfant à cause de notre enquête.

– Je me pose une question...

– Parle, mon ami.

– Qu'est-ce qui empêche l'impératrice de nous faire assassiner ouvertement ?

– Ah ! Les affres de la politique, le cœur de l'économie, le nerf de la guerre, s'extasia le noble roëlien. Comment pourrait-on en appréhender les innombrables facettes ?

– Vous n'avez pas d'avis ?

– J'en ai un, se vexa Korian'Lor'Kald. Je pense que même si le Parlement des Sages m'a officiellement mandaté auprès d'Ankahana, je ne suis qu'un appât ou au mieux un simple leurre. Peux-tu songer un instant que ces vieux fous laisseraient à un étranger la responsabilité de résoudre une affaire d'une telle importance ? À mon avis, il y a de nombreux espions plus « officieux » qui sillonnent le palais dans l'espoir de glaner quelques informations. Si l'impératrice nous faisait assassiner ouvertement, elle se dévoilerait au grand jour et serait aussitôt mise à l'amende par le Parlement.

– Voilà qui n'est guère revalorisant, remarqua Sadre'Sïr'Issa avec un sourire torve.

– Sans doute. Mais si nous ne faisons pas trop de vagues, nous pourrons peut-être mener nos investigations jusqu'au bout.

Les deux compagnons étaient arrivés devant la Faculté des Sciences occultes.

Deux hommes en robe grise se tenaient devant l'entrée. Une capuche masquait leur visage. Selon toute évidence, il ne s'agissait pas de soldats.

– Nous devons voir le doyen, sinon un responsable, déclara Korian'Lor'Kald.

Après avoir expliqué ce qu'ils désiraient à un maître vêtu d'une robe pourpre, un homme taciturne à l'air méfiant, ils furent conduits par un novice vêtu de bleu à travers un réseau de souterrains jusqu'à une vaste salle éclairée par deux torches à résine. Des silhouettes menaçantes juchées sur des socles de bois y étaient entreposées.

– Ces dépouilles sont là depuis plusieurs siècles. Les torches servent à masquer un peu l'odeur qui s'en dégage, leur expliqua le jeune mage.

Les deux compagnons s'avancèrent. Le faciès de la première créature était déformé par de longues défenses recourbées, alors que deux cornes d'une dizaine de centimètres pointaient sur son crâne carré. Ses membres étaient courts et trapus. Elle ne dépassait pas le mètre quarante. Un fin duvet brun recouvrait son ventre et ''extérieur de ses cuisses.

Le noble roëlien lut l'inscription gravée sur le socle.

– « Didjirü brun. Serviteur. »

La seconde créature avait la peau rouge. Elle avait la stature d'un lutteur kadjïr. Ses cornes, larges et enroulées, encadraient son visage puissant. Une cote de maille recouvrait en partie son corps glabre. Deux lourdes épées reposaient sur le socle.

– « Didjirü rouge. Guerrier », lut Sadre'Sïr'Issa.

La troisième était recouverte d'un pelage gris attaqué par les mites. Elle était maigre et ne possédait pas de corne. Une expression malsaine était à jamais figée sur son faciès fuyant. Sur le socle était inscrit : « Didjirü gris. Chasseur. »

Les deux compagnons s'arrêtèrent devant la quatrième créature. Sa peau ténébreuse se confondait avec les ombres. Son visage long et étroit était maléfique. Ses cornes droites étaient torsadées.

– « Didjirü noir. Assassin », lut Korian'Lor'Kald en reculant d'un pas pour mieux le contempler.

– Mon mentor m'a dit qu'autrefois il y avait d'autres spécimens, déclara le novice qui les accompagnait.

– Où sont-ils ?

– Ils se sont fait dévorer par la vermine qui grouille dans ces souterrains.

– Justement, je voulais vous demander à quoi servent ces souterrains, lâcha Korian'Lor'Kald avec désinvolture.

– Ils sont abandonnés depuis plusieurs dizaines d'années. Si vous voulez en savoir davantage, il faudra vous adresser à un maître ou au doyen lui-même.

– Depuis combien de temps est-il à la tête de la Faculté des Sciences occultes ?

– Le doyen ? Cent dix-sept ans, répondit le novice.

– Ça doit lui faire un âge honorable, dit le noble.

– C'est l'impératrice Ankëllëa qui l'a nommé.

– Je pensais que la Faculté était indépendante du pouvoir impérial, s'étonna Korian'Lor'Kald.

Le novice eut un instant d'hésitation, comme un enfant qui se serait trahi.

– Mais tout cela n'a pas d'importance, déclara le noble roëlien d'un petit geste afin de rassurer le jeune homme dont la réaction n'avait pas échappé à l'acuité de Sadre'Sïr'Issa.

– Et ces créatures, sont-elles des démons ? demanda le serviteur au novice afin de détourner son attention.

– Heu... Pas à l'origine. Il devait s'agir d'humains ou de presque-humains corrompus par le pouvoir d'une puissance majeure.

– Une puissance majeure... Comme Aras ? le questionna Korian'Lor'Kald.

– Le Dieu Noir est effectivement une puissance majeure, admit le novice, à nouveau hésitant.

– Et comment faites-vous vos... enfin, vos tours ? lui demanda Sadre'Sïr'Issa en agitant ses mains devant lui avec une grimace quelque peu moqueuse.

– Je n'ai pas le droit de vous renseigner, répliqua le jeune homme. Il me faudrait l'autorisation du doyen.

– Justement, nous aimerions le voir, ce brave homme, sourit le noble roëlien.

Moins d'une heure après, ils furent introduits dans une salle obscure au mobilier dépouillé. Les murs étaient recouverts de tentures dévorées par l'humidité. L'air était chargé d'effluves d'encens. Un brasero bas reposait aux pieds du doyen assis dans un lourd fauteuil en bois. Il était vêtu d'une simple bure sans aucune distinction particulière; son visage était masqué par la pénombre.

Les deux compagnons s'avancèrent. Ils s'étaient attendus à rencontrer un vieillard tremblotant, mais l'homme qui leur faisait face était large d'épaules et son attitude n'avait rien de celle d'un grabataire. Il se tenait légèrement voûté, comme près de se ruer sur ses deux visiteurs.

Le noble et son serviteur n'étaient qu'à quelques mètres de lui, pourtant ils ne pouvaient toujours pas discerner ses traits. Son visage se fondait dans l'obscurité.

– Le novice qui vous accompagnait m'a dit que vous vouliez savoir de quelle manière nous lançons un sortilège, dit-il d'une voix lente et grave. Est-ce là votre requête ?

– C'est en effet l'une d'entre elles, acquiesça le noble roëlien. Si toutefois il ne s'agit pas là d'un secret, ajouta-t-il.

Le doyen dévoila ses dents. Les deux compagnons supposèrent qu'il souriait.

– Je vais vous l'expliquer ainsi que je l'explique aux novices qui entrent à la Faculté. Il n'y a en cela aucun interdit. Vous auriez pu également consulter des ouvrages traitant du sujet, mais la bibliothèque impériale a malencontreusement brûlé la nuit dernière. (Il laissa filer quelques secondes avant de reprendre :) Nous autres, humains, ne possédons pas le pouvoir de changer les choses par la simple force de notre esprit. Pour cela, nous devons faire appel aux puissances majeures qui coexistent au-delà notre réalité. De par leur nature, elles appartiennent aux Limbes, un univers chaotique où elles s'entre-déchirent dans une guerre éternelle, mais toutes prennent leur source dans notre propre univers. Il est déroutant pour les novices d'apprendre que l'univers spirituel a pour origine l'univers matériel, et non l'inverse.

– Comment vous y prenez-vous pour solliciter l'aide de ces puissances ? l'interrogea Sadre'Sïr'Issa.

Le Doyen porta son regard sur le serviteur et répondit d'une voix contenue :

– Le mage doit tout d'abord apprendre à maîtriser les Murmures de son âme. Tous n'arrivent pas à passer cette première étape. Puis il y a l'Errance spirituelle au cours de laquelle l'initié recherche la Source. Certains y passent plus de dix ans, d'autres ne la trouvent jamais. Après cela, il s'agit de se faire accepter par la Puissance majeure que l'on a choisie en prononçant un vœu de servitude. Le mage communie avec la Source de l'Entité grâce au Murmure de l'âme.

– Je suppose que chacune de ces Puissances est différente, avança Korian'Lor'Kald.

– En effet. Certaines sont mauvaises, d'autres bonnes, d'autres encore sont trop irascibles ou sauvages pour accepter un serviteur. Chaque Puissance est unique. La destinée du mage est fortement influencée par le caractère et la volonté de sa Source.

– Le mage peut-il en perdre son identité ?

Le doyen prit une pincée d'herbes dans une écuelle posée sur l'accoudoir de son fauteuil et la jeta dans le brasero qui se mit à crachoter des étincelles. Une odeur épicée envahit la pièce.

– Manipulé, certainement, mais pas possédé, répondit-il. Pour posséder le mage, la Puissance devrait s'incarner en lui.

– Tous les miracles sont-ils possibles à partir du moment où l'on a les faveurs d'une Puissance ?

– Miracles ? répéta le doyen. Sans doute voulez-vous parler de sortilèges...

Le noble acquiesça.

– Non, on ne peut pas tout demander à sa Source. Cela dépend essentiellement des affinités qu'elle a avec son serviteur, ainsi de ses capacités et de son caractère profond. On ne peut pas par exemple demander à une Puissance fondamentalement bonne de faire souffrir un être.

– Ankanaëpha est-elle une de ces Puissances majeures ?

– Non. La Mère éternelle est très jeune spirituellement. Elle est encore trop fragile. Si un mage voulait lancer un sortilège en puisant à sa Source, il la tarirait bien vite.

– Et Aras ?

Le doyen attendit quelques secondes avant de répondre.

– Le Dieu Noir est sans nul doute une force terrifiante. Mais il en coûterait cher à celui qui puiserait à sa Source. Son pouvoir est grand, mais sa haine et sa folie corromprait celui qui voudrait être son serviteur.

– Vous-même, quelle Source servez-vous ?

– Je suis le serviteur de Bëllal, le Ciel ténébreux. Une entité sage et interdite.

– La Puissance retire-t-elle un avantage quelconque de ce pacte ? l'interrogea Sadre'Sïr'Issa.

– À la mort du mage, son âme entre en résonance avec elle. Son esprit alimente la Source.

Le noble roëlien hocha la tête d'un air songeur.

– Une dernière chose... Le novice nous a dit que c'était l'impératrice Ankëllëa qui vous avait nommé à la tête de la Faculté des Sciences occultes. Entretenez-vous des liens avec Ankahana ?

Le doyen se renfrogna. Il répliqua d'une voix froide :

– Je ne doute pas que vous soyez un homme d'une grande sagacité, Korian'Lor'Kald. Pourtant, vous n'avez pas encore appréhendé toute la profondeur du gouffre dans lequel vous vous êtes jeté.

Le noble roëlien fut désarçonné par l'assurance de son interlocuteur.

– Ainsi, vous pensez que rien ne pourrait faire obstacle à vos projets... Quels qu'ils soient.

– Vous luttez contre la marche du temps, répondit le mage. Je suis vieux et j'ai vu bien des destinées se faire et se défaire. L'inexorable est en marche. Enquêtez tout votre saoul, mais prenez garde, vous et votre serviteur, que les horreurs qui grouillent sous les dalles de ce palais ne vous dévorent pas.

– Nous nous le tiendrons pour dit, déclara Korian'Lor'Kald en saluant le doyen.

Et les deux compagnons sortirent de la salle. Ils attendirent de s'être suffisamment éloigné de la Faculté des Sciences occultes pour échanger quelques paroles.

– Les choses se dévoilent, pourtant je n'en comprends toujours pas la logique, soupira Sadre'Sïr'Issa.

– Tout nous ramène à la Faculté des Sciences occultes, déclara le noble roëlien. L'incroyable longévité de l'impératrice, ces créatures qui nous ont attaqués dans la bibliothèque et bien sûr le doyen, énuméra-t-il. À partir de ce soir, je veux que tu surveilles la Faculté. Si le doyen en sort, tu le suis. Peut-être apprendras-tu quelque chose qui nous permettra de lier toutes les informations dont nous sommes dépositaires.

Le serviteur acquiesça.

38

Province morhiane.

Peu après minuit, O'Oshë tira sur les rênes de son épeuch rouge. Il contempla les plaines arides de la province morhiane. Cette nuit, les Otenkas l'avaient laissé en paix, car ils avaient tourné leur attention vers une autre proie. Une proie qu'ils pensaient plus facile à atteindre.

– Prends garde, Oran Neyto. Les Esprits malsains veulent ton âme.

Il savait que l'aoki qu'il lui avait donné le protégerait. Mais serait-ce suffisant ?

Le vaisseau à vapeur filait à travers le désert morhian. La nuit était tombée.

Des gouttelettes de condensation ruisselaient sur les vitres de la voiture. La plupart des passagers s'étaient endormis, calés contre leur voisin, la mâchoire tombant sur la poitrine.

Oran regarda au-dehors. D'immenses nappes de brume hantaient les environs.

Soudain, la silhouette d'un animal aussi gros qu'un bœuf kadjïr, mais bien plus inquiétante, émergea du brouillard avant d'être à nouveau engloutie par la nuit.

La lune dévoilait d'interminables collines rocheuses dont les crêtes accidentées déchiraient l'horizon en une multitude de crocs acérés. Les rares arbres perdus au milieu de ce paysage étaient pétrifiés, asséchés depuis des siècles.

L'Egyrien scruta encore pendant quelques secondes les ténèbres qui défilaient à toute vitesse, puis il ferma les yeux.

Il fut réveillé par des chuchotements soucieux. Il se redressa et regarda par la vitre.

Le vaisseau à vapeur perdait progressivement de la vitesse. Finalement, il s'immobilisa. Kësha, le Kadjïr assis à sa droite, ouvrit des yeux rouges et gonflés.

– Nous sommes déjà arrivés dans une gare? s'étonna-t-il d'une voix enrouée.

– Nous sommes encore en plein désert morhian.

– Ah? Alors c'est que la pression dans la chaudière doit être trop faible, ça arrive parfois, déclara Kësha en s'adossant plus confortablement. Il n'y a pas de quoi s'inquiéter. Il faut attendre que les conducteurs la fassent remonter.

Oran hocha la tête. Mais, au bout d'une dizaine de minutes, il se leva.

– Vous devriez attendre encore un peu, le conseilla le Kadjïr. Si vous descendez et que le vaisseau repart, vous risquez de ne pas avoir le temps de remonter.

– Je ferai attention.

Dehors, l'air était vif. Les nappes de brume des environs dérivaient vers le vaisseau à vapeur.

Les halos des lampes-tempête brandies par des passagers s'agitaient au niveau de la motrice.

L'Egyrien s'avança. Deux fonctionnaires du rail essayaient de forcer la porte qui condamnait l'accès à la cabine de pilotage. Ils se servaient d'une barre à mine comme levier.

– Que se passe-t-il? demanda Oran à un homme chargé d'éclairer les deux fonctionnaires.

– On ne sait pas. Aucun des deux conducteurs ne répond et ils se sont barricadés à l'intérieur.

Oran passa son doigt sous la jointure de la porte d'acier.

– De l'huile? l'interrogea le porte-lanterne.

– Du sang, répondit l'Egyrien à mi-voix. Il n'y a certainement plus rien de vivant là-dedans.

Il se tourna vers les terres.

– Moi, je ne suis pas trop rassuré, chuchota l'homme. Surtout que nous sommes sur l'ancien territoire des Amalaïkans.

– J'ai un mauvais pressentiment, murmura l'Egyrien alors que son Otenka s'agitait.

Il fit sortir les deux fonctionnaires de devant la motrice, se cracha dans les mains et cramponna fermement la barre à mine. Il fit céder le système d'ouverture du poste de pilotage en trois puissantes tractions.

Les fonctionnaires et le porte-lanterne reculèrent, horrifiés. L'un des pilotes était étendu sur le sol, le crâne ouvert en deux. Dans le fond de la cabine, l'autre pilote était agenouillé, le regard hagard : il tenait une pelle tachée de sang. Une brume mauve s'échappait de ses narines. Il leva la tête et ses yeux morts se posèrent sur Oran. Il écumait à la manière d'un animal enragé. Il hurla et se jeta sur l'Egyrien, brandissant sa pelle au-dessus de sa tête.

Oran esquiva l'attaque d'un bond de côté et sortit son coutelas. Un passager essaya de maîtriser le forcené qui le frappa à la volée. L'Egyrien profita de la diversion pour porter une attaque mortelle au pilote. Sa lame perfora un poumon. Le pilote fou tituba et revint à la charge avec une énergie inhumaine. Il percuta de plein fouet Oran qui fut soulevé et projeté en arrière. Les mains du forcené se refermèrent sur sa gorge avant qu'il ait repris ses esprits. L'Egyrien commençait à suffoquer. Il allait perdre conscience quand son agresseur s'affala sur le sol à la manière d'une poupée de chiffon, la barre à mine plantée dans le dos.

Kësha le Kadjïr tendit une main à Oran pour l'aider à se relever.

– Merci, murmura l'Egyrien d'une voix brisée. Il m'aurait tué.

Les fonctionnaires et une douzaine de passagers s'approchèrent avec circonspection du lieu du combat.

– Pourquoi s'en est-il pris à toi ? s'étonna Kësha en désignant le cadavre.

– Il était devenu fou. Il a tué son collègue et s'est jeté sur moi quand j'ai ouvert.

L'Egyrien perçut un mouvement fugace à quelques mètres à peine de la motrice. Il porta la main à sa pierre de Shoëk qui s'échauffait.

– Nous ferions mieux de repartir, et vite ! Il y a quelque chose qui rôde autour du vaisseau.

– Il est impossible de repartir, répliqua un fonctionnaire du rail. Nous n'avons plus de pilote et nous ne sommes pas formés pour prendre les commandes d'un vaisseau à vapeur.

– Mais nous n'allons pas rester bloqués ici jusqu'à ce qu'on nous envoie d'autres pilotes ! répliqua une femme proche de l'hystérie.

– Je crains pourtant, madame, que nous n'ayons guère d'autre choix.

Un inquiétant ululement s'échappa des ténèbres, à la lisière du brouillard. Un silence glacé s'abattit parmi les passagers.

– Si nous restons là, nous finirons comme ces pilotes... Morts, déclara Oran.

– Je vous répète que la procédure est d'attendre que la compagnie nous envoie un ingénieur, s'agaça un fonctionnaire. Ce qu'ils feront après avoir constaté notre retard.

– Cet engin ne doit pas être bien compliqué à faire avancer, supposa Kësha.

– Tu saurais le faire rouler? s'étonna l'Egyrien.

– Je suis mécanicien sur un bateau à vapeur, répondit le Kadjïr. Ça ne doit pas être bien différent!

– *En voiture!* hurla Oran, les mains en porte-voix.

Aussitôt, les passagers remontèrent dans le vaisseau. Il ne restait plus que les deux fonctionnaires du rail. Oran et Kësha sautèrent dans la cabine de pilotage.

– Hé! Descendez de là! s'écria l'un des employés du rail en s'élançant à leur poursuite.

Mais Oran se retourna et l'attrapa par le col de sa tüshnag.

– Vérifie que tous les passagers sont remontés. Mon ami est mécanicien sur un navire à vapeur, il se débrouillera très bien.

– Mais, c'est que...

L'Egyrien relâcha l'homme qui s'étala de tout son long sur le sol.

– Départ dans cinq minutes, l'avertit Oran.

Kësha actionna le sifflet et commença à manipuler toutes sortes de leviers, la mine concentrée. Il désigna une jauge.

– Ce cadran, ce doit être la pression. Mets du charbon dans le four et ferme à double tour.

– Vous ne pouvez pas conduire ce vaisseau à vapeur! s'écria le fonctionnaire en se relevant. Avez-vous un brevet de conduite attesté par la compagnie?

Oran se pencha vers lui. Il dut crier tant la machinerie faisait du bruit.

– Je n'y connais pas grand-chose, mais je crois que nous allons bientôt partir. Et si j'étais vous, je me dépêcherais de monter dans une voiture.

Puis il lui claqua la porte au nez. Le fonctionnaire hésita un instant avant de se précipiter dans la première voiture venue.

Kësha poussa un cri de joie en abaissant brutalement un levier.

Un à-coup violent ébranla la motrice, puis elle prit de la vitesse, laissant loin derrière eux les créatures qui rôdaient dans les ténèbres.

– À ton avis, qu'est-il arrivé aux pilotes ? demanda le Kadjïr.

– J'aime autant ne pas le savoir, répondit Oran.

En début de matinée, le vaisseau à vapeur arriva en vue d'une petite ville. Dans un crissement de freins cataclysmique, le titan d'acier stoppa sa course plus de cent mètres après le quai d'embarquement, obligeant une foule mécontente à lui courir après.

Au bout de quelques minutes, la porte de la cabine s'ouvrit à la volée et le fonctionnaire qui avait tenté de les empêcher de prendre les commandes quelques heures plus tôt les salua. Il avait l'air fort embarrassé.

– Alors voilà, je suis allé rendre compte de la situation à un supérieur et il se trouve que nous n'avons aucun pilote breveté sur place, déclara-t-il en se rongeant l'ongle du pouce. Et je me suis dit qu'au lieu de provoquer une émeute en annonçant un retard de plusieurs jours, il serait peut-être préférable que vous restiez aux commandes de l'engin.

– Jusqu'à la prochaine cité ?

– Plus certainement jusqu'à la cité portuaire de Kassar.

Les deux compagnons acceptèrent, soulageant ainsi le fonctionnaire d'un poids considérable.

– Seuls maîtres à bord, sourit l'Egyrien en enfournant de pleines pelletées de charbon dans le four.

Lâchant un sifflement rageur, le vaisseau à vapeur quitta la gare.

À l'aube du troisième jour, Oran et Kësha, le visage brûlé par la vapeur et les jets d'huile bouillante, la peau noircie par la fumée de charbon, rendus à moitié sourds par la machinerie, posaient les pieds sur les pavés de Kassar.

– C'était un sacré voyage, soupira le Kadjïr en contemplant l'étendue miroitante de la mer de Mëroë.

– Je crois bien que nous avons établi un nouveau record, acquiesça l'Egyrien. Que dirais-tu d'aller prendre un bain et de manger un repas chaud ?

– Commençons par nous rincer l'intérieur. J'ai avalé tellement de fumée que je crois qu'un peu de distille de sahourë ne sera pas de trop pour ramoner tout ça. (Il cracha noir et se tourna vers Oran.) Où comptes-tu aller maintenant ?

– Comme je te l'ai dit, je dois traverser la mer de Mëroë pour me rendre à Ishama.

– Alors nous ferons la traversée ensemble, ensuite nos routes se sépareront.

Ils choisirent une auberge non loin du port. Il fut décidé qu'ils embarqueraient dès l'après-midi sur le *Zéphyr*, un bateau à vapeur faisant la navette entre les deux continents.

– Il ne nous faudra pas quatre jours pour atteindre Alaharën. Ce bateau file bien.

Soudain, une explosion terrible souffla les vitres de l'établissement. Kësha se précipita dehors en jurant.

– Ce n'est que le *Titan* qui a explosé, soupira-t-il. La corporation de la marine à voile a déclaré la guerre aux navires à vapeur, expliqua-t-il à Oran en revenant s'asseoir. Dans certaines cités côtières, ça a même tourné à la bataille rangée. La marine à voile est puissante, mais l'empire soutient la vapeur.

Quelques heures après, ils se retrouvaient à bord du *Zéphyr*, en partance pour les côtes elyriennes.

La traversée dura quatre jours. Aussitôt qu'ils eurent accosté dans la cité de Kassar, l'Egyrien prit le vaisseau à vapeur pour la Cité éternelle.

39

Ishama.

Malëva était assise en tailleur sur sa couche. Sa blessure ne s'était plus rouverte depuis trois jours et elle pouvait à nouveau bouger le bras droit, même si elle manquait encore d'aisance dans ses mouvements.

Une souffrance bien plus éprouvante la tourmentait. Elle avait trahi la mémoire de Lonë en doutant de lui.

Si Matëo parvenait à retrouver le Silhamassaï et à le tuer, quel espoir resterait-il à l'empire ?

Elle eut un brusque besoin de fuir la réalité. Elle prit une profonde inspiration et ferma les yeux. Son esprit glissa vers le silence. Quand elle sentit une léthargie fébrile l'envahir, elle récita les sept prières d'amour à Ankanaëpha et sombra aussitôt dans un sommeil semblable à la mort. Le fleuve de la non-vie l'entraîna alors vers un lieu obscur et interdit. Elle banda sa volonté pour s'extraire du courant et chemina vers son passé.

Malëva se retrouve errant sur un sentier broussailleux.

Elle est sale et son esprit n'est qu'une fournaise douloureuse. Elle vient de perdre Lonë et le chagrin l'a rendue folle.

Elle ne prend pas garde aux épines qui laissent de longues traînées sanglantes sur ses mains et son visage. Sa souffrance est ailleurs, plus profonde.

Quand enfin elle émerge de la masse végétale, elle distingue un village à près d'un kilomètre. Soudain, trois lapins s'égaillent devant elle. Elle essaie d'en attraper un qui lui file entre les doigts. Elle se relève péniblement et s'avance jusqu'à la source pour y étancher sa soif.

Elle ne se rappelle plus depuis combien de jours elle n'a rien mangé.

Par moments, ses jambes se dérobent sous elle. Il lui arrive même de perdre connaissance. Elle ne survit plus que par instinct. La vie et la mort ne sont plus que des concepts vides de sens. Seule la souffrance signifie quelque chose.

Soudain, des cris provenant de derrière un talus la font sursauter. C'est une voix de femme qui appelle à l'aide. Il y a un aboiement suivi d'un couinement bref. Malëva se redresse. Ses mains se sont instinctivement saisies de ses cotj'ans. Elle saute par-dessus un ru et gravit la butte de terre.

Deux hommes barbus et vêtus de loques molestent une femme âgée qui se débat. Le corps d'un chien gît un peu plus loin sur le sol.

– Tiens-la bien, je vais lui faire sa fête, déclare l'un des hommes en dégrafant sa défroque. Elle est un peu vieille, mais je ne vais pas faire la fine...

Il lève alors les yeux sur Malëva qui se tient debout au sommet du tertre.

– Attends un peu, je crois que c'est Ankanaëpha qui nous l'envoie, celle-là ! s'exclame-t-il en désignant l'ancienne Sœur à son compagnon.

Les deux hommes se ruent sur Malëva qui se met en garde. Elle esquive leurs attaques et les tue en retour. Les corps sans vie roulent jusqu'aux pieds de la vieille femme qui tient les pans déchirés de sa robe serrés contre elle.

– Je me nomme Manie, dit-elle.

Mais l'ancienne Sœur reste immobile au sommet du talus. Manie s'agenouille alors devant sa chienne étendue sur le sol. La bête a le flanc perforé. Elle ne respire plus. La vieille femme se saisit de la lame de l'un de ses agresseurs et, les larmes aux yeux, ouvre le ventre de l'animal mort. Aucun des chiots ne semble avoir survécu. Puis l'une des boules de poils souillées de sang émet un son semblable au couinement d'un mulot. Manie le soulève avec douceur et le tend à Malëva qui s'est approchée.

– Prends-le et mets-le au chaud, contre ta peau, sur ta poitrine.

L'ancienne Sœur se saisit du chiot poisseux et le passe sous ses vêtements. La vieille femme sourit.

– Viens avec moi, mon enfant. Il faut lui trouver du lait.

Malëva porte son regard sur les dépouilles des deux hommes.

– Noëm les avait chassés de nos terres. Je crois qu'ils voulaient se venger, explique Manie en prenant l'ancienne Sœur par le bras.

Elles se dirigent vers le village.

– Il faudra lui donner un nom, à ce chien, dit la vieille femme.

– Nakadamu, murmure Malëva en sentant le chiot mordiller son sein avec vigueur.

– Nakadamu, répète Manie. Comme le héros kadjïr qui sauva Ankanaëpha ?

L'ancienne Sœur acquiesce.

Une porte claqua et Malëva rompit sa concentration, s'arrachant violemment à son passé. Elle rouvrit les yeux. Tissa, la jeune Concubine d'Aras qui la soignait, lui faisait face. Depuis qu'elles avaient fait l'amour, il y avait neuf jours, elles n'avaient plus échangé un seul mot, ni une seule caresse. Pourtant, l'ancienne Sœur sentait que leur liaison avait bouleversé la jeune femme.

– Demain, tu seras amenée à la reine Ankahana, déclara Tissa.

Malëva hocha la tête sans répondre. La Concubine s'apprêtait à repartir quand elle s'arrêta brutalement.

– Te souviens-tu de ta question ? interrogea-t-elle Malëva.

– Y a-t-il encore une place dans ton cœur pour la Mère éternelle ? murmura l'ancienne Sœur.

– Je cherche la réponse en moi depuis neuf jours...

– Et alors ?

– Non, je n'ai plus la force d'aimer, répondit la jeune femme avec une grimace de souffrance.

Puis elle sortit.

Tissa se saisit du petit lézard bleu sans aucune appréhension et attendit que ses crochets pénètrent profondément dans la paume de sa main. Elle le tint fermement jusqu'à ce qu'elle sente le poison accélérer son cœur et accroître l'acuité de ses sens.

La Concubine relâcha alors le reptile et ouvrit une jarre contenant de l'huile. Elle renversa son contenu sur le sol. Quand le liquide aussi épais que du miel se fut répandu jusque sous les lourds meubles de la réserve, elle jeta violemment sa lanterne dans la flaque. Elle contempla pendant un instant les flammes naissantes, puis elle passa sa lame bouclier au bras gauche et sortit.

Elle ne serait plus jamais esclave de son destin. Le poison du gecko bleu courait dans ses veines. À faible dose, il était utilisé pour améliorer les capacités physiques des combattants, mais une morsure prolongée entraînait inévitablement la mort.

À l'idée de mourir, elle ressentit un immense soulagement.

Mais avant, elle s'était juré de racheter son âme.

Derrière elle, l'incendie grondait. L'alerte n'allait pas tarder à être donnée. Elle dégaina son cotj'an et l'étreignit aussi fort qu'elle le pouvait, comme s'il s'agissait de la dernière chose qui l'unissait à la vie.

Du sang lui coula du nez. Son corps ne pourrait pas supporter une telle dose de poison longtemps, bientôt son cœur exploserait ou son cerveau se mettrait à bouillir.

Enfin la cloche retentit. L'incendie avait été découvert. Elle se mit à courir.

Malëva se réveilla en sursaut. Elle courut jusqu'à la porte et posa son oreille contre le panneau de bois. Une certaine agitation semblait régner dans le sanctuaire. Elle alla jusqu'à la meurtrière qui donnait sur la rue, mais Ishama était paisible. Aucune silhouette ne se dessinait dans les halos incertains des becs à huile.

Soudain, le verrou claqua et la porte s'ouvrit à la volée. L'ancienne Sœur eut du mal à reconnaître Tissa. Les yeux de la Concubine étaient injectés de sang et un rictus effrayant déformait ses traits.

– Enfile ça et suis-moi ! lui ordonna la jeune femme en lui jetant une tunique sombre pareille à la sienne.

– Que se passe-t-il ?

– J'ai mis le feu au bâtiment. Nous devons profiter de la panique pour nous enfuir d'ici.

L'ancienne Sœur s'apprêtait à lui poser une autre question, mais elle se ravisa et enfila le vêtement. Le tissu était poisseux de sang.

Au moment où elles s'apprêtaient à sortir, une guerrière surgit dans la pièce. Tissa fit décrire un arc de cercle à sa lame-bouclier qui décapita la femme et s'enfonça profondément dans le chambranle de la porte.

– Dépêchons-nous ! déclara la Concubine en dégageant son arme.

– Tu es blessée ? s'inquiéta l'ancienne Sœur en voyant du sang lui couler du nez et des oreilles.

– Ce n'est rien... Viens !

Dans le couloir, trois corps désarticulés gisaient sur le sol. L'un des cadavres avait presque été coupé en deux. Malëva s'empara d'une lame-bouclier et rattrapa Tissa.

Sa blessure l'élançait et elle se sentait toujours faible.

– Nous allons sortir par une issue de service, lui lança la jeune femme sans se retourner.

Les couloirs étaient déserts. Mais, au moment d'emprunter l'escalier, les deux compagnes se retrouvèrent face à face avec un groupe de trois Concubines masquées. Sans même chercher à les duper, Tissa plongea son cotj'an dans le ventre de la guerrière la plus proche. Les deux autres réagirent promptement et attaquèrent.

Malëva détourna par trois fois le cotj'an de son adversaire, mais sa lame-bouclier était trop lourde pour qu'elle puisse riposter. Son bras droit encore meurtri ne lui permettait pas d'oser une prise au corps. Elle recula pas à pas.

Tissa n'était pas en meilleure posture qu'elle. La Concubine qui lui faisait face devait être une ancienne Sœur gardienne du limö, elle parait et esquivait ses attaques les plus violentes avec une facilité déconcertante. Tissa cria de douleur quand la guerrière enfonça son arme profondément dans sa poitrine. Mais la jeune femme ne s'écroula pas. Elle bloqua la lame de sa main droite et trancha le bras de son adversaire.

L'ancienne Sœur profita de la stupéfaction de la Concubine contre laquelle elle se battait pour lui porter un coup rapide à la gorge. Le sang jaillit à flots et la guerrière s'effondra dans un horrible gargouillis.

Tissa, agenouillée, tenait à deux mains la garde du cotj'an fiché dans son corps. Elle retira la lame sans un cri et se releva en titubant.

– Comment peux-tu endurer cela ? souffla Malëva, épouvantée.

– La drogue... répondit la jeune femme dans un étrange chuintement de voix. Prends ce cotj'an, lui intima-t-elle en lui tendant l'arme qui l'avait blessée.

Maintenant, ses yeux étaient entièrement rouges. L'ancienne Sœur ne distinguait même plus son iris, seules ses pupilles pointaient au milieu de son regard comme deux perles noires égarées dans un océan de sang. Les veines qui sillonnaient son visage traçaient sous sa peau une mosaïque palpitante.

Malëva se saisit du cotj'an et elles repartirent. La porte de service était gardée par deux Concubines qui moururent avant d'avoir eu le temps de tirer leurs lames. Tissa ouvrit les trois lourds verrous condamnant l'accès et se tourna vers l'ancienne Sœur. Elle voulut parler, mais elle s'écroula en cracha du sang.

– Pourquoi ? l'interrogea doucement Malëva en la prenant dans ses bras.

– Je n'éprouve plus d'amour, mais je peux encore haïr... Haïr ce que je suis devenue... Haïr les noirs desseins de mon maître, murmura-t-elle en essayant de reprendre son souffle. Rends-toi au tombeau d'Ankanaëpha, reprit-elle après un moment. Il reste là-bas des Sœurs fidèles à la Parole d'Amour. Elles pourront t'aider. Prie pour mon âme...

Elle ferma les yeux. L'ancienne Sœur la berça jusqu'à ce qu'elle ne sente plus son cœur battre. Elle n'éprouva aucune tristesse en allongeant la dépouille de la jeune femme sur les dalles froides, seulement de la colère.

Elle ouvrit la porte et sortit dans la nuit.

Saria le Vaniteux était à Ishama depuis maintenant cinq jours et aucun de ses hommes n'avait réussi à glaner le moindre renseignement sur Malëva Naöna. Quant à Ankahana, elle restait cloîtrée dans son palais, protégée par sa garde prétorienne.

Il ignorait si elle avait eu vent de sa venue. C'était probable. Il n'avait rien fait pour être discret. Mais il doutait qu'elle vienne le défier. Même après toutes ces années, il était certain qu'elle n'avait pas oublié de quoi il était capable.

Il lut les derniers rapports qui lui étaient parvenus. La province kadjïre s'était soulevée. L'affrontement était désormais inévitable avec les troupes impériales. Il se demanda si cela pouvait avoir un rapport avec les agissements de l'impératrice d'Ishama.

– La prochaine fois, ne pourrais-tu pas me donner un corps? Seulement une tête... c'est tout de même un peu restrictif, râla Balahïn le Fougueux.

– Pour pouvoir tripoter les femmes, je suppose? Vieux vicieux...

– Je t'ai déjà dit de ne pas parler de ton maître en ces termes! s'agaça la tête en projetant de colère des petits ronds de fumée rose dans l'air.

Saria lâcha l'embout de son narguilé et se leva. Il porta son regard sur les centaines de costumes qui encombraient la pièce.

– Je n'ai toujours aucune nouvelle de Malëva Naöna, soupira-t-il.

– Cela, je le sais, répliqua Balahïn. Moi, ce qui m'inquiéterait davantage si je n'étais pas déjà mort, c'est ce qu'il se passe dans la citadelle des Cendres.

– Je ne crois pas qu'Il soit encore assez puissant pour marcher parmi les mortels.

– Mais ce jour viendra, et plus tôt que tu ne le crois, Saria le Vaniteux.

– Crois-tu à l'existence du Silhamassaï ?

– Certains semblent s'accorder sur le fait qu'il existe bien, répondit Balahïn le Fougueux avec circonspection.

Saria sortit de la pièce exiguë et marcha jusqu'à se retrouver au centre d'une scène de théâtre. Il frappa trois fois de son bâton les planches polies.

– Mes parents étaient comédiens, déclara-t-il avec nostalgie. Si tu n'avais pas deviné le don qui sommeillait en moi, j'aurais appris à jouer la comédie.

– Saltimbanque... la belle affaire ! cracha la tête avec dédain.

– Quand on est aussi vieux que moi, la vie n'apparaît plus que comme une comédie.

– Mais la souffrance et la haine sont, elles, bien réelles, répliqua Balahïn le Fougueux.

Saria songea à ses filles, tuées par le Didjirü noir.

– Le jeu n'en est que plus intense, dramatique, murmura le magicien, le visage figé.

Malëva s'était égarée à force de détours, et les bâtiments, hauts de plusieurs étages, ne lui laissaient voir qu'une tranche de ciel, l'empêchant de s'orienter.

Tissa lui avait dit de se rendre au tombeau d'Ankanaëpha pour trouver de l'aide. Pourtant, elle avait désormais une mission et ne pouvait plus s'en détourner. Elle devait retrouver le Silhamassaï avant Matëo. Pour Lonë, car c'était là sa dernière volonté, mais également parce que c'était aussi le seul espoir de tout un peuple.

Alors qu'elle pensait être hors de danger, des silhouettes vêtues de noir traversèrent la ruelle juste devant elle. Elle se plaqua dans le renfoncement d'une porte et attendit quelques secondes, retenant sa respiration. Plusieurs sifflements aigus retentirent dans le quartier. Les Concubines l'avaient prise en chasse. Elle ne pouvait plus se permettre de déambuler au hasard, elle devait quitter la cité au plus vite.

Elle leva la tête. Quelques passerelles se balançaient dans le vide. Elle emprunta un escalier en colimaçon qui débouchait sur une terrasse publique et courut le long d'un pont suspendu qui se mit à osciller dangereusement. Elle arriva sur une plate-forme de bois servant de point d'amarrage à trois autres passerelles. Le souffle court, elle s'accroupit, serrant ses genoux contre sa poitrine pour se protéger du vent violent. Elle était à égale distance du palais et du Tombeau.

Elle porta une main sur son bandage. Il suintait un peu de sang de sa blessure. Elle s'apprêtait à repartir quand elle repéra un groupe de trois Concubines en contrebas. L'une d'elles leva la tête au même instant et la désigna du doigt. Les trois guerrières épaulèrent aussitôt leurs fusils à détente, la sommant de descendre.

Malëva était prise au piège. Si elle empruntait une passerelle, elle s'exposerait aux tirs, et si elle restait sur la plate-forme, les Concubines ne mettraient pas longtemps à venir la débusquer. Elle prit une longue inspiration et s'élança sur l'un des ponts suspendus. Deux dards sifflèrent à ses oreilles, le troisième s'enfonça dans une des lattes sous ses pieds, manquant de la faire trébucher.

Les trois Concubines se lancèrent à sa poursuite sans prendre le temps de recharger leurs armes. Malëva passait de toit en toit, sautant d'une terrasse à l'autre, jouant parfois les funambules sur des passerelles aux cordages pourris. Mais malgré tous ses efforts, chaque fois les silhouettes de ses poursuivantes se découpaient en contrebas. D'autres Concubines les avaient rejointes.

La course-poursuite prenait de plus en plus des allures de battue et l'ancienne Sœur sentait la panique la gagner. Deux guerrières étaient montées sur les toits, elles étaient à une dizaine de mètres à peine derrière elle. Sans se retourner, Malëva trancha les cordes du pont sur lequel elle courait et sauta sur la corniche d'une imposante demeure. Elle serra les dents en entendant le bruit mat des corps des Concubines s'écraser sur les pavés.

Elle porta une main sur sa blessure. La douleur était lancinante.

Incapable de repartir, elle s'assit en se laissant glisser contre le mur. En contrebas, les Concubines semblaient décontenancées.

– Elle n'a pas pu s'échapper ! martela une voix. Elle doit se terrer quelque part. Si nous ne l'avons pas trouvée dans une heure, je demanderai à la Dame de faire venir un Didjirü gris de la citadelle. Il saura bien la débusquer !

Il y eut un bruit de course et les ruelles alentour se firent silencieuses. L'ancienne Sœur reprit un peu espoir. Le tombeau d'Ankanaëpha n'était plus qu'à cinq cents mètres à peine. L'édifice dominait la ville. Elle se releva lentement, se retenant d'une main aux ornementations de façade. Ses jambes étaient faibles. Prenant conscience qu'elle ne pourrait pas sortir de la cité dans l'état où elle était, elle décida d'essayer de gagner l'édifice.

Elle marcha avec précaution jusqu'à la plus proche fenêtre du bâtiment, enroula un pli de sa tunique autour de la garde de son cotj'an et cassa un carreau. Les morceaux de verre tombèrent sur un tapis épais. Elle pénétra aussitôt dans la bâtisse.

Elle descendit au rez-de-chaussée et déverrouilla la porte d'entrée. Elle l'ouvrit sans bruit et se glissa à l'extérieur.

Les ruelles étaient désertes. Elle s'élança en direction du tombeau, une main comprimant sa blessure, une autre enserrant le cotj'an que Tissa lui avait donné.

Malëva observait les abords du tombeau depuis plusieurs minutes. Il lui fallait traverser une large esplanade et grimper près de trois cents marches avant d'atteindre l'entrée de l'édifice. Si les Concubines d'Aras lui avaient tendu une embuscade, elle n'aurait aucune chance de leur échapper.

Finalement, profitant d'un nuage qui voilait la lune, elle s'élança à découvert. L'instant d'après, un sifflement aigu l'avertit qu'elle venait de tomber dans un traquenard.

Un choc violent à la hanche la projeta sur le sol. Le projectile s'était fragmenté en une multitude de morceaux. Les premiers moments de panique passés, l'ancienne Sœur comprit qu'il s'agissait d'un dard en porcelaine, le même que ceux utilisés par les mahadjïrs pour prendre vivants les forcenés ou rendre à la raison une foule menaçante.

Elle se releva en grimaçant de douleur et se remit à courir, courbée en deux, s'aidant de ses mains. Un second projectile explosa sur le sol à ses pieds, mais le troisième la frappa dans les reins. Elle s'effondra en hoquetant, incapable de continuer. Elle était arrivée au pied des marches. Deux guerrières masquées sortirent à découvert, la tenant en joue. L'ancienne Sœur s'adossa à l'escalier pour leur faire face.

L'une des Concubines épaula son fusil. Elle était à trois pas de Malëva.

– J'ai bien envie de te loger une porcelaine dans la tête ! déclara-t-elle. Ainsi, tu seras moins pressée de sortir, une fois défigurée.

Mais elle n'eut pas le temps de mettre sa menace à exécution, car deux dards la transpercèrent. Elle tomba avec un râle. L'autre guerrière jeta un regard vers le haut des marches et battit aussitôt en retraite.

Malëva se retourna. Trois Sœurs accoururent vers elle, quatre autres silhouettes les couvraient.

– C'est une Concubine ! s'écria l'une des femmes en voyant la tunique sombre de l'ancienne Sœur.

– Non, murmura Malëva en luttant pour rester consciente. Je n'ai pas prêté serment à Aras.

Puis une douleur aux reins la fit s'arquer en deux et elle fut incapable de prononcer un mot de plus.

– Amenez-la dans une cellule. Nous verrons de quoi il retourne une fois à l'abri.

Malëva gémit quand elles l'aidèrent à se relever. Elle monta les marches une à une, parvenant à grand-peine à refouler ses larmes tant sa souffrance était intense. Elle perdit connaissance avant d'avoir pénétré dans le tombeau.

40

Montriches, province kadjïre.

Iloënn avait perdu le décompte des jours. Le matin, lorsque Lladul rentrait de ses escapades nocturnes, ils déjeunaient ensemble, puis l'ermite se remettait à ses fourneaux pendant que l'enfant abattait l'une de ses nombreuses et éprouvantes corvées de la journée. Le soir, Lladul venait le chercher et l'emmenait dans une clairière pour lui parler des Druides.

Le vieil homme se raillait souvent de l'enfant qui s'efforçait à longueur de temps de mettre en pratique son savoir embryonnaire. Pourtant, parfois, entre deux moqueries, il lui prodiguait un conseil précieux. Puis il observait son élève en silence et repartait en marmonnant dans sa barbe, comme s'il débattait avec lui-même.

Iloënn n'avait plus revu Chêneploie depuis que celui-ci l'avait laissé devant la cabane de Lladul. Le Peuplebois semblait l'avoir abandonné aux bons soins du vieil ermite.

C'était un début d'après-midi pluvieux. Iloënn, qui avait fini de couper le bois et de débroussailler derrière la cabane, gagna la clairière dans laquelle Lladul lui faisait chaque soir la leçon. Il s'avança jusque sous le chêne esseulé qui se tenait au centre du lieu sacré. L'arbre était bas et trapu. Son tronc se scindait en sept branches. Le vieil ermite lui avait appris le nom de chacune, mais il les avait déjà oubliés.

L'enfant ferma les yeux pour essayer d'écouter la terre respirer. Tout ce qu'il perçut, ce fut le vent dans les branches du vieux chêne. Un bruit attira son attention en lisière de la forêt. Un Peuplebois lui faisait signe de le suivre. Son corps était un entrelacs de ronces et de fleurs grimpantes. Ses yeux étaient comme deux noisettes. Iloënn s'avança alors que la créature s'enfonçait dans les bois. À chaque pas, elle crépitait comme si l'on piétinait un tas de brindilles.

– Où va-t-on ? lui demanda l'enfant.

« *Sourcevie*, lui répondit le Peuplebois dans un bruissement. *Voir Moreänne.* »

Comme la fois précédente, la Mèresprit l'attendait, assise au bord du bassin. Elle chantait. Iloënn n'osa pas l'interrompre. Le Peuplebois lui dit de s'avancer et partit. L'enfant fit trois pas et s'arrêta à nouveau en prenant conscience que Moreänne chantait en communion avec la nature. Pour la première fois il sentit le cœur de la terre battre sous ses pieds. Il en fut tellement ému qu'il en oublia la Mèresprit. Celle-ci s'était tue. Elle l'observait avec un sourire bienveillant.

« Je vois que Lladul a été un bon maître », déclara-t-elle finalement.

Iloënn releva la tête.

« Approche-toi de la Sourcevie. Je voulais te montrer quelque chose. »

Il obéit. Bientôt une scène se dessina sur la surface frémissante du bassin. Un homme bâti en force, coiffé d'un heaume ancien, brandissait une hache au-dessus de sa tête. Iloënn poussa une exclamation en reconnaissant Bëorndal, son père. À ses côtés se tenaient des dizaines de milliers de guerriers venus de toute la province kadjïre. Ils firent écho au rugissement de Bëorndal et s'élancèrent dans la plaine. En face d'eux, les soldats de l'empire en tunique rouge étaient disposés en ordre de bataille. Ils épaulèrent leurs fusils à détente et leurs armes se mirent à cracher salve sur salve. Les Kadjïrs levèrent leurs boucliers de bois. Mais chaque fois, les dards en fauchaient plusieurs centaines. L'herbe de la plaine se recouvrit de corps. Les guerriers continuèrent néanmoins à charger. Bëorndal se détacha de la masse. Il semblait démesurément grand et puissant.

Les mahadjïrs restèrent impassibles devant la sauvagerie de leurs adversaires. Ils continuèrent à tirer méthodiquement et chaque salve s'avérait plus meurtrière que la précédente. Les boucliers de bois des assaillants volaient en éclats, leurs corps étaient transpercés de part en part.

Iloënn crut un instant qu'ils allaient céder à la panique, mais au même instant un vent d'incertitude ébranla les premières lignes mahadjïres. Plusieurs milliers d'archers kadjïrs grimpaient en hâte sur la berge du fleuve dont le lit passait à quelques centaines de mètres du champ de bataille. Les hommes des Landebrumes, menés par leur jeune roi Anawënn, avaient descendu le courant accrochés à des troncs d'arbres et prenaient pied à hauteur de l'armée de l'empire. Restant hors de portée des fusils à détente, ils commencèrent à décocher leurs traits. Les premières volées furent incertaines et de nombreuses flèches finirent leur course dans l'herbe. Mais les suivantes se firent plus précises et plus nourries à mesure que les Kadjïrs sortaient du fleuve. Anawënn exhortait ses hommes à se hâter de prendre position. Ne pouvant tolérer cette menace sur leur flanc droit, les rangs mahadjïrs s'ouvrirent pour vomir plus d'un millier de cavaliers montés sur de redoutables épeuchs rouges. Les volatiles bondirent en avant avec une célérité effarante.

– *Tenez bon !* hurla Anawënn. *Continuez à tirer !*

Il planta à ses pieds trois nouvelles flèches, banda son arc sans précipitation et lâcha son trait. L'un des cavaliers fut désarçonné. Anawënn tira une seconde fois et ordonna la retraite. Les cavaliers n'étaient plus qu'à quelques dizaines de mètres.

Les Kadjïrs dévalèrent le raidillon jusqu'au fleuve et se jetèrent dans l'eau. Les mahadjïrs s'élancèrent à leur poursuite. Les épeuchs rouges renâclèrent lorsqu'ils foulèrent le sol boueux de la berge. Les cavaliers réalisèrent que leurs montures risquaient de s'enliser. Ils tentèrent de tourner bride, mais il était déjà trop tard. Des centaines de Kadjïrs pâles aux visages graves et inquiétants sortirent de leurs cachettes pour fondre sur eux. La reine Akilia de Terrebroussailles fut la première à plonger sa lame dans la gorge d'un adversaire. Les survivants qui réussirent à s'extirper du bourbier se débandèrent. Le sort de l'armée impériale était alors scellé.

Les nomades de Hautcépages, menés par Korkoran le Roi boiteux, avaient contourné le gros des forces adverses. Montés sur leurs monstrueux irdres cornus, ils galopaient à la rencontre des lignes arrière des impériaux. Privés de leurs cavaleries, les mahadjïrs reçurent la charge de plein fouet. Les irdres, armés de longs éperons d'aciers, éventrèrent les hommes épouvantés.

Au même instant, Bëorndal arriva au contact et sa hache vengea ses frères tombés.

À ce moment, l'eau de la Sourcevie se colora en rouge sang et Iloënn ne distingua plus que des ombres jouant un ballet fantomatique. Il releva les yeux sur Moreänne.

– Est-ce qu'il va mourir ? s'écria-t-il.

« Non, la terre ne boira pas son sang aujourd'hui. Mais d'autres combats sont à venir... »

– Vous devez l'aider !

« Je ne peux pas. Cette forêt est mon royaume. Au-delà mon pouvoir décroît. »

L'enfant regarda à nouveau dans le bassin. L'eau s'était assombrie. Il prit alors conscience que le soleil descendait derrière la cime des arbres. Le crépuscule n'allait plus tarder.

« Pars, maintenant, murmura la Mèresprit. *Tu n'es pas encore prêt à affronter les dangers qui rôdent à la nuit tombée. »*

Moreänne regardait l'enfant s'enfuir quand Chêneploie sortit du fourré dans lequel il était resté caché.

« Il n'en est pas capable... Il est trop jeune, déclara le Peuplebois.

– *C'est à lui de faire ce choix. À personne d'autre*, répliqua la Mèresprit.

– *Il est trop tôt... bien trop tôt... »*, bruissa Chêneploie en secouant sa crinière rêche comme du crin.

41

Frontière kadjïre.

Durant plusieurs heures, les Kadjïrs massacrèrent les mahadjïrs. Les archers de Landebrumes criblaient de flèches ceux qui tentaient de s'extraire de la mêlée tandis que les puissants irdres menés par Korkoran le Boiteux et ses fils chargeaient sans répit les poches de résistance impériale.

Le dernier mahadjïr mourut avant le crépuscule. Le combat avait duré toute l'après-midi.

Bëorndal ôta son heaume. La sueur ruisselait sur son front et sa tête résonnait encore de ses propres hurlements. Sa barbe et ses vêtements étaient souillés de sang. Il détourna le regard comme un de ses guerriers crevait les yeux des morts afin que leurs âmes puissent reposer en paix.

– Frère ! l'interpella Logard en se précipitant vers lui. Une dispute a éclaté entre le Boiteux et la reine de Terrebroussailles !

– Entre Korkoran et Akilia ! Que s'est-il passé ?

– Je l'ignore, c'est Anawënn qui m'a dit de venir te chercher.

– Conduis-moi jusqu'à eux. Dépêche-toi !

Lorsque Bëorndal et Logard arrivèrent sur les lieux de la dispute, Korkoran et la reine de Terrebroussailles se faisaient face. L'air entre les deux Kadjïrs semblait s'être cristallisé.

– Que se passe-t-il ? intervint le roi des Montriches.

Korkoran désigna du doigt une dizaine de guerriers aux visages masqués par un voile noir qui se tenaient derrière Akilia.

– Ces hommes tentent de ramener l'âme d'un mort parmi nous !

– Est-ce la vérité ? demanda gravement Bëorndal à la reine de Terrebroussailles.

– Il s'agit de l'âme d'un ennemi, un de leurs généraux, se défendit-elle. Nous voulions l'interroger.

– Ramener les morts a été proscrit par les Druides. Eux-mêmes n'osaient pratiquer les arts occultes de la nécromancie.

– Seulement par lâcheté! répliqua Akilia. L'art des morts aurait pu leur apporter la victoire.

– Et nous aurions été damnés à jamais, tout comme ceux des Landoccultes! Est-ce cela que tu désires pour ton peuple? Je te supplie de renoncer à ton sombre dessein.

– Il est trop tard, déclara-t-elle.

– Cela ne doit pas être! s'écria Korkoran en levant son arme.

Aussitôt, de nombreux guerriers de Terrebroussailles tirèrent leurs lames pour défendre leur reine. Ceux de Hautcépages se précipitèrent auprès de leur roi.

Mais avant que le sang ne coule, un cri terrifiant s'éleva audessus de la plaine, le cri d'un mort revenant à la vie.

Le mahadjïr ensorcelé se redressa en chancelant. Deux stylets de bois étaient profondément enfoncés dans ses orbites, ses lèvres étaient grossièrement cousues afin qu'il ne puisse qu'entrouvrir la bouche, et ses oreilles avaient été bouchées à l'aide de cire fondue. Sa gorge était traversée par la hampe d'une flèche.

Son visage mutilé exprimait la souffrance. Il s'avança maladroitement vers les deux rois et la reine de Terrebroussailles. Il hésita, puis se tourna vers Korkoran le Boiteux.

« Korkoran, tu mourras le cœur rempli de haine et d'amour et tu souffriras mille fois ce que je souffre. »

Le soldat mort désigna ensuite Akilia du doigt.

« Reine de Terrebroussailles, les Augures infernaux te mettent en garde : détourne-toi de la lumière sombre. Sinon, le néant t'engloutira, toi et les tiens. »

Enfin, il s'adressa à Bëorndal.

« Roi des Montriches et porteur du heaume, abandonne le voile de deuil qui masque ton âme. Abandonne ta quête insensée... »

Bëorndal décapita le cadavre dans un cri de colère.

« On ne se venge pas de la mort, poursuivit la tête tranchée. *Non, roi des Kadjïrs. Elle ne pourra revenir et tu ne pourras la venger. »*

Lorsque le cadavre se tut, tous regardaient Bëorndal. Le roi Montriches savait qu'il devait répudier la reine de Terrebroussailles. Elle avait réveillé un mort. Pourtant, sans les combattants d'Akilia, l'alliance serait fortement affaiblie.

La justice des Druides devait-elle prévaloir sur le destin du peuple kadjïr ?

– Es-tu un roi trop faible pour chasser Akilia ? l'interrogea Korkoran.

Alors que Bëorndal s'apprêtait à répliquer, un homme arriva en courant.

– *Une armée, une armée gigantesque !* hurla-t-il.

Le soldat s'arrêta à quelques mètres des rois.

– Certainement plus de cent mille mahadjïrs, dix ou vingt mille Sœurs et près de quatre-vingt mille miliciens, précisa-t-il.

– L'armée que nous venons d'affronter n'était là que pour leur laisser le temps de mener une offensive d'envergure, pesta le roi de Plainelacs qui s'était avancé. Nous ne sommes pas encore en mesure de les affronter.

Bëorndal se tourna vers Akilia.

– Il faut faire diversion. Pars sur-le-champ attaquer la province elyrienne avec tes guerriers. Brûlez, massacrez, pillez tout sur votre passage... Je veux que tout le royaume tremble. Ne marchez que la nuit, le jour éparpillez-vous et restez terrés. Fuyez les affrontements et ne frappez que les villages isolés.

Les paroles du roi des Montriches semèrent l'horreur dans tous les esprits. La reine de Terrebroussailles fixa Bëorndal avec une fureur contenue.

– Tu veux que l'empire tourne son attention et toutes ses ressources vers les Kadjïrs de Terrebroussailles. Soit, il en sera fait selon tes désirs. La terreur les paralysera pendant que mes chiens déchiquetteront la gorge de leurs femmes et de leurs enfants. Mais sache que si la mort ne peut être vengée, elle n'en a pas moins un prix parfois élevé.

– Quel sera le tien ?

– Quand le moment sera venu, répliqua Akilia. Quand le moment sera venu...

Elle se détourna et partit en direction de la province elyrienne à la tête de ses vingt mille guerriers vêtus de noir.

Bëorndal ne put étouffer un frisson en songeant aux ordres qu'il venait de donner. Il marcha jusqu'au sommet d'une colline isolée sans croiser aucun regard.

Maintenant, son armée aurait le temps de panser ses plaies et de s'organiser pour affronter les troupes de l'empire. De plus, lorsque l'annonce de leur victoire se serait répandue dans la province kadjïre, d'autres guerriers les rejoindraient.

42

Montriches, province kadjïre.

Arndal, fils aîné de Bëorndal, cherchait depuis plusieurs jours des traces de son frère cadet, Iloënn. Il avait promis à son père de le lui ramener et il ne pouvait se dérober à sa parole.

Au cours de ses recherches, il s'était enfoncé de plus en plus profondément dans la forêt, jusque dans des lieux interdits. Parfois, il sentait des créatures rôder autour de lui. Il ne cherchait pas à les apercevoir afin de ne pas éveiller leur colère. Il se masquait alors les yeux et attendait que les bruits de pas s'éloignent.

La veille, il avait trouvé un sentier sur lequel un enfant avait cheminé récemment. Il avait remonté la piste sur plusieurs kilomètres jusqu'à ce qu'elle soit effacée par les intempéries. Il s'était alors enfoncé dans la vieille forêt, la sylve originelle. Son espoir de retrouver Iloënn contrebalançait sa crainte de violer les lois des Peuplebois.

La nuit était tombée depuis peu de temps lorsque Iloënn arriva en vue de la cabane. Lladul l'attendait sur le pas de la porte, les poings sur les hanches, l'air mécontent.

– C'est à cette heure-ci que tu rentres ? s'agaça-t-il en apercevant l'enfant.

– J'ai voulu me promener et je me suis perdu, mentit Iloënn.

Il ne voulait pas parler au vieil ermite de sa rencontre avec la Mèresprit. Il savait que Lladul désapprouverait la décision qu'il avait prise chemin faisant.

L'homme ne semblait guère convaincu par son mensonge, pourtant il n'insista pas. Il rentra dans la cabane et entreprit de remplir ses cantines des mets posés sur la cuisinière.

– Pourquoi vous ne voulez pas me dire où vous allez toutes les nuits ? s'enquit Iloënn.

Lladul se retourna vivement.

– Et pourquoi confierais-je un de mes secrets à un menteur ?

L'enfant haussa les épaules, ne sachant quoi répondre. L'ermite mit ses cantines en bandoulière et sortit en claquant la porte. Iloënn songea qu'il devait être vraiment furieux, car c'était la première fois qu'il ne lui rappelait pas de verrouiller derrière lui. Soudain, le panneau de bois se rouvrit et le visage irascible de Lladul se glissa dans l'entrebâillement.

– Et n'oublie pas de verrouiller derrière moi ! lança-t-il avant de claquer la porte.

L'enfant ne put s'empêcher de sourire. Il ferma la targette et attendit quelques instants. Puis il tira le pêne et jeta un œil à l'extérieur. Les sous-bois étaient silencieux. Un peu de lumière restait encore accrochée aux nuages effilochés. La lune n'était pas pleine, mais elle était assez brillante pour éclairer ses pas. Il referma et prépara à la hâte quelques affaires.

Il ne reviendrait plus en arrière. Il irait réveiller les âmes des Druides assassinés par l'envahisseur egyrien et les guiderait jusqu'au champ de bataille. Il se battrait au côté de son père et effacerait ainsi la honte de ne pas avoir défendu sa mère.

Il ne savait pas s'il en avait le pouvoir, mais il devait essayer.

Lorsqu'il se glissa à l'extérieur, un regard luisant perçait les fourrés. Il se souvint alors du vieux blaireau que l'ermite nourrissait parfois. Il sortit de son sac un morceau de saucisse qu'il lança à la bête. Celle-ci s'en saisit et fila aussitôt.

Soulagé, Iloënn partit en direction des cercles de pierres sacrées. Une brume opaque s'échappait du sol qui lui arrivait à mi-genoux. L'enfant parvenait à grand-peine à s'orienter. Parfois, il s'éloignait du sentier et était obligé de revenir sur ses pas. Il marchait aussi vite qu'il le pouvait.

Une heure plus tard, la nuit s'assombrit et il se mit à pleuvoir. La brume fut rapidement dissipée et le jeune Kadjïr put suivre plus facilement la piste qui serpentait entre les arbres. Bientôt, il dépassa les premiers tertres écroulés. Le sol détrempé devint glissant. L'eau glacée qui tombait du ciel lui ruisselait sur le visage, dans le cou, partout. Il marchait tête baissée, protégeant ses yeux de la pluie rabattue par le vent.

Il n'entendit pas les grognements et ne vit pas les silhouettes voûtées courir entre les arbres.

Trois éclairs sillonnèrent le ciel et le tonnerre roula au loin. Iloënn dut se retenir pour ne pas se mettre à cavaler. Un nouvel éclair illumina les bois et, cette fois-ci, l'enfant vit les créatures. L'une d'elles était perchée sur l'arbre sous lequel il était. Son corps couvert d'un poil rêche et brun était celui d'un homme maigre et voûté, mais sa tête, énorme, était celle d'un loup maléfique.

L'Ombreloup dévoila ses crocs en sautant dans le vide. Iloënn se jeta sur le côté et se mit à courir droit devant lui. Aussitôt, la traque s'organisa. Les créatures étaient plus rapides que lui, pourtant elles n'essayèrent pas de l'arrêter. Elles se contentaient de se maintenir à sa hauteur en poussant de petits cris aigus.

Iloënn dépassa une souche pétrifiée qu'il reconnut et sut qu'il n'était plus loin des cercles de pierres.

L'espoir lui redonna quelques forces.

S'il parvenait à atteindre le lieu sacré, les Ombreloups le laisseraient peut-être en paix. Mais l'instant d'après, des griffes déchirèrent son vêtement et lacérèrent son dos. Le coup le déséquilibra et il tomba.

Trois créatures se jetèrent alors sur lui.

Arndal s'était réfugié dans un terrier étroit creusé sous un gros monolithe. Il n'arrivait pas à trouver le sommeil à cause de l'orage.

Soudain, il perçut un cri aigu entre deux coups de tonnerre.

Un espoir insensé le fit jaillir de son abri. Il se mit à courir entre les arbres. Le sang lui cognait à la tête. Il traversa un buisson sans ralentir, arrachant les branchages sur son passage.

Il vit son frère. L'enfant était poursuivi par une meute d'Ombreloups. L'un d'eux le jeta à terre, les autres s'avancèrent pour le mettre à mort. Arndal s'abattit sur les créatures démoniaques. Sa hache ouvrit la gorge d'un Ombreloup et il repoussa les deux autres d'un large coup circulaire.

– Iloënn ! s'écria-t-il. Relève-toi !

Un air hébété sur le visage, l'enfant regardait son frère brandir sa lourde hache de guerre.

– Prends les gousses d'ail sauvage dans ma sacoche ! lui intima ce dernier.

Iloënn, revenu de sa surprise, plongea une main dans la besace et en retira trois grosses gousses rousses et molles. Il les tendit à son frère. Arndal se saisit de l'une d'elles et la porta à sa bouche. Il mastiqua le bulbe âcre avec une grimace de dégoût et régurgita la patte malodorante avec laquelle il badigeonna son visage et le tranchant de sa hache. Iloënn l'imita aussitôt. Il faillit vomir tant le goût était fort et amer. L'ail lui brûla la peau lorsqu'il l'étala sur son propre visage. Il se mit à pleurer et à renifler.

Les Ombreloups n'étaient plus que des silhouettes masquées par la pluie et l'obscurité.

– Il faut trouver un endroit où s'abriter, déclara Arndal.

– Allons jusqu'aux pierres sacrées, elles ne doivent plus être très loin.

Le Kadjïr acquiesça et les deux frères repartirent, avançant avec prudence. La pluie cessa et la brume habilla à nouveau les arbres. Les bois était silencieux et froids.

– Ils... ils sont partis ? murmura Iloënn, tenant son aîné par la main.

– Je ne crois pas.

Peu de temps après, ils pénétraient dans un cercle de pierres.

– Et maintenant ? demanda Arndal.

Iloënn lui désigna un tumulus en partie écroulé.

– Qu'y a-t-il derrière ? s'inquiéta le guerrier.

– Tu verras, viens !

Arndal obtempéra. Il gravit la butte et se redressa pour contempler les pierres maudites.

– Je n'aime pas cet endroit, maugréa-t-il. Pourquoi nous as-tu conduits ici ?

– Pour réveiller les âmes des Druides.

– Que dis-tu ? Tu as perdu la raison !

L'enfant fit non de la tête. Arndal se rappela alors les paroles de son père.

Iloënn était-il vraiment celui que les Kadjïrs attendaient depuis tant d'années ? Un enfant aussi jeune pouvait-il être le dépositaire de la Mémoire ancienne ?

Sinon, comment expliquer qu'il était parvenu à survivre aussi longtemps au plus profond de la forêt ? La Mèresprit ou les Peuplebois avaient dû nécessairement lui venir en aide.

– C'est la seule façon d'aider notre père, insista Iloënn. J'ai besoin de toi.

– Comment ?

– Peut-être qu'en enlevant une pierre du cercle...

Arndal jaugea les monolithes hauts de plus de trois mètres.

– Une dizaine d'hommes ne parviendraient pas à bouger la plus petite d'entre elles, répliqua-t-il.

Par désespoir, Iloënn se jeta contre le rocher le plus proche et le poussa de toutes ses forces, ce qui eut pour seul effet de réveiller les âmes des Druides. Aussitôt, un chuchotement continu et douloureux résonna dans sa tête. Il ne percevait aucun mot distinctement, mais il connaissait le contenu de la supplique.

– Je vais vous libérer, leur promit-il en se remettant à pousser.

La poigne de son frère l'écarta de la pierre.

– Tu n'arriveras à rien comme ça.

Il observa les alentours.

– Il me faudrait de la corde... ou des chanvrelianes.

– Je sais où il y en a ! s'exclama Iloënn. Et c'est tout près !

Ils tranchèrent les lianes qui pendaient des arbres et les nouèrent bout à bout. Puis ils les passèrent autour de l'une des pierres sacrées et les attachèrent aux branches d'un vieux châtaignier. Arndal abattit sa hache sur le tronc. L'acier mordit profondément dans le bois. Le Kadjïr espérait qu'en basculant l'arbre entraînerait le monolithe dans sa chute.

Iloënn se recula sans quitter son frère des yeux.

Père est en colère contre moi ? demanda-t-il d'une voix étranglée.

Arndal s'arrêta, surpris.

– Qui t'a dit que père était en colère contre toi ?

– J'étais au village et je... je n'ai pas défendu maman.

Arndal eut un sourire malheureux. Il posa sa hache et prit les mains de son petit frère dans les siennes.

– Comment peux-tu penser ça ? Ce n'était pas à toi de la protéger. Tu n'es encore qu'un enfant !

– Alors il n'est pas en colère ?

– Non... Il est devenu fou de tristesse quand il a cru que tu étais mort.

– Et toi ?

– Moi ? Je pense que Mère doit être fière de toi et je le suis aussi... Bon, on les libère ces Druides ?

Iloënn n'en croyait pas ses oreilles. Il serra les dents pour ne pas pleurer. Il ne voulait pas que son frère le prenne pour un pleurnicheur de rien du tout. Il voulait qu'il continue d'être fier de lui.

Le tronc était entamé à moitié, mais le tranchant de sa hache s'était émoussé et Arndal devait frapper de toutes ses forces pour entailler le bois. Aucun des deux Kadjïrs ne vit les silhouettes ramassées des Ombreloups se faufiler entre les pierres.

Iloënn leva les yeux au ciel. La pluie avait cessé, mais le vent soufflait encore par bourrasque. L'orage ne devait pas être loin.

– *Iloënn, fuis !* hurla soudain Arndal.

Le Kadjïr fut soulevé du sol et vint heurter une pierre à côté d'Iloënn. Deux Ombreloups se jetèrent sur lui. Le premier referma ses crocs sur son épaule, mais le second reçut un coup de hache en pleine gueule. Arndal se dégagea en faisant de larges moulinets avec son arme. Il se tourna vers son frère.

– *Fuis ! Va te cacher !*

Iloënn partit en courant. Plusieurs Ombreloups se détachèrent des ténèbres pour lui donner la chasse.

– *Laissez-le !* hurlait Arndal. *Laissez-le !*

Iloënn rampa sous un buisson et se blottit contre l'une des pierres sacrées. Aussitôt, les voix des druides maudits s'élevèrent dans sa tête.

« Lyrmihyl, libère-nous », psalmodiaient-elles.

Une silhouette maigre dépassa l'enfant sans le voir. Elle fit encore quelques pas et s'arrêta brusquement, la truffe pointée vers le ciel. Ses narines frémirent et elle poussa un grognement sourd. Elle tourna son regard vers la pierre derrière laquelle Iloënn était caché.

Arndal se battait avec la fureur d'un fauve blessé. Il grognait et montrait les dents. Il avait été blessé à trois reprises, mais il ne sentait ni la douleur, ni la fatigue. Il pensait uniquement à son frère qui portait en lui l'espoir de tout un peuple. Les Ombreloups le harcelaient, fouettant l'air de leurs griffes acérées avant de sauter hors de portée de sa hache. Ils savaient que l'homme finirait par s'épuiser. Il était blessé et perdait son sang.

Il tonna et les bourrasques se firent plus puissantes. Le châtaignier oscilla comme le mât d'un navire dans la tempête. Le tronc à moitié entamé vrilla et se brisa. La corde de chanvreliane se tendit et le monolithe entravé fut entraîné par la chute de l'arbre. La terre fut parcourue d'un long frisson au moment où le cercle se rompit.

Les âmes des Druides sortirent de leur prison tellurique. Iloënn gémit. Une brume luminescente s'échappa du sol et l'enveloppa. L'Ombreloup qui s'apprêtait à lui sauter dessus s'enfuit en glapissant de terreur.

Iloënn se replia sur lui-même comme la brume lumineuse tentait de pénétrer en lui. D'instinct, il se mit à fredonner l'air que Moreanne avait chanté lors de leur seconde rencontre.

Le sol se mit alors à pulser sous ses pieds et les voix des Druides se turent. Iloënn comprit que la Mèresprit l'avait initié au chant de la terre. Elle lui avait fait un don inestimable, sans doute avec l'espoir qu'il essaie de réveiller les Druides maudits.

Guidé par l'enseignement de Lladul, Iloënn prit en lui le souffle de la terre et repoussa les âmes des Druides avec douceur. Puis il les nourrit de la force qu'il avait recueillie. L'une des âmes se fondit dans un buisson moussu et bientôt un être semblable à un Peuplebois géant naquit du bosquet. Son corps n'était qu'un enchevêtrement de branchages recouvert de mousse. La créature tourna son visage émacié et étrangement humain vers l'enfant. Elle semblait lui poser une question silencieuse.

– Tu te nommes Moussu, déclara Iloënn.

Moussu acquiesça et désigna les centaines d'autres Druidâmes qui naissaient à l'intérieur du cercle maudit. Iloënn dut nommer chacun d'entre eux. Il y eut Têtepierre, Piednoueux, Branchefolle, Vieuxterreau et tant d'autres que la cérémonie dura jusqu'à l'aube.

Arndal assista au défilé silencieux des titans de roche, de bois, de mousse, de fougère, de fleur. Quand Iloënn eut baptisé le dernier des Druidâmes, il se tourna vers son aîné.

– Rejoignons notre père, maintenant.

Sans un mot, Arndal lui prit la main et ils se mirent en route. Les créatures les suivirent dans un bruissement incessant, Têtepierre et Moussu en tête.

43

Malëva Naöna.

Malëva se redressa au moment où deux Sœurs entraient dans sa cellule. La première était sensiblement de son âge, son corps était musclé et nerveux et son regard à l'affût. Malëva reconnut en elle une Veilleuse du Suaire, une de ces combattantes choisies parmi les plus émérites pour protéger les lieux saints. L'autre était âgée, bien qu'elle ne fût pas encore affaiblie par les ans. Ses cheveux se paraient de fils d'argent et ses yeux étaient d'un bleu egyrien pur. Ses traits avaient la beauté de la sagesse. Elle portait le vêtement des Sœurs exécutrices.

Malëva s'agenouilla, faisant taire ses douleurs.

– La Sœur qui s'occupe de te prodiguer des soins m'a dit que tu n'urinais plus de sang et que ta blessure à la poitrine s'était refermée, déclara la vieille femme avec une douceur réservée. Tu dois être en mesure de nous raconter pourquoi les Concubines d'Aras te pourchassaient ?

– Oui, Vénérable.

– Alors relève-toi et raconte-nous.

– Je suis prête à tout vous révéler, mais à vous seule, Vénérable, déclara Malëva. Je vous demande le Droit au Secret.

La Veilleuse du Suaire se raidit, interrogeant son aînée du regard.

– Laisse-nous, ma fille.

– Mais, Vénérable Anamaë...

– Laisse-nous ! répéta-t-elle en durcissant ostensiblement la voix.

La Veilleuse du Suaire s'inclina et sortit. Malëva décida de ne rien cacher à la vieille femme.

Elle lui parla de son renvoi de l'Ordre éternel, du dirigeant qu'elle avait tué, de la mort tragique de Lonë Magbë, puis de sa longue errance jusqu'à Vömin.

– Les chemins qui t'ont conduite jusqu'ici semblent être tortueux et jalonnés de souffrances, constata l'aînée avec une certaine bienveillance.

Malëva acquiesça et poursuivit. Elle raconta la venue des brûle-supplices, l'assassinat de Manie et Noëm, son vœu de les venger. Puis elle lui parla de Matëo et de ce qu'il lui avait révélé sur Ankahana.

– L'impératrice veut faire venir le Dieu Noir dans la citadelle des Cendres... murmura la vieille femme.

– Ça n'a pas l'air de vous surprendre, releva Malëva.

Anamaë eut un petit sourire amer.

– J'ai appris à redouter le pire.

– Il faut trouver le Silhamassaï avant qu'Aras ne se réincarne. C'est notre seul espoir !

– Je crains malheureusement que ce soit impossible. Où chercher ?

– Alors vous croyez réellement en son existence, souffla Malëva qui s'était attendue à ce que la Sœur exécutrice ne la prenne pas au sérieux.

– Oui, mon enfant. J'y crois. (Elle s'interrompit le temps d'un soupir.) J'ai bien connu le Très Saint Akaomë du temps où il n'était qu'un jeune prêtre. Et nous étions alors assez proches, avoua-t-elle. La vie nous a séparés et aucun de nous deux n'a eu la faiblesse de renoncer à son destin. Il me parlait parfois du Silhamassaï, et je veux croire que ce n'est pas le hasard qui m'a placée sur ta route. Je t'aiderai, ma fille, je t'aiderai de toutes mes forces.

– Je dois sortir d'Ishama.

– L'impératrice doit déjà savoir que tu es venue chercher asile ici, la coupa la vieille femme. Je ne pense pas qu'elle te laissera en sortir. Peut-être même essayera-t-elle de prendre ce sanctuaire par la force.

– Elle n'osera pas ! Pas la dernière demeure de la Mère éternelle ! s'écria Malëva.

– Je l'en crois capable.

L'ancienne Sœur serra les poings.

– Pouvons-nous lui résister ?

La vieille femme se tourna vers la porte.

– Nous ne sommes pas plus d'une trentaine, déclara-t-elle sombrement. C'est bien peu pour faire face.

– N'y a-t-il pas d'issue dérobée ?

– Nous sommes dans un tombeau, et non dans une citadelle. Quant à demander de l'aide à l'Ordre éternel, j'y ai renoncé depuis longtemps. Nous sommes isolées et nous ne pouvons compter que sur nos maigres ressources. Nous essayerons de te faire sortir d'Ishama dès que possible. En attendant, es-tu assez forte pour marcher un peu ?

Malëva acquiesça.

Malëva tira le capuchon de sa tunique sur son visage en empruntant l'escalier qui menait à la salle du Recueillement. Les Sœurs qui avaient la garde du tombeau d'Ankanaëpha étaient logées dans les niveaux inférieurs de l'édifice mortuaire. Elles se relayaient jour et nuit pour accueillir les fidèles qui se pressaient aux portes du sépulcre.

Malëva et la Sœur exécutrice arrivèrent dans une salle gigantesque dont les voûtes s'élevaient à plus d'une trentaine de mètres de hauteur. Trois à quatre cents hommes vêtus d'une pèlerine verte étaient assis sur des bancs étroits et bas disposés le long des murs. Une douzaine de Sœurs allaient et venaient des uns aux autres, leur apportant quelques paroles d'encouragement et leur offrant de l'eau consacrée.

Anamaë jeta un regard circulaire aux nombreux pèlerins présents. Elle échangea quelques paroles avec l'un d'eux et prit l'ancienne Sœur par le bras.

– Je vais te guider jusqu'au sarcophage de la Mère éternelle. Nous serons ainsi plus à notre aise pour parler. (Malëva accepta d'un hochement de tête.) Cette première pièce est la salle de Recueillement. Nous invitons les fidèles qui ont fait un long voyage jusqu'à la Cité éternelle à réfléchir sur le sens de la vie et sur le chemin qu'eux-mêmes désirent emprunter. Les Sœurs présentes sont là pour les guider dans leurs réflexions. Certains restent parfois plusieurs jours ici dans l'attente d'une révélation, ou au moins d'un début de réponse.

Les deux femmes passèrent alors dans une salle plus petite et mieux éclairée. Une douzaine de pupitres faisaient face aux fenêtres étroites et nombreuses. Huit fidèles y étaient accoudés. Le bruissement de leur plume sur le papier remplissait l'air.

– Voici la première des trois antichambres, reprit la Sœur exécutrice. La salle des Repentirs. Quand les pèlerins se sentent prêts, ils viennent ici et retranscrivent sur papier les fautes qu'ils ont commises en demandant le pardon de la Mère éternelle. Ils mettent leur papier dans la poche ventrale de leur vêtement et poursuivent leur périple spirituel.

La seconde antichambre était à ciel ouvert, des courants tourbillonnants parcouraient la pièce. Anamaë expliqua à Malëva qu'il s'agissait de l'antichambre de purification. Le vent élevait l'âme tandis que toutes les impuretés du corps étaient chassées.

L'avant-dernière pièce était minuscule et obscure. C'était l'antichambre des Prières. Les fidèles devaient réciter l'une des sept prières d'amour d'Ankanaëpha avant de poursuivre leur route jusqu'au sarcophage de la Mère éternelle. Celui-ci se trouvait dans une vaste pièce éclairée à la fois par la lumière du jour et des flambeaux. Le sarcophage en lui-même reposait au sommet d'une volée de marches. Il était en pierre incrustée de gemmes précieuses. Des versets de la Parole d'Amour avaient été gravés sur sa face supérieure. Quatre Sœurs gardaient la Sainte Relique.

Malëva s'avança au pied des marches. Elle n'alla pas plus loin. La dépouille qui reposait au fond du sarcophage n'éveilla rien en elle.

– Ankanaëpha n'est pas ici, murmura-t-elle.

– Son corps l'est, mais pas son âme, admit Anamaë. Cela ne doit pas te troubler. L'Ordre éternel est une chose, notre foi en la Mère éternelle en est une autre. Ici, nous sommes seulement les garantes d'une administration.

– Que faites-vous des dons des fidèles ?

– Nous les reversons intégralement à l'impératrice qui s'en sert pour payer l'impôt révolutionnaire au Parlement des Sages. Nous n'avons pas d'autre choix, c'est à cette condition qu'Ankahana nous tolère.

Malëva s'avança jusqu'à une meurtrière. Le tombeau d'Ankanaëpha dominait Ishama. Elle observa pendant un moment le palais de l'impératrice, puis son regard se porta au-delà des murs d'enceinte.

– Dès cette nuit, nous essaierons de te faire quitter la Cité éternelle, murmura la Sœur exécutrice.

44

Province morhiane.

O'Oshë, contemplait la cité des Manenkols non sans une certaine appréhension. La mer de Mëroë s'étendait au-delà. Elle avait la couleur inquiétante d'un ciel d'orage.

Son Katonga s'était tu. Comme pour tous les Esprits, l'eau l'affaiblissait. Pourtant O'Oshë percevait toujours sa présence à travers le lien puissant qui les unissait l'un à l'autre.

Il talonna son épeuch rouge qui renâcla. Les odeurs de la cité le rendaient nerveux.

Le Tisseur fouetta sa monture à l'aide d'une branche d'ajonc. L'animal se calma et prit docilement la direction de l'agglomération. O'Oshë le relâcha avant de pénétrer dans la cité.

– Retourne auprès des tiens, lui murmura-t-il. Je te délivre de ta promesse.

Le volatile le fixa d'un œil mauvais, puis il se détourna et s'enfuit dans la plaine en poussant de longs cris.

O'Oshë rajusta son armure en écailles de dragon, mit sa besace en bandoulière, enroula sa cape en peau de lézard-tigre autour de son bras et s'engagea dans une ruelle de la cité. La hampe de sa lance-tonnerre frappait les pavés lisses et froids.

Il déboucha sur une place où les Manenkols vendaient des produits issus de la mer sur des étals de fortune. Il laissa son regard courir sur les créatures colorées rapportées par les pêcheurs.

– Pchht ! cracha le vendeur à l'encontre du presque-humain, comme s'il désirait éloigner un insecte agaçant. Allez, dégage de devant mon étal, tu vas faire fuir mes clients.

O'Oshë regarda autour de lui. Les hommes qui le croisaient faisaient un large détour pour l'éviter, certains affichaient même une grimace de dégoût. Quelques femmes s'étaient regroupées à quelques mètres de lui, discutant avec un air indigné plaqué sur leurs visages flétris.

Un colosse avec une voix caverneuse comme il n'en avait jamais entendu l'attrapa par le bras.

– Tu ferais mieux de partir d'ici. Le marché, c'est pas fait pour les gars de ton espèce.

– Je veux traverser la mer, déclara le Tisseur.

– Ça, c'est ton affaire. Moi, si je te dis ça, c'est juste pour que tu ne te retrouves pas dans une cage sur le marché aux esclaves.

Puis il partit, fendant brutalement la foule, bousculant indifféremment tous ceux qui lui faisaient obstacle. O'Oshë étreignit un peu plus fortement son arme et se dirigea vers le port.

Des dizaines de bateaux étaient alignés dans les eaux stagnantes des calanques bordant la côte. La plupart étaient de petits navires de pêche, mais certaines embarcations étaient immenses. Le presque-humain remarqua également qu'il y en avait quelques-unes qui n'avaient pas de voile. À la place, elles possédaient une gigantesque roue et plusieurs cheminées, chacune aussi large qu'un puits.

Deux guerriers en robe pourpre l'interpellèrent. O'Oshë ne put s'empêcher d'éprouver de la répulsion à leur encontre. Leurs visages en partie masqués par une capuche étaient parcourus de cicatrices et leurs yeux luisaient comme ceux d'un animal fou.

– Où vas-tu ainsi ? l'interrogea le plus grand des deux.

Sa voix était douce, mais le Tisseur perçut le danger.

– Je veux traverser la mer, répondit-il, sur ses gardes.

– Ah ? Entends-tu cela, pénitent Az'Kaël ? sourit le guerrier.

– Oui, pénitent Az'Ionö, répondit l'autre. J'entends que ce sous-homme veut fouler la province elyrienne.

– Je ne comprends pas que l'Ordre éternel n'ait pas encore proclamé l'extermination de cette engeance corruptrice ! vociféra soudain le premier, les yeux exorbités, un filet de bave entre les lèvres. Les voilà qui veulent répandre leur venin sur d'autres terres !

O'Oshë recula prudemment en brandissant sa lance-tonnerre devant lui.

– N'allez pas m'amocher mon plongeur ! s'écria soudain un marin depuis son bateau de pêche.

Le Tisseur reconnut le colosse qui l'avait mis en garde précédemment. Les deux fanatiques se tournèrent vers lui.

Ce presque-humain nous a dit qu'il voulait traverser la mer, répliqua Az'Kaël.

– Ce sont les seuls mots qu'il connaisse dans notre langue, mentit le pêcheur avec aplomb. N'allez pas me le mettre dans une de vos cages, je préfère que ce soit lui qui se fasse dévorer par un requin plutôt que moi !

Cet argument sembla convaincre les deux hommes. Ils repartirent en psalmodiant une litanie purificatrice.

O'Oshë rejoignit le pêcheur qui regardait du coin de l'œil les deux brûle-supplices s'éloigner.

– Tu n'as rien à faire ici, mon gars, murmura-t-il. Rentre dans ta tribu.

– Je dois traverser la mer ! insista le Tisseur.

Le marin leva la tête avec un sourire en coin.

– Tu sais dire autre chose ?

O'Oshë sortit trois petits cailloux d'une bourse. Il les déposa un à un dans la main du pêcheur dont les yeux s'arrondirent de stupeur.

– C'est de... l'or, souffla l'homme. Pour ce prix, je t'emmène jusqu'à Ishama sur mon dos !

45

Ishama.

Le vaisseau à vapeur devait mettre trois jours pour rallier la Cité éternelle. Oran ne pouvait détacher son regard du paysage. Comparée à l'aridité du désert morhian, la province elyrienne était un paradis vert et broussailleux, flanqué de forêts et d'interminables plaines fleuries.

Le premier jour, le vaisseau s'était enfoncé dans les landes de Souëdan, une vaste étendue de genêts aux tons rougeoyants et d'ajoncs blancs balayée par un vent violent.

Le second jour, le relief se vallonna jusqu'à former de hautes crêtes échelonnées, recouvertes d'une herbe épaisse vert foncé, presque noire. Une forêt dessinait autour de ces collines une frange moussue et continue sur plusieurs dizaines de kilomètres. Les habitations étaient rares. D'antiques citadelles elyriennes, datant de l'ère pré-impériale, se dressaient sur les sommets les plus élevés. La plupart étaient en ruine. Quelques routes mal entretenues sillonnaient le paysage.

Pendant la nuit, Oran discerna des falaises abruptes. Le tracé du rail était sinueux. Un roulement sourd faisait vibrer les vitres à chaque fois que le vaisseau empruntait un pont.

Quand le soleil se leva, ils avaient laissé le massif montagneux derrière eux. Désormais, le paysage était une alternance de forêts de pins et de hauts plateaux recouverts de fougères mauves et de feuillus aux troncs noueux.

Ils arrivèrent en vue d'Ishama au crépuscule. La Cité éternelle était dans une vallée, adossée à une montagne. Ses murailles de pierres bleues reflétaient le soleil couchant à la manière d'un mur d'acier poli.

Durant ces trois jours, Oran ne prononça pas le moindre mot.

Une sensation d'irréalité était née de ce périple. Comme si sa vie d'avant, sa vie au port, n'avait été qu'un long rêve peuplé de morts et de sueur, de femmes de passe et de sahourë. Par moments, le visage de la sahrmä du port lui revenait en mémoire, lui rappelant la funeste raison de ce voyage à travers l'empire.

« Aurai-je la force d'assassiner une femme ? » se demanda-t-il en posant le pied sur le quai de la Cité éternelle.

Il songea à la récompense. Elle lui permettrait de recommencer une nouvelle vie, ailleurs.

Ses pas l'emportèrent dans les rues populaires de la cité. Malgré la tombée de la nuit, la foule était encore dense.

Soudain, il prit conscience de l'ampleur de sa tache. Ishama était une ville bien plus vaste que Marane ou Coradj. Comment allait-il faire pour retrouver l'ancienne Sœur ? Puis il se souvint que la sahrmä du port lui avait dit que Malëva Naöna se trouverait en compagnie d'un homme influent, un dénommé Matëo Magbë.

Il gagna un quartier moins fréquenté et pénétra dans une auberge. Il fallait bien commencer quelque part, et un endroit où l'on pouvait boire et manger était un bon point de départ.

Il était le seul client vêtu de la robe de pèlerin dans l'établissement. Les hommes étaient assis sur des coussins colorés autour de tables basses, rondes et laquées, à la mode elyrienne.

L'Egyrien s'assit à l'une d'elles. L'atmosphère s'était sensiblement appesantie depuis son arrivée.

L'aubergiste, un véritable géant à la mine patibulaire, approcha et se pencha au-dessus d'Oran.

– Ici, ce n'est pas un endroit pour les fidèles, murmura-t-il.

L'Egyrien lui lança un regard peu avenant.

– C'est quoi le problème ?

L'hôte observa le visage puissant et marqué d'Oran avec attention.

– Cette robe verte pourrait t'attirer des ennuis. Je tenais juste à t'avertir.

L'Egyrien haussa les épaules. Il saurait bien se défendre si des coupe-bourses venaient lui chercher querelle. Il retint son interlocuteur avant que celui-ci ne reparte.

– Je dois trouver un homme, dit-il.

– Son nom ? lui demanda l'autre.

– Matëo Magbë.

Le géant haussa un sourcil de surprise et partit d'un grand rire.

– Alors comme ça tu cherches Matëo ! s'exclama-t-il. Tu dois venir de sacrément loin ou être particulièrement stupide.

Devant l'attitude menaçante de l'Egyrien, l'aubergiste ajouta :

– Matëo est un proche de l'impératrice. Ce n'est pas le genre d'homme que l'on cherche, mais plutôt que l'on évite. Tu ferais mieux de l'oublier.

– Contente-toi de me dire où je peux le trouver, grogna Oran en s'impatientant.

– Mais tu ne comprends pas ! Tu ne le trouveras pas, à moins qu'il ait affaire avec toi. Et si c'est le cas, alors un conseil : fuis !

L'Egyrien se renfrogna.

– Apporte-moi à manger et à boire. Et donne-moi une chambre avec un bon verrou.

46

Ishama.

Korian'Lor'Kald n'avait plus revu Sadre'Sïr'Issa depuis cinq jours, depuis qu'il lui avait demandé de surveiller le doyen de la Faculté des Sciences occultes.

Saya, la jeune servante kadjïre, était revenue malgré le congé qu'il lui avait donné. Elle lui avait avoué qu'elle s'était fait sermonner pour avoir abandonné son poste. Sentant le regard du noble posé sur ses épaules, elle se retourna.

– Si je peux faire quelque chose pour adoucir votre solitude, chevalier, déclara-t-elle avec une certaine maladresse.

– Mais tu le fais très bien, Saya, sourit Korian'Lor'Kald. Continue donc.

La servante acquiesça et se mit en devoir de changer les draps du lit.

– À qui dois-tu rendre compte de mes actes ? À l'impératrice ou au doyen ? lui demanda-t-il.

Elle se figea.

– Je ne te reproche rien, la rassura-t-il aussitôt. Dans mon pays, c'est une chose plutôt normale de s'intéresser aux agissements de son prochain. Dis-moi simplement à qui tu dois rendre des comptes.

Saya hésita.

– À ma maîtresse, répondit-elle finalement. Elle est au service de l'impératrice.

– Lui as-tu parlé de l'absence de mon serviteur.

Elle acquiesça et recula d'un pas, effrayée.

– N'aie pas peur, je ne te ferai aucun mal. D'une part parce qu'il n'est pas dans mon habitude de violenter les jeunes femmes, d'autre part parce que l'impératrice en profiterait pour me discréditer.

– Mais... votre serviteur est en danger.

– Sadre connaît son affaire. Et même si l'impératrice sait où il n'est pas, elle n'en sait pas pour autant où il est.

Saya agrippa son vêtement pour empêcher ses mains de trembler.

– Qu'allez-vous faire de moi ?

– Rien qui pourrait te nuire, je te l'ai déjà dit, répondit-il en s'asseyant à son bureau.

Il prit une plume, un papier et se mit à écrire. Il coucha quelques mots puis les ratura. L'absence prolongée de son serviteur l'inquiétait, mais il ne voulait rien en laisser paraître devant la jeune servante.

– Je vais porter vos draps à la blanchisseuse, déclara Saya en sortant.

Quand il fut seul, il jeta sa plume et se servit un grand verre de liqueur de satis.

– Je devine à votre air ennuyé que je vous ai manqué, déclara une voix sur sa droite.

– Sadre ! s'exclama Korian'Lor'Kald.

Il se tourna avec un large sourire vers son serviteur alors que celui-ci venait de se glisser par la fenêtre sans un bruit. Le noble lui tendit son verre. Le petit homme but l'alcool d'une traite et étouffa un petit rot.

– Tu bois comme tu montes, lui fit remarquer le noble. As-tu appris au moins quelque chose d'intéressant ?

Sadre'Sïr'Issa haussa les épaules.

– Pas encore, mais ça ne saurait tarder. Le doyen doit rencontrer l'impératrice cette nuit. Vous avez quelque chose à manger ?

Lorsque le noble se retrouva à nouveau seul, il s'allongea et s'endormit presque aussitôt.

Korian'Lor'Kald se réveilla en sursaut, désorienté. Il chercha à tâtons son briquet, retira le col de verre de sa lampe à huile et alluma la mèche. Il regarda la petite horloge qui lui faisait face. Il était minuit passée.

Il s'ébroua et s'assit sur son lit. Il avait la chair de poule. Le froid qui régnait dans la pièce était piquant, anormal, comme un funeste présage. Il tendit l'oreille.

Des éclats de voix. Une cavalcade.

– Sadre, songea-t-il.

Quelque chose avait dû mal tourner.

Il se leva, se saisit de son pistolet, s'assura qu'il était chargé et dégaina son épée. Il se tourna vers le miroir. Vêtu de sa chemise de nuit en soie morhiane, armé comme pour la guerre, il avait l'air d'un pitre ou, pire, d'un Défroqué.

Chagriné par cette inconvenance, mais trop pressé pour y remédier, il se cacha dans une encoignure à droite de la porte alors que celle-ci s'ouvrait à la volée. Trois hommes portant l'habit noir et or des gardes prétoriens pénétrèrent dans la pièce.

Korian'Lor'Kald tua le premier d'estoc, brisa la mâchoire du second d'un coup de crosse de son pistolet, et para l'attaqua du dernier avant de passer sa garde d'une botte tournoyante.

Il surgit dans le couloir pour faire face à deux autres soldats. L'un d'eux épaula son fusil à détente, mais le noble fut plus prompt et lui logea une balle entre les deux yeux. Son acolyte attaqua de taille. Sa lourde hallebarde se planta dans le parquet. Korian'Lor'Kald lui brisa le genou d'un coup de pied et l'assomma avec la garde de son arme.

Le souffle court, il regarda autour de lui, mais le couloir était désert.

– Il est heureux que ma réputation n'ait pas traversé l'océan, songea-t-il. Sinon, l'impératrice aurait pris soin de m'envoyer quelques hommes de plus.

Une douleur soudaine l'élança dans le dos. Le soldat à qui il avait brisé la mâchoire s'était relevé et lui avait planté un sabre dans le corps. Le noble trouva la force de faire volte-face. Sa fine lame trouva la gorge de son assassin.

Korian'Lor'Kald dut mettre un genou à terre pour ne pas tomber. Sa chemise était détrempée de son propre sang. Il étreignit sa croix des chevaliers de Saint-Juste à travers l'épaisseur de ses vêtements. Elle était dans sa famille depuis tant de siècles... Il avait refusé de la remettre à son fils avant de partir.

Un poème que Sadre répétait souvent lui vint à l'esprit :

« Mon esprit dérive en teintes grises,
Couleurs du lit usé de mes pensées... »

Il tenta se rappeler la suite, en vain.

Soudain, des pas précipités venant dans sa direction le sortirent de sa léthargie. Il sauta par la fenêtre et atterrit dans un massif fleuri. Il rampa sur une dizaine de mètres et s'enfonça dans l'épais feuillage d'un laurier pourpre.

Il toucha sa blessure du bout des doigts. Il ne ressentait aucune douleur, juste un froid de plus en plus profond. Il savait qu'il allait mourir, pourtant il n'éprouvait pas la moindre peur.

– L'esprit est étrange, pensa-t-il. Je vais perdre tout ce que j'ai, et pourtant je ne parviens pas à me révolter, à cracher à la face du destin tout le mal que je pense de lui. Je suis si fatigué... C'est comme si plus rien ne m'importait.

Adossé à un buisson, il sombra dans un sommeil fébrile. Par moments, il percevait les paroles des gardes, les bruits de cavalcade, les bousculades. Des halos de lumière glissaient sur le feuillage dense du laurier dans un incessant ballet.

Le calme revint. Il dodelina de la tête et glissa sur la terre noire et riche.

Il perçut le contact d'une main sur son épaule. Il ouvrit les yeux. Il mit un certain temps avant de distinguer les traits de la domestique kadjïre.

– Saya ? s'étonna-t-il. Est-ce toi ?

La servante lui mit un doigt sur la bouche. Elle portait un vêtement orange, ceint à la taille d'une écharpe de perles tissées.

– Je vous ai vu sauter par la fenêtre, murmura-t-elle. J'ai attendu que les gardes s'en aillent pour vous rejoindre.

– C'est de la folie, va-t'en...

Les yeux de la jeune fille se posèrent sur sa chemise ensanglantée.

– Vous êtes blessé ?

– Tu ne peux rien pour moi. Laisse-moi mourir dans mon coin comme le vieux chien fatigué que je suis. Mais avant, dis-moi... mon serviteur, Sadre...

– Il... il est accusé d'avoir tenté d'assassiner l'impératrice.

– Peste... Voilà donc pourquoi j'ai été assailli de toute part. S'est-il échappé ?

– Je l'ignore.

– Alors peut-être reste-t-il un espoir.

Au prix d'un effort considérable, il tendit sa croix de Saint-Juste à Saya.

– Prends-la et garde-la. Si Sadre survit, il viendra te la demander pour la remettre à mon fils. Maintenant, pars.

La jeune femme prit le pendentif et sortit du massif.

Le chevalier Korian'Lor'Kald sentit une immense langueur se répandre dans son corps. Il se souvint alors de la fin de la poésie.

« Mon esprit dérive en teintes grises,
Couleurs du lit usé de mes pensées,
Qui sillonnent et creusent des gorges,
Ridant la face de mon âme de rire et de tristesse.
Je suis le vertige,
Qui du haut de la vie me cache le fond de la mort. »
Et il mourut étrangement serein.

47

Sud de la province elyrienne.

Akilia, reine de Terrebroussailles, contemplait la nuit. Son regard, habitué à la pénombre perpétuelle de son royaume, perçait loin dans la plaine. Pourtant, elle ne pouvait pas encore apercevoir les lumières du village repéré par ses éclaireurs.

Le vent lui apporta une odeur de feu de cheminée et elle leva un bras. Les mille guerriers qui la suivaient sortirent leurs lames dont l'acier poli se mit à luire sous la lune à la manière de crocs monstrueux.

Akilia avait divisé son armée en vingt compagnies qui s'étaient disséminées au sud de la province elyrienne. Chacune de ces troupes mettait à feu et à sang les campagnes avec l'obsession d'un animal enragé. Les combattants se terraient le jour et sortaient de leur repaire la nuit venue à la recherche de proies. Tous remontaient vers le nord, vers Ishama, la Cité éternelle. Des centaines de milliers d'Elyriens et de colons egyriens terrorisés avaient été jetés sur les routes.

L'important contingent de mahadjïrs rassemblé par le Parlement des Sages s'était presque aussitôt détourné de l'armée rebelle menée par Bëorndal pour se lancer à la poursuite de cet insaisissable prédateur nocturne.

Fébrile, Akilia pénétra dans le village endormi. Celui-ci n'avait pas été déserté comme les trois précédents. Les habitants devaient songer que le fléau les épargnerait, mais celui-ci était à leur porte.

La reine s'arrêta un instant, la tête lui tournait. Par moments, elle sentait sa raison vaciller alors que son esprit résonnait des cris d'agonie de ses innombrables victimes. Hommes, femmes, vieillards, enfants... Tous ceux qui croisaient sa route étaient impitoyablement massacrés.

De plus en plus souvent, une femme au regard noir comme le néant venait hanter ses rêves. Chaque fois, la reine était parvenue à la chasser de ses songes. Elle se réveillait alors épuisée. Elle savait qu'elle ne devait pas l'écouter. Mais elle savait également qu'elle ne pourrait éternellement lui résister.

Akilia contempla pendant un instant ses guerriers qui se répandaient dans les rues. Les quelques visages brûlants qu'elle surprit dans le faible halo lunaire lui donnèrent la nausée.

Se pouvait-il qu'elle ne fût pas la seule à rêver de la femme aux yeux noirs ? Certains avaient-ils prêté attention à ses promesses maudites ?

Se pouvait-il que son peuple fût damné par sa faute ?

Déjà, les premières portes des chaumières volaient en éclats et des cris ne tardèrent pas à déchirer la nuit. Malgré elle, la reine de Terrebroussailles sentit monter une excitation sourde et honteuse. Elle sut que la femme aux yeux noirs reviendrait bientôt la tourmenter.

48

Ishama.

Oran compta l'argent que la sahrmä du port lui avait donné pour retrouver et assassiner l'ancienne Sœur. Il lui restait tout juste de quoi payer son voyage de retour. S'il s'éternisait à Ishama, il lui faudrait regagner Marane par ses propres moyens. Il soupira.

– L'aubergiste m'a dit qu'tu cherchais Matëo, lui lança un homme qui s'avançait d'une démarche chaloupée.

Il était vêtu d'une toge à la propreté douteuse et son visage rougeaud rappela à l'Egyrien la carapace écarlate et gondolée d'un pince-doigt. Son nez rouge et bulbeux semblait factice.

– Je suppose que tu es son bras droit, maugréa Oran.

Il avait vu assez d'ivrognes opportunistes sur les quais pour en reconnaître un. L'autre ne se démonta pas.

– Eh bien, ça va peut-être t'étonner, mais ouais, j'le connais assez bien.

Il tira une chaise et s'assit en lorgnant sur le pichet de safra posé sur la table.

– Tu n'auras rien, déclara Oran d'une voix atone.

– Ah ? fit l'ivrogne, dépité.

Il tomba dans un mutisme boudeur sans parvenir à détacher son regard du pichet.

L'Egyrien se servit une tasse et sortit de sa poche le mouchoir de soie sur lequel le portrait de Malëva Naöna était peint. Les traits de la femme lui étaient devenus étrangement familiers.

– Elle est belle, siffla l'ivrogne en reprenant vie.

– C'est une ancienne Sœur, murmura-t-il, plus pour lui-même que pour son vis-à-vis. En fait, c'est elle que je cherche.

– Si tu veux trouver une Sœur ici, va plutôt voir du côté du tombeau de la Mère éternelle. Y paraît qu'y en a encore quelques-unes, là-bas.

L'Egyrien acquiesça. Si Malëva Naöna n'avait pas renoncé à toutes ses convictions religieuses, elle se rendrait peut-être sur la dépouille d'Ankanaëpha pour prier.

– Je vais suivre ton conseil, décida-t-il en se levant. Tu peux finir mon sahourë si le cœur t'en dit.

L'ivrogne passa sa langue sur ses lèvres en tendant la main vers la tasse encore pleine. Mais Oran se ravisa et la vida d'un trait.

– Je n'aime pas qu'on essaie de me rouler. Sois heureux de t'en tirer à si bon compte, déclara-t-il avec morgue.

Dès qu'il eut tourné le dos, l'ivrogne s'empara du pichet avec avidité. Celui-ci était vide. L'homme poussa une plainte pathétique avant de retomber dans une apathie désillusionnée.

L'Egyrien leva les yeux sur le tombeau de la Mère éternelle. La nuit n'allait pas tarder à tomber.

Il avait décidé que s'il ne trouvait pas l'ancienne Sœur avant le jour prochain, il gagnerait un atoll indépendant grâce aux quelques pièces qu'il lui restait. S'il s'entêtait à chercher Malëva, il n'aurait plus un sou pour fuir la justice de l'empire.

Ses pas l'avaient conduit en haut des marches. Il se retourna. De là où il était, il pouvait contempler toute la cité et une partie du palais de l'impératrice Ankahana. Le soleil descendait derrière une citadelle inquiétante construite en surplomb d'Ishama.

Oran se détourna du paysage et pénétra dans la salle de Recueillement.

Cela faisait maintenant quatre jours que Malëva attendait de pouvoir quitter le tombeau de la Mère éternelle. Mais l'édifice sacré était en état de siège. Les Concubines d'Aras en contrôlaient étroitement tous les accès. Depuis deux jours, l'ancienne Sœur s'occupait des fidèles qui continuaient d'affluer de tout l'empire. Elle y trouvait un certain réconfort.

Malëva braqua son attention vers l'entrée du tombeau. Un pèlerin s'était arrêté sur le seuil. Il la fixait intensément, une main posée sur sa poitrine. Son visage aurait été beau s'il n'avait été rongé par l'amertume. Sa peau était abîmée par le soleil et le vent. Son regard était insondable. Il baissa les yeux vers le sol et se dirigea vers le banc le plus proche. L'ancienne Sœur remarqua qu'il tenait dans son poing serré un foulard de soie. Elle alla remplir une tasse d'eau consacrée et la lui apporta.

– Vous devez être fatigué après un aussi long voyage, chuchota-t-elle en lui tendant la boisson.

L'homme regarda la tasse avec suspicion.

– De l'eau ?

Un sourire fugace passa sur le visage de Malëva. La voix du pèlerin était grave, un peu cassée. Finalement, il prit la tasse. Ses doigts effleurèrent ceux de l'ancienne Sœur.

Il but l'eau consacrée d'un trait, comme un enfant contraint d'avaler un remède infect. Puis il leva son regard sombre sur le visage de la femme.

– Je m'appelle Oran Neyto. Je...

Elle mit un doigt sur sa bouche en signe de silence.

– C'est un lieu de recueillement, lui rappela Malëva en murmurant. Si vous voulez parler, je vais appeler Sœur Anamaë.

Il fit non de la tête, mais l'ancienne Sœur s'était déjà détournée de lui. Il tira la capuche de son vêtement devant ses yeux et s'adossa au mur.

Comment avait-il pu se leurrer aussi longtemps ?

Il n'était pas un assassin. Cette prise de conscience soudaine fit naître une impression déroutante en lui. Il eut la sensation d'être dans l'œil d'un cyclone gigantesque. La seule réalité était celle du sol sous ses pieds et de la pierre dure et froide contre laquelle il était adossé. Tout le reste semblait tournoyer. Il se demanda si l'eau que lui avait donnée Malëva Naöna n'avait pas été droguée. Il ne sentait pourtant dans sa bouche aucune trace de la moindre substance.

Une Sœur aux traits marqués autant par l'âge que par les épreuves de la vie posa une main sur son épaule. Oran émergea de sa rêverie. Il reconnut une vénérable de l'Ordre éternel, une Sœur exécutrice.

– Vous semblez préoccupé. Voulez-vous me parler ? l'interrogea-t-elle.

L'Egyrien peinait à reprendre ses esprits.

– Peut-être pourrais-je vous aider à cheminer jusqu'à la vérité, l'encouragea-t-elle.

– Je me suis écarté du sentier il y a trop longtemps, répondit-il.

– On ne s'écarte jamais du chemin de la vérité, car il est inscrit en chacun.

Oran fronça les sourcils.

– Que voulez-vous dire, ma Sœur ?

– Nous avons tous la possibilité de changer de vie. Si on a fait le mal, on ne peut pas toujours revenir en arrière, mais on n'est pas forcé de continuer sur la même voie.

– Le monde est violent. Celui qui est bon se fait dévorer.

– Tu te trompes, mon enfant. La bonté n'est pas sanctionnée, seule la faiblesse l'est. Un agneau peut se faire dévorer par le loup, pas le sanglier, ni le cerf.

– Je crois que je ne serai jamais un agneau, sourit l'Egyrien.

– Je ne le crois pas non plus, sourit la vieille femme après un moment. Ce que je voulais dire, c'est que pour être bon il faut être fort. Bien plus fort que pour être mauvais.

Oran acquiesça.

– Avez-vous déjà tué, ma Sœur ?

Sa voix n'était qu'un filet d'air. L'aînée le regarda gravement.

– Je me suis déjà écartée du chemin, avoua-t-elle. Le plus dur est d'accepter ses erreurs, car c'est reconnaître que l'on a tué sans raison, ou pour de mauvaises raisons.

Puis elle partit, laissant l'Egyrien songeur. Les heures s'écoulèrent et il finit par s'endormir. Il rêva.

Il était au centre d'un petit cimetière. Au-delà des pierres tombales, tout n'était que broussailles et ténèbres. Un être malveillant rôdait à la lisière du sol sacré. À travers les limbes du sommeil, Oran sentit l'aoki que lui avait donné le Tisseur presque-humain peser sur sa poitrine, puis devenir glacé à mesure que sa pierre de Shoëk s'échauffait.

Les yeux rouges de l'Otenka percèrent l'obscurité. L'Egyrien voulut se saisir de son coutelas, mais il se rendit compte qu'il était nu et désarmé. L'Esprit malsain sortit du taillis. Il était plus haut que lui et chacun de ses crocs avait la taille d'une défense de sanglier. Oran recula.

La créature se figea au niveau de la première tombe. Elle avança une patte et la retira aussitôt, comme si le sol l'avait brûlée. Elle grogna.

– Je ne tuerai pas Malëva, déclara Oran en se redressant, comprenant que l'Otenka ne pouvait l'atteindre.

La créature n'eut aucune réaction. Ce n'était pas ce qu'elle semblait attendre de lui.

« Ce qu'elle veut, c'est que je quitte ce lieu sacré pour qu'elle puisse me traquer et me tuer, songea-t-il. Elle veut posséder ma chair. »

Oran entrevit l'Esprit de l'Otenka, mais il détourna aussitôt son œil du flot de haine qui menaçait de le submerger.

– Ici, je ne te crains pas ! lui hurla-t-il.

Il fit un pas vers la créature. Puis un second et un troisième. Il était désormais tout près. L'Egyrien avait peur, pourtant il avança encore. Il pouvait désormais toucher l'Otenka en tendant le bras. Le cimetière semblait s'être agrandi. L'Esprit malsain ferma les yeux et se coucha docilement entre deux tombes.

O'Oshë avait voyagé deux jours à bord d'une machine à vapeur des Manenkols, dans une voiture de marchandise. Il était tombé en compagnie d'un peau-blanche porté sur le sahourë qui, comme lui, voyageait clandestinement. Ils avaient été découverts et l'Alaïkan avait été obligé de voler une monture, un épeuch rouge domestiqué.

L'animal était mort d'épuisement avant d'avoir atteint la Cité éternelle des Manenkols. Le Tisseur avait été contraint de continuer à pied. Il avait couru jusqu'à la nuit, nourri par la force de son Katonga.

Il s'était arrêté quelques heures pour reposer ses muscles endoloris. Allongé sur l'herbe, regardant le ciel étoilé, il invoqua une nouvelle fois son Katonga. Grâce à l'aoki qui l'unissait à Oran Neyto, il effleura l'esprit du Manenkol.

Celui-ci avait vaincu la puissance de l'Otenka pour un temps. Sans même en prendre conscience, il avait fait un pas de plus en direction de son implacable destin.

O'Oshë le voyait cheminer sur une corde raide qui s'effilochait à mesure qu'un gouffre sans fond s'ouvrait sous ses pieds. Les fils de son existence menaient désormais tous jusqu'au Silhamassaï... Mais au prix de combien de tourments à venir ?

Le peau-blanche s'est engagé sur la voie de la souffrance. Non par courage, mais par ignorance...

O'Oshë ferma les yeux, songeant qu'Anotenka avait dû dévorer la raison des Manenkols alors qu'ils étaient encore des animaux.

49

Frontière kadjïre.

Bëorndal pénétra dans la tente en prenant garde de ne pas renverser les braseros disposés autour de la couche. Une forte odeur de plantes apaisantes flottait sous l'abri. Un guérisseur se tenait au chevet d'un homme qui marmonnait des bribes de phrases incompréhensibles. Le roi des Montriches constata que le Kadjïr alité était solidement ligoté sur sa couche.

Joënn, l'un des fils d'Ahngard, était venu le chercher en plein milieu de la nuit. Il lui avait dit qu'un guerrier de Terrebroussailles avait rejoint le campement, qu'il apportait de sombres nouvelles. Bëorndal avait aussitôt suivi Joënn sans poser la moindre question.

– Pourquoi ce malheureux est-il sanglé de la sorte? demanda le roi des Montriches. Est-il souffrant?

– On ne vous a pas prévenu? s'étonna le guérisseur. Joënn...

– Je suis venu dès que j'ai appris qu'un messager de la reine Akilia était au camp, le coupa Bëorndal.

– Cet homme n'est pas un messager, répliqua sombrement le guérisseur. C'est un déserteur.

– Ça n'a pas de sens! s'emporta le roi. Pourquoi serait-il venu ici s'il ne voulait plus combattre?

Le Kadjïr alité tourna alors son regard fiévreux vers le roi des Montriches.

– Je n'ai pas fui les combats... murmura-t-il. J'ai fui... j'ai fui les massacres... J'ai fui la femme... Ils l'ont tous écoutée... damnés... Ils sont damnés... Ses paroles... Ses paroles dans ma tête. Sortez-la de ma tête... pitié...

L'homme se mit à gémir pitoyablement.

– Damnés? répéta Bëorndal. Qui est damné? Qui est cette femme qui vous parle?

– Mes frères, notre reine... répondit le guerrier dans un excès de fureur. Tous sont damnés... Ils l'ont écoutée... Nous avons essayé de la repousser, les Mèresprits en sont témoins... mais plus nous tuions d'innocents et plus sa voix était forte...

– Vous avez parlé d'une femme... insista le roi des Montriches. Qui est-elle ?

L'homme sembla regarder à l'intérieur de lui et son corps fut parcouru d'un frisson. Quand il parla, toute vie avait abandonné son visage.

– Son regard est noir... Pas comme la fourrure d'un oursbuis, mais comme le fond d'un puits...

– Son nom !

– Au fond, tout au fond du puits, on peut y deviner une créature... Un monstre... qui attend... qui sait...

– *Son nom !* gronda le roi des Montriches.

– Ankahana, gémit l'homme. Ankahana !

– L'impératrice d'Ishama ?

Mais le guerrier était incapable de lui répondre. Il pleurait et ses larmes lui laissaient des sillons ensanglantés sur les jours.

– Les larmes du démon ! s'exclama le guérisseur en s'éloignant précipitamment. C'est le signe que les ténèbres se sont abattues sur ceux de Terrebroussailles.

Le roi des Montriches tourna son regard vers le guérisseur.

– Cet homme nous ment ! Akilia n'aurait jamais accepté de vendre son peuple au Malsouffre !

– Il aurait pu nous mentir, admit le guérisseur. Mais ses larmes sont un aveu bien plus terrible que n'importe quelles paroles ! Les Kadjïrs qui peuplent Terrebroussailles côtoient le mal depuis trop longtemps. Leurs esprits ont sombré.

– Pourquoi le mal prendrait-il l'apparence de l'impératrice d'Ishama ?

Le guérisseur ne répondit pas. Le roi des Montriches passa sa main sur son front, pensif, puis il désigna le guerrier.

– Donne-lui des herbes qui feront cesser les battements de son cœur et ordonne que son corps soit enterré dans un lieu saint. Ne parle à personne de ce qu'il vient de se passer sous cette tente. Il me faut un peu de temps pour faire la part des choses.

Il sortit.

– Tout est de ma faute, songea-t-il. De quel droit ai-je demandé à Akilia de devenir une meurtrière ?

La liberté valait-elle toutes ces atrocités ? Cette question le tourmentait depuis le premier jour des affrontements. Et Ankahana... Quel rôle pouvait bien jouer l'impératrice d'Ishama dans ce ballet funeste ?

Lui-même n'avait jamais vraiment eu le choix. Il avait renoncé à son libre arbitre à partir du moment où il avait décidé de laisser sa haine et sa colère gouverner ses actes. Il eut la vision d'innombrables guerres. Chacune de ces guerres était à la fois la conséquence d'un conflit passé et la cause d'un affrontement à venir. Et lui-même, Bëorndal, s'inscrivait dans cette escalade de violence sans fin.

« Nous nous sommes engagés sur une voie sans issue et cela depuis le début des âges. Nous devons supporter la conséquence de la folie de nos ancêtres. »

Comprenant combien ses pensées étaient à la fois vaines et douloureuses, il les fit taire et s'enfonça dans les ténèbres, enjambant les corps de ses guerriers endormis à même le sol.

La plupart des hommes s'étaient remis de leur première bataille et des milliers de Kadjïrs s'étaient joints à eux depuis leur victoire.

Demain, ils pénétreraient dans la province elyrienne.

50

Ishama.

Un cri.

Une Sœur fut projetée sur le sol, frappée de plein fouet par un dard.

Oran, qui s'était assoupi dans la salle du recueillement, se réveilla en sursaut. Il tourna son regard vers l'entrée. De nombreuses Concubines d'Aras armées de fusil à détente pénétraient dans la pièce. Les Sœurs présentes se firent balayer en tentant de les repousser. Les fidèles qui voulurent s'interposer furent mis à mort avec une égale sauvagerie.

Une douzaine de Veilleuses du Suaire menées par la Sœur exécutrice jaillirent d'un corridor étroit et de la salle attenante. Déviant les dards à l'aide de leurs lames-boucliers, elles engagèrent un féroce corps-à-corps. Chacune d'elles maîtrisait l'art du limö à un degré supérieur. Le moindre de leurs mouvements semblait être animé d'une vie propre, leurs cotj'ans ouvrirent une brèche dans les rangs de leurs sœurs corrompues.

Un vent de panique souffla sur les guerrières masquées. Alors qu'elles reculaient, une trentaine de gardes prétoriens se ruèrent dans la salle pour les soutenir. Les Sœurs de l'Ordre cédèrent sous le poids du nombre.

Elles moururent les unes après les autres, emportant avec elle de nombreux ennemis. Il ne resta finalement plus que la Sœur exécutrice, blessée au bras et au torse, et Malëva Naöna. Les deux femmes étaient dos à dos. Elles ne pouvaient espérer s'échapper. Pourtant, ni les gardes prétoriens, ni les guerrières masquées ne semblaient décidés à les achever.

L'Egyrien avait assisté à toute la scène sans esquisser le moindre mouvement.

Le silence se fit dans la salle. L'impératrice Ankahana passa alors le seuil du tombeau, escortée par deux guerrières. Son corps fin et élancé était serti dans une robe d'un noir luisant, fendue jusqu'aux hanches. Elle était coiffée d'une étoffe dorée dont les pans lui tombaient sur les épaules. Ses yeux étaient deux puits ténébreux.

Elle s'approcha des deux survivantes. Oran jeta un œil vers la sortie. Quatre gardes lui barraient le chemin. Il décida d'attendre une meilleure occasion.

– Tu t'es mise pour la dernière fois en travers de ma route, vieille femme, déclara Ankahana d'une voix sourde et menaçante à l'encontre de la Sœur exécutrice.

– Tu peux me tuer, mais je sais qu'au fond de toi tu m'envies, répliqua la Vénérable.

Elle fit un pas en avant de manière à protéger Malëva de son corps. L'impératrice esquissa un sourire de dédain.

– T'envier? Pourquoi jalouserais-je une femme que je peux détruire d'un simple claquement de doigt?

Malëva ne comprenait pas l'attitude de défi de la vieille femme. Pourquoi provoquait-elle Ankahana?

– Tu vois en moi tout ce que tu as perdu, tout ce que tu ne posséderas jamais plus.

– Qu'ai-je perdu de si précieux?

Avant de répondre, la vieille femme se tourna imperceptiblement vers Malëva. L'ancienne Sœur, encore profondément imprégnée de l'éducation qu'elle avait reçue lors de ses premières années de noviciat, comprit.

« Elle veut me donner une leçon. Mais laquelle? »

– Ton humanité, répondit posément la Sœur Vénérable. La voie que tu as choisie n'a d'autre issue que la destruction de ton être profond. Ce qui t'effraie est la liberté dont je jouis, la liberté de servir la Mère éternelle et de mourir pour elle.

– Tu es insensée! Tu as depuis toujours était prisonnière de ton Ordre et de ta foi!

La Sœur Vénérable attendit quelques secondes afin que sa réponse ait l'impact qu'elle souhaitait.

– Tu ne comprends pas... Je suis libre d'aimer et je l'ai toujours été.

Malëva vit le visage de l'impératrice devenir un masque de haine.

Ankahana prononça des paroles dans un langage oublié et désigna le sol du doigt.

– Ton amour est une faiblesse et la faiblesse est la source de toutes les souffrances.

Une dalle explosa et un tentacule translucide paré d'une multitude de gueules jaillit de l'excavation pour enserrer la Sœur exécutrice. En un instant, la vieille femme fut vidée de son sang. Le fluide vital colora l'épiderme diaphane et palpitant de la créature qui relâcha alors la dépouille asséchée pour s'en retourner dans les limbes.

Ankahana tourna son attention vers Malëva qui tentait de saisir pourquoi la Sœur Vénérable s'était volontairement sacrifiée.

« Elle voulait me montrer quelque chose. Elle a poussé l'impératrice à la tuer à l'instant qu'elle avait choisi. Est-ce cela qu'elle voulait que je vois ? »

– Toi ! Je me demande pourquoi Matëo t'a épargnée ! déclara l'impératrice.

L'ancienne Sœur porta son regard sur Ankahana et comprit ce que la vieille femme avait voulu lui faire comprendre.

« L'impératrice est régie par la colère et la haine, mais aussi par la peur. Le seul moyen de l'atteindre est d'amplifier cette peur. »

Elle savait que si elle ne trouvait pas les mots qui convenaient, elle mourrait avant d'avoir pu esquisser le moindre mouvement.

– Matëo est stupide, répliqua-t-elle. (Le visage de l'impératrice se fit plus attentif.) Il a cru que j'étais revenue à Ishama pour lui, mais c'est faux !

– Est-ce ainsi que tu espères sauver ta vie ?

– Le Silhamassaï est à Ishama et il sera bientôt révélé !

Malëva avait mis tout ce qui lui restait de force dans sa réplique. Ankahana s'était raidie.

– *Tu mens !* tonna-t-elle.

L'ancienne Sœur sut qu'elle avait réussi à attiser les craintes de l'impératrice. Elle devait maintenant prendre garde que cette peur ne se mue pas en colère.

– J'ai rempli le rôle qui m'était imparti... Je peux mourir en paix et rejoindre Ankanaëpha, mentit-elle en prenant un air faussement résigné.

Ankahana se rua sur elle en sifflant. Elle se déplaçait plus vite qu'aucun être vivant. Elle saisit Malëva à la gorge et la souleva.

– *Avoue que tu mens !* hurla-t-elle.

L'ancienne Sœur sentit l'étreinte sur sa nuque se resserrer. Elle leva son cotj'an, mais l'impératrice la lança contre un mur comme si elle ne pesait rien. Malëva perdit connaissance en heurtant la pierre.

Ankahana se tourna vers les guerrières masquées, sa bouche tordue par un rictus mauvais.

– Vérifiez qu'il n'y ait plus une seule Sœur en vie. Emmenez tous ces pèlerins dans les chariots carcéraux et conduisez-les dans la citadelle des Cendres. Leur sang alimentera la Source. Embarquez également cette femme... (Elle désigna Malëva.) Je n'en ai pas fini avec elle.

Oran leva les mains comme une guerrière pointait son fusil vers lui et se joignit à la file de prisonniers sans quitter du regard le corps inanimé de Malëva.

Quand il sortit du tombeau, le froid lui saisit le visage. Il faisait encore nuit et une brume matinale enveloppait l'édifice d'un écrin cotonneux. En bas des marches, une dizaine de chariots attendaient les pèlerins. S'il voulait s'enfuir, Oran devait parcourir une centaine de mètres à terrain découvert avant d'atteindre les premières ruelles. L'Egyrien savait qu'il aurait peu de chance d'y parvenir, pourtant il savait également qu'il n'aurait sans doute pas d'autre occasion.

Au moment de monter dans l'un des véhicules carcéraux, il se retourna et frappa le visage de la Concubine la plus proche. L'impact souleva la femme du sol. Mais aussitôt la crosse d'un fusil s'abattit sur sa nuque. La nuit s'éclaira de rouge et de blanc et il tomba avec l'impression de sombrer dans le néant.

Malëva Naöna fut réveillée par les cahots du chariot. Ils étaient une vingtaine à l'intérieur du véhicule. L'odeur de la sueur et de la peur perlait le long des cloisons de bois. L'ancienne Sœur s'agrippa à la grille d'aération et se releva. Elle osa un regard à l'extérieur.

L'aube commençait à poindre. Ils cheminaient sur une route étroite qui menait à la citadelle des Cendres. La forteresse était perchée au sommet du mont Amësh, semblable à la silhouette accroupie d'un dieu maléfique à jamais pétrifié. Des lambeaux de brume rouge enveloppaient les murs d'enceinte de pierre noire. À leur approche, les portes hautes de plus de dix mètres s'entrebâillèrent et ils furent engloutis comme du fretin entraîné dans la gueule d'un léviathan.

Ils pénétrèrent dans une cour étroite et passèrent un second mur d'enceinte encore plus haut que le précédent. Le convoi carcéral poursuivit sa route. Il passa sous des arches monumentales, contourna les tours s'élevant au-delà des nuages et des donjons aussi imposants que le tombeau de la Mère éternelle.

Malëva se rassit, serrant ses jambes contre elle.

– Vous croyez qu'ils vont nous tuer ? lui demanda un homme à sa droite.

Malgré la pénombre, elle pouvait lire de la peur dans ses yeux.

– Je ne sais pas, mentit-elle.

– Mais vous êtes une Sœur ! Vous...

– Je ne suis pas Ankanaëpha, le coupa-t-elle brusquement.

L'homme se mit à gémir. Elle se détourna et enfonça sa tête entre ses genoux pour ne plus l'entendre.

Quand le chariot s'arrêta, un silence de mort régnait aux alentours. La porte s'ouvrit. Le soleil n'était pas encore levé, mais le ciel se parait déjà de tons chatoyants. Ils étaient arrivés dans une cour qui ne semblait pas plus vaste qu'un puits de jour aux vues des édifices cyclopéens qui l'entouraient. Des guerrières masquées les firent descendre du véhicule et les alignèrent contre un mur. Les autres pèlerins étaient déjà en rang. L'un d'eux était allongé sur le sol pavé. Il était inconscient. L'ancienne Sœur reconnut Oran Neyto à qui elle avait servi une tasse d'eau quelques heures auparavant.

Un Didjirü à la peau blanche, vêtu d'une soutane pourpre, passa alors en revue les humains terrifiés. Parfois, il s'arrêtait devant l'un d'eux et le désignait du doigt. Les Concubines le sortaient alors du rang et l'emmenaient dans une cour attenante. Il ne fallut pas longtemps avant que les premiers hurlements ne retentissent dans toute la citadelle.

– Qu'est-ce qu'ils leur font ? s'épouvanta le voisin de gauche de Malëva.

L'ancienne Sœur ne lui répondit pas. Le Didjirü blanc était maintenant presque à sa hauteur. Il désigna deux hommes de plus et se planta devant elle. Ses yeux rouges étaient pénétrants, presque envoûtants. Sa bouche étroite et sensuelle s'entrouvrit :

– Ton nom, murmura-t-il.

Malëva détourna le regard. Le démon l'attrapa alors brutalement par le menton et la força à le regarder. L'ancienne Sœur voulut lui porter un coup à la gorge, mais il lui attrapa le poignet et le lui tordit. Malëva tomba à genoux. Une concubine portant un masque de cuivre s'avança précipitamment et chuchota quelques mots à l'oreille du démon. Celui-ci relâcha aussitôt son étreinte avec une moue contrariée. Il posa un dernier regard sur l'ancienne Sœur agenouillée devant lui et désigna les trois pèlerins suivants. Quand il eut fini sa sélection, il se retira et les prisonniers restants furent conduits dans un bâtiment sans fenêtre. La Concubine au masque de cuivre tira l'ancienne Sœur à l'écart du groupe.

– Je reviendrai te chercher, Malëva. Ne tente rien avant.

Malëva sursauta. La femme l'avait appelée par son nom et sa voix, même déformée par le masque, avait réveillé en elle d'anciens souvenirs. Elle tenta d'exhumer de sa mémoire une image enfouie dans les méandres de son passé. Mais son esprit était trop confus.

– Qui êtes-vous ?

– Tu le sauras. Mais pour l'instant garde le silence.

La guerrière au masque de cuivre se tourna vers les Concubines :

– Répartissez les prisonniers dans les cachots libres.

Les Concubines dirigèrent les prisonniers vers un escalier qui s'enfonçait profondément sous la montagne. Deux pèlerins soutenaient Oran dont la tête ballottait mollement. Malëva marchait juste derrière eux.

Qui était cette femme qui lui avait parlé ? Elle avait reconnu une intonation intime dans sa voix, mais également quelque chose de distant, presque de haineux.

Les cellules étaient remplies les unes après les autres. Bientôt, ils ne furent plus qu'une vingtaine à continuer de descendre droit vers l'enfer. Des grondements sourds et de longs gémissements remontaient par moments jusqu'à eux. Malëva eut alors la certitude que les profondeurs de la forteresse abritaient une vie grouillante et démoniaque.

Enfin, les Concubines s'éloignèrent de l'escalier pour les conduire à leur geôle. Il s'agissait d'une caverne naturelle condamnée par des barreaux rongés par la rouille.

Les derniers pèlerins et l'ancienne Sœur y pénétrèrent docilement.

Quand les guerrières masquées eurent refermé la grille, Malëva se pencha sur le corps d'Oran. L'Egyrien marmonnait sans cesse. Par instants, il semblait reprendre ses esprits, mais très vite il sombrait à nouveau dans l'inconscience.

– Moi, je dis qu'y a rien à faire pour lui, avança un barbu. Il a reçu un sale coup sur la casserole. C'est un miracle que le crâne ait pas explosé.

– Ouais, pour lui, y a plus rien à faire... Par contre, nous, on est encore bien vivants, lança un trapu bedonnant, l'air mauvais.

– Hé ! On pourrait peut-être profiter encore un peu de l'amour de la Mère éternelle avant de crever, déclara le barbu.

Il tendit le bras vers Malëva qui se releva d'un bond et lui plaça un coup de coude dans le plexus.

– Chopez cette furie ! cria le trapu bedonnant.

Les hommes se ruèrent sur elle. Elle en faucha un, porta un crochet à la tempe d'un second, mais elle se retrouva acculée contre la grille.

À la lueur de concupiscence qui enflammait les regards de ses agresseurs, elle sut que rien ne les empêcherait d'aller jusqu'au bout de leur acte odieux.

Leur cercle se referma sur elle.

Oran gisait étendu sur la roche glacée, l'esprit morcelé en une myriade de traînées lumineuses.

Sa tête résonnait encore du coup de crosse qu'il avait reçu. Il fut pris de violentes convulsions. Du sang fielleux lui remonta de l'estomac et lui remplit la bouche. Il vomit.

Les yeux larmoyants, il releva la tête. La seule source lumineuse provenait d'une multitude d'insectes phosphorescents qui vrombissaient dans l'air croupi. Ses yeux mirent quelques secondes à percer la pénombre. Une douzaine d'hommes harcelaient Malëva Naöna.

L'ancienne Sœur frappa l'un de ses agresseurs à la gorge, mais les autres en profitèrent pour la jeter au sol et l'immobiliser. Un barbu large d'épaules commença aussitôt à la dévêtir avec bestialité. Un rouquin avait déjà ses braies en bas des chevilles, l'affaire prête à la forfaiture. Lorsqu'il sentit la main d'Oran se refermer sur son épaisse tignasse rousse, il se mit à couiner. Ses cris explosèrent dans le crâne de l'Egyrien qui, fou de douleur, lui fracassa la tête contre la paroi. Oran lâcha la dépouille pour décocher un coup de pied dans le visage du barbu qui s'était mis à son tour à hurler. Le sang gicla jusqu'à la voûte. Le pèlerin roula sur le sol, le cou brisé.

Les autres battirent en retraite. Malëva attrapa l'avant-bras de l'Egyrien.

– Laissez-les, maintenant ! s'écria Malëva, effrayée par la fureur qui s'était emparée d'Oran.

Ses paroles le ramenèrent à un semblant de raison. Il se prit la tête à deux mains. Ses pensées étaient encore confuses et la souffrance lui enserrait les tempes à le rendre fou.

– J'ai besoin de dormir... Un peu...

– Je vais veiller sur vous. Éloignons-nous de la grille.

Elle conduisit l'Egyrien dans un renfoncement de la paroi et l'aida à s'allonger. Oran sentit les doigts froids de Malëva caresser son front baigné de sueur et il sombra dans un sommeil agité.

L'ancienne Sœur contempla pendant un long moment le visage marqué par la vie d'Oran. Elle releva les yeux sur les hommes qui avaient tenté de la violer. Ils étaient venus à Ishama avec l'espoir d'une nouvelle vie, d'un nouveau départ et ils y avaient tout perdu. Leur colère s'était retournée contre la Mère éternelle et donc contre elle.

Elle aurait voulu leur pardonner, mais elle n'avait pas la force de chasser la haine tapie au fond de son âme. Elle se demandait encore pourquoi elle avait arrêté l'Egyrien. Elle ne souhaitait rien d'autre que leur mort.

À l'idée de tuer, elle ressentit un plaisir troublant. Elle put alors contempler les ténèbres qui étaient en elle et comprit pourquoi tant de Sœurs avaient cédé leur âme à Aras. Le fanatisme avec lequel elles avaient été éduquées, au lieu de renforcer leurs esprits, les avait affaiblis. Malëva avait souffert quand elle avait quitté l'Ordre éternel, elle avait été malmenée par les tourments de la vie. Ni les doctrines, ni les prières ne l'avaient aidée, seul l'amour lui avait permis de continuer à vivre. L'amour de Lonë Magbë, dans un premier temps, puis l'amour de Manie et Noëm.

Les Sœurs s'étaient retrouvées sans défense face à la noirceur corruptrice d'Aras. Il avait dû se jouer d'elles aussi facilement que l'on peut se jouer d'enfants innocents. L'innocence n'était pas une force, mais une faiblesse. Cela, elle l'avait appris à ses dépens.

– Tu n'auras pas mon âme, souffla-t-elle. Je n'ai pas peur de ma propre haine, et je n'ai pas peur de t'affronter.

Oran s'agita dans son sommeil.

Malëva se réveilla en sursaut. Oran s'était levé. Il se tenait immobile face aux grilles. L'ancienne Sœur approcha. Une horde interminable de Didjirüs rouges remontait vers la surface. Leurs armes et leurs armures avaient des reflets dorés dans la lumière mielleuse des flambeaux.

– Les Ténèbres vont s'abattre sur le monde, murmura un pèlerin qui s'était avancé.

– Ankahana puisse nous pardonner nos fautes, s'écria un second en s'effondrant.

Il tourna un regard implorant vers Malëva.

L'ancienne Sœur le fixa froidement et retourna s'asseoir alors que les démons continuaient inexorablement à affluer. Bientôt Oran la rejoignit, lassé. Il avait des cernes profonds et ses traits s'étaient creusés. Il voulut sourire, mais il ne fit qu'esquisser une moue effrayante.

– Comment va votre tête ? lui demanda-t-elle.

– Comme un lendemain de cuite, répondit-il en se massant la nuque.

Il se laissa glisser le long du mur.

– J'ai connu pire... Enfin, je crois, ajouta-t-il d'une voix atone.

51

Province elyrienne, aux abords de la cité d'Ishama.

O'Oshë, le Tisseur de la tribu des Alaïkans, se saisit du giphe avant que celui-ci n'ait pu regagner son terrier. Le petit animal se débattit jusqu'à ce que le presque-humain lui brise la nuque. O'Oshë apaisa l'esprit du giphe d'une prière.

Il attendait depuis plusieurs jours l'éveil d'Akataopë. Il porta son regard sur la citadelle qui dominait Ishama. Une aura rouge malsaine débordait des murailles pour se répandre en contrebas. Il savait qu'il ne devait pas empêcher le Cerf Noir de se réincarner, c'était au Silhamassaï de le vaincre. Kanaopao, le Sage moussu, le lui avait dit. O'Oshë avait accepté la tâche qui lui avait été confiée. Il tiendrait son rôle jusqu'au bout.

Il regagna son campement de fortune, à l'écart de la Cité éternelle des Manenkols. Il avait trouvé refuge dans un petit bois de sapins. Il se figea comme une dizaine de peaux-blanches chargés de ballots d'herbe bleue pénétraient dans la sylve. Le presque-humain se tapit dans un fourré. Dans les ombres du crépuscule, nul ne le vit. Peu après, d'autres Manenkols les rejoignirent. Les ballots d'herbe bleue changèrent de mains et tous repartirent. Les uns vers la Cité éternelle, les autres vers le nord.

O'Oshë était habitué à ces incursions. Il avait compris que les peaux-blanches qui venaient vendre ou acheter à cet endroit de l'herbe, des armes ou des femmes le faisaient hors des lois de l'empire. Ces Manenkols étaient des contrebandiers, comme ceux qui venaient commercer avec les clans afaïkans. Quand il fut à nouveau seul, il regagna son abri de branchages. Il dépeça le lapin et fit un feu de pommes de pin. La flambée se mit à cracher des étincelles dans tous les sens. Il jeta sur les braises une poignée de terre sableuse et les crépitements cessèrent.

Il mangea le giphe alors que la chair était encore rosée. La saveur de la viande presque crue éveillait en lui des souvenirs qui appartenaient à son Katonga, du temps où celui-ci chassait dans la plaine encore fertile de Morhianie. Il ferma les yeux.

Un grognement sourd lui remonte dans la gorge, de longues herbes tranchantes lui fouettent la gueule. Sa langue pend sur le côté, la traque dure depuis le lever du soleil. Il retrousse ses babines quand sa proie lui fait enfin face. Il esquive les cornes acérées du crinière rouge et plonge ses crocs dans son cou aussi large qu'un tronc. Il ne peut percer la peau épaisse et élastique. Il serre pourtant de toutes ses forces. Les muscles de ses mâchoires sont tendus à faire rompre son crâne massif. Sa proie suffoque. Elle se débat, rue, meugle de rage, pourtant il ne la lâche pas. Il sait que s'il faiblit, il sera piétiné à mort. C'est un combat pour la vie. Sa femelle allaite leur portée, elle ne peut jeûner plus de trois soleils. Ses griffes lacèrent les flancs du crinière rouge qui s'effondre, épuisé. Il attend encore, il sent le cœur de sa victime battre, c'est comme la course effrénée d'un longues-défenses. Puis vient la délivrance. La délivrance du prédateur et celle de la proie. Sa femelle pourra manger à sa faim avant ce soir.

Quand O'Oshë ouvrit à nouveau les yeux, il poussa un cri de surprise. Son corps baignait dans une brume sanglante, celle-là même qui se déversait des murailles de la citadelle. Il se précipita hors du bois. La nuit était sombre. Il fit appel à son Katonga et sa vue devint plus perçante. Il resta de longues minutes à observer les murailles de la place forte, le cœur étreint par l'angoisse.

Soudain, les portes de la place forte s'ouvrirent. Elles déversèrent un flot ininterrompu de créatures démoniaques. L'armée descendit jusqu'à la Cité éternelle et bientôt les premiers incendies ravagèrent les habitations.

Le Tisseur aïkan se mit à courir sur l'herbe rase à la rencontre de la horde vomie par la citadelle.

Il assista impuissant à la destruction d'Ishama.

Les derniers incendies moururent dans l'air chargé d'humidité alors que le rougeoiement de l'aube embrasait le ciel.

Une multitude de démons, de guerrières masquées et de soldats portant une livrée noir et or se rassemblèrent dans la plaine. L'immense cohorte se mit en marche vers le sud.

Le Tisseur attendit un peu, puis pénétra dans l'agglomération. Les rues étaient jonchées de cadavres. Les silhouettes craintives des rares survivants fuyaient à son approche.

Pourquoi un tel massacre ?

Ishama a été offerte en sacrifice au Cerf Noir.

La réponse venait de son Katonga. Le presque-humain observa le ciel. Les nuages en surplomb de la cité étaient tourmentés.

O'Oshë ressortit d'Ishama et porta son regard vers le sud. C'était par là que l'armée démoniaque était partie.

Il partit en courant sur les traces de la horde maléfique.

52

Ishama.

Saria regardait d'un œil morne son gros orteil dépasser de sa chaussette. Il soupira, posa la tuyère de son narguilé et prit un fil et une aiguille.

Il y avait six jours, un de ses hommes était venu l'avertir que Malëva Naöna avait été recueillie par les Sœurs qui gardaient le tombeau de la Mère éternelle. Il s'y était aussitôt rendu, mais il était arrivé quelques heures trop tard. L'impératrice Ankahana avait déjà enlevé Malëva.

Depuis, son impuissance à agir n'avait fait qu'accroître sa haine envers son ancienne maîtresse. Il avait dépêché des espions jusqu'à la citadelle des Cendres. Aucun n'en était revenu.

– Tu n'as qu'à y aller toi-même, vieille mule ! s'écria Balahïn le Fougueux. Tu as fait des choses bien plus stupides que ça.

La tête éthérée venait de surgir du sol à la manière d'un revenant mal léché.

– Ce ne sont pas les pouvoirs de l'impératrice que je crains, ni même les sentinelles, qu'elles soient humaines ou démoniaques d'ailleurs, répliqua Saria qui s'appliquait à repriser ses chaussettes.

– Alors c'est quoi ? insista Balahïn.

Le magicien se détourna un instant de son ouvrage.

– C'est l'autre.

– Quel autre ? Aria, le Dieu Noir ?

– Non, pas lui, son serviteur, le Sombre des Arkans.

– Que... ? Tu perds la tête ! Ce vieux fou n'est plus sorti de son massif depuis le siège de la citadelle des Cendres ! Ça fait plus de trois siècles.

Saria fit non de la tête.

– Le Sombre a quitté son repaire et ses desseins s'avèrent terrifiants.

Il poussa un petit cri de surprise, il venait de se piquer profondément le doigt.

Une goutte de sang coula le long de son index. Il glissa le narguilé entre ses lèvres, inspira longuement et souffla la fumée en secouant son doigt. Là où les gouttelettes carmin tombaient, de larges roses des sables naissaient, étalant leurs pétales friables comme du sel sur les lames vermoulues du parquet. Depuis près d'une centaine d'années, Saria servait Ivirrn, le Vent brûlant du Désert, une Puissance majeure violente, à l'âme mélancolique et tourmentée.

À l'époque, l'impératrice d'Ishama s'était jouée de lui et, de rage, il avait tout abandonné de son ancienne vie, allant jusqu'à renier la Puissance avec laquelle il était lié. Privé de pouvoir, ivre de désespoir, il s'était enfoncé dans le désert Salé pour mourir seul, à la manière d'un vieil animal solitaire et blessé. C'était là qu'il avait découvert la Source d'Ivirrn. Il aurait dû être dévoré par la puissance de l'entité, mais celle-ci en avait décidé autrement, touchée par la force des sentiments qui consumaient le magicien.

Saria inspira à nouveau une large bouffée de fleur de sharm et perçut un murmure apaisant et lointain. Lors de ces moments privilégiés, son esprit se confondait avec la Source et son âme s'élevait en tourbillonnant jusqu'au Royaume céleste. Il pénétra dans une oasis bouillonnante de vie, le Cœur d'Ivirrn. Il s'avança jusqu'à la lisière. Au-delà de la végétation folle courait un désert de sable blanc. Il porta son regard sur l'horizon pour contempler les plaines du Vide, contrôlées par Myss, le Dévoreur édenté. À sa droite, il reconnut la Mer de Sang, vaste étendue de terre rouge, domaine de Liir le Chant funèbre, allié inaltérable de Myss. Il sentait dans son dos la présence rassurante des montagnes de Therr, le Souffle glacé. En tournant son regard vers l'ouest, il pouvait apercevoir un nuage sombre traversé d'éclairs rouges, signe que deux Puissances majeures se livraient bataille.

Il savait qu'Aras, celui que les peuplades aïkannes appelaient le Cerf Noir et que les Kadjïrs nommaient Malsouffre, se trouvait plus loin vers l'est, au centre des provinces dominées par l'Ombre.

L'influence de la fleur de sharm reflua et le murmure de la Source se tut. Saria reprit ses esprits. Il était de nouveau à Ishama, dans l'ancien théâtre, au milieu des costumes et des décors dévorés par la vermine et l'humidité.

Il perçut une grande clameur provenant de l'extérieur. Il crut tout d'abord à une fête populaire, mais très vite il comprit que les cris étaient des hurlements de terreur.

– Que se passe-t-il ? s'exclama-t-il avec inquiétude.

Balahïn le Fougueux aurait haussé les épaules s'il en avait eu. Il se contenta de faire une moue d'indifférence. Agacé, Saria le congédia d'un geste sec, enfila sa chaussette à moitié reprisée et se releva en s'aidant de son bâton.

Il traversa les loges des artistes d'un pas alerte et s'arrêta devant une petite porte donnant dans une ruelle discrète. C'était par là que s'étaient enfuis nombre de comédiens, les soirs où la représentation avait mal tourné. Il attrapa la poignée, mais celle-ci était bloquée par la rouille. Il donna alors un coup d'épaule dans le panneau de bois qui s'ouvrit à la volée.

Il faisait nuit, pourtant le ciel se colorait de rouge. De nombreux incendies dévoraient Ishama. Des ombres menaçantes survolaient les toits, elles zigzaguaient entre les colonnes de fumée noire. Saria s'avança jusqu'au croisement le plus proche, tapi dans l'ombre.

Des Didjirüs à la peau rouge allaient de maison en maison, défonçant les portes et massacrant les habitants pendant que des Concubines d'Aras sillonnaient les rues à la recherche de nouvelles proies. Partout des corps gisaient sur les pavés.

Le magicien porta son regard sur la citadelle des Cendres. Le moment approchait. Bientôt le Dieu Noir s'échapperait du Royaume céleste pour marcher parmi les mortels.

Il sentit une présence derrière lui. Il se retourna en levant son bâton.

– Je ne veux pas te combattre, déclara la silhouette encapuchonnée.

L'homme fit un pas en avant. Il portait la robe des Maîtres de la Faculté des Sciences occultes. Trois Didjirüs faméliques au pelage gris et à l'attitude servile le suivaient en poussant des couinements d'apaisement.

– La paix ! s'exaspéra le Maître.

Les créatures courbèrent l'échine et gémirent de plus belle. L'homme se tourna vers Saria qui n'avait pas baissé sa garde.

– C'est l'impératrice Ankahana qui m'envoie te quérir. Elle veut te parler. Elle a besoin de toi.

Saria chancela. L'assassin de ses filles avait besoin de lui. Ankahana... La femme qui lui avait dévoré l'âme avant de la recracher avec dégoût. Il reposa son bâton sur le sol pour s'appuyer dessus. Il pensait avoir vaincu ses sentiments en les noyant dans sa haine. Il s'était leurré.

– Conduis-moi jusqu'à elle, répondit-il.

– Elle t'attend dans son palais, déclara l'homme en se détournant brusquement.

Les trois Didjirüs gris, croyant que le Maître voulait les corriger, s'enfuirent dans la nuit en poussant de longues plaintes stridentes.

Saria patientait dans une salle aux dimensions de cathédrales pré-egyriennes dont la voûte et les murs étaient recouverts d'une fresque représentant l'ascension de la Mère éternelle. Le Maître l'avait conduit à travers le palais jusqu'à l'aile interdite. Une servante avait alors pris le relais jusqu'à cette pièce.

– Je savais que tu répondrais à mon appel.

L'impératrice d'Ishama se tenait dans l'embrasure du haut portail d'entrée. Sa silhouette se détacha des ombres.

– Ta suffisance est répugnante ! s'écria-t-il.

– Tu as répondu à mon appel, lui fit-elle remarquer.

– Peut-être suis-je venu jusqu'ici pour te tuer et venger ainsi mes filles, avança-t-il.

Ankahana éclata d'un rire violent.

– Tu serais venu dans mon antre pour me défier ? Aurais-tu perdu la raison ? De vaniteux serais-tu devenu téméraire... Ou stupide ?

– Dis-moi pourquoi tu m'as fait venir jusqu'ici, grogna-t-il en réfrénant sa colère.

L'impératrice s'approcha et l'embrassa. Il ne la repoussa pas.

– Je veux que tu m'aides... lui souffla-t-elle. Que tu m'aides à tuer le Sombre.

Saria se raidit.

– À moins que tu n'aies peur, ajouta-t-elle en faisant passer sa langue sur ses lèvres.

– Je n'ai pas peur de mourir, répliqua-t-il.

– Alors suis-moi.

Elle conduisit Saria dans une chambre somptueuse, parée de miroirs et de tentures d'or.

– Nul ne viendra nous déranger ici.

Elle se glissa contre le magicien et le renversa sur le lit. Lorsque Saria sentit contre lui la peau d'albâtre de son ancienne maîtresse, son haleine tiède, son odeur suave et entêtante, sa raison s'égara. Ankahana écarta ses cuisses et le prit lentement en elle, sans le quitter du regard. Il la saisit à la gorge. L'impératrice se raidit en gémissant.

– Pourquoi ai-je accepté de faire revivre un passé qui m'a anéanti ? murmura-t-il.

Il lut dans les yeux de sa maîtresse la réponse qu'il craignait le plus.

– Parce que tu n'as jamais cessé de m'aimer, haleta-t-elle.

Longtemps après leur étreinte, Ankahana se leva et alla à la coiffeuse attenante au lit. Elle brossa sa chevelure sombre qui tombait sur ses épaules et sa poitrine.

– Si tu veux que je t'aide, tu dois tout me raconter, dit Saria.

L'impératrice passa une tunique de soie et vint s'asseoir au bord du lit.

– Tu veux toute l'histoire... murmura-t-elle, songeuse. Mais je ne peux que te répéter les paroles du Sombre.

– Je m'en contenterai.

Elle acquiesça. Elle parla tout en contemplant sa propre image dans le miroir de pied qui lui faisait face.

– Lyndruïl le Rêveur était encore un jeune mage quand il fut nommé doyen de la Faculté des Sciences occultes. C'était il y a un peu plus de trois siècles. Ses fonctions l'amenèrent à côtoyer l'impératrice Ankënaëll dont il s'éprit éperdument. Elle-même éprouvait des sentiments pour Lyndruïl, mais son amour était celui de la raison, bien plus que celui du cœur. Elle voulait une fille du jeune doyen. Lorsqu'elle fut enceinte, elle le répudia. C'est ainsi que se perpétue la lignée d'Ankanaphëa, précisa Ankahana, en chassant les géniteurs ou en prenant de nombreux amants afin que nul ne puisse réclamer un droit de paternité sur la future impératrice.

– Et en tuant les enfants mâles, ajouta Saria.

Elle ignora la remarque.

– Lyndruïl a quitté la Cité éternelle sans un mot. Il a regagné le domaine de sa famille, une antique citadelle située sur les hauts alpages du massif des Arkans. Mais sa haine et sa passion le tourmentaient sans répit. Un soir, il invoqua Lirvv, la Brume sournoise, la Puissance majeure dont il était le serviteur, mais celle-ci resta sourde à ses appels désespérés. Dans un excès de colère, il la renia. Aras ne tarda pas à recueillir en lui l'âme déchirée du jeune mage. Alors Lyndruïl le Rêveur mourut et à sa place naquit le Sombre des Arkans, nanti de pouvoirs que nul mortel n'avait jamais possédés.

« Trois ans plus tard, le mont Amësh qui domine Ishama fut masqué par une brume surnaturelle. Tous ceux qui osèrent y pénétrer n'en revinrent jamais et aucun mage ne parvint à briser le sortilège du Sombre. Les habitants de la Cité éternelle prirent leur parti de vivre avec un nuage suspendu au-dessus de leur tête. Puis, un jour, la brume se dissipa, dévoilant les murailles de la citadelle des Cendres.

« L'impératrice dépêcha un contingent d'une centaine de soldats sur le mont Amësh. Un seul d'entre eux revint de l'expédition. Il raconta l'horreur qui s'était abattue sur eux. Les sortilèges qui protégeaient la place forte ne leur avaient laissé aucune chance. Sur le torse du survivant été inscrit trois mots.

« *"Ankënaëll, reviens-moi."*

« La colère de l'impératrice fut terrible. Elle envoya des dizaines de milliers de guerriers prendre d'assaut la citadelle des Cendres. Tous périrent. Telle était la puissance qu'Aras avait confié à son serviteur. Chaque nuit, une brume rouge coulait le long de la montagne et pénétrait dans la Cité éternelle pour se glisser sous les portes des habitations, entre les interstices des volets, sous les tuiles des toitures. Des Didjirüs à la peau noire sillonnaient les rues jusqu'au matin, tuant ou enlevant les malheureux qu'ils rencontraient.

« Cette situation dura cinq ans. Un matin, l'impératrice quitta son palais en secret pour gagner la place forte du Sombre. Elle se livra à lui et jura de le suivre où qu'il aille, mais en échange elle lui demanda d'abandonner la citadelle des Cendres et de laisser l'empire en paix. Il accepta.

« La fille d'Ankënaëll n'avait que huit ans, pourtant elle assuma son devoir et devint la nouvelle impératrice.

– Mais si le Sombre était son père... alors il est un de tes aïeux, souffla Saria.

Ankahana acquiesça sans quitter son reflet du regard.

– Les siècles s'écoulèrent et Ankënaëll finit par mourir malgré tous les efforts du mage pour la maintenir dans le royaume des vivants. Rongé par la haine et la douleur, le Sombre brisa le serment qu'il lui avait fait de laisser l'empire en paix. Six générations d'impératrices s'étaient succédé. Entre-temps, le pouvoir egyrien était tombé aux mains du Parlement des Sages et Ishama n'était plus qu'une enclave appartenant au passé. J'avais une trentaine d'années quand il est venu me trouver. Il m'a proposé de remonter sur le trône de l'empire egyrien. J'ai accepté.

– Même si tu deviens l'impératrice de tout le continent, tu n'en resteras pas moins la servante du Dieu Sombre, son *esclave*, la coupa Saria.

Ankahana s'empourpra.

– Nul ne me dicte ma conduite, répliqua-t-elle.

Le magicien esquissa un sourire mauvais.

– Tu as beau avoir vécu plus d'un siècle, tu n'es qu'une enfant si l'on te compare au Sombre. Quant au Dieu Noir, nul ne pourra jamais sonder les abîmes de son âme, mais il n'est pas nécessaire de sortir d'une école d'officiers fonctionnaires pour deviner que ses desseins finiront pas te détruire. D'une manière ou d'une autre...

Saria sentit que sa maîtresse peinait à contenir sa colère. Cependant, quand elle reprit la parole, sa voix ne trembla pas.

– Après que le Sombre m'eut enseigné les arcanes maudits, je me suis servi de toi pour corrompre les élèves et les maîtres de la Faculté des Sciences occultes. Lorsque tu es parti, c'est le Sombre lui-même qui a pris ta place. J'ai également perverti l'Ordre éternel après m'être débarrassée du Très Saint Akaomë. J'ai étendu l'influence d'Aras partout où je pouvais le faire. Je n'ai échoué que pour les brûle-supplices, les inquisiteurs étaient déjà trop fous pour être convertis par la raison ou par la force. Mais leur fanatisme les rend aveugles et ils sont aisément manipulables. Plus rien ne peut s'opposer à l'avènement du Dieu Noir.

– Pas même le Silhamassaï?

– Comment connais-tu son existence?

Elle s'était redressée comme un serpent prêt à mordre.

– Malgré tous vos efforts, vous n'avez pu le retrouver, avança le magicien en éludant la question de l'impératrice.

– Il ne s'agit que d'une ancienne légende aïkanne, répliqua

Ankahana. Nul ne pourra rivaliser avec Aras lorsqu'il se sera incarné. Les Ténèbres inonderont bientôt le monde !

– Et qu'auras-tu à gagner ? Simplement plus de pouvoir ?

– La vie éternelle, répondit-elle avec exaltation.

– Une vie de servitude éternelle, la reprit-il.

Ankahana le gifla. La violence du coup ouvrit la lèvre du magicien.

– Je te plains, murmura-t-il avec gravité, indifférent au sang qui ruisselait dans sa barbe. Dis-moi pourquoi tu m'as fait venir ici. Ce n'est pas pour me faire partager ta prétendue immortalité.

L'impératrice se leva, le visage défait.

– Je te l'ai déjà dit, j'ai besoin de toi pour tuer le Sombre.

Saria attendit qu'elle continue.

– Malgré ce que tu sembles penser, je ne suis plus une enfant depuis déjà de nombreuses années. Je sais que le Sombre n'hésitera pas à me sacrifier s'il pense que je suis un obstacle à ses ambitions.

– Alors tu as décidé de prendre les devants et de le tuer, conclut Saria.

– Je ne peux rien contre lui. Il a les faveurs d'Aras. Mais au moment où le Dieu Noir prendra possession de son corps mortel, ses pouvoirs seront considérablement affaiblis... Dis-moi que tu m'aideras et tu siégeras à mes côtés.

Le magicien n'avait plus fumé depuis plusieurs heures et l'effet de la fleur de sharm s'était dissipé. Le contrôle de son corps lui échappait. Une comptine enfantine se mit à lui trotter dans la tête et il dut résister à l'envie de sauter à cloche-pied autour du lit.

– Que t'arrive-t-il ? s'inquiéta l'impératrice.

– Rien, fit-il avec difficulté. Je t'aiderai à tuer le Sombre. Mais pour l'instant fais-moi apporter un narguilé et de la fleur de sharm avant que je me mette à délirer.

– Tu es dépendant de cette drogue ?

– Cesse de me poser des questions et apporte-moi ce que je t'ai demandé ! s'écria-t-il en tremblant pitoyablement.

53

Province elyrienne.

Anawënn, le jeune roi des Landebrumes, était venu réveiller Bëorndal. Le roi des Montriches avait aussitôt compris que l'affaire était grave. Il s'était levé sans poser une seule question et avait suivi le jeune Kadjïr.

Les deux hommes avaient quitté le camp en silence, sans éveiller l'attention des sentinelles. Ils marchaient à présent dans la campagne elyrienne. Au loin, le chant lugubre des oiseaux-souches annonçait l'aube prochaine.

Bëorndal posa une main sur l'épaule d'Anawënn.

– Devons-nous marcher encore longtemps ?

Le roi des Landebrumes fit non de la tête et désigna une colline.

– Derrière, murmura-t-il.

Les premiers rayons du soleil fusèrent violemment dans le ciel et les oiseaux se turent. L'aube était violacée, les nuages boursouflés. Les deux hommes hâtèrent le pas.

Bientôt, ils arrivèrent en vue d'un village d'une centaine de toits. Les rues étaient désertes, aucune cheminée ne fumait. L'agglomération semblait abandonnée. Bëorndal poussa la porte de la maison la plus proche. Le verrou avait été arraché. Le Kadjïr pénétra dans la pièce. Mis à part une chaise renversée, tout était en ordre. Bëorndal ressortit et rattrapa Anawënn qui l'attendait devant une étable. Malgré la fraîcheur matinale, un essaim de mouches bourdonnait aux alentours. Bëorndal pénétra dans le bâtiment. L'odeur des corps en décomposition lui donna la nausée. Il plaqua sa main devant sa bouche et s'avança.

Des dizaines de cadavres jonchaient le sol. Hommes, femmes et enfants avaient été massacrés et mutilés avec fureur. Certains corps avaient même été en partie dévorés. Il y avait du sang jusque sur les poutres de soutènement. Jamais Bëorndal n'avait vu pareil carnage. Il s'agenouilla devant une femme recroquevillée sur elle-même. Elle avait cherché à protéger un nourrisson, mais celui-ci était mort étouffé. Il se tourna vers un homme dont le torse avait été lacéré. Sa gorge avait été ouverte par les crocs d'un animal.

Le roi des Montriches se souvint alors des paroles de la reine des Terrebroussailles, juste avant qu'elle ne parte.

« La terreur les paralysera pendant que mes chiens déchiquetteront la gorge de leurs femmes et de leurs enfants. »

Pourquoi Akilia avait-elle prononcé ces mots ? Était-elle l'auteur de ce massacre atroce ?

Bëorndal sortit à reculons.

– On dirait que ces pauvres gens ont été enfermés ici avec une meute de loups enragés, murmura-t-il.

– Ce ne sont pas des animaux qui ont fait ça, répliqua Anawënn.

Le roi des Montriches se tourna vers lui.

– Qu'est-ce que c'est alors ?

Au lieu de lui répondre, Anawënn lui fit signe de le suivre.

– Quand nous avons pénétré dans le village, nous avons été attaqués, raconta-t-il.

Ils traversèrent l'agglomération et s'arrêtèrent au pied d'une ancienne tour de guet.

– Nos assaillants étaient tapis ici, peut-être par crainte d'être surpris par l'aube, supposa le jeune homme d'une voix égale.

Le roi des Montriches s'approcha des fourrés et retourna de la pointe du pied l'une des dépouilles criblées de flèches. Il découvrit le visage blême et tourmenté d'un Kadjïr natif de Terrebroussailles, un guerrier de la reine Akilia.

– Qu'est-ce que ça signifie ? s'exclama-t-il.

Pour toute réponse, Anawënn s'agenouilla, ramassa une brindille de bois et s'en servit pour soulever la lèvre ensanglantée du mort. Une rangée de dents anormalement longues et pointues lui déformait la mâchoire. Le jeune roi des Landebrumes désigna également les mains de l'homme. Celles-ci étaient déformées, comme s'il avait souffert d'une maladie osseuse. Chacun de ses doigts se prolongeait d'une griffe souillée de terre et de sang.

– Ce sont eux qui ont massacré les villageois, ça ne fait aucun doute, déclara Anawënn. Nous avons trouvé des restes de leurs victimes dans la tour et leurs vêtements dégouttaient de sang.

– Le Malsouffre... souffla Bëorndal. Le Malsouffre s'est emparé d'eux...

À nouveau, le souverain kadjïr eut la conviction que des forces dont il ne pouvait appréhender ni la puissance ni l'âge s'étaient réveillées. Quel pouvait être l'enjeu de ce combat immémorial ? Certainement pas la liberté de son peuple. La véritable cause était nécessairement plus profonde... Plus terrifiante.

Mais quel choix lui restait-il, à part celui de continuer ? Il se tourna vers Anawënn qui attendait sa décision.

– Brûlez tout ! lui ordonna-t-il. Toi et tes hommes, vous fouillerez chaque village, chaque buisson pour débusquer ces... créatures. Personne ne doit savoir.

Le jeune roi des Landebrumes fronça les sourcils.

– Si Korkoran ou Orwënn venaient à l'apprendre, ils renonceraient à combattre à nos côtés, lui expliqua Bëorndal. Nous devons continuer coûte que coûte. Même si nous devons affronter ceux de Terrebroussailles.

Anawënn hocha la tête.

– Ceux des Landebrumes ne parleront pas. Je crois que le moment de gagner notre liberté est venu. Je ne reculerai pas.

Le roi des Montriches s'en retourna au campement. Peu de temps après, des colonnes de fumée noire montaient dans le ciel d'un bleu acier.

Les jours suivants, les Kadjïrs des Landebrumes envoyés en éclaireurs subirent de lourdes pertes. Des rumeurs ne tardèrent pas à courir parmi les hommes. Les rois s'en inquiétèrent auprès de Bëorndal qui leur raconta que des compagnies de miliciens egyriens leur tendaient des embuscades dans le but de les ralentir.

Enfin, le cinquième jour, quand le roi des Montriches ordonna une halte dans la plaine elyrienne, les forces impériales n'étaient plus qu'à une demi-journée de marche.

Aussitôt, ceux des Marchefroides s'occupèrent d'ériger des fortifications pendant que la vie du camp s'organisait. Le roi des Montriches se promena entre les tentes. L'imminence des combats alourdissait l'air, étouffait les conversations. Quelques rixes éclataient ici et là sous l'impulsion malsaine de la tension et de la fatigue. Les longues journées de marche forcée avaient amaigri les hommes. Leurs visages s'étaient creusés de profondes rides et leur peau était tannée comme un vieux cuir trop travaillé. Dans leurs regards brillait un éclat sinistre et résolu. Bëorndal ne pouvait s'empêcher d'éprouver de la fierté à l'idée d'avoir réveillé le sang des anciens Kadjïrs. Pourtant, il n'en ressentait pas moins quelques inquiétudes. Il craignait que la sauvagerie naturelle des siens ne les condamne à succomber au Malsouffre comme avaient succombé ceux des Terrebroussailles.

– La civilisation n'est pas un rempart contre la folie des hommes, Bëorndal. Cela, les Egyriens vont l'apprendre à leurs dépens.

Le vieux roi des Plainelacs avait rejoint Bëorndal au détour d'une allée. Le roi des Montriches acquiesça.

– Je me souviens d'un adage qui dit : « Retirez toutes les dents à un loup, il n'en restera pas moins un loup. »

Ahngard sourit et repartit, comprenant tacitement que Bëorndal désirait rester seul. Le roi des Montriches se dirigea vers les enclos où étaient parquées les redoutables montures des cavaliers des Hautcépages. Elles étaient pour la plupart couchées. Les irdres n'appréciaient pas les marches interminables. Ils chassaient en général sur un territoire riche en proies, et peu étendu. L'un des mâles bramait si fort que son cri devait s'entendre à des kilomètres à la ronde. Un peu plus loin, deux femelles se battaient pour avoir le privilège de dormir contre son flanc.

Le Kadjïr chercha Korkoran, mais il ne le vit nulle part. L'endroit était peu fréquenté, les hommes qui n'étaient pas originaires des Hautcépages préféraient se tenir à l'écart de l'enclos à cause de l'odeur.

Bëorndal pensa à ses fils, Arndal et Iloënn.

Iloënn. Il chercha à se remémorer chacun des traits de l'enfant, mais c'est le visage ensanglanté de sa femme, Siell, qui revint le hanter.

Son chagrin se mua comme chaque fois en haine et l'envie de tuer lui revint.

Il se souvint des paroles du mahadjïr qu'Akilia avait ramené à la vie.

« On ne se venge pas de la mort. Non, roi des Kadjïrs. Ta femme ne pourra revenir et tu ne pourras la venger. »

« Elle ne pourra revenir. » Ces mots n'avaient de cesse de le hanter, étirant les heures en un calvaire sans fin, l'amenant au bord de la folie. Il savait que les combats à venir ne l'apaiseraient que pour un temps. Cette pensée le plongea dans un abîme encore plus grand.

La nuit tomba. Il regagna sa tente.

Au moment de pénétrer sous l'abri de toile, son attention fut attirée par des éclairs qui illuminaient l'horizon. Pourtant, aussi loin que portait son regard, aucun nuage ne venait assombrir le ciel.

L'instant d'après, il n'y avait plus rien. Songeant que ses yeux avaient dû lui jouer un tour à cause de la fatigue, il alla se coucher.

54

Province elyrienne.

Salharges Alorian, commandeur de la huitième phalange de mahadjïrs, venait de finir ses rapports quotidiens et la nuit était déjà bien entamée. Il fouilla dans sa sacoche pour exhumer un message que le général avait fait passer dans la soirée à chaque officier supérieur de l'armée.

L'ordre de mission était clair. La menace des indépendantistes kadjïrs n'était plus prioritaire et l'armée devait remonter au plus vite vers Ishama. Il n'était nulle part précisé la raison d'une telle décision. Salharges était originaire de la province elyrienne et ses parents habitaient depuis quelques années dans la Cité éternelle. L'angoisse lui étreignit la gorge.

Il tenta de se reprendre. Ses nerfs avaient été mis à rude épreuve ces derniers jours.

La veille, il avait mené ses hommes aux alentours d'un village voisin pour débusquer les Kadjïrs qui écumaient la région. Une centaine d'entre eux avaient trouvé refuge dans un bosquet. Salharges avait alors ordonné de mettre le feu aux fourrés afin de les en déloger. Mais aucun des Kadjïrs n'était sorti au grand jour. Ils avaient tous préféré mourir dévorés par les flammes.

Le souvenir des hurlements et de l'odeur de la chair brûlée lui était insupportable. Lui et ses hommes avaient retrouvé les corps calcinés, blottis les uns contre les autres à la manière d'une meute d'animaux terrifiés.

– *Commandeur Salharges Alorian!* s'exclama une voix bourrue provenant de l'extérieur. *Venez voir ça!*

L'officier elyrien sortit furibond, bien décidé à punir l'insolent qui l'interpellait de la sorte. Mais sa colère retomba lorsqu'il contempla les monstres qui se dirigeaient droit sur le campement.

C'étaient de gigantesques masses palpitantes rougeoyantes au centre desquels luisait un œil jaune surdimensionné. Elles se déplaçaient en lévitation au-dessus de la végétation. Leurs longs tentacules translucides traînaient sur le sol.

– Mère éternelle, protégez-nous, souffla le mahadjïr.

Les premières créatures fondirent sur les hommes terrifiés. Leurs tentacules laissèrent de profondes blessures fumantes dans les corps. Bientôt les claquements des fusils à détente résonnèrent dans le campement, mais les monstres continuèrent leur carnage. Elles tuèrent les guerriers par centaines.

– Commandeur Salharges ! s'écria un mahadjïr qui accourait vers lui.

L'Egyrien reconnut un officier de sa phalange. Il ne se souvenait que de son surnom, Sorcier. Celui-ci avait étudié quelque temps à la Faculté des Sciences occultes avant d'apprendre le métier des armes.

– Ce ne sont pas des créatures de notre monde ! déclara Sorcier. Nous n'arriverons à rien avec des fusils.

– Comment peut-on les arrêter alors ?

– Il n'y a que la magie qui peut combattre la magie.

– Si tu dis vrai, nous pouvons recommander nos âmes à Ankahana, murmura Salharges. Les seuls magiciens aux environs ne semblent pas nous porter dans leurs cœurs.

O'Oshë avait assisté à la naissance des monstres vomis du Grand Tout. Une centaine de sorciers psalmodiaient pour maintenir le passage de l'entre-monde ouvert. L'énergie qu'ils dépensaient s'élevait dans l'air en une colonne ondulante, créant une petite dépression qui faisait tourbillonner feuilles et brindilles. Le Tisseur aïkan sut que s'il n'intervenait pas, aucun Manenkol ne survivrait à l'attaque. Le Cerf Noir voulait rompre l'Équilibre avant le dernier combat. Le presque-humain chercha un moyen d'atteindre les sorciers, mais des démons à la peau rouge et des femmes masquées veillaient sur eux.

« Je n'ai pas le choix. J'ai promis à Kanaopao... »

Il traça un cercle sur le sol à l'aide de sa lance-tonnerre et cracha entre ses pieds pour symboliser l'eau protectrice.

Ce qu'il s'apprêtait à faire était risqué, mais il savait que les règles ne pouvaient être impunément transgressées. Il s'assit en tailleur au centre du cercle et entra en transe. Puis il prononça le mot interdit et dénoua les liens qui l'unissaient à son Katonga. L'Esprit égaré poussa un rugissement où se mêlaient souffrance et colère. Son corps prit lentement forme dans les ombres. Une aura bleutée nimbait sa fourrure fauve. Il gratta la terre à ses pieds et tourna son regard rempli de lumière vers le Tisseur.

– Tue-les, déclara O'Oshë.

Le Katonga jaillit du bois dans lequel le presque-humain était caché et s'élança parmi les démons et les Concubines, déchirant de ses crocs et de ses griffes quiconque entravait sa course.

Le commandeur Salharges Alorian repoussa brutalement le servant de la baliste, tétanisé par la peur, et ordonna aux deux manœuvres d'armer le tenseur de la machine de guerre.

– Sortez-vous de là, maintenant ! hurla-t-il aux deux soldats quand ils eurent actionné le mécanisme.

L'officier mahadjïr pointa la baliste sur l'une des créatures qui approchaient à une vitesse affolante. Ses hommes lui hurlaient de s'écarter, mais il ne leur prêta aucune attention. Salharges sentit une goutte de sueur glacée lui couler dans le dos. Il s'efforça de décrisper sa main tenant le déclencheur. Le monstre de chair palpitante n'était plus qu'à quelques dizaines de mètres et il pouvait à présent discerner sa pupille semblable à un hublot qui s'ouvrait sur l'enfer. Celle-ci était braquée sur lui. L'officier ajusta la mire et pressa la détente. Il y eut un bruit métallique et rien d'autre. Dans leur hâte, les manœuvres avaient tendu le mécanisme jusqu'à le gripper. Salharges jura et dégaina son cotj'an. La créature s'arrêta inexplicablement à quelques mètres de lui. Elle était en suspens dans l'air, comme une baudruche attendant que le vent se mette à souffler. Soudain, le ciel se déchira et elle disparut dans un éclair aveuglant. Toutes les autres subirent le même sort à quelques secondes d'intervalles.

Salharges Alorian abaissa son arme, incrédule. Sorcier le rejoignit en riant.

– On les a eues, commandeur ! On a crevé ces foutues créatures !

Salharges secoua la tête.

– Je n'aime pas ça, soldat. La nuit n'est pas finie.

– On est encore en vie et c'est tout ce qui compte !

Sorcier poussa un curieux gargouillis avant de s'effondrer, la gorge ouverte. Une brume grisâtre s'attarda autour du cadavre encore agité de spasmes avant de s'éloigner.

Au même instant, les cornes d'alerte des sentinelles emplirent la plaine d'une plainte sourde et continue. Une armée venait à leur rencontre. Les cornes se turent brusquement et un silence surnaturel envahit le campement.

– Ça ne peut être les rebelles kadjïrs ! s'écria un soldat. Ils étaient à plus d'une demi-journée de marche !

– Sonnez le rassemblement, ordonna Salharges.

Une brume semblable à celle qu'il avait vue s'attarder autour de la dépouille de Sorcier s'approcha de deux de ses sous-officiers. Il n'eut pas le temps de les mettre en garde qu'un Didjirü à la peau noire surgit de nulle part pour les déchiqueter de ses griffes. L'officier prit le fusil des mains d'un milicien abasourdi et tira, mais le dard se perdit dans la nuit sans rien toucher. La créature s'était à nouveau volatilisée.

Malgré la panique, ses hommes continuaient de se rallier autour de lui. Des Didjirüs à la peau rouge jaillirent alors des ténèbres et profitèrent de la confusion pour pénétrer dans le campement impérial. Rien n'avait préparé l'armée egyrienne à un tel assaut. Salharges comprit qu'ils ne pourraient remporter cette bataille. Mais comme nul n'était en mesure d'organiser une retraite en bon ordre, il se prépara à combattre.

Sur son flanc droit, les miliciens, des fils de bourgeois pour la plupart, rompirent leurs rangs et s'enfuirent. Salharges savait qu'il devait trouver au plus vite du soutien. Il mena sa phalange vers le nord, vers le campement des Sœurs. Ses hommes progressaient en formation serrée, marchant au coude à coude. À plusieurs reprises les Didjirüs rouges vinrent s'empaler sur leur défense. D'autres mahadjïrs, séparés de leur compagnie par la violence des combats, se rallièrent à eux. Le haut-commissaire Thalar, que Salharges ne connaissait que de nom, comptait parmi ceux-là.

– Où allez-vous ainsi ? s'époumona le colosse à la figure rougeaude.

– Rejoindre le campement des Sœurs.

– Des femmes ? renifla Thalar. La situation est à ce point désespérée ?

– Je vois que vous n'avez pas volé votre réputation ! répliqua

Salharges. Vous marchez avec nous ou vous repartez dans la mêlée à la recherche de votre phalange.

– Voilà qui est clair, sourit le haut-commissaire. Vous non plus n'avez pas volé votre réputation. Je vous accompagne.

Les deux hommes rentrèrent la tête dans leurs épaules comme une créature semblable à une chauve-souris géante fondait sur les soldats, fauchant l'air de ses serres meurtrières. Les fusils à détente claquèrent et le démon s'abattit une dizaine de mètres plus loin.

– Au moins, ceux-là ont la décence de mourir quand on leur tire dessus, déclara Thalar.

– On dirait qu'il y a aussi des humains dans leurs rangs, s'étonna Salharges en désignant des combattants armés de lourdes hallebardes occupés à massacrer les miliciens en déroute.

– Ce sont des gardes prétoriens de l'impératrice d'Ishama. Je reconnais leur livrée.

– Les soldats d'Ankahana ? Que feraient-ils ici ?

– À en juger par la tournure que prennent les événements, je dirais que l'impératrice a dû pactiser avec Aras ou un de ses collègues maléfiques.

– Ishama... souffla Salharges.

– Comment ?

– La Cité éternelle, précisa l'officier. Mes parents habitent là-bas.

– Alors battez-vous pour les venger.

– Que voulez-vous dire ?

– Juste avant l'assaut, le haut commandeur Sarmin a eu le temps de m'apprendre qu'Ishama avait été mise à feu et à sang il y a trois jours. Il n'y a presque aucun survivant...

Salharges ne répondit rien. Le temps des larmes viendrait, il le savait. Pour l'instant il lui fallait défendre sa vie. Il ouvrit son esprit au limö et sa colère se mua en une arme glacée et implacable.

Quand ils pénétrèrent dans le campement des Sœurs, les combats faisaient rage autour des tentes et des feux de camp. Les Sœurs ne se battaient pas contre des êtres démoniaques, mais contre des guerrières masquées vêtues de noir dont les prouesses martiales égalaient les leurs.

Salharges fit charger sa phalange sur le flanc des Concubines d'Aras. En combat singulier, ses hommes n'auraient eu aucune chance face à de telles furies, mais ils avaient appris à combattre ensemble, s'épaulant les uns les autres. Les guerrières masquées durent reculer. Elles s'éparpillèrent dans l'obscurité. Salharges confia le commandement au haut-commissaire Thalar et partit en quête de la Sœur exécutrice. Il la trouva occupée à soigner une novice. Il se pencha vers elle en lui montrant du doigt une longue échine rocailleuse qui marquait les limites de la plaine.

– Rassemblez vos combattantes. Nous devons essayer de gagner les contreforts de la Dorsale de Seth. Là-bas, nous serons en mesure de leur tenir tête.

La femme se tourna vers lui comme s'il venait de proférer une hérésie.

– Elle se meurt ! répliqua-t-elle en désignant l'adolescente. Nous devons...

– Nous devons continuer à combattre, la coupa le commandeur.

La Vénérable ferma les yeux le temps de remettre ses pensées en ordre. Elle embrassa la jeune femme sur le front, se saisit de son cotj'an dont la garde était recouverte de sang et se releva.

– Vous avez raison, murmura-t-elle. Ankanaëpha saura l'accueillir en sa demeure avec les honneurs qui lui sont dus.

Des cavaliers menèrent une contre-attaque, enfonçant le flanc des troupes démoniaques et des Concubines qui se rassemblaient dans la plaine. Salharges en profita pour forcer le passage. Il mena son corps d'armée vers la Dorsale de Seth. En traversant un bois clairsemé, ils furent assaillis par des guerriers surgis de tranchées masquées par des branchages. Ils les repoussèrent au prix de nombreuses vies.

Le commandeur reconnut les Kadjïrs qui mettaient à sac la région. Leur peau livide, leurs yeux brûlants de haine et leurs mains difformes prolongées de griffes prouvaient sans équivoque qu'un pouvoir maléfique les avait corrompus.

Salharges se demanda avec effroi si tous les Kadjïrs avaient cédé leur âme à Aras. Il reprit cependant espoir en apercevant la voûte naturelle qui marquait l'entrée du défilé dans lequel il comptait trouver refuge. Près d'un guerrier sur quatre avait péri lors de la retraite.

– Il ne doit déjà plus rien rester de notre armée dans la plaine, lui lança Thalar. J'espère que d'autres phalanges auront également réussi à s'échapper !

Le commissaire était rouge. Son visage bovin luisait de sueur.

– Nous sommes encore loin d'être tirés d'affaire, le mit en garde Salharges.

Thalar considéra la largeur du défilé. Celui-ci faisait une centaine de mètres.

– Nous tiendrons, déclara-t-il.

La Sœur exécutrice les rejoignit en courant. Elle s'était attardée à l'arrière-garde afin de permettre aux troupes de prendre position.

– Ils arrivent, déclara-t-elle d'une voix tendue. Ils sont plusieurs dizaines de milliers.

Salharges fit un décompte rapide des hommes qu'il lui restait. Moins de six mille. Il y avait moitié moins de Sœurs.

– Nous tiendrons, répéta Thalar. Nous tiendrons.

– Avons-nous le choix ? souffla le commandeur en armant le tenseur de son fusil à détente.

O'Oshë courait entre les ombres. Il partageait à nouveau son corps avec son Katonga. L'Esprit égaré avait dû massacrer de nombreux magiciens avant de briser le sortilège.

Soudain, le presque-humain vit Salharges Alorian drapé dans sa tunique rouge. Le mahadjïr encourageait ses hommes et sa voix recouvrait le vacarme des combats. Sa stature était celle d'un roi. Son long et fier visage était lisse comme celui d'une statue de bronze. Son expression ne révélait rien du feu qui le consumait, mais le Tisseur voyait au-delà. L'aura du Manenkol était d'un blanc douloureux, à tel point que les démons qui l'approchaient étaient aveuglés, incapables d'ajuster leurs coups.

« Tu dois sauver ce Manenkol, O'Oshë, lui murmura son Katonga. *Il aura un rôle à jouer lors du dernier acte. »*

Kanaopao lui parlait à travers l'Esprit égaré.

Il frémit en voyant la nuit s'agiter autour du peau-blanche. Des démons à la peau noire, ceux qui savaient marcher entre les ombres, l'avaient pris en chasse.

Il murmura quelques mots aussi vieux que le monde. Des mots puissants capables de blesser les créatures des ténèbres. Aussitôt, les démons à la peau noire se détournèrent du Manenkol pour se ruer sur lui. Le Tisseur ne chercha pas à les affronter. Il s'enfuit en sautant d'ombre en ombre.

Salharges Alorian repoussa une Concubine et frappa un Kadjïr au moment où celui-ci s'apprêtait à lui sauter à la gorge.

Un homme derrière lui hurla. Un Didjirü ailé venait de planter ses serres dans les épaules du malheureux pour l'emporter dans les airs. Le commandeur arma son fusil à détente et fit feu. L'instant d'après, le corps désarticulé du milicien s'abattit à ses pieds. L'officier sentit une ombre se glisser dans son dos. Il vit du coin de l'œil une griffe émerger de la brume. Il pivota sur lui-même et lança sa jambe contre son adversaire. Il y eut un craquement sec et un grognement émergea du néant. Dégainant son cotj'an, il délivra un coup circulaire au jugé. Sa lame pénétra la chair de l'assassin démoniaque. Une Sœur lui cria de faire attention. Il se remit en garde, mais comprit trop tard que la menace venait du ciel. Deux puissantes serres se refermèrent l'une sur son épaule droite, l'autre sur son poignet gauche, celui tenant son cotj'an. Il fut violemment arraché du sol. L'étreinte sur son poignet était si douloureuse qu'il laissa tomber son arme. Dans un réflexe, il rattrapa sa lame entre ses deux pieds joints. Il récupéra son cotj'an de sa main libre et blessa la créature. Le Didjirü le mordit à la main. Le duel aérien se prolongea pendant quelques secondes, puis le démon lâcha prise.

Salharges sentit des branches lui fouetter le visage, lui couper la respiration, lui arracher la peau des mains alors qu'il essayait désespérément de s'y raccrocher. Il atterrit au pied d'un arbre, sur une énorme fourmilière qui explosa sous l'impact. Assailli par des milliers d'insectes en furie, il se releva en titubant et s'ébroua. Il s'agenouilla devant une mare et se rinça la figure avec frénésie.

Tout son corps le brûlait. Des fourmis s'étaient introduites sous ses vêtements et le piquaient sans relâche. Il en aurait hurlé. Soudain, un bruit le fit sursauter. Un Didjirü noir l'observait, immobile. Son corps se dilua dans la nuit. Le démon avait suivi sa trace. Salharges se redressa, ne sachant de quel côté fuir. Il tenta d'apaiser son esprit enfiévré pour permettre au limö de guider ses gestes, mais les piqûres incessantes des fourmis étaient si douloureuses qu'il ne parvint pas à apaiser le cours de ses pensées.

Le Didjirü noir s'était glissé dans son dos.

Avant qu'il ait pu esquisser le moindre mouvement, une détonation assourdissante retentit. Le commandeur se retourna. Le démon gisait à ses pieds, la tête à moitié arrachée.

Un presque-humain se tenait à quelques mètres de lui. Une horrible odeur de soufre se dégageait de son arme fumante.

– Je me nomme O'Oshë. Je suis le Tisseur de la tribu des Alaïkans.

– Salharges, commandeur de la huitième phalange de mahadjïrs, répondit l'officier, mû par les usages militaires.

Le presque-humain s'approcha.

– Elles sont en colère, déclara-t-il.

– Comment... Qui ? l'interrogea l'officier, désorienté.

– Les fourmis, précisa O'Oshë.

Il leva la main. Les insectes cessèrent immédiatement de piquer le soldat et s'enfuirent.

– Comment as-tu fait ça ? s'étonna Salharges.

– Je leur ai menti. Je leur ai dit que tu étais un arbre. Il est impensable pour une fourmi d'attaquer un arbre.

Le commandeur hocha la tête en signe de gratitude et son regard se perdit en direction de la Dorsale de Seth.

– Je dois repartir au combat, je ne peux pas laisser mes hommes.

– Et moi je dois veiller sur toi, alors laisse-moi t'accompagner.

O'Oshë interrompit le mahadjïr d'un geste alors que celui-ci s'apprêtait à lui poser une question.

– Je t'apprendrai tout ce que je sais, mais le temps de parler n'est pas encore venu. Les tiens ont besoin de leur chef de guerre.

Il ne leur fallut que peu de temps pour rejoindre le champ de bataille. La troupe impériale avait été repoussée dans le défilé et menaçait d'être submergée à tout moment. Seul le courage inébranlable des Sœurs maintenait la cohésion des rangs mahadjïrs. Le Tisseur alaïkan guida Salharges Alorian à travers les ombres afin qu'il puisse combattre auprès des siens.

Le haut-commissaire Thalar avait péri quelques instants plus tôt, la Sœur exécutrice avait été gravement blessée, mais à la vue de leur commandeur, les soldats luttèrent avec une détermination nouvelle. Pourtant, le regain d'énergie provoqué par son retour finit par se consumer et ils furent bientôt acculés au fond du défilé.

Salharges récupéra une bannière de l'Ordre éternel qui avait été piétinée et maculée de sang et la brandit au-dessus de sa tête.

– *Ankanaëpha nous regarde !* clama-t-il.

Il s'élança dans la mêlée et planta la bannière loin dans les rangs démoniaques. Il la défendit avec une telle exaltation, que les mahadjïrs et les Sœurs reprirent courage. Mais très vite le commandeur se retrouva isolé, seul au milieu d'innombrables adversaires.

Les premiers temps, O'Oshë n'avait pas voulu faire appel à son Katonga, car si un Esprit égaré était trop souvent sollicité par un Tisseur, les liens qui les unissaient se renforçaient jusqu'à ce que les deux âmes deviennent indissociables l'une de l'autre. Quand cela arrivait, l'essence de l'animal prenait irrémédiablement le pas sur l'esprit de l'Aïkan.

O'Oshë avait vu certains de ses frères sombrer dans la sauvagerie la plus totale.

Pourtant, il laissa une nouvelle fois libre cours à la colère de son Katonga. Les soldats impériaux le suivirent et la horde maléfique fut repoussée au-delà la bannière de l'Ordre éternel tenue par le commandeur Salharges Alorian.

Le combat dura toute la nuit et le Tisseur alaïkan dut encore de nombreuses fois faire appel à son Esprit égaré.

Quand le soleil pointa sur l'horizon, l'armée démoniaque rompit enfin son assaut et se replia vers Ishama. O'Oshë tenta alors de repousser son Katonga au plus profond de lui, en vain. Il n'arrivait plus à isoler l'âme de l'Esprit égaré. Les relents de sang et de sueur l'enivraient. Ses pensées étaient confuses. L'odeur des hommes le rendait nerveux.

Salharges courait vers lui, un rictus en croissant de lune animant sa face blanche. Le Manenkol lui cria quelque chose dans un dialecte qu'il ne comprenait plus. Le Tisseur tenta de parler, mais il ne fit qu'émettre un grognement sourd et menaçant. L'officier mahadjïr s'arrêta, montrant ses mains en signe de paix. Le presque-humain résista à l'envie de sauter à la gorge du peau-blanche et s'enfuit loin du champ de bataille.

55

Province elyrienne.

Iloënn et Arndal remontaient vers Ishama. Les Druidâmes, masqués par une brume surnaturelle, les suivaient dans un bruissement à peine audible.

Ils n'étaient plus qu'à une demi-douzaine d'heures de marche de l'armée kadjïre. Ils avançaient dans le sillon laissé par celle-ci. Depuis quelques jours, tout n'était plus que désolation autour d'eux. Les villages qu'ils croisaient avaient été incendiés et les bûchers funéraires avaient répandu leurs cendres nauséabondes sur des kilomètres à la ronde.

– Pourquoi les gens ont-ils été brûlés? demanda Iloënn à son frère en portant son regard sur les dépouilles carbonisées.

– Je ne sais pas, avoua Arndal. Père n'aurait jamais pu donner l'ordre de tuer tous ces innocents. Il a dû se passer quelque chose de terrible...

Iloënn s'était arrêté de marcher et il regardait les alentours les yeux écarquillés d'horreur. Il était devenu aussi pâle qu'un suaire.

– Qu'y a-t-il? s'inquiéta Arndal.

Il lui posa la main sur le front.

– Tu n'as pourtant pas de fièvre...

– C'est un monstre, dit Iloënn.

Sa voix n'était qu'un chuchotement inarticulé.

– Je le sens... il est là, sous la terre, sous nos pieds... Il fait souffrir la Terremère, gémit-il, le visage déformé par une terreur indicible. *Il va me dévorer! Non!*

– *Iloënn! Réveille-toi!* s'écria Arndal en le prenant rudement par les épaules. *Ce n'est qu'un mauvais rêve!*

L'enfant sursauta. Il était trempé de sueur et tremblait. Son regarda hagard se posa sur son frère.

– On va s'arrêter pour la nuit, décida Arndal, tu es épuisé.

Il le hissa sur ses épaules et l'emmena à l'écart du village. Ils établirent le campement à l'orée d'un bois dans lequel les Druidâmes allèrent s'abriter. Arndal n'eut pas le temps d'allumer un feu que son frère dormait déjà profondément. Le soleil avait disparu derrière la cime des arbres, mais une lumière orangée persistait.

Le Kadjïr releva lentement la tête. Un giphe pointait son museau hors de son terrier. Au moment où Arndal se saisit de son arc de chasse, l'animal bondit hors de son trou et s'enfuit dans un taillis.

Le Kadjïr se leva et contourna les broussailles. Il trouva un endroit où les ronces avaient été rabattues. La piste remontait vers le couchant. Arndal se retourna vers son frère.

« On ne peut pas continuer à marcher avec juste des bulbes d'orgefleurs dans l'estomac... Il nous faut un peu de viande pour tenir. Les Druidâmes sauront veiller sur lui le temps que j'attrape ce giphe. »

Il s'éloigna du campement.

Trois paires d'yeux qui reflétaient les teintes du crépuscule comme du verre poli contemplaient Iloënn. Dès qu'Arndal fut hors de vue, les trois Peuplebois sortirent des fourrés en sautillant. Ils faisaient moins d'un mètre de hauteur et ressemblaient à d'énormes insectes. Leur corps était constitué de brindilles entremêlées. Iloënn s'éveilla et regarda les créatures qui pépiaient comme si elles se chamaillaient.

– Qui vous êtes ? leur demanda-t-il d'une voix ensommeillée. Où est Arndal ?

La réponse sembla provenir du vent qui faisait osciller les branches au-dessus de sa tête.

« Venir Lyrmihyl... Aliorënn te voir... venir. »

Puis les Peuplebois s'enfoncèrent dans les bois sans l'attendre. Iloënn se leva péniblement et les suivit, luttant contre le sommeil.

Arrivé aux abords d'un muret en ruine, les créatures lui lancèrent un dernier regard et disparurent dans l'obscurité.

Iloënn perçut alors un bruit d'eau. Il franchit le muret et se retrouva devant une fontaine. Autour de lui, il remarqua les vestiges d'un temple.

– On dirait une Sourcevie comme celle de la Sylvemère des Bas

Plateaux, murmura-t-il pour lui-même. Mais je ne savais pas qu'il y en avait si loin dans le nord...

– Autrefois, les tribus kadjïres occupaient le continent jusqu'à l'océan des Terres éclatées, répondit une voix derrière lui.

Iloënn se retourna vers la femme qui venait de parler. Une maladie rongeait une partie de son visage. Sa peau ressemblait à du cuir racorni et ses yeux étaient voilés d'une membrane jaune. L'enfant prit peur et voulut s'enfuir, mais elle l'attrapa par le poignet.

– N'aie pas peur, Lyrmihyl ! Je me nomme Aliorënn, je suis une Mèresprit, Morëanne m'a parlé de toi.

Iloënn sembla retrouver un peu de calme.

– Morëanne ? La Mèresprit des Montriches ?

La femme acquiesça. Le jeune Kadjïr détourna la tête pour ne plus voir le visage horriblement mutilé.

– Dis ce que tu penses, enfant, lui intima-t-elle.

Elle lui lâcha le poignet.

– Votre visage... les Mèresprits sont belles... Et vous, vous êtes...

Il s'arrêta, craignant de la mettre en colère.

– ... Je suis tellement laide, effrayante même, termina-t-elle. Le Malsouffre dévore mon corps et mon âme.

Iloënn ne dit rien. Il attendit qu'elle continue.

– Cela fait des siècles que la corruption gagne du terrain. J'ai combattu le mal tant que j'ai pu, mais les sols sont devenus acides et le cœur des hommes s'est empli de fiel.

– On ne peut rien faire pour vous soigner ?

Aliorënn tenta de sourire. L'enfant frémit à la vue de sa grimace grotesque.

– Non, pour moi, il n'y a plus rien à faire. Mais toi, tu peux encore sauver la Terremère.

– Moi ?

– Oui, toi, Lyrmihyl le Deux Fois Né, oublie pour un temps la haine que tu éprouves à l'égard des Egyriens. Tu dois combattre le mal qui prend sa source dans la citadelle des Cendres.

– Mais les Druidâmes veulent se venger des Egyriens, c'est eux qui ont tué ma mère ! s'écria-t-il au bord des larmes.

– Les Druidâmes ressentent la souffrance de la nature. Ils combattront pour la défendre. Leur colère ne peut occulter la promesse qu'ils ont faite alors qu'ils étaient encore mortels.

– Laquelle ?

– Celle de servir et de protéger la Terremère. Toi aussi, tu as fait cette promesse. C'était il y a bien des siècles mais je suis certaine que ton âme s'en souvient encore.

Iloënn acquiesça pour signifier à la Mèresprit qu'il avait compris.

– Bien, maintenant tu vas repartir, déclara Aliorënn. Mais avant d'aller retrouver ton frère, j'ai une mission à te confier.

O'Oshë avait couru pendant plusieurs heures vers le sud. Une odeur de chair brûlée flottait sur la région. Le Tisseur n'avait plus aucun contrôle sur son corps ni sur son esprit. C'était son Katonga qui régissait chacun de ses gestes, chacune de ses pensées.

L'Aïkan pénétra dans un bois dense et alla se réfugier au fond d'une grotte. Ses vêtements le gênaient, il les arracha. Il avait reçu de nombreuses blessures au cours de la nuit précédente. Alors il se mit à se lécher.

Il n'entendit pas le petit peau-blanche pénétrer dans la grotte. L'enfant se tenait à trois pas de lui lorsqu'il sentit son odeur déconcertante, une fragrance d'innocence et d'assurance. Il n'y avait aucune peur en lui. O'Oshë se redressa lentement en grondant. Il avait faim.

Soudain l'enfant se mit à parler et il le comprit. Ses mots s'imposèrent à son esprit primitif. Le Tisseur se recroquevilla sur lui-même en gémissant.

– Pars, laisse l'Autre revenir ! s'écria le Manenkol.

Sa voix était en communion avec le chant de la terre. Par sa bouche s'exprimait une volonté aussi ancienne que le monde. Le Katonga fut balayé par des forces ancestrales qui l'avaient vu naître.

Le Tisseur alaïkan reprit connaissance et se réappropria lentement son corps. L'effort était éprouvant. Quelques heures de plus et nul n'aurait jamais pu dissocier son âme de celle de son Katonga.

Il leva les yeux sur enfant qui se tenait devant lui.

– Qui es-tu ? demanda O'Oshë.

Sa gorge était sèche et sa voix brisée.

– Je suis Iloënn, fils de Bëorndal, répondit le petit peau-blanche avec fierté. Certains m'appellent aussi Lyrmihyl le Deux Fois Né. C'est une Mèresprit qui m'a parlé de toi.

O'Oshë hocha la tête et se redressa pour écouter ce que l'enfant avait à lui dire.

56

Province elyrienne.

Bëorndal, terrassé par un chagrin incontrôlable, se tient agenouillé au centre d'un cercle de pierres qui reflètent la lumière crépusculaire comme du verre poli. Au-delà des monolithes, les morts s'entassent par dizaines de milliers. Des oiseaux noirs tournoient dans le ciel en poussant des cris aigus.

Le soleil semble en suspens, comme s'il hésitait entre se coucher et se lever. Le roi des Montriches regarde ses mains. Elles sont ensanglantées, maculées de terre à force de creuser le sol.

Une voix féminine s'élève dans son dos :

– Tu ne trouveras pas ta femme ici.

Il se redresse. Il ne voit pas son interlocutrice tant il pleure. Ses larmes lui brûlent les yeux.

– Pourquoi ? s'écrie-t-il. Pourquoi ne serait-elle pas ici ? Pourquoi n'aurais-je pas le droit de la revoir ?

– T'ai-je dit que tu n'avais pas le droit de la revoir ? s'étonne la femme. Sèche tes larmes et regarde par là-bas.

Elle désigne du doigt une silhouette appuyée contre un monolithe.

– Siell ? murmure Bëorndal. C'est bien toi ?

La silhouette n'esquisse aucun geste.

– Elle ne peut t'entendre, ni te voir. Tu es vivant et elle est morte. Pourtant...

Le Kadjïr essuie ses larmes. La femme qui lui parle est grande et sa beauté glacée. Son regard insondable s'enfonce profondément dans les ténèbres de son âme. Bëorndal la reconnaît sans jamais l'avoir vue.

– Ankahana...

– Oui, roi des Montriches.

– Sois maudite pour avoir conduit Akilia et tous les Kadjïrs des Terrebroussailles à la damnation ! crache-t-il.

– Tu es injuste, réplique-t-elle. N'est-ce pas toi qui as ordonné à Akilia de détourner l'attention de l'armée impériale en dévastant la province elyrienne ? Tu as fait d'elle une meurtrière, tu l'as poussée vers le Dieu Noir afin d'avoir un répit... Un répit ! Entends-tu ?

Bëorndal tremble. Il veut parler, mais les mots lui restent dans la gorge.

– Je sais combien il t'est difficile de vivre avec ce poids terrible sur la conscience, reprend l'impératrice. Pourtant, il te serait si facile d'oublier tout ça. Il te suffirait d'accepter la main que je te tends, d'ouvrir ton âme meurtrie à mon dieu pour qu'il te libère. Akilia l'a fait et elle ne connaît plus le tourment.

Le regard du Kadjïr revient sur la silhouette de Siell toujours appuyée contre la pierre.

– Mais peut-être désires-tu autre chose que l'oubli, sourit Ankahana avec indulgence. Peut-être désires-tu faire revivre le passé, sentir à nouveau sa chaleur contre ton corps. Sors du cercle délimité par les pierres sacrées, va la rejoindre et tente de la ramener... Si tu en as le courage.

Bëorndal se lève et s'avance vers Siell. Elle a les yeux dans le vague, son regard ne reflète plus rien.

– Siell, l'appelle-t-il. Siell, tu m'entends ?

– Va la chercher ! s'impatiente Ankahana. Serais-tu un lâche ?

Le Kadjïr se retourne, le visage déformé par la colère.

– Retournez en enfer, déclare-t-il d'une voix sourde. Je jure sur l'amour que je porte encore à ma femme de vous combattre vous et votre dieu méprisable jusqu'à mon dernier souffle et même au-delà.

– Si tu ne veux pas servir, alors meurs, réplique l'impératrice courroucée.

Elle lève les bras en psalmodiant des mots qui assombrissent le ciel et relèvent par milliers les cadavres étendus autour du cercle de pierres. Les morts vivants trébuchent les uns sur les autres, leurs orbites vides tournées vers Bëorndal.

Le Kadjïr recule jusqu'à ce qu'il soit acculé. Il frappe alors des poings et des pieds, mais rien ne peut arrêter la marée de chairs putrides. Bientôt, il est submergé.

Bëorndal s'éveilla en sursaut, le corps meurtri et l'âme souffrante. Il se redressa sur sa couche, le cœur battant à tout rompre.

Encore étourdi, il sortit de son abri de toile. Un Kadjïr de Landebrumes venait vers lui en courant.

– *Une grande nouvelle!* s'exclama l'homme. *L'armée egyrienne a été défaite!*

Ahngard, le vieux roi des Plainelacs, Anawënn, le jeune et discret roi des Landebrumes, Korkoran, le roi nomade des Hautcépages, Orwënn, le taciturne roi des Marchefroides, et Bëorndal se tenaient immobiles au sommet d'un escarpement qui dominait le champ de bataille.

Le roi des Montriches frémit en contemplant le charnier qui s'étendait devant lui. Hommes, femmes et démons gisaient par milliers sur la terre gelée. Des vols gigantesques de corbeaux écumaient sans relâche la plaine en poussant des cris métalliques. Son rêve lui revint en mémoire. Il frissonna. Il sentait encore sur sa peau l'étreinte implacable des morts.

– Nous voilà désormais un peuple libre, déclara sombrement Orwënn.

– Mais qu'allons-nous faire de cette liberté? murmura le roi des Montriches sans quitter l'horizon du regard.

Tous se tournèrent vers lui.

– Que veux-tu dire, Bëorndal? l'interrogea Ahngard. N'avons-nous pas atteint le but que nous nous étions fixé?

– Êtes-vous tous aveugles? Ne voyez-vous pas les corps des démons qui jonchent le sol? L'empire est rongé par le Malsouffre.

– Le Malsouffre peut bien dévorer l'empire jusqu'au dernier de ses sujets! répliqua Korkoran avec sa brutalité habituelle.

– Les terres kadjïres sont elles aussi maudites, dévoila le roi des Montriches. Akilia... Akilia et tous les Kadjïrs des Terrebroussailles ont succombé à l'appel du Dieu Noir.

– La reine Akilia avait perdu la raison il y a déjà longtemps, siffla Korkoran. Sinon, jamais elle n'aurait ramené l'âme d'un mort parmi nous. Terrebroussailles a subi depuis trop de siècles l'influence corruptrice des Landoccultes. Cette guerre n'est pas la mienne. Il est temps pour moi de rentrer sur mes terres. La saison des Eaux approche.

– Korkoran a raison, approuva Orwënn avec une moue de lassitude.

– Ne comprenez-vous pas? hurla le roi des Montriches. Ne

savez-vous pas lire les signes ? N'entendez-vous pas la nature souffrir ? Vous n'avez pas le droit de vous détourner de la Terremère qui vous a donné la vie !

– Tes paroles pourraient être celles d'un Druide, dit Orwënn. Mais es-tu un Druide ? Connais-tu le langage des Pleuplebois ?

– Il a essayé de l'apprendre, mais il n'a pas réussi, lui répondit une voix d'enfant.

Iloënn se tenait en compagnie de son grand frère Arndal à quelques mètres des rois interloqués. Tous deux semblaient avoir été déposés là par un souffle de vent. Iloënn dévisagea un à un les hommes qui se querellaient. Son regard était comme l'eau de la Sourcevie, clair et profond. L'enfant lâcha la main de son frère aîné et s'avança.

– Moi, je connais le langage des Peuplebois. Lladul le Gardien des Pierres et Moreänne la Mèresprit me l'ont appris.

– Mensonge ! cracha Korkoran.

Anawënn lui imposa le silence d'un geste.

– Prouve-le-nous, petit. Montre-nous que tu sais parler à la nature.

Iloënn porta son regard sur le champ de bataille et un vent chargé de pollen se mit à souffler sur la plaine. Alors que tous s'attendaient à ce qu'il accomplisse un miracle, il désigna un orme gigantesque qui s'élevait à une centaine de mètres de l'escarpement sur lequel ils se tenaient.

– Cet arbre saura vous convaincre mieux que moi.

Les rois suivirent l'enfant. Quand Iloënn posa sa main sur l'écorce lisse de l'orme, ils l'imitèrent sans lui poser aucune question. L'enfant murmura dans la langue des Druides. Aussitôt, le feuillage se mit à bruisser. Les rois sentirent sous leurs doigts le bois palpiter, prendre vie. Leurs consciences se mêlèrent à la sève qui les entraîna jusqu'au bout des branches, à plusieurs dizaines de mètres de hauteur, avant de plonger sous terre. L'obscurité et le silence les engloutirent. Lentement, leurs esprits se distendirent pour se fondre en toutes choses, obligeant les rois à abandonner une part d'eux-mêmes.

Chacun entra alors en communion avec la Terremère. L'espace de quelques battements de cœur, elle leur parla. Sa voix était semblable tantôt au bruissement du vent, tantôt au crissement du sable, parfois elle était comme le murmure des vagues sur la grève, d'autres fois comme le grondement lointain d'un orage.

Soudain, l'un des rois tenta de se libérer de son emprise. Iloënn reconnut l'âme de Korkoran. L'esprit du roi nomade des Hautcépages avait pris la teinte rouge de la rage et du désarroi. Affolé, l'enfant prononça les paroles d'éveil et les âmes de chacun regagnèrent leur corps.

Iloënn sentit des doigts puissants se refermer sur sa gorge. Il ouvrit les yeux pour voir le visage de Korkoran écumant comme celui d'un animal fou. La bouche de l'homme était déformée par un rictus carnassier et son regard brûlait d'une haine infinie. L'enfant comprit que le roi était possédé par le Malsouffre. La Puissance maléfique s'était glissée dans son corps alors que son âme était auprès de la Terremère. Iloënn tenta de se débattre, d'en appeler aux Mèresprits, mais déjà ses forces le quittaient, il suffoquait.

Il allait cesser de lutter, quand l'étreinte se desserra brusquement. Bëorndal venait d'empoigner le roi des Hautcépages avec une force surhumaine et le brandissait au-dessus de sa tête avec l'intention de lui briser le dos contre l'arbre.

Iloënn contempla la colère de son père. Ce n'était pas l'homme qui l'avait élevé. Celui-ci était plus grand, plus terrifiant. Son regard était brumeux, comme si son âme était lointaine et inaccessible. Son père était lui aussi possédé par une force supérieure, par l'esprit de la Terremère.

Le roi des Hautcépages se débattait.

– Ne le tue pas ! s'écria Iloënn. Repose-le !

Le roi des Montriches lui obéit. Korkoran s'était mis à gémir, il tomba à genoux. Il semblait vidé de toute énergie. Iloënn sentait encore la présence corruptrice du Malsouffre flotter autour du Kadjïr, mais le roi des Hautcépages était redevenu lui-même. Le mal avait fui, il n'était pas de taille à lutter contre la Terremère, du moins pas encore. Bëorndal reprenait lentement ses esprits.

Les autres rois avaient assisté médusés au combat.

– Que... que s'est-il passé ? demanda Ahngard. Korkoran est-il devenu fou ?

Iloënn secoua la tête. Quand il parla, sa voix était brisée et sifflante.

– Le Malsouffre s'était emparé de lui. Mais c'est fini. Il s'est enfui.

– Il a voulu te tuer ! s'entêta Orwënn en portant sa main large et puissante sur le marteau de guerre passé à sa ceinture.

– Pas Korkoran ! répliqua l'enfant. C'était le Malsouffre qui contrôlait son esprit !

– Alors il faut le chasser si la noirceur a traversé son cœur.

Iloënn savait que le roi des Marchefroides avait raison. Pourtant c'était de sa faute si le Malsouffre avait pu s'emparer du corps de Korkoran. En élevant l'âme du roi jusqu'à la Terremère, il avait permis aux ténèbres de prendre prise sur sa chair sans défense. Korkoran était désormais sali et nul ne pouvait dire s'il aurait la force de repousser le mal qui le rongeait.

– Il n'est pas maudit ! décréta Iloënn en soutenant le regard d'Orwënn. La Terremère a définitivement chassé le Malsouffre.

Le roi des Marchefroides hésita. Finalement, il lâcha son arme et inclina la tête en signe de respect.

– Je te crois. Tu nous as prouvé que tu es celui que nous attendions. Tu es Lyrmihyl le Deux Fois Né, l'élu des Mèresprits.

L'enfant acquiesça gravement, conscient que son mensonge pouvait tous les condamner. Les autres rois lui prêtèrent allégeance les uns après les autres. Même Korkoran, malgré sa faiblesse, s'agenouilla et jura de le servir. Lorsque leurs regards se croisèrent, Iloënn frémit en contemplant l'âme du Kadjïr. Cependant, il était trop tard. S'il avouait qu'il avait menti, alors il perdrait la confiance des autres rois.

Bëorndal fut le dernier à s'agenouiller devant l'enfant. Il prononça les paroles rituelles et le prit dans ses bras. Il le serra un long moment. Puis il se releva et alla embrasser son fils aîné, Arndal, qui attendait à l'écart.

– Merci de me l'avoir ramené, déclara le roi des Montriches.

Salharges Alorian, commandeur de la huitième phalange de mahadjïrs, se tourna vers O'Oshë. Le Tisseur presque-humain était revenu quelques heures après l'aube et n'avait guère été loquace depuis.

– Vas-tu me dire pourquoi tu t'es enfui après la bataille ? insista l'officier. J'ai cru un moment que tu allais me sauter à la gorge...

– Je n'avais plus toute ma tête. J'étais un peu comme vous autres, Manenkols, quand vous avez bu trop d'eau de këshi.

Salharges Alorian ne semblait guère convaincu. Cependant, il interrogea l'Alaïkan sur un sujet qui le préoccupait davantage :

– Crois-tu vraiment qu'il soit sage de demander de l'aide aux

Kadjïrs ? Maintenant que l'armée impériale a été défaite, leur peuple est libre. Pourquoi nous aideraient-ils à combattre Ankahana ?

– M'as-tu écouté quand je t'ai parlé ? l'interrogea O'Oshë. L'impératrice n'est qu'un pion. Le véritable ennemi est Akataopë.

– Le Cerf Noir, je sais. Mais je ne comprends toujours pas pourquoi les Kadjïrs risqueraient leur vie si loin de leurs frontières, surtout pour venir en aide à ceux qui les ont asservis.

– Parce que le mal, quel que soit le nom qu'on lui donne, Malsouffre, Aras ou Akataopë, ne connaît aucune frontière. Si les Kadjïrs ne se battent pas aujourd'hui, ils auront à le payer un jour prochain. Ils combattront.

– Tu sembles bien sûr de toi, s'étonna le commandeur.

– Un enfant me l'a juré.

– Un enfant ?

– La force de la terre parlait par sa bouche. Même la volonté de mon Katonga n'a pu s'opposer à lui.

Les rois tinrent conseil jusqu'à la tombée de la nuit. Iloënn leur raconta de quelle manière il avait appris le langage des Peuplebois, puis il répéta les paroles d'Aliorënn au sujet du Malsouffre.

Aucun ne remit en cause ses paroles et tous jurèrent de combattre les Ténèbres.

Après le conseil, Iloënn demanda à son père de le suivre. Bëorndal prit son fils par la main et tous deux s'enfoncèrent dans la nuit brumeuse.

– Où m'emmènes-tu ? s'inquiéta le Kadjïr. Demain, nous aurons à marcher, tu devrais plutôt prendre du repos.

– La terre me nourrit, répliqua Iloënn. Je pourrais marcher pendant des jours, peut-être même des mois ou des années.

– Toi peut-être... grogna le roi des Montriches en se massant les reins.

Ils pénétrèrent dans un bois de cèdres bleus. Le sol était recouvert d'un tapis de feuilles à travers lequel de larges blocs de granite rouge affleuraient. En s'enfonçant dans la sylve, la végétation se fit plus dense et les broussailles tiraillaient les braies de Bëorndal tandis qu'elles semblaient s'écarter devant les pas de son fils.

– Ce n'est pas prudent d'aller là, déclara le roi des Montriches.

Des Kadjïrs de Terrebroussailles pourraient y être cachés et je n'ai même pas d'arme pour nous défendre.

– Nous n'aurons pas à nous défendre.

Iloënn se faufila entre les fourrés.

– *Iloënn! Attends-moi!* s'écria le roi en lui courant après.

Il retrouva son fils juché sur un gros tas de mousse.

– Montre-moi ce que tu voulais tant me faire voir et rentrons! s'impatienta-t-il.

Iloënn prononça quelques mots dans la langue des Druides. Bëorndal sursauta quand le tas de rochers recouvert de lierre qui se tenait sur sa droite s'ébroua. Il comprit qu'il était face à une créature vivante lorsqu'il discerna ses deux yeux ronds comme des billes luire dans la nuit. Le roi des Montriches regarda autour de lui, paniqué. Lentement, la forêt s'animait. Les bosquets se mirent à bruisser, les arbres à s'agiter.

– N'aie pas peur des Druidâmes! rit Iloënn. Ce sont les esprits des Druides que les Egyriens ont assassinés. Ils voulaient se venger, mais je leur ai parlé et ils ont accepté de nous aider à vaincre le Malsouffre.

Le tas de mousse sur lequel l'enfant s'était assis se dressa brusquement. Il poussa un étrange soupir en dodelinant de la tête.

– Ils ne veulent pas se mêler aux guerriers humains, ils préfèrent rester ici.

Bëorndal attrapa son fils pour le mettre sur ses épaules. Le Druidâme se mit à se balancer de droite à gauche en poussant un cri pareil à la plainte du vent dans les ajoncs.

– Arrête, Têtemousse! dit l'enfant. Il ne me veut pas de mal! *Noua taë's!*

Bëorndal reposa son fils sur le sol et aussitôt le titan se calma.

– Partons. Ta présence les rend nerveux.

– J'espère que tu n'as pas d'autre surprise comme celle-ci pour ce soir, soupira le roi des Montriches. Parce que je crois que je n'en supporterai pas davantage.

L'enfant eut un sourire espiègle et tendit le bras vers l'est.

– Nous devons encore rencontrer quelqu'un!

– Ils sont humains, ceux-là? s'inquiéta Bëorndal.

– Presque tous, tenta de le rassurer Iloënn. Ils viennent pour combattre avec nous.

– Comment peux-tu savoir ça?

– J'ai parlé avec l'un d'eux, un homme étrange qui partage son corps avec l'âme d'un très vieil animal.

Une corne de brume retentit tout près.

– Ce sont eux ! déclara gaiement l'enfant. Allons les rejoindre !

– Non, attends ! s'écria le Kadjïr.

Mais son fils ne l'écouta pas et le roi des Montriches dut s'élancer une nouvelle fois à ses trousses.

Arrivé à la lisière de la forêt, Bëorndal discerna une troupe importante venant dans leur direction.

– Ilöenn ! Attends-moi ! rugit-il. Si tu ne m'obéis pas, ça va chauffer pour ton postérieur !

Mais l'enfant resta sourd à ses menaces. Se faufilant entre les arbres, il creusa même un peu plus l'écart.

Le Kadjïr jaillit de la forêt à la manière d'un ours furieux.

Iloënn se trouvait face à deux hommes. Le premier était un presque-humain de grande taille à l'air inquiétant. Le second portait la tunique rouge des mahadjïrs. Son visage était celui d'un homme né dans la province elyrienne. Plusieurs milliers de soldats et de Sœurs attendaient en contrebas, dans la plaine.

Le roi des Montriches renonça à réprimander son fils, songeant que fesser cul nu Lyrmihyl, l'élu des Mèresprits, pouvait s'avérer de mauvais augure. Il s'avança et posa une main sur l'épaule de l'enfant. Salharges Alorian s'avança.

– L'armée egyrienne a été décimée. Votre peuple est désormais libre.

– Nous combattrons le Malsouffre et si les Mèresprits le veulent, nous vaincrons, déclara le roi des Montriches.

– Alors ma lame et celles de mes frères d'armes sont à votre service.

57

La citadelle des Cendres.

Au fil des jours, l'odeur était devenue insoutenable. Ils avaient mis les corps des pèlerins morts dans le fond de la cellule, mais les dépouilles boursouflées saturaient l'air d'effluves putrides. Deux des prisonniers avaient attrapé une maladie qui leur rongeait la peau et les globes oculaires. Les malheureux souffraient sans répit. Leurs gémissements et leurs prières égrenaient le temps en une litanie insupportable.

Malëva sursauta quand Oran se mit à crier dans son sommeil. Elle le réveilla.

– Ma main, hoqueta-t-il, le visage grimaçant de douleur.

Sa peau s'en allait par lambeaux jusqu'au coude et un liquide huileux suppurait de la chair mise à nu. L'ancienne Sœur déchira un pan de sa tunique et banda le membre infecté.

Une longue plainte remonta des profondeurs de la citadelle.

– J'ai rêvé, sourit Oran quand le calme fut revenu. C'est la première fois depuis qu'on est là. J'étais gosse, je m'amusais à poursuivre un renard de rivière.

Malëva posa sa main sur son front. Il était brûlant de fièvre. Cependant, elle ne l'interrompit pas.

– J'ai grandi dans un petit village egyrien, à la lisière du marais Salé.

Il fit une brève pause et son regard se voila.

– Je me rappelle ce jour où des mahadjïrs ont fait irruption chez moi. J'avais six ans. Mes parents ont tenté de s'interposer, mais ils ont été tués. Les soldats ont tué tout le monde dans le village... Sauf moi. Je n'ai jamais su pourquoi. J'ai été emmené dans un navire et c'est un homme vêtu d'une tunique de l'Ordre éternel qui m'a pris en charge. Il a été bon avec moi. On a voyagé quelques jours.

Une nuit, l'homme est venu me réveiller et m'a fait signe de le suivre sans bruit. Le navire était au mouillage à proximité d'une île. Nous sommes montés dans une chaloupe et nous avons gagné le rivage à la rame. J'ai pleuré tout du long, j'avais compris qu'il voulait m'abandonner. Il m'a confié à une tribu de pirates aëpans et il est reparti.

– Tu as grandi sur une île ?

– Jusqu'à mes douze ans, acquiesça Oran. Jusqu'au jour où ils m'ont fait ça. (Il dévoila la pierre de Shoëk incrustée dans son torse.) Alors je me suis enfui.

Malëva voulut effleurer le minéral du doigt, mais il la repoussa brutalement.

– Ne la touche pas ! Elle abrite un Esprit malsain.

– Pourquoi t'ont-ils fait cela ? s'épouvanta l'ancienne Sœur.

– Tous les jeunes Aëpans reçoivent une pierre comme celle-ci. Le plus douloureux ce n'est pas quand ils te l'incrustent dans la chair, c'est après. Ils t'emmènent sur le continent pieds et poings liés. Ils te droguent pour affaiblir ton esprit et attendent qu'un Otenka essaie de s'emparer de ton corps. Tu te mets à hurler quand tu le sens se glisser en toi. Tu hurles encore et encore. Pendant que tu luttes pour préserver ton âme, les guerriers t'emmènent sur un îlot ceinturé par la mer. La présence de l'eau affaiblit l'Esprit qui est pris au piège, mais même ainsi, seuls les enfants les plus forts parviennent à repousser leur Otenka jusque dans la pierre de Shoëk. Une fois vaincue, la puissance de l'Esprit malsain peut être utilisé par l'Aëpan. Il devient alors un guerrier qui ne souffre plus aucun rival.

– Et ça, qu'est-ce que c'est ? s'étonna-t-elle en désignant l'aoki.

– Quand je me suis éloigné de la mer, mon Otenka a repris le dessus sur moi. Un presque-humain m'a aidé à le combattre et m'a donné ce pendentif pour me protéger.

Oran haletait. Parler l'avait épuisé. Il sombra dans un sommeil fébrile. Déjà la peau de son visage était devenue violacée. Malëva savait ce qui allait se passer. Dans quelques jours, ses orbites se creuseraient et, peu après, il ne serait plus qu'un écorché vif à l'agonie.

Un bruit de serrure lui fit relever la tête. Trois Concubines pénétrèrent dans la cellule et se tournèrent vers elle.

– Suis-nous !

L'ancienne Sœur posa un dernier regard sur Oran et s'avança, résignée. Les guerrières la menottèrent et elles remontèrent vers les niveaux supérieurs.

Malëva garda le silence. Elle était si faible que ses jambes menaçaient de se dérober sous elle. La Concubine derrière elle la soutenait. Ses ongles s'enfonçaient profondément dans sa chair. Elles traversèrent un corridor obscur, puis elles gravirent un escalier en colimaçon interminable. Malëva sentait son cœur battre violemment. Un vent glacé filtrait par intermittence à travers les meurtrières, ramenant un peu de vigueur dans ses membres.

Quand elles atteignirent un palier, l'une des guerrières lui enleva les menottes et lui désigna une porte.

Malëva poussa le panneau de bois et pénétra dans la pièce. Les Concubines refermèrent derrière elle et rebroussèrent chemin.

L'ancienne Sœur se retrouva dans une salle dont les murs étaient tapissés sur toute leur hauteur d'ouvrages précieux. Une lampe à huile éclairait faiblement l'endroit. Un plateau de nourriture était installé sur un coffre. Elle croqua dans un fruit. Le jus acide lui brûla les lèvres. Elle le fourra entier dans sa bouche et en prit un second.

Quand elle se fut restaurée, elle parcourut la bibliothèque du regard. Il y avait des livres de philosophie, de théologie, d'occultisme, de magie, d'archéologie, d'architecture, d'histoire, de sciences et de morale, comme si l'on avait cherché à réunir au même endroit toutes les connaissances accumulées par l'homme depuis le début des âges.

Le verrou de la porte claqua deux fois et la silhouette d'une femme se détacha dans l'entrée. Le masque en cuivre de la Concubine refléta la flamme vacillante de la lampe. Il s'agissait de la guerrière qui l'avait sauvée des griffes du Didjirü blanc.

– Que me voulez-vous ? lui demanda Malëva.

Elle se tut : la Concubine venait de lui dévoiler son visage.

– Erënna, balbutia l'ancienne Sœur.

– Je pensais que les brûle-supplices avaient fini par te tuer, déclara la Concubine en lâchant son masque sur le sol.

Malëva observa longuement la guerrière vêtue de noir qui se tenait devant elle. C'était cette femme qui l'avait initiée au limö, qui lui avait tout enseigné, qui l'avait poussée à défier les hauts prêtres de l'Ordre éternel avant de disparaître et de la laisser seule. Malëva éprouvait à la fois de la rancœur et de l'amour envers Erënna. Une colère froide l'envahit.

– Je suis bien vivante, mais la Sœur gardienne que j'ai connue est morte. Tu as tué son âme en acceptant Aras comme maître.

– J'ai fait une erreur et depuis j'en paie les conséquences, admit Erënna. J'ai cru que servir le Dieu Noir ne serait pas plus corrupteur que de servir les intérêts détestables des hauts prêtres. Je me suis trompée. J'y ai perdu mon âme et je suis là pour réparer en partie mon erreur.

– Comment ?

– Je n'ai pas la force de combattre Aras ouvertement, mais je peux te laisser la possibilité de le faire à ma place.

La Concubine prit l'un de ses deux cotj'ans et le lança à Malëva. L'ancienne Sœur ne l'attrapa pas. L'arme se planta profondément dans le coffre en bois, à un pas derrière elle.

– Prends-le, lui ordonna la Concubine. Si tu me vaincs, alors tu seras libre d'agir. Mais à aucun moment je n'abaisserai ma garde. Si je te laissais délibérément prendre le dessus, je risquerais d'attirer l'attention du Dieu Noir sur nous et tu n'aurais plus aucune chance de lui échapper.

– Je ne peux pas vous vaincre, c'est vous qui m'avez tout appris !

Erënna esquissa un sourire.

– Crois-tu que je te défierais si je pensais cela. Le limö n'a que faire de l'expérience, c'est une force primitive, guidée par des réflexes ancestraux. Libère ton âme, laisse-la te guider, te réapprendre à tuer. C'est de ton adversaire que tu dois avoir peur et non de toi-même.

– Je sais tout cela depuis que j'ai huit ans, répliqua Malëva.

– Je n'en suis pas certaine. Si tu avais découvert le véritable pouvoir qui est en toi, alors tu craindrais de me tuer et non de mourir.

– Vous mentez !

– J'essaie de te faire comprendre que tu n'as plus besoin de moi, que tu n'as jamais eu besoin de moi, ni de personne.

Erënna se fendit, portant une attaque à la gorge de son ancienne élève. Malëva esquiva et, dans le même mouvement, sa main se referma sur la garde du cotj'an planté derrière. Elle frappa en aveugle. La Concubine avait anticipé la botte et avait reculé d'un pas.

L'endroit était si étroit que les deux femmes devaient combattre en ligne, comme deux escrimeurs roëliens. Lorsque leurs lames mordirent l'une dans l'autre, des étincelles jaillirent de l'acier. Malëva feinta et porta une attaque au genou. Erënna prit appui sur un meuble et frappa de ses deux pieds joints la poitrine de son adversaire. L'ancienne Sœur renversa la lampe à huile dans sa chute. L'obscurité happa les deux combattantes. Par instinct, Malëva dévia le cotj'an de son aînée et recula précipitamment jusqu'au fond de la pièce. Elle prit une lourde reliure de cuir dans sa main gauche et retint sa respiration. Le vêtement d'Erënna frôla un meuble. Plutôt que d'esquiver le coup, l'ancienne Sœur tint le livre fermement devant sa poitrine. L'impact la colla au mur et le cotj'an de son adversaire resta planté dans la reliure. Avant que la Concubine n'ait pu dégager son arme, Malëva frappa. Par deux fois l'acier de son sabre mordit profondément dans la chair.

Après ça, elle attendit un moment dans les ténèbres, l'esprit confus. Puis elle tâtonna jusqu'à retrouver la lampe sur le sol. Elle l'alluma et la porta tout près du corps de la Concubine. Son visage était paisible dans la mort. Malëva lui referma les yeux et pria pour le salut de son âme. Puis elle la déshabilla, passa ses vêtements et ramassa le masque de cuivre. Avant de sortir, elle mit le feu à la pièce.

Les trois Concubines qui étaient venues la chercher dans sa geôle l'attendaient en bas de l'escalier.

– Où est notre prisonnière, Vénérable ? lui demanda l'une d'elles.

– J'ai dû la tuer, répondit Malëva avec l'espoir que son masque déforme suffisamment le timbre de sa voix. Mais elle est parvenue à déclencher un incendie avant de mourir. Attendez que tout soit consumé et jetez ses restes par-dessus les murailles.

Elle se tourna vers la guerrière de droite.

– Toi, raccompagne-moi jusqu'à mes appartements.

58

Aux portes d'Ishama.

– Je t'assure, je n'ai pas du tout envie de dormir ! mentit Iloënn en luttant contre le sommeil.

– Tu es épuisé, répliqua Bëorndal avec douceur.

– Je veux assister au conseil !

– Non.

Il embrassa l'enfant sur le front et sortit. Arndal montait la garde devant l'entrée de la tente.

– Veille bien sur lui, murmura le roi des Montriches. S'il y a quoi que ce soit...

– Je sais où te trouver, le rassura son fils.

Bëorndal lui posa une main sur l'épaule en signe de confiance et se rendit au conseil.

L'armée s'était arrêtée dans une plaine encaissée dominée par un massif de roches turquoise. Les murailles de la Cité éternelle et la silhouette menaçante de la citadelle des Cendres se découpaient sur l'horizon.

Le roi des Montriches traversa les cantonnements bariolés des guerriers des Plainelacs, puis celui des Marchefroides. Il franchit ensuite un petit ru qui marquait la limite entre l'armée kadjïre et les troupes impériales. Les sentinelles vêtues de rouge se mirent au garde-à-vous en le reconnaissant. Il passa entre les rangées de tentes grises parfaitement alignées tout en rendant leur salut à quelques sous-officiers qui veillaient au maintien de la discipline et du moral de leurs troupes. Plus de vingt mille mahadjïrs qui étaient parvenus à fuir les combats contre la horde démoniaque s'étaient ralliés au commandeur Salharges Alorian dans les jours qui avaient suivi la débâcle.

Bëorndal obliqua vers le sud pour contourner le campement des brûle-supplices. Des milliers d'inquisiteurs de l'Ordre saint étaient venus de tout l'Empire egyrien pour combattre le mal qui avait pris racine à Ishama. Le roi des Montriches percevait leurs litanies purificatrices ainsi que le claquement des sangles cloutées sur leur peau scarifiée. La veille, il avait vu un de ces fanatiques se flageller jusqu'à tomber inconscient, les épaules et le dos en sang. Il cracha de dégoût sur le sol.

Le Kadjïr foulait une herbe violacée dans la pénombre crépusculaire. Il entama l'ascension de la colline menant au massif de roches turquoise. Les clameurs du campement s'estompèrent à mesure qu'il gravissait le raidillon en friche. Une ombre furtive se dessina derrière un bosquet. Il reconnut un archer des Landebrumes et leva la main. L'homme hocha la tête et disparut sans un bruit.

Bëorndal arriva sur un plateau dénudé battu par les vents. Ahngard, Orwënn, Korkoran et Anawënn l'attendaient déjà. O'Oshë, le Tisseur presque-humain, et Salharge Alorian, le commandeur mahadjïr, étaient parmi eux. Un peu en retrait, le roi des Montriches reconnut Basius Mirr, le haut inquisiteur, l'homme qui dirigeait les brûle-supplices depuis déjà près d'un demi-siècle. L'homme tira sa capuche sur son visage exsangue. Si la rumeur disait vrai, le haut inquisiteur avait été nommé à ce poste à l'âge de seize ans.

« Un assassin à l'âme dévorée par la haine et la folie », songea Bëorndal.

Il lança un regard en contrebas pour contempler la multitude de feux de camp qui constellaient la plaine, puis il dit :

– L'heure approche et j'ai peur.

– Ce ne sont pas les paroles d'un chef kadjïr ! s'emporta Orwënn, roi des Marchefroides.

– Ce sont celles d'un homme et d'un père, répliqua Bëorndal. Mais n'aie aucune crainte, Orwënn, nos guerriers ne verront de moi que le porteur du heaume de Mëordone quand le moment sera venu.

– L'avènement du Cerf Noir est proche, déclara O'Oshë. Si nous attendons demain pour attaquer, il sera peut-être trop tard.

– Nos hommes ne sont pas prêts à affronter les horreurs qui nous attendent là-bas ! déclara Salharges Alorian. Attaquer de nuit serait de la folie.

– Attendre que le Dieu Noir se réincarne en serait une plus grande, répliqua Korkoran.

Le roi des Hautcépages n'était plus le même depuis qu'il avait été possédé par le Malsouffre. Son regard était hanté par un feu sombre et les rares fois où il parlait, c'était d'une voix lasse et à peine audible. Pourtant, rien dans ses gestes ne trahissait la véritable souffrance qui était la sienne. Son esprit était à chaque instant mis au supplice. Ses tourments duraient jours et nuits. Il savait que s'il cédait ne serait-ce qu'un instant, il perdrait son âme à tout jamais.

– Nous devons attaquer, ajouta-t-il. Les hommes connaissent l'enjeu du combat que nous menons. S'ils ne sont pas prêts maintenant, ils ne le seront jamais. Je réponds de mes guerriers !

Orwënn brandit son marteau de guerre au-dessus de sa tête.

– Ceux des Marchefroides ne reculeront pas !

– Ceux des Plainelacs non plus ! fit Ahngard en écho.

– Les hommes des Landebrumes n'abandonneront pas leurs frères, acquiesça Anawënn avec gravité.

– Alors les Kadjïrs iront au combat ensemble.

– Les mahadjïrs mourront ou vaincront à leurs côtés, acquiesça Salharges Alorian.

Seul Basius Mirr, le haut inquisiteur, n'avait pas encore parlé.

– Le mal doit être combattu. Cette impunité n'a que trop duré, laissa-t-il échapper entre ses lèvres à peine entrebâillées.

59

La citadelle des Cendres.

Malëva mit de longues minutes à se réveiller. Ses rêves se mêlaient à la réalité et elle n'arrivait pas émerger de sa torpeur. Elle ouvrit les yeux quand sa main se referma par hasard sur la surface glacée et polie du masque de cuivre qui gisait à côté d'elle. Elle était sur un lit dans une vaste pièce sombre et humide. Elle était vêtue de la tenue noire des Concubines. Les plaques d'armure lui avaient meurtri les côtes et la poitrine. Elle s'assit en tailleur et fouilla dans sa mémoire encore vaporeuse.

Elle se souvint de son combat dans la bibliothèque. Elle avait vaincu Erënna, la femme qui l'avait éduquée, puis elle avait usurpé sa place et avait demandé à une Concubine de la ramener à ses appartements.

Elle songea également à Oran Neyto, rongé par la maladie. Même si elle n'avait pas eu le choix, elle s'en voulait de l'avoir abandonné. On poussa la porte de sa chambre. Elle refoula ses inquiétudes et mit en hâte le masque de cuivre sur son visage.

Un homme s'avança dans la pièce avec assurance. Elle se raidit en reconnaissant le frère jumeau de son ancien amant, l'assassin de Noëm et Manie.

– L'armée kadjïre est aux portes de Ishama, Vénérable, déclara Matëo Magbë. Le Maître ne va plus tarder à donner l'ordre d'écraser ces insensés qui osent nous défier.

Malëva s'efforça de contenir la haine qui venait de l'embraser afin de glaner quelques informations.

– Le Maître ? fit-elle. Il est dans la citadelle des Cendres ?

Ses paroles troublèrent l'homme qui marqua un temps d'hésitation.

– L'avènement d'Aras est pour cette nuit. Tu ne peux l'avoir oublié, s'étonna-t-il. Le Sombre a déjà procédé au sacrifice rituel.

« Le Sombre. »

Jusqu'à présent, l'ancienne Sœur avait toujours pensé que l'impératrice Ankahana était l'investigatrice du complot. Elle acquiesça dans le vague pour masquer sa surprise. Matëo sourit.

– Tu agis souvent de façon étrange, déclara-t-il. Comme la fois où tu m'as demandé d'épargner Malëva Naöna... Tu ne m'en as toujours pas donné la raison.

– Je suppose que c'est parce qu'elle a compté pour moi, répondit-elle.

« Voilà la véritable raison pour laquelle Matëo ne m'a pas laissée mourir dans l'auberge. Erënna... »

L'homme rit et la renversa sans douceur sur le lit. Sa langue s'insinua dans l'ouverture étroite du masque. Ses mains cherchaient à dénouer les attaches du pourpoint de Malëva. Elle ne le repoussa pas.

– L'impératrice est-elle également dans la citadelle ? l'interrogea-t-elle.

– Elle ne devrait plus tarder. Il paraît qu'elle s'est entichée d'un vieux mage bedonnant.

Matëo venait de dégrafer son pourpoint, il plongea son visage entre ses jambes gainées de cuir. L'ancienne Sœur sentit son souffle brûlant s'insinuer jusqu'à son sexe à travers le vêtement de peau.

– Si seulement nous avions retrouvé le Silhamassaï... commença-t-elle.

Matëo se redressa, une expression mauvaise sur le visage.

– Si ce vieux fou d'Akaomë l'a vraiment confié à une tribu de pirates aëpans, comme le pense le Sombre, alors ces sauvages l'auront tué. C'est tout. Je m'éreinte à rechercher un fantôme depuis des années.

Malëva ne put retenir un mouvement de surprise en se souvenant des paroles d'Oran : *« J'ai été emmené dans un navire et c'est un homme vêtu d'une tunique de l'Ordre éternel qui m'a pris en charge... Il m'a confié à une tribu de pirates aëpans et il est reparti. »*

– Il y a combien de temps que le Très Saint a entrepris son voyage ? l'interrogea-t-elle.

– Vingt-trois ans. Pourquoi ?

– Oran... murmura-t-elle.

« Ce pèlerin agonisant serait... Ce n'est pas possible. »

L'histoire qu'il lui avait racontée dans la cellule ne pouvait être le fruit de quelques coïncidences hasardeuses. Elle se souvint également de ce que Matëo lui avait dit dans l'auberge, lors de leur première rencontre, que le Très Saint Akaomë était allé chercher le Silhamassaï dans un village en bordure des marais Salés : *« J'ai grandi dans un petit village egyrien, à la lisière du marais Salé. »*

– Qu'y a-t-il ? s'inquiéta Matëo.

Malëva avança son visage de cuivre tout près de celui de l'homme.

– Le Silhamassaï est toujours vivant, chuchota-t-elle.

Matëo se redressa. Il cherchait le regard de la femme qui se tenait devant lui, mais la pénombre l'en empêchait.

– Pourquoi dis-tu cela ?

Malëva sourit. Elle venait de comprendre pourquoi nul n'avait pu trouver le Silhamassaï. Elle sut alors que toutes les années de doutes et de douleurs spirituelles qu'elle avait traversées n'avaient pas été vaines.

– Vous avez cherché le Silhamassaï, mais vous ne pouviez pas le trouver. On ne peut tuer un nouveau-né avant qu'il ne soit venu au monde.

– Mais on peut tuer sa mère, dit Matëo.

Il ne comprenait pas où voulait en venir la Concubine.

– Ç'aurait été inutile, répliqua-t-elle, condescendante. Un autre aurait pris sa place pour que l'Équilibre soit préservé. Il en est ainsi depuis toujours.

Elle cita de mémoire un passage de la Parole d'Amour que lui avait lu Ismëll.

– « Si l'humanité porte en elle les racines du mal, son cœur, lui, renferme les graines de l'espoir. L'homme a été ainsi créé pour que l'Équilibre soit préservé à jamais. »

Matëo était de plus en plus perplexe.

– En passant dans notre monde, continua-t-elle, Aras provoquera un Déséquilibre et c'est ce Déséquilibre qui engendrera le Silhamassaï.

– Tu veux dire...

– ... que le monde est régi par des forces autonomes... Nul n'est au-dessus de ces lois. Pas même Aras.

Malëva était à la fois terrifiée et exaltée par la révélation qui venait de se saisir d'elle. C'était cela qu'Ankanaëpha avait voulu léguer aux siens à travers la Parole d'Amour. Et c'était seulement en remettant en cause sa propre foi que Malëva avait pu appréhender le véritable enseignement de la Mère éternelle.

Au-dessus des hommes, il y avait des dieux, mais au-dessus des dieux il n'y a que des lois, de simples lois physiques.

Elle savait que ce n'était que le début d'un long cheminement. Elle se tenait au bord d'un gouffre dont elle ne pouvait appréhender la profondeur.

– Hommes et dieux sont les vassaux des mêmes règles. Ankanaëpha le savait, elle a tenté de nous l'enseigner, mais nous avons refusé de l'entendre.

Elle reporta son regard Lonë.

– Si je poursuivais mon raisonnement, je dirais qu'il ne peut y avoir d'acte mauvais, car chaque acte engendre son propre acte contraire... Pourtant je ne peux me résoudre à te pardonner.

– Me pardonner? s'étonna-t-il désormais sur ces gardes.

Malëva dégaina son cotj'an. La lame courut sur le torse de Matëo vêtu d'une simple étoffe de soie.

– Tu as perdu l'esprit! hurla-t-il en sautant en arrière, une main sur sa blessure sanglante.

L'ancienne Sœur mena un autre assaut. L'homme se jeta au sol pour éviter le coup.

– Je n'ai pas d'arme! s'écria-t-il. Je ne peux pas me défendre.

– Je ne suis pas là pour me battre avec toi, répliqua froidement Malëva. Je suis ton bourreau, je suis là pour t'exécuter.

Matëo tenta de la faire trébucher, mais elle lui décocha un coup au visage et lui cassa le nez. Il roula sur le côté, attrapa un coffret d'ivoire posé sur un chevet et le lui lança à la tête. L'ancienne Sœur dévia le projectile et plongea la pointe de son arme dans le ventre de l'homme.

Matëo s'effondra. Il leva un regard déjà voilé par la mort sur Malëva.

– Tu n'es pas Erënna!

– Je suis sa conscience. Je me bats pour racheter son âme.

Elle abattit son arme une seconde fois, puis une troisième et une quatrième. Elle semblait ne plus pouvoir s'arrêter. Quand elle reprit ses esprits, Matëo n'était plus qu'un amas de chairs sanguinolentes. Rien ne subsistait de l'homme qu'il avait été.

Elle essuya le sang qui ruisselait sur son masque et sortit.

Le gémissement rauque d'une corne d'alerte se répandit dans toute la citadelle. Malëva sut ce qu'il signifiait. Didjirüs et humains étaient appelés à la guerre. Profitant de la confusion, l'ancienne Sœur partit en quête d'Oran Neyto.

60

Aux portes d'Ishama.

La lune était disproportionnée, bouffie. Elle rasait l'horizon, trop pesante pour s'élever dans le ciel nocturne. De longues marbrures rougeoyantes morcelaient la voûte céleste en un vitrail palpitant et maléfique.

Les portes de la citadelle des Cendres étaient béantes. L'engeance infernale qu'elle avait abritée se répandait au pied du mont Amësh en vociférant des borborygmes à la gloire de son Dieu Noir.

En réponse, les brûle-supplices se mirent à proférer des litanies purificatrices pendant que certains se tailladaient le visage et les avant-bras. À leur tête, le haut inquisiteur Basius Mirr restait immobile. Il tentait de refréner sa colère face aux créatures blasphématoires qui approchaient.

Bëorndal, Anawënn, Ahngard, Orwënn et Salharges Alorian s'étaient réunis en première ligne de leur armée.

– On dirait que le moment de combattre est venu, dit Ahngard.

Il se tourna vers le roi des Montriches.

– Pourquoi ton fils aîné n'est-il pas à tes côtés ? s'étonna-t-il.

– Je lui ai ordonné de veiller sur Iloënn.

– Est-ce vrai que cet enfant commande les esprits des anciens Druides ? l'interrogea Salharges.

– Il les guide, rectifia Bëorndal. Il est l'élu des Mèresprits. Sans lui, l'énergie des Druidâmes se disperserait aux quatre vents et il n'en resterait plus que des tas de cailloux.

– J'espère que le roi des Hautcépages aura eu le temps de contourner les collines, s'inquiéta Anawënn.

– Je n'ai aucune confiance en Korkoran, déclara Orwënn. Le Malsouffre l'a possédé une fois. Il pourrait s'emparer à nouveau de lui.

– Lyrmihyl le Deux Fois Né a dit que le roi des Hautcépages était hors d'atteinte du Malsouffre, rétorqua Ahngard.

– Mais est-ce l'âme de Lyrmihyl ou celle de l'enfant qui a parlé ? répliqua le roi des Marchefroides.

– Chasse le doute de tes pensées, Orwënn, décréta Bëorndal. Korkoran combattra à nos côtés, quel que soit le prix qu'il ait à payer.

– Et le presque-humain... Pourquoi n'est-il pas parmi nous ? s'étonna Anawënn.

– Après le conseil, il n'est pas redescendu au campement, déclara Salharges Alorian. Je pensais qu'il nous rejoindrait plus tard.

– Peut-on vraiment lui en tenir rigueur ? murmura Anawënn en portant son regard inquiet sur les hordes démoniaques distantes de moins d'un kilomètre.

– Préparez-vous, ordonna Bëorndal.

Il se tourna alors vers ses hommes et leva sa hache. Il attendit quelques secondes les bras tendus vers les étoiles avant de parler.

– Mes frères ! Je devine dans vos yeux la peur et le doute, mais je vois dans vos âmes le courage de nos ancêtres. Aujourd'hui, nous n'allons pas combattre pour une quelconque gloire, ni même pour notre liberté, nous allons combattre parce que depuis la nuit des temps les Kadjïrs sont les défenseurs de la Terremère. Nos aïeux allaient à la guerre vêtus de brume et de rosée, brandissant des armes forgées par les Mèresprits. *Le Malsouffre veut nos âmes, mais il n'aura de nous que du sang et de l'acier ! Je suis un Kadjïr, j'appartiens à la terre sur laquelle je suis né et je combattrai jusqu'à mon dernier souffle celui qui voudra la souiller !*

Alors qu'il parlait, il sentit monter en lui une colère plusieurs fois millénaire. Des visions d'un autre temps emplirent son esprit. Il entendait à peine les hurlements des Kadjïrs qui faisaient écho à chacune de ses paroles.

Le roi des Landebrumes ordonna à ses archers de prendre position, les démons étaient presque à portée de tir.

Bëorndal se tourna vers Orwënn.

– N'oublie pas, tu dois tenir le flanc gauche jusqu'à l'arrivée des Druidâmes.

Le roi des Marchefroides eut un sourire mauvais.

– Nous tiendrons ou nous mourrons. Il n'en a jamais été autrement des Kadjïrs qui vivent sur les Marchefroides.

Puis il mit son marteau sur ses épaules et partit combattre auprès des siens. Salharges Alorian avait déjà rejoint ses troupes, disposées sur l'aile droite en six phalanges de cinq mille mahadjïrs chacune.

Ahngard, le roi des Plainelacs, posa une main sur l'épaule de Bëorndal, encore absorbé par ses pensées.

– Ils arrivent, souffla-t-il.

Les cordes des arcs des archers des Landebrumes chantèrent. La première volée de flèches s'éleva dans le ciel. Peu de temps après, les fusils à détente des mahadjïrs claquèrent dans la nuit.

Désormais, le roi des Montriches discernait distinctement les créatures. La plupart étaient aussi grandes et larges d'épaules que lui. Leur peau rouge semblait aussi épaisse qu'une armure de cuir. D'autres Didjirüs à la stature colossale, hauts de plus de trois mètres, à la peau d'un vert presque noir, marchaient pesamment à leurs côtés. Des démons volants rasèrent les lignes impériales, déclenchant une mitraille en règle de la part des mahadjïrs.

Les archers lâchèrent leur dernière volée. Les brûle-supplices, ne pouvant plus se contenir, chargèrent les Didjirüs. Le fléau du haut inquisiteur tournoya un instant, puis la horde démoniaque se referma sur lui.

– Les fous ! Ils vont se faire tailler en pièces ! s'écria Ahngard.

– C'est peut-être le plus grand service que peut nous rendre le Malsouffre, répliqua Bëorndal.

Il leva sa hache et poussa un cri sauvage. L'instant d'après, sa lame mordait dans la chair. Juste avant qu'il ne soit emporté dans un tourbillon de sang et d'acier, il entendit Ahngard recommander leurs âmes à la Terremère et aux Mèresprits.

O'Oshë, assistait à la bataille depuis une colline qui surplombait le campement. Kanaopao, le Sage moussu, l'avait mis en garde. Ce dernier combat n'était pas le sien, mais celui des Manenkols.

Il percevait nettement le bruit des armes et les cris des combattants. De nombreux humains en livrée noir et or étaient restés en arrière de la horde démoniaque. Ils attendaient le bon moment pour engager le combat. Les mahadjïrs et les Kadjïrs résistaient héroïquement. O'Oshë frémit en voyant les gigantesques démons à la peau verte se porter en avant de la mêlée, massacrant impitoyablement les guerriers qui tentaient de leur barrer la voie. Les Sœurs, restées en réserve, se portèrent sur le flanc droit pour épauler les phalanges impériales.

Le presque-humain discerna le heaume du roi des Montriches. Le puissant guerrier se fraya un chemin sanglant parmi ses ennemis et défia l'un des colosses à la peau verte. Sa hache fendit l'air et la créature tomba, bientôt remplacée par une seconde.

– Quelque chose ne va pas, murmura-t-il pour lui-même.

Aucun Kadjïr de Terrebroussailles, ni aucune Concubine d'Aras n'avait encore pris part aux hostilités. Soudain, Bëorndal comprit en voyant une brume opaque contourner les Kadjïrs par le flanc gauche.

– Ils ont appris à marcher entre les ombres, souffla-t-il.

Le son d'un cor de chasse résonna dans le lointain. Korkoran chargea les gardes prétoriens d'Ankahana.

Iloënn attendait avec son frère et une dizaine d'autres guerriers Montriches à l'écart des combats. Le moment approchait. Bientôt il pourrait donner l'ordre aux Druidâmes de marcher au combat. Les créatures attendaient à une centaine de mètres. Par moments, elles poussaient des cris semblables à des brames pour signifier leur impatience.

– La proximité du Malsouffre les fait souffrir, dit Iloënn.

Un Kadjïr des Landebrumes les rejoignit.

– C'est le moment, déclara-t-il.

– Prends garde ! s'écria Arndal.

Mais il savait que son avertissement arriverait trop tard. Trois Kadjïrs des Terrebroussailles s'étaient matérialisés autour du messager. L'instant d'après, le malheureux gisait inerte sur le sol, transpercé de toute part. D'autre Kadjïrs corrompus étaient apparus, une brume malsaine flottait autour d'eux.

– Protégez Iloënn ! hurla Arndal en frappant à la volée.

Mais tous les autres guerriers de son clan étaient déjà tombés.

– *Assassins ! Traîtres !* rugit Arndal.

Iloënn voulut fuir, mais il se tordit la cheville dans un trou et chuta en bas d'un escarpement. Il ne s'était pas encore relevé qu'une main se saisit de lui. Il hurla.

– Tais-toi, jeune Manenkol ! lui intima O'Oshë.

L'enfant reconnut le presque-humain.

– Mon frère, gémit-il. On doit l'aider !

Ils portèrent leur regard en haut du raidillon. Arndal abattit sa hache et deux lames s'enfoncèrent dans son ventre. Cependant il ne s'effondra pas. Il continua à se battre.

– Il est trop tard. Viens, enfant. Il nous faut rejoindre les Druidâmes et combattre le véritable ennemi.

61

La citadelle des Cendres.

Malëva Naöna erra plusieurs heures dans les corridors presque déserts de la citadelle des Cendres avant de retrouver l'escalier qui menait aux cachots.

Deux Didjirüs bruns bedonnants en gardaient l'entrée. L'un d'eux baragouina quelques mots pour lui demander ce qu'elle voulait.

– Un prisonnier, répondit-elle en désignant le trousseau de clés pendu à un crochet. L'impératrice Ankahana le veut.

– Pas clé, pas clé ! refusa l'un des démons.

L'autre fit signe à Malëva de partir en lui montrant ses crocs jaunis et usés. Comprenant qu'elle ne pourrait les avoir par la ruse, l'ancienne Sœur dégaina son cotj'an et les tua sans qu'ils aient le temps de donner l'alerte.

Elle s'empara des clés et s'enfonça sous les fondations de la citadelle.

De nombreuses cellules étaient vides. Le cœur battant, elle reconnut celle où elle avait été emprisonnée. Elle l'ouvrit et y pénétra. Les pèlerins étaient entassés dans le fond.

Elle trouva Oran Neyto pelotonné dans un coin. La maladie avait atteint jusqu'à la peau de son visage. Des touffes entières de cheveux se détachaient de son crâne. Elle craignit un instant qu'il soit devenu aveugle, mais il ouvrit les yeux et son regard se posa sur elle. L'ancienne Sœur ôta son masque.

– Malëva... murmura l'Egyrien. Je...

Elle lui posa un doigt sur les lèvres et l'aida à se lever.

– Nous devons quitter cet endroit.

– Ici ou ailleurs, ça ne fait plus vraiment de différence... Dans quelques heures, je serai mort.

– Tais-toi et appuie-toi sur moi.

Les autres pèlerins, comprenant qu'ils pouvaient s'enfuir, se précipitèrent hors de la geôle. Une douzaine de Didjirüs gris leur tombèrent dessus. L'attaque fut si brutale qu'aucun n'en réchappa.

– Empêche-les d'entrer ! s'écria Oran.

Malëva lâcha l'Egyrien pour se précipiter vers la grille. Elle la referma avant que les Didjirüs n'arrivent, glissa la clé dans la serrure et la verrouilla. Oran s'adossa au mur et se laissa glisser jusqu'à terre.

– Et maintenant ?

– Ça ne peut pas finir ainsi ! s'emporta Malëva. (Elle tomba à genoux, vidée de ses dernières forces.) Ankanaëpha ne peut pas nous abandonner maintenant !

– Dis-moi... souffla l'Egyrien les yeux dans le vague. Pourquoi tu es revenue me chercher ?

L'ancienne Sœur se tourna vers l'Egyrien.

– Parce que tu es le Silhamassaï, lui révéla-t-elle. Tu es l'élu qui doit combattre Aras quand celui-ci se réincarnera.

– Tu as dû me confondre avec un autre, répliqua-t-il en souriant douloureusement.

L'un des démons s'accrocha à la grille et se mit à la secouer avec frénésie. Le vacarme était assourdissant. Malëva dut attendre qu'il ait cessé pour parler.

– Quand tes parents ont été tués et que tu as été enlevé, l'homme qui s'est occupé de toi pendant la traversée, c'était Akaomë, le Très Saint de l'Ordre éternel. Il t'a confié aux pirates aëpans pour te soustraire aux griffes du Dieu Noir. Je ne peux pas croire qu'il s'agisse d'une coïncidence.

– J'en rirais si j'en avais encore la force, lâcha-t-il entre ses mâchoires serrées. Je me fous du sort de l'Empire egyrien ! Mes motivations n'ont rien d'honorable, crois-moi !

– C'est ce que tu crois, mais tu ne pouvais aller à l'encontre de ta propre destinée. Tu es venu jusqu'ici pour combattre Aras.

– Je suis venu jusqu'ici pour te tuer ! rétorqua l'Egyrien avec agressivité. Je ne suis pas ton Silhamassaï. Je suis seulement un type qui a accepté de l'argent pour te faire la peau.

Malëva resta un instant abasourdie.

– *Tu mens ! C'est forcé !* s'écria-t-elle finalement.

Oran sortit de sa poche le foulard de soie sur lequel était peint le visage de l'ancienne Sœur. Il était si faible que ses doigts parvenaient à peine à tenir l'étoffe.

– C'est la femme de ton amant... qui me l'a donné. Je devais la venger... Je n'avais plus rien à perdre... J'ai accepté. C'est pour ça que je suis venu à Ishama.

Malëva secoua la tête, incapable d'articuler le moindre son. Elle se leva et s'éloigna.

L'Egyrien rejeta la tête en arrière, les poings serrés. La maladie lui dévorait les orbites. La douleur était insoutenable. Il sentit son Otenka bouger dans sa pierre de Shoëk. Il l'empêcha de s'échapper. Il avait décidé de ne pas le libérer. Il préférait la mort à une vie corrompue et maudite.

Il regarda une dernière fois Malëva et ferma les yeux, luttant pour ne pas lui avouer qu'il n'aurait jamais pu la tuer.

« Maintenant je peux crever, seul, comme j'ai toujours vécu », songea-t-il.

62

La citadelle des Cendres.

Saria leva les yeux sur les murailles de granite noir de la citadelle des Cendres. L'impératrice ordonna aux porteurs du palanquin de s'arrêter et elle descendit du véhicule. Le magicien mit pied à terre et s'approcha de la falaise. En contrebas, la plaine était devenue un gigantesque champ de bataille. Les deux armées s'affrontaient dans une mêlée impitoyable. Il n'entendait ni le fracas des armes ni les hurlements des combattants tant le vent lui sifflait aux oreilles. Il se détourna brusquement et vomit.

Ankahana ne l'avait pas attendu. Il la rejoignit à l'intérieur de la place forte.

– J'espère que la promenade t'aura éclairci les idées, lui lança l'impératrice.

– Ça m'a surtout retourné l'estomac, répliqua Saria en tirant la capuche de son vêtement sur son visage. Quant à mes idées, si elles étaient un tant soit peu plus claires, je m'enfuirais d'ici et je ne m'arrêterais pas de courir avant d'avoir quitté l'empire.

– N'oublie pas, les assassins ne doivent pas intervenir trop tôt.

Elle se tut : un Didjirü à la peau blanche se dirigeait vers eux. Le démon s'inclina avec grâce.

– Le Sombre attendait votre venue avec une certaine impatience, déclara-t-il, une menace à peine voilée dans la voix.

La créature les guida jusqu'à une esplanade gigantesque en forme de pentacle. Tous les maîtres de la Faculté des Sciences occultes étaient présents, ils étaient une cinquantaine. Il y avait également une centaine de Didjirüs blancs.

Ankahana fit un bref signe de tête à Saria et poursuivit seule. Le Sombre attendait l'impératrice devant l'autel de pierre, au centre du pentacle. Un homme nu était attaché à la pierre sacrificielle.

Chaque parcelle de sa peau était recouverte d'écritures cunéiformes et de symboles cabalistiques. Les lettres avaient été gravées une à une dans sa chair. L'homme regardait fixement la lune. Ses yeux étaient habités par une terreur sans nom.

– Le rituel de possession peut désormais commencer, déclara le Sombre.

Les Didjirüs blancs et les Maîtres psalmodièrent alors à l'unisson, l'homme enchaîné se mit à vociférer et la lune saigna.

Saria recula jusqu'à sortir du pentacle gravé dans le sol pour ne pas être englouti dans la tornade qui prenait vie autour de l'autel.

Les vents devenaient de plus en plus puissants. La brume rouge qui flottait à ras de terre fut emportée jusqu'au ciel en tourbillonnant. L'homme attaché sur l'autel se débattait, l'écume aux lèvres. Du sang suintait des lettres inscrites dans sa chair. Des éclairs aveuglants déchiraient la nuit. Certains s'enroulaient autour du pilier de brume pour venir frapper la pierre sacrificielle.

La lune se voila et la voûte céleste se craquela à la manière d'une vitre brisée. À travers les fissures sourdait une lumière malsaine.

Saria jeta un bref regard derrière lui. Les gardes prétoriens d'Ankahana avaient pris position, ils étaient prêts à intervenir. Le magicien ne leur donna pas le signal convenu, pas encore. Il lui fallait attendre le moment précis où Aras se réincarnerait. Le Dieu Noir allait devoir utiliser toute sa puissance pour investir l'enveloppe charnelle. À cet instant seulement les pouvoirs du Sombre et ceux des autres magiciens présents seraient fortement amoindris.

Soudain, la colonne de brume perfora la voûte céleste et Aras pénétra le monde matériel. Il hurla, ce fut comme le cri de milliers d'âmes tourmentées. Son corps délétère et informe glissa le long du pilier de brume jusqu'au corps attaché sur l'autel.

Le moment était venu. Saria leva son bâton et une centaine de gardes prétoriens jaillirent des courtines attenantes. Les assassins de l'impératrice décimèrent les magiciens et les Didjirüs blancs dépossédés de leurs pouvoirs.

Le Sombre regarda ses acolytes se faire massacrer sans comprendre. Puis il se tourna vers Ankahana.

– C'est toi qui m'as trahi ! tonna-t-il. Aras ne le permettra pas !

– Tu seras mort quand le Dieu Noir s'éveillera, cracha l'impératrice.

– Tes hommes ne parviendront pas à me tuer, répliqua le Sombre. Même diminués, mes pouvoirs sont suffisamment puissants pour tous vous anéantir !

Saria s'interposa.

– Je suis Saria le Vaniteux, serviteur d'Ivirrn, le Vent brûlant du Désert !

Les deux hommes se firent face quelques secondes. Le Sombre lança son premier sortilège. Ses mains se déformèrent jusqu'à n'être plus que deux serres et ses bras s'allongèrent pour saisir le magicien à la gorge. Saria invoqua la protection de sa Puissance majeure et son corps se mit à crépiter d'un feu invisible. Le Sombre dut reculer en se protégeant le visage. De ses membres difformes, il dessina un pentacle dans l'air. Un flot de vermines engloutit Saria.

Ankahana poussa un cri de désespoir.

– Le Désert réserve bien des surprises et des illusions, déclara Saria en se matérialisant derrière son rival.

Il attrapa le serviteur du Dieu Noir par le crâne. Le Sombre se mit à se tordre de douleur. Son visage se racornit, ses orbites se creusèrent.

– Et la mort qu'il offre n'est jamais douce, poursuivit le magicien.

Bientôt, le Sombre ne fut plus qu'un cadavre momifié. Son corps se détacha de sa tête et tomba sur le sol comme un pantin désarticulé. Saria lâcha le crâne.

Les assassins de l'impératrice achevaient les derniers magiciens. Un silence entrecoupé par les hurlements du possédé s'était abattu sur la citadelle.

Ankahana s'approcha de son amant et l'embrassa.

– Maintenant je vais régner sur le monde ! exulta-t-elle.

– Je crains que non, répliqua Saria en la repoussant. Comment as-tu pu croire un seul instant que je laisserais Aras prendre pied dans notre monde ? Je vais te détruire et je bannirai ton Dieu Noir à tout jamais. Tu vas payer pour avoir fait assassiner mes filles.

Ankahana rit en rejetant la tête en arrière.

– Mon pauvre amant. Comment as-tu pu croire que j'étais aussi naïve ? Tu es un mort en sursis, lui révéla-t-elle en passant sa langue sur ses lèvres ourlées de noir.

Saria sentit un goût amer dans sa bouche. Le froid envahit son corps et ses forces l'abandonnèrent.

– Tu... Tu m'as empoisonné...

– Tu voulais te servir de moi pour approcher Aras et l'empêcher de se réincarner. Crois-tu que je n'avais pas deviné quelles étaient tes intentions ? se moqua l'impératrice.

– Pourquoi as-tu pris le risque de m'appeler à l'aide, si tu savais ?

– Je n'aurais pu venir à bout du Sombre seul.

Le magicien tourna son regard vers l'autel. L'entité maléfique avait presque entièrement pénétré le corps offert en sacrifice, le déformant horriblement.

– C'est la fin de notre monde si tu laisses faire ça, gémit Saria en agrippant la tunique de sa maîtresse. Aras cherche à rompre l'Équilibre.

– Seul le pouvoir m'importe.

– Tu ne comprends pas ! S'il parvient à infléchir la frontière entre l'esprit et la matière, ce sera le chaos ! Il veut façonner un univers à la mesure de sa folie.

Mais il parlait en vain, Ankahana ne l'écoutait plus. Le Dieu Noir prenait vie. Le possédé arracha ses chaînes et se leva en titubant. Il chuta alors que son corps subissait des transformations atroces. Ses os craquèrent, ses chairs se déchirèrent. Son visage s'allongea démesurément. Deux ailes membraneuses lui poussèrent dans le dos.

Il braqua ses yeux sur le cadavre du Sombre, puis sur l'impératrice.

Il se mit sur ses jambes et s'approcha de Saria qui tentait de s'éloigner en rampant. Aras lui lacéra le dos de ses griffes et lapa le sang qui s'écoulait des plaies.

– Le goût de la vie...

Puis il se détourna pour parler à l'impératrice.

– Tu m'as servi et tu en seras justement récompensé... Mais d'abord je veux jouir de la nouvelle existence qui s'offre à moi.

Il s'éleva dans les airs en quelques battements d'ailes et piqua vers la plaine.

Ankahana abaissa les yeux sur Saria qui agonisait. Elle s'agenouilla devant lui et lui prit la tête entre ces deux mains.

– Tu es si pathétique. L'agonie ne te convient vraiment pas... Tu peux désormais mourir le cœur en paix. Grâce à toi, je régnerai à jamais.

Saria tourna son regard vers elle.

– Ankahana... J'éprouve de la compassion pour toi, articula-t-il.

L'impératrice lui cracha au visage.

– Maudit ! Achevez-le ! ordonna-t-elle à l'un de ses gardes en s'écartant avec colère.

63

La citadelle des Cendres.

– Oran ! s'écria Malëva. Réveille-toi !

L'Egyrien ouvrit les yeux. Il avait du mal à respirer, ses poumons étaient en feu. Il cracha un peu de sang et porta un regard rempli de souffrance sur l'ancienne Sœur. Il lui en voulait de l'avoir sorti de l'inconscience.

– La grille, déclara-t-elle. Elle ne va plus tenir longtemps.

Un énorme Didjirü à la peau verte et à la gueule écumante secouait les barreaux d'acier qui pliaient et grinçaient sous la contrainte. Autour de lui, les Didjirüs gris poussaient des hurlements hystériques.

La grille céda. Le colosse finit de l'arracher et la jeta avec rage dans la cellule. Ses yeux luisants comme des braises fouillèrent la pénombre à la recherche des deux humains.

Malëva avait entraîné Oran dans un recoin. Elle attendait, prête au combat.

Les Didjirüs gris l'assaillirent. Elle en tua deux avant d'être débordée. Elle fut blessée à plusieurs reprises et dut battre en retraite.

L'Egyrien voulut l'aider, mais l'énorme Didjirü vert l'attrapa par le cou, le souleva et le lança contre une paroi. Oran heurta violemment la roche. Il essaya de se relever, mais il était sonné. Il perdit l'équilibre et s'étala de tout son long.

– Malëva ! cria-t-il.

L'ancienne Sœur se battait dos au mur. Soudain, elle trébucha et les Didjirüs se précipitèrent sur elle pour la curée.

L'Egyrien eut à nouveau l'impression d'être dans l'œil d'un cyclone, comme lors de sa première rencontre avec Malëva. Tout était devenu flou et irréel. Le Didjirü vert tendait le bras vers lui, mais son geste était si lent qu'il semblait presque figé.

Oran comprit qu'il était trop tard pour reculer. Il serait le Silhamassaï. Il était né pour être sacrifié sur l'autel de la destinée. Sa vie lui apparut comme un lointain fantasme, une vaste fumisterie.

« Toute cette souffrance pour en arriver là. »

Il arracha l'aoki qui pendait autour de son cou et libéra son Otenka. Sa conscience fut engloutie par un flot de sauvagerie bestiale comme le pouvoir de l'Esprit malsain se distillait dans ses veines.

Le colosse le saisit à nouveau avec l'intention de lui fracasser la tête contre la paroi.

– **Pas cette fois, mon gros!** rugit l'Egyrien.

Il lui brisa l'avant-bras d'un coup de coude et le frappa. La masse monstrueuse du démon fut projetée au milieu de la cellule. Oran sauta sur son adversaire à terre, plongea ses mains dans son ventre distendu et lui arracha les tripes.

Les Didjirüs gris paniquèrent et s'enfuirent. Oran s'avança jusqu'au corps meurtri de Malëva et l'empoigna sans douceur par son vêtement.

– Oran! Qu'est-ce qu'il t'arrive? s'alarma l'ancienne Sœur, effrayée.

Elle lisait dans les yeux de l'Egyrien un intense combat intérieur Elle tâtonna à la recherche de son cotj'an qui gisait à côté d'elle. Mais avant qu'elle ne referme sa main sur la garde du sabre, Oran se figea. Il leva la tête, comme s'il cherchait à percevoir un son presque inaudible.

– **Mon frère...** grogna-t-il.

Il retroussa ses lèvres dans une grimace carnassière et poussa un hurlement démentiel. La folie semblait avoir balayé tout ce qui restait de sa raison.

Il se détourna brusquement de Malëva et sortit de la cellule en courant. Il gravit les marches à une vitesse inhumaine, s'aidant par moments de ses mains.

Quand il sortit du bâtiment, ses yeux se portèrent sur la colonne de brume rouge qui s'élevait jusqu'au ciel. Le passage menant au royaume Céleste se refermait lentement. Aras venait de prendre son envol.

À la vue du Dieu Noir, l'Esprit malsain qui possédait l'Egyrien éprouva une colère effroyable. Des crépitements d'énergie brute parcoururent son corps, le sol se fissura et l'air se mit à tourbillonner autour de lui. La haine le submergea.

L'esprit d'Oran fut lacéré par la violence des sentiments de l'Otenka. Il ne trouva son salut qu'en se réfugiant dans le silence de la pierre de Shoëk.

L'Esprit malsain prit alors la mesure de son propre pouvoir. Enfin, il était libre de contrôler ce corps mortel pour lequel il n'avait que du mépris.

– Akataopë, mon frère, rugit-il. **J'attendais ce moment depuis si longtemps.**

L'Otenka grimpa le long du mur d'enceinte qui s'élevait à la verticale sur plus d'une vingtaine de mètres et s'accroupit sur l'un des créneaux. Il observa pendant quelques instant les hommes et les démons qui s'entre-tuaient avant de sauter dans le vide.

64

Aux portes d'Ishama.

Bëorndal avait dû abandonner sa hache, le fil en avait été émoussé à force de mordre dans les armures des Didjirüs. Il brandissait une lourde masse d'armes qu'il abattait avec une rage aveugle.

Une clameur désespérée s'éleva dans les rangs kadjïrs. Les choses tournaient mal. Le roi des Montriches repéra un amas rocailleux tenu par trois Didjirüs rouges. Il rugit en chargeant les démons. Aussitôt qu'il eut pris pied sur l'éminence rocheuse, de nombreux guerriers se rassemblèrent autour de lui, ce qui lui laissa quelques instants de répit pour contempler le champ de bataille et comprendre ce qu'il se passait.

Des Concubines d'Aras et des Kadjïrs de Terrebroussailles les avaient pris à revers.

– Comment ont-ils pu nous contourner ? s'écria Ahngard qui s'était porté aux côtés de Bëorndal. Pourquoi les Druidâmes n'ont-ils pas encore attaqué ?

– Je l'ignore, mais si l'on ne fait rien, la bataille est perdue, répondit le roi des Montriches. Garde le centre !

Il sauta à terre et courut à la rencontre des Kadjïrs de Terrebroussailles et des Concubines qui massacraient les lignes arrière. Les combattants désorganisés se rallièrent à lui et ils menèrent une contre-attaque meurtrière.

Bëorndal esquiva une attaque et faucha les deux adversaires qui lui barraient la voie. Mais un brusque mouvement de masse le sépara de ses hommes et il se retrouva isolé parmi plusieurs dizaines de Kadjïrs de Terrebroussailles. Leurs visages corrompus étaient figés dans des rictus sardoniques semblables aux masques démoniaques que portaient les Concubines d'Aras. Quand il s'avança pour les attaquer, ses adversaires reculèrent précipitamment.

– Que se passe-t-il ? cria-t-il, tournant sur lui-même à la manière d'un animal pris au piège. Vous craignez de m'affronter ?

Une créature maigre à la démarche de prédateur sortit de leurs rangs. Elle pencha sa tête selon un angle impossible afin de mieux contempler le roi des Montriches. Son visage blafard n'était plus que vaguement humain. Son corps décharné était enchâssé dans une armure noire semblable à la carapace irisée de quelque monstrueux insecte.

– *Salut à toi, Bëorndal*, suinta la chose. *Mon beau roi. Beau, oui beau, beau...*

– Akilia ? souffla le Kadjïr, reculant d'un pas. Ce n'est pas possible...

– *Je suis celle-là !* cracha la reine de Terrebroussailles en s'avançant. *Te rappelles-tu ce que je t'ai dit quand nous nous sommes vus pour la dernière fois ? Je t'ai dit que la mort avait un prix parfois élevé. Tu m'as demandé quel serait le mien et je ne t'ai pas répondu... Alors le voici à présent !*

La reine de Terrebroussailles se saisit d'une tête tranchée qui gisait sur le sol derrière elle et la jeta aux pieds du Kadjïr qui hurla en reconnaissant le visage mutilé de son fils aîné, Arndal.

– Iloënn ! Où est-il ? Que lui as-tu fait ?

Akilia esquissa un sourire qui dévoila ses crocs acérés comme ceux d'une bête sauvage.

Le roi des Montriches sentit ses forces l'abandonner. Si Iloënn était mort, les esprits des Druidâmes étaient retournés dans le néant. Tout était perdu. Le Kadjïr tomba à genoux, le chagrin et le désespoir balayant sa volonté. La reine de Terrebroussailles leva son épée, mais elle suspendit son geste, le regard rivé sur la citadelle des Cendres.

Le pilier de brume rouge avait traversé la voûte céleste et le corps boursouflé du Dieu Noir s'était échappé de son royaume. Sa masse gigantesque et informe glissait le long du pilier, ses tentacules éthérés fouillaient le ciel.

– *Ton armée est condamnée, mon beau roi !* exulta Akilia.

Le roi des Montriches se souvint alors de la promesse qu'il avait faite à sa femme de combattre le Malsouffre jusqu'à son dernier souffle. Il ramassa une épée qu'un combattant avait abandonnée derrière lui et frappa de taille. La carapace noire d'Akilia explosa et la lame pénétra dans son côté gauche. La reine se plia en deux, elle laissa échapper un sifflement strident. Mue par une vigueur infernale, elle asséna au Kadjïr un coup de poing d'une telle violence que le heaume de Mëordone lui fut arraché des épaules. Elle se redressa et extirpa la lame de son corps. Des flots de sang jaillirent de sa blessure. Elle s'avança en vacillant vers le roi qui gisait sur le sol.

Bëorndal voyait la reine approcher, mais ses pensées lui échappaient et son corps refusait de lui obéir. Au moment où Akilia s'apprêtait à lui porter le coup de grâce, les claquements des fusils à détente retentirent derrière lui et de nombreux Kadjïrs corrompus s'effondrèrent. Akilia fut à nouveau blessée. La voix du commandeur Salharges Alorian s'éleva dans la nuit et une seconde salve décima les serviteurs du Malsouffre paniqués. La reine des Terrebroussailles battit en retraite. Déjà son corps se diluait dans l'obscurité, mais son regard resta accroché jusqu'au dernier moment à celui du roi des Montriches.

– Les nuits sans lune, surveille les ombres qui rôdent autour de toi, car je serai peut-être cachée derrière l'une d'elles, cracha-t-elle. *Il n'y aura pas de paix pour ton peuple, plus jamais...*

Akilia avait totalement disparu.

– Bëorndal ! s'écria Salharges. Je vous croyais mort.

– En un sens, je le suis, répliqua le Kadjïr en se relevant péniblement. Mes deux fils, Iloënn et Arndal... La reine des Terrebroussailles les a tués.

– Akilia est-elle morte ?

– Non, mais je l'ai grièvement blessée.

Le commandeur ramassa le heaume de Mëordone et le tendit au roi.

– Tenez. Les Kadjïrs des Terrebroussailles et les Concubines d'Aras ont fui. Mais la nuit n'est pas finie, vos hommes ont encore besoin de leur chef.

Un cri balaya les alentours d'Ishama. La silhouette ailée du Dieu Noir se découpait sur la lune.

– Mère éternelle ! murmura Salharges.

Korkoran, le roi des Hautcépages, vit également l'incarnation du Malsouffre s'abattre sur le champ de bataille.

« Le moment est venu pour moi de faire le choix entre vivre en esclave ou mourir en homme libre », songea-t-il.

Il hurla à son fils aîné de mener les cavaliers des Hautcépages à la victoire et talonna son irdre pour se désengager de la mêlée.

Bientôt, son âme connaîtra enfin la paix.

Aras avait atterri au milieu des Kadjïrs des Marchefroides. Son regard pétrifiait les guerriers les plus courageux alors que ses griffes lacéraient les corps dans un ballet mortel et implacable. Le Dieu Noir aurait pu anéantir tous les humains qui l'entouraient d'un seul mot de pouvoir, pourtant il ne le fit pas. Il voulait éprouver sa nouvelle condition, ressentir la peur de ses proies, goûter le sang à même leurs gorges.

Il tuait, indifférent à l'issue de la bataille qui se déroulait autour de lui.

Orwënn, le roi des Marchefroides, lui barra la voie. Mais, avant même que le Kadjïr eût prononcé les paroles rituelles de défi, il gisait déjà sur le sol, ses entrailles éparpillées autour de lui.

Korkoran avait assisté impuissant à la mort d'Orwënn. Il se redressa sur ses étriers et lança sa pique de toutes ses forces, ainsi qu'il avait appris à le faire depuis son plus jeune âge alors qu'il chassait le rak en compagnie de son grand-père. L'arme se planta dans le corps du Dieu Noir qui se retourna, le faciès tordu par la colère et la douleur.

– **Je te reconnais !** cria Aras. **Tu m'appartiens !**

Le roi des Hautcépages dégaina son épée sans ralentir l'allure.

– *L'âme d'un Kadjïr appartient à la terre sur laquelle il est né !*

– **Soit.**

La créature arracha la pique de son corps et la retourna contre le cavalier. L'arme transperça le roi des Hautcépages.

– **Les mortels ne peuvent défier impunément leur Dieu**, hurla Aras. ***Soumettez-vous ou mourez, tous !***

Sa voix fut pareille au tonnerre et des éclairs sillonnèrent le ciel. Un souffle de panique parcourut les rangs kadjïrs et mahadjïrs.

– **Ménage tes effets, mon frère**, l'interpella une voix tourmentée. **Il te reste une dernière condition à remplir pour régner sur ce monde. Nous avons encore une vieille histoire de famille à régler. Te souviens-tu ?**

Aras se tourna vers la dépouille d'Oran qui était possédée par l'Otenka. Son corps et son visage avaient subi d'effrayantes transformations. Il ne restait plus rien de l'Egyrien. Son regard brillait comme celui d'un fauve.

– **Natoëpë !** s'étonna le Dieu Noir. **Ainsi, tu oses te représenter devant moi... Écarte-toi de ma route sinon cette fois-ci je ne ferai pas preuve de clémence.**

– **Parce que tu as fait preuve de clémence en me bannissant ?** se révolta l'Esprit malsain. **Sais-tu pendant combien de millénaires j'ai erré avant de pouvoir à nouveau goûter à un semblant d'existence ?**

– **Fuis ce champ de bataille et tu pourras vivre encore quelques années. Tu n'es pas de taille à m'affronter.**

– **Tu sous-estimes ma haine, Akataopë !** répliqua l'Otenka.

– **Tu n'as donc rien appris malgré tous ces siècles d'exil**, se désola le Dieu Noir.

Il prononça un mot de pouvoir et le sol se déroba sous les pieds de l'Esprit malsain qui fut aussitôt englouti.

– **Les entrailles de cette planète seront ton linceul pour l'éternité.**

Mais il n'eut pas terminé sa phrase qu'une main jaillit de terre et le saisit à la cheville.

– **Nous n'en avons pas fini tous les deux !** rugit l'Otenka en émergeant du sol.

Il frappa son frère avec une telle force que celui-ci fut projeté à plusieurs mètres de hauteur. Aras déploya ses ailes et resta en suspens dans l'air. Il croisa ses avant-bras en psalmodiant. Un disque de lumière noire s'abattit sur l'Esprit malsain qui encaissa l'attaque sans vaciller.

– **Tes sortilèges ne peuvent m'atteindre !** l'avertit l'Esprit malsain. **Aurais-tu oublié que je suis moi aussi l'un des fils d'Anotenka ?**

Sa chemise se déchira, laissant apparaître une paire d'ailes semblable à celle de son frère. Le Dieu Noir prit de la hauteur, mais l'Otenka le rejoignit. Les nuages se mirent à tournoyer autour des deux créatures maléfiques qui donnaient libre cours à leur véritable puissance.

Dans la plaine, la bataille faisait toujours rage.

65

La citadelle des Cendres.

L'impératrice Ankahana était montée au sommet de la plus haute tour de la citadelle des Cendres pour assister au combat que se livraient les deux créatures démoniaques. Par moments, le ciel se remplissait de gerbes lumineuses et des grondements assourdissants ébranlaient les fondations de la citadelle.

Elle n'entendit pas, ni ne vit, la silhouette râblée se hisser sur les créneaux de la tour.

– Retourne-toi, sorcière ! lui ordonna l'homme après avoir pris pied derrière elle.

L'impératrice sursauta. Elle se retrouva face à un Roëlien d'une soixantaine d'années au crâne dégarni et au dos voûté. Il pointait sur elle un pistolet à poudre semblable à ceux utilisés par les nobles roëliens.

– Je vois à ton regard que tu ne me reconnais pas, dit l'inconnu. Pourtant nous nous sommes déjà croisés alors que j'accompagnais mon maître.

– Tu étais... le serviteur de Korian'Lor'Kald, se souvint Ankahana. Tu es mort ! Mes hommes t'ont tué !

– Tu n'as pas idée de qui je suis, répliqua Sadre'Sïr'Issa.

– Tu n'es qu'un vieillard sénile et vaniteux ! cracha l'impératrice avec une grimace de dégoût.

Ses yeux s'assombrirent et ses cheveux se mirent à onduler d'une vie propre. Un souffle noir frappa le Roëlien de plein fouet. Le corps de l'homme fut projeté contre un créneau, ses vêtements furent mis en lambeaux, du sang jaillit de sa bouche, de son nez et de ses oreilles. Il retomba sans vie sur le sol.

Ankahana observa pendant quelques instants le visage ensanglanté du vieillard. Satisfaite, elle tourna son attention vers le champ de bataille.

– Depuis neuf générations que je sers les Lor'Kald, nul n'a jamais échappé à ma vengeance, déclara une voix derrière elle.

Sadre'Sïr'Issa s'était relevé. Il pointait à nouveau le canon de son arme vers elle.

– Je viens de te tuer ! s'exclama l'impératrice, incrédule.

– Tu ne peux pas tuer ce qui n'est pas mortel.

– Qui es-tu ?

Ankanaëpha était devenu livide, sa voix avait perdu toute assurance. Le vieil homme qui lui faisait face esquissa une moue de satisfaction.

– J'ai été une simple larme sur la joue d'un démon et je suis devenu l'âme d'un père déchiré de chagrin.

– Que veux-tu ? Je peux tout de donner ! Ensemble...

– Je ne veux rien de toi, la coupa Sadre'Sïr'Issa. Tu as fait assassiner mon maître. Pour cela, je te condamne à mourir.

Il leva le pistolet et pressa la détente. La balle traversa Ankahana qui bascula dans le vide.

Le vieux serviteur regarda l'impératrice s'écraser cent mètres plus bas et saisit la croix de Saint-Juste qui pendait autour de son cou.

– Vous pouvez reposer en paix, maître, murmura-t-il. Je veillerai sur votre descendance pour qu'un jour votre lignée puisse enfin retrouver ses droits. Au nom de notre Père tout-puissant, je le jure.

66

Aux portes d'Ishama.

Bëorndal sentait le sang de ses ennemis sécher sur son visage, ses doigts étaient tétanisés sur le manche de son arme, ses épaules le brûlaient. Tant de braves étaient déjà tombés que, par moments, il devait marcher sur les corps de ses propres guerriers. Son esprit n'était plus que hurlements et souffrances. Il se battait dos à dos avec Anawënn, le jeune roi des Landebrumes. Ahngard avait été gravement blessé quelques instants auparavant.

Sur l'aile droite, ceux des Marchefroides étaient débordés par les Didjirüs rouges. Pourtant, malgré leurs pertes et la mort de leur roi, ils résistaient pas à pas. Sur l'aile gauche, il ne restait plus que trois des six phalanges mahadjïrs.

Les cavaliers des Hautcépages étaient presque venus à bout de la résistance de la garde prétorienne, mais le roi des Montriches craignait qu'ils n'arrivent trop tard.

Tous les brûle-supplices avaient péri. Quant aux quelques Sœurs de l'Ordre éternel qui avaient survécu, elles n'étaient plus assez nombreuses pour influer sur l'issue de la bataille.

Salharges refusa l'aide de ses hommes. Il les repoussa brutalement et leur ordonna de reprendre le combat. Il arracha une lanière de tissu à sa tunique et la noua aussi fort qu'il put autour de sa jambe afin d'arrêter l'hémorragie. Il se releva en s'appuyant sur son fusil et dégaina son cotj'an. Ses hommes avaient vidé leurs derniers chargeurs et se battaient désormais au corps-à-corps. Le commandeur leur hurla de ne pas perdre espoir. Mais ses paroles sonnaient faux. Tous savaient qu'ils étaient condamnés.

Soudain, une gigantesque nappe de brume enveloppa les combattants, transformant la bataille en une multitude d'escarmouches éparses. Salharges resserra les rangs mahadjïrs autour de lui afin de maintenir la cohésion entre ses hommes.

En même temps que le brouillard, une rumeur semblable au vent dans les feuillages se répandit dans la plaine. Le bruissement enfla jusqu'à devenir pareil à une tempête. Salharges discerna alors des silhouettes colossales qui venaient dans leur direction. Il se prépara à mourir.

Mais les deux êtres qui émergèrent de la brume n'étaient pas ceux auxquels il s'attendait. Il reconnut le Tisseur presque-humain et Iloënn, le fils du roi des Montriches.

– Je te croyais mort ! s'exclama-t-il en s'adressant à l'enfant. Akilia a prétendu t'avoir tué.

– C'est O'Oshë, répondit Iloënn en prenant la main du presque-humain. Il m'a sauvé.

Plus loin, au centre des lignes kadjïres, Bëorndal et Anawënn combattaient toujours dos à dos.

– Ce brouillard n'est pas naturel ! s'inquiéta Anawënn.

– Pourquoi useraient-ils encore de sortilèges alors que la victoire leur est déjà acquise ? s'étonna le roi des Montriches.

Soudain, une violente attaque du Dieu Noir contre son frère dissipa la brume, dévoilant les Druidâmes qui massacraient les démons. Bëorndal vit un géant de bois et de pierre se saisir d'un Didjirü vert et lui arracher un bras avant de le décapiter d'un revers de main.

– C'est impossible ! s'exclama le roi des Montriches, médusé. Sans Iloënn pour les guider, les esprits des Druides ne peuvent...

Il se tut. Son cœur s'emballa à la pensée que la reine des Terrebroussailles ait pu lui mentir. L'enfant avait dû réussir à lui échapper.

– Iloënn ! Iloënn est vivant ! s'écria-t-il.

Il leva son arme.

– *Pour la Terremère !*

Tous les guerriers encore capables de combattre se rassemblèrent autour de lui et lancèrent une contre-attaque sur les lignes ennemies. Au même instant, les cavaliers des Hautcépages enfonçaient les rangs des gardes prétoriens.

67

Aux portes d'Ishama.

Les premiers rayons du levant fusaient sur l'horizon.

Les dernières poches de résistance étaient mises en déroute et les cavaliers des Hautcépages traquaient les fugitifs.

Dans le ciel qui muait, Akataopë et son frère Natoëpë, blessés et épuisés, continuaient à s'affronter sans aucun répit.

Ils se jetèrent l'un sur l'autre et s'empoignèrent dans un ultime assaut. Une pluie d'éclairs se mit à tomber dans la plaine, foudroyant aveuglément hommes et Didjirüs.

Le Dieu Noir prit lentement le dessus. L'Otenka tenta de se soustraire à l'épreuve de force, mais Aras l'en empêcha.

– **L'issue était inévitable, Natoëpë,** déclara le Dieu Noir.

– **Akataopë, mon frère,** articula difficilement l'Otenka. **Écoute mes paroles avant de me tuer… En errant sur cette terre, j'ai pu plonger mon regard dans l'esprit d'un augure et j'y ai vu ta mort prochaine…**

– **Espères-tu encore me vaincre ?**

– **Ce n'est pas de ma main que tu périras, mais de celle d'un mortel…**

– **Les mortels ne sont que du bétail qu'il me faut abattre,** répliqua Aras. **Jamais aucun d'eux n'aura la force de…**

– **Celui-ci t'arrachera le cœur à main nue !** le coupa Natoëpë.

– **Et ta propre mort, mon frère, l'as-tu contemplée dans l'esprit de cet augure ?** cracha le Dieu Noir.

Il lança une incantation qui arracha une plainte aux esprits du vent. Un voile pourpre recouvrit l'Otenka qui hurla comme la souffrance le dévorait de l'intérieur.

– **Dis-moi ? Est-ce aussi douloureux que tu l'avais imaginé ?** l'interrogea Aras.

Il relâcha sa prise. Le corps mutilé d'Oran Neyto s'écrasa sur le sol.

– **Alors, où est ce mortel qui doit me terrasser?** rugit le Dieu Noir en portant son regard sur les guerriers qui parsemaient la plaine.

L'âme d'Oran, toujours prisonnière de la pierre de Shoëk, s'éveilla brusquement. Tout était devenu subitement glacé et obscur. Le seul son qu'il percevait était les battements de plus en plus faibles de son propre cœur.

Le froid le tourmentait comme les lames d'un cocon écorcheur. Il ne pouvait plus songer à rien d'autre qu'à cette douleur qui le lacérait.

Il eut si peur de rester enfermer pour l'éternité dans cette prison minérale, qu'il regagna son enveloppe de chair en se glissant à travers les imperfections de la gemme. L'Esprit malsain était mortellement blessé. Oran le repoussa sans peine dans la pierre de Shoëk.

Une vigueur surhumaine habitait son corps. L'Otenka avait été vaincu, pourtant sa force coulait encore dans ses veines.

L'Egyrien ouvrit les yeux et contempla ses avant-bras difformes. Ses doigts noueux se terminaient par des griffes. Il toucha son visage. Les os de ses pommettes, de son menton et de sa mâchoire saillaient. Son front se parait de deux cornes recourbées. Ses dents avaient poussé au point de lui blesser l'intérieur de la bouche.

Épouvanté, il regarda autour de lui. Le Dieu Noir dominait le champ de bataille, juché sur un monceau de cadavres. Il riait en massacrant les guerriers qui se jetaient sur lui avec la rage du désespoir. Des géants de bois, de roche et de terre s'avancèrent pour le combattre, mais ils étaient anéantis les uns après les autres par la créature maléfique.

La haine qui avait consumé l'Otenka resurgit et s'empara d'Oran. L'Egyrien dut refréner son envie de se jeter sur Aras. Il détenait encore le pouvoir de vaincre le Dieu Noir, mais il savait qu'il devait le prendre par surprise. Une fois découvert, il n'aurait plus aucune chance d'en venir à bout.

« Il sentira ma présence avant que je le frappe, songea-t-il. À moins que... »

Il devait utiliser une partie du pouvoir qui lui restait pour retrouver sa forme humaine. Ainsi, Aras le laisserait approcher.

Mais Oran ne savait pas comment s'y prendre. Il ignorait même si c'était encore possible. Il se concentra. L'empreinte que son Otenka avait laissée dans son corps était encore perceptible. Oran fit appel à la mémoire de sa chair et la laissa le guider.

Lentement, ses ailes s'atrophièrent, ses griffes se rétractèrent et son visage perdit son aspect bestial.

Quand la transformation fut terminée, il avait presque épuisé toutes ses forces. Il leva les yeux sur le Dieu Noir.

Les guerriers continuaient à affluer pour l'affronter. Les morts s'empilaient par milliers.

Oran ramassa une hache qui traînait sur le sol et chargea. Aras se tourna vers lui, un air presque amusé plaqué sur son faciès démoniaque. L'Egyrien jeta la hache de toutes ses forces. Le Dieu Noir esquiva avec désinvolture l'arme qui tournoyait dans l'air. Il rit quand Oran lança son poing contre sa poitrine. Il ne fit rien pour l'en empêcher. Il s'attendait à entendre le craquement des phalanges. Au lieu de ça, ce furent ses côtes qui volèrent en éclats.

Oran referma la main sur le cœur de la créature et l'arracha. Les cieux devinrent rouges et il se mit à pleuvoir du sang.

L'essence du Dieu Noir fut happée dans les limbes. Mais avant de disparaître, dans un dernier geste désespéré, Aras entraîna avec lui l'âme de l'Egyrien.

68

Le Chaos.

L'esprit de l'Egyrien et l'essence du Dieu Noir traversèrent les Limbes et chutèrent jusqu'aux terres du Chaos. Ils survolaient un monde où la matière et l'esprit se confondaient en un magma primitif. Le paysage éclairé par un crépuscule éternel était en mutation constante. Sans cesse, des montagnes se formaient, des gouffres abyssaux s'ouvraient, des océans se créaient. Des créatures difformes peuplaient cette contrée. La plupart mouraient aussitôt, happées par la terre qui les avait fait naître, mais celles qui parvenaient à survivre se regroupaient, construisaient des abris, se faisaient la guerre, copulaient frénétiquement, se multipliaient presque à l'infini. Puis, inévitablement, la nature instable du chaos reprenait le dessus et elles étaient anéanties par les puissances qui gouvernaient ce monde.

Soudain, le sol s'éventra et un titan à huit bras émergea des entrailles de la terre. Il tendit un de ses membres tentaculaires vers Aras pour se saisir de lui et le jeta dans un lac d'obsidienne en fusion. Le Dieu Noir fut englouti et son essence dissoute à jamais.

Le titan leva son œil unique vers Oran. L'Egyrien esquiva les bras qui fouillaient le ciel pour l'attraper et parvint à s'enfuir.

Alors qu'il filait dans le ciel veiné de pourpre, l'attention des dieux du Chaos se tourna dans sa direction. Un arbre dont les ramures s'étendirent jusqu'aux étoiles se dressa sur son passage. Son épais feuillage bleu se mit à bruisser et des milliards de créatures ailées s'en détachèrent pour se jeter sur lui. Leurs mains minuscules le saisirent et l'entraînèrent vers le lac d'obsidienne dans lequel avait disparu le Dieu Noir. Mais, au moment où elles allaient le jeter dedans, une forme vaguement humaine émergea de la roche en fusion.

– **Il n'appartient pas au chaos !** tonna l'apparition en désignant Oran. **Son âme croit encore en son corps, j'entends son cœur battre à travers les Limbes. Qu'il retourne à la matière !**

Il y eut un éclair aveuglant et l'Egyrien fut englouti par le néant.

Alors que son esprit dérivait à nouveau à travers les Limbes, il eut une vision.

Il marchait à la tête d'une gigantesque horde de guerriers. Il brandissait une hache de feu et il était revêtu d'un manteau de brume écarlate. L'empire était en flammes.

Puis il se vit âgé de plusieurs millions d'années. Il trônait au centre de l'univers et d'innombrables d'armées conquéraient les étoiles en son nom.

Il vit l'univers tel qu'il pouvait le façonner et prit conscience du pouvoir qui était désormais le sien.

Il avait traversé les Limbes jusqu'aux portes du Chaos et il en était revenu. Il avait défié les lois de l'Équilibre. Les fils de sa destinée avaient été dispersés à travers l'espace et le temps jusqu'à relier l'univers en une trame complexe et presque infinie. Mais il ne voulait pas devenir cet empereur immortel et inhumain qu'il avait entrevu.

Il reprit conscience. Il pleuvait du sang. La dépouille du Dieu Noir gisait à ses pieds.

Autour de lui, les hommes l'acclamaient en levant leurs armes vers le ciel. Pourtant l'Egyrien ne percevait qu'un grondement menaçant. Les visages bestiaux et grimaçants des combattants étaient recouverts de sang, leurs yeux étaient habités par le fanatisme.

Il porta son regard sur la citadelle des Cendres et songea à Malëva. Il se détourna du champ de bataille pour aller la retrouver.

O'Oshë observait l'homme qui avait terrassé le Cerf Noir. Celuici s'éloignait, indifférent aux guerriers qui le glorifiaient.

Il venait de renier la trame de sa destinée par amour pour une femme, mais le Tisseur savait qu'il ne pourrait éternellement se soustraire à la volonté du Grand Tout.

Le jour viendrait où le Silhamassaï apporterait sa lumière sur l'univers.

69

Aux portes d'Ishama.

Malëva dut s'appuyer contre le mur pour ne pas perdre l'équilibre. Elle avait été blessée à plusieurs reprises par les Didjirüs gris. L'hémorragie avait cessé, mais elle avait perdu beaucoup de sang.

Elle leva les yeux au ciel. C'était l'aube. Les allées de la citadelle des Cendres étaient complètement désertes, les alentours baignaient dans un silence surnaturel. Les Didjirüs qui n'étaient pas allés au combat étaient rentrés dans les bâtiments pour s'abriter de la lumière du jour.

Quand elle sortit de la citadelle, le soleil n'était pas encore complètement levé. Il s'était mis à pleuvoir du sang.

Alors qu'elle cheminait sur un sentier de traverse qui descendait de manière abrupte jusqu'à Ishama, elle perçut un couinement à peine audible. Elle crut tout d'abord avoir mal entendu. Elle allait repartir quand un buisson à quelques mètres d'elle s'agita. Tenant la garde de son cotj'an, elle s'avança prudemment. Elle écarta les branches du végétal de la pointe de son arme et discerna le pelage sombre d'un animal.

Son cœur se resserra. Elle passa à travers le buisson et se pencha sur le corps fiévreux du chien de berger. Son pelage était souillé de boue et de sang. Il était si maigre, que ses os saillaient. Sa langue pendait mollement hors de sa gueule.

– Naki, murmura-t-elle. Naki, c'est moi...

L'animal ouvrit les yeux et sa queue balaya sans vigueur le sol. L'ancienne Sœur saisit sa grosse tête et l'embrassa. Sa truffe était brûlante. Sa blessure au côté s'était mal refermée, elle suppurait abondamment.

– Tu t'es traîné dans cet état jusqu'ici pour me retrouver?

Malëva devait faire un gros effort pour retenir ses larmes. Elle le souleva et le maintint fermement contre elle comme il tentait de se débattre. Il ne pesait rien et n'avait plus aucune force.

– Je vais te soigner, mon Naki, lui jura-t-elle en repartant. Tu ne mourras pas, pas après tout ce que tu as fait pour moi. Manie et Noëm peuvent être fiers de toi.

En relevant la tête, elle vit un homme marcher dans sa direction. Elle sourit en reconnaissant Oran.

Remerciements

Je tiens à remercier quatre personnes sans qui ce livre ne serait pas ce qu'il est, ou ne serait pas tout court...

Merci, Anne-Lise, de ton travail toujours aussi acharné et ton implacabilité envers toutes ces coquilles et tous ces contresens que les farfadets n'ont de cesse de glisser dans mon texte. (Je t'assure ! Ce n'est pas moi qui fais ces fautes, ce sont des farfadets ! Ils ont les dents pointues, portent de grands bonnets de fous et ils sortent la nuit, quand je dors !)

Merci, France. Au moment où je doutais le plus, tu as su m'insuffler la volonté de continuer par tes encouragements. Sans toi, je crois que j'aurais décroché.

Merci, Alexis, de m'avoir fait confiance depuis le début. Par tes conseils tranchés et avisés, tu as su m'aiguiller sans jamais t'imposer. Et après nos multiples péripéties et déboires, on l'a bien mérité, ce fichu bouquin !

Et merci à Guillaume et Elsa de cette belle carte et de cette magnifique couverture.

Nicolas JARRY

Cet ouvrage a été imprimé par la
SOCIÉTÉ NOUVELLE FIRMIN-DIDOT
Mesnil-sur-l'Estrée
pour le compte des Éditions du Rocher
en mars 2004

Éditions du Rocher
28, rue Comte-Félix-Gastaldi
Monaco

Dépôt légal : mars 2004
CNE Section commerce et industrie Monaco : 19023
N° d'impression : 67462

Imprimé en France